仵在 语言之途

耳——著

时代出版传媒股份有限公司
安徽教育出版社

图书在版编目（CIP）数据

徜徉在语言之途 / 苍耳著. —合肥:安徽教育出版社,2021.12
ISBN 978-7-5336-9071-7

Ⅰ.①徜… Ⅱ.①苍… Ⅲ.①诗歌评论—中国—当代—文集 Ⅳ.①I207.22—53

中国版本图书馆 CIP 数据核字（2021）第 061472 号

徜徉在语言之途
CHANGYANG ZAI YUYAN ZHI TU

出 版 人:费世平
责任编辑:金 雯 时 沂
装帧设计:吴亢宗
责任印制:陈善军

出版发行:安徽教育出版社
地　　址:合肥市经开区繁华大道西路 398 号　邮编:230601
网　　址:http://www.ahep.com.cn
营销电话:(0551)63683012,63683013
排　　版:安徽时代华印出版服务有限责任公司
印　　刷:三河市燕春印务有限公司

开　　本:650 毫米×960 毫米　1/16
印　　张:21.75
字　　数:290 千字
版　　次:2021 年 12 月第 1 版　2023 年 7 月第 2 次印刷
定　　价:58.00 元

目录

卷一

卷二

卷　三

卷　四

卷　一

反向之途
——关于现代汉诗及其诗学的思考

一

中国广义的现代诗歌在二十世纪经历了从前期对语体、诗体的革新到后期对人本和诗本的质疑与重建，经历了伴随断裂、混乱、失语的数次转向和内在换幕，并与特定的历史、人文的宏大语境缠裹在一起。这无疑使这一历史演进过程更显艰难和含混。现在看来，那种带有断裂意味的所谓划时代“转折”并不十分可靠，至少它缺乏从更高层面上深化、融通的必要“转换”——复合性的、包容性的、建构性的、具有互动自由度的转向与内在生成。因而，诸如对二十世纪初叶从语体到诗体的革新所造成的断层进行质疑与反思的声音，一再出现在相对沉寂的诗歌理论界。但两种对抗的声音依然让我感到恍惚、茫然。历史也许注定要停下来对思考进行再思考。

艺术或诗歌似乎在进入现代主义阶段后，其嬗变、更替的速度明显加快，颠覆性、极端性和实验性成为诗歌流派和诗人写作的重要特征。而反向化，不仅成为现代诗歌流派的内在走势和鲜明标记，而且逐步积淀成产生所谓先锋性诗歌及其诗观的惯用思维模式。这是一个充满碰撞、激变同时又充满混沌、困惑的年代。不可否认，中国现代新诗在二十世纪的几度活跃和勃发都与“反向化”有着重要关系。显然，这与古典时代诗歌的由自然顺延、承续所造成的某种停滞、僵持形成了强烈反差。置身于历史、生存、文化、本体和语言多重交叉点上的中国现代诗人，似乎注定要在相互对峙的诸多夹缝中同时也在更深层面、更自由的维度上探寻、拓展可能的生长空间。可以说，反向化所内含的反叛、颠覆、否定的革命性动机是无可置疑的。但反向之途所连带的某种迷乱、含混又使它处在待清理、待追究的状态之中。

二

由此看来，辨析上述“反”型思维或反向过程所显形从而必须首先加以抽出、界定的两个含混的词是：反向性和反向化。

反向性是指在真正反题的意义上具有一定建构内涵的否定性，或者说是在黑格尔所谓“规定是被视为肯定的否定”的意义上的否定性。而反向化，在我看来，是指逆向而行的思考行为、姿态及表层命题方式。因而，反向化过程存在两种可能：反向性内存的形成和徒具其表的批判或策略性姿态的闪现。也即说，并非所有的反向化都必然导致反向性，并非所有以“反”字打头的旗号、宣言都具有触及根蒂的批判性意义。必须指出，反向是就其主要、激进的向度而言的，若从实存的差异性角度和诸种“反向”之间的关系看，反向即是异向、异端。因为它不一定非得在极端对峙的向度上才能实现自身。它是在相引相斥的不规则“力场”中所形成的犬牙交错的不规则指向。

现代诗史表明，反向化难以一次性生成反向性，往往需要持续的转换、变构才能敞露它的亮光。例如，从未来主义到达达主义，其激烈的反叛性是相呼应、贯通的。前者宣告要把普希金、陀思妥耶夫斯基、托尔斯泰等人从现代生活的轮船上扔出去，后者则宣称指导其行动的原则的确是“破坏一切”。只有当达达主义发展成超现实主义时，真正具有独立诗学意义的反向性才得以成形，并在实际的文本写作中具有可操作性从而结出相应的果实。反向化，哪怕是夸张的、带点自欺性的反向化，比之固步自封的闭锁与顺延要强得多。它的意义同时显示它的局囿：它若仅止于此而不被进一步变构，那它只能留下稗谷和泡沫而已。

在第三代诗歌时期，我们听到了某种达达主义嚎叫的回音，它们曾被称为“一场屁股对抗脑袋的运动”。与此同时，诗坛上形成了罕见的“反”旗飘飘的强劲声势：从反文化、反传统、反语言到反崇高、反英雄、反价值，从反真实、反抒情、反变形到反意象、反形式、反风格，从反和谐、反对称、反完整到反优美、反结构、反深度等，犹如从大到小、圆圈密集的弹靶。不想朝这个“靶子”打上几枪的人大约很少，而扛着“靶子”作为前倾姿态招惹人注意更成为一种写作策略。在这个混沌、尖利、潮汐叠涌的“反向”年代，诗人们的脑袋仿佛注定要倒挂在悬崖的树上，逆着风思考与呐喊。一方面，从这些“反穿羊皮”的叛者旗号上可以感受到其“不可遏止的批判激情”（蓝马：《前文化导言》）和某种契合诗之本体自律的合理成分，使诗之疆界在放纵写作中骤然扩张；另一方面，这些“反”论几乎都带有突围者“饥”不择“路”的惶急、梦游者无界可止的谵妄和虚脱者的先天贫血。一方面，固有艺术观念、价值尺度的动摇给反向者带来自由身份的确立和多元选择的可能；另一方面，反向性内质的不足，又使这种自由呈现为精神悬浮和价值失重状态，使进入写作过程的“那只手”失去控制。一方面，针对汉诗自身传统定势和局囿的颠覆与重构（如反意象、反抒情等）成为现代汉诗历史进程的有力推进剂；另一方面，拆除深度模式的“平面化”在对集体性文化深度揭蔽的过程中也将个人性精神深度连根铲除，使现代诗歌处于“发育不良”状态。

进一层说，第三代诗歌是在渐渐摆脱最初的尖狭、浮躁后进入一个相对开阔、内蕴更大可能性的疆域。那些多少有点夸张的反向化姿态，在冷静的自为诗人的写作中已透露出反向性的锋芒。从一个更大的多元系统看，众多独具特点和个性的诗歌文本的出现，使反向性成为相互迥别又相互幽通的异向性，成为一种近似异教徒性质的写作仪式和技艺，而不是在一味对峙的尖锐中损伤诗歌的可能和生机。必须指出，当反向化积淀成某种固定模式后，它可能蜕变为二元对立式或非此即彼式，成为某些诗人取得先锋性的捷径，甚至成为独断论的幽灵在当代的影子。如果真的这样，那么反向性便如同灵魂出窍而使反向化徒具躯壳，走向变构的革命性动机的反面，这当然是反向者所不能或不愿看到的。

在我看来，那些小且锋利、经论证而有建构内涵的反向之见，诸如反抒情、反意象、反对称、反整体，比之大而无当、带有意淫快感的“反文化”“反价值”等宣言更具威胁性，也更有实验价值。它们因反向地切入或触及诗本体而标示另一种潜在的可能：意象的淡化、退隐，抒情的凝冻、深藏，代之而起的是对物象、现场的偏重，以及思想或思考与形式、技巧的相互变构和同步生成。连锁性的变化同时表现在，牧歌式或中庸式的对称和谐被倾斜、强劲的张力之美所打破，内蕴更大空间的断简式写作使整体自足的结构神话出现裂痕，至少这不是唯一的、绝对的。同样，以肯定的正题形式出现的“反向”观点，并不见得比加上“反”字的诗观更少挑战性和拒斥性，比如对第三代诗歌影响甚大的“口语化”主张，尽管这种提法不一定准确和严谨，但它毕竟指明了一个与朦胧诗语言走向截然不同的向度。意识到隐喻化语言是汉诗传统积淀下来的通向生存现场和体验的巨大屏障，意识到有活力的口语对纯诗语言进行渗透与熔铸的重要性，无疑是朦胧诗之后诗学观拓展的重要方向之一。而随后对包括形式、技巧在内的一系列现代诗学范畴的重视与探讨，是合题性的理论梳理、借鉴与变构，意味着现代汉诗诗学在反向之途又迈出艰难而坚实的一步。

三

在清理反向之途的过程中，仅仅从思辨角度强调反向性是远远不够的。一旦背离具体的、当下的本土人文背景、历史语境，所谓的“反向性”就成了无本之木，或者成为没有方向的、被动式的表演。因而，强调二者之间相互楔入、共生的垂直关系，有助于识破那种花哨的追摹、爬虫般的招摇与变色。

佛克马曾经指出“后现代对想象的要求在饥饿贫困的非洲地区简直是风马牛不相及的，在那些仍全力为获得生活必需而斗争的地方，这也是不得其所的”[①]。同时他认为，即便在一些生活水准较高的亚洲地区，如日本和香港，“后现代”也不一定适用，因为后现代文学现象仍局限于某个特殊的、复杂的文学传统。我惊讶于这一记警钟来自一位西方学者。在相当长的时期内，中西诗歌互鉴互动的关系是向西方倾斜的，并在那儿形成了某种强权语势。这

---

① 佛克马、伯顿斯编：《走向后现代主义》，王宁等译，北京大学出版社，1991年，第2页。

印证了马克思在《路易·波拿巴的雾月十八日》中关于东方人的一句名言："他们不能表达自己；他们只能被表达。"这种"被表达"的惯性状态导致了充分"表达"的幻象和角色的偷换。从某种意义上说，来自异国的变构姿态和逆向飞行，当它接近苍茫的母语大地时，那"蜡制的翅膀"便自行瓦解了，撒落闪闪发光的、似是而非的零散残片。

在现代诗史上，李金发是一个有意味的现象。他对西方象征主义的移植是有功劳的。但他的移植大都通过佶屈聱牙的古典语词、句法来加以实施。"我见惯了无牙之颚，无色之颧，/一切生命流里之威严，/有时为草虫掩蔽，捣碎，/终于眼球不能如意流转了。"（《生活》）我不认为李金发是食"西"不化的，他追求的多义性、神秘感乃至颓废颇得真髓。恰恰相反，他倒近乎食"古"不化，"眼球不能如意流转"，总是游离于本土文化的表层而不能进入现代人语言源泉中。这种隔膜感一直被认为是由生硬的移植所造成的，其实不然。诸如"我认识风和雨，/切于亲密的朋友，/他是世界的'何以'。//我认识春冬秋夏，他们独往独来，/是世界的'然后'"（《我认识风和雨》），这样别扭的诗句只有李金发能写出。

相比而言，穆旦诗歌的反向性在现代诗史上构成了一道独特风景。王佐良在《一个中国诗人（代序）》中评述道，穆旦最好的品质却全然是非中国的，在别的中国诗人是模糊而像羽毛样轻的地方，他确实，而且几乎是拍着桌子说话的。穆旦深受现代派诗人叶芝、艾略特和奥登的影响，走上了与沉厚的文化传统、诗学规范相逆，也与同时代的现代诗人相异的探求之路。不妨将穆旦诗歌与古典性诗歌进行如下比较：前者来自灵魂深处的沉痛与后者温和的感伤，前者重内省、智性、思辨、玄学色彩与后者重抒情、悟性、感物、隐喻思维，前者讲究内在结构的互疑、互否、互辩与后者的块状化、精磨化、典雅化等。

我们在注意上述"非中国"倾向的同时，不应忽略穆旦诗歌骨子里中国知识分子的精神和气度，不应忽略他的语言之根深深扎入特定的历史语境：血和火，灵和肉，明和暗，生和死，情和理的内在冲撞、扭结、奔突、燃烧，达到在那个时代令人震颤的强度和深度。"残酷从我们的心里走出来，/它要有光，它创造了这个世界。/它是你的钱财,它是我的安全,/它是女人的美貌,文雅的教养。//从小它就藏在我们的爱情中,/我们屡次的哭泣才把它确定。/从此它像金币一样的流通,/……/它是慈善,荣誉,动人的演说,和蔼的面孔……"(《时感四首》之二)又如《赞美》中"一样的是这悠久的年代的风,/一样的是从这倾圮的屋檐下散开的/无尽的呻吟和寒冷,/它歌唱在一片枯槁的树顶上,/它吹过了荒芜的沼泽,芦苇和虫鸣,/一样的是这飞过的乌鸦的声音"。穆旦的反向之途,是在远离中亲近、矛盾中呈现、异向中"生下他自己的父亲"(克尔凯戈尔:《恐惧和战栗》),并最终归结到唯一能证实它的关键之点:它在另一维度上大大拓宽了汉语现代诗的表现力和可能性疆域,以致几十年后我们在第三代诗歌那儿也能找到它遥远而苍凉的回声。

四

诗史上任何诗歌范式都潜隐着深层的诗学话语结构。这个结构是由特定的话语要素通过重筑内在语链关系而建立起来的,并且同样受制于更大更深范围内一定的文化、意识背景。细而究之,以动宾关系呈现的"反意象",其标示的反叛对象显然是"意象",而事实上它的"枪口"是对准以"意象"为结构要素之一的诗学深层话语关系,而非"意象"本身。从文本操作层面看,拒绝或驱逐作为诗和诗学基本要素而存在的"意象"几乎不可能。同样,"反抒情"所颠覆的对象并非"抒情"本身,而是建立在集体意识上、浪漫直抒式的、虚飘的、扩张的"抒情"方式。因为,即便是一首冷静到极点的客观性诗歌,也无法将语感语调中的情感意味过滤干净。一度被误读误导的"反抒情"使诗歌的"抒情"特质和功能极度萎缩,以至于有人惊呼:"诗歌不能没有抒情。"造成上述似是而非的情况的症结并非"反抒情"本身。打个比方,金刚石和石墨的化学成分相同,都是由碳元素构成的。但由于碳原子排列组合的结构不同,呈立方晶体的金刚石是自然界最硬的物质,而呈六方片状晶体的石墨成了自然界最软的物质。使二者相互拒斥的不是碳元素本身而是它的分子链结构。

雅可布森曾经指出,古典主义者、感伤主义者,还有部分浪漫主义者,十九世纪的现实主义者，以及相当一部分现代派、未来派、表现主义者等，都不止一次地、顽强地宣称要忠于现实，要达到最大限度的逼真，并将这作为他们艺术纲领的重要口号。然而，“由于艺术理论家和艺术史家（尤其是文学理论家和文学史家）未能分辨术语‘现实主义’后面隐含的各种不同概念，所以，他们应用这一术语，犹如一只具有无穷弹性的口袋，无论什么东西都可以装进去”①。我想，雅可布森所说的术语“现实主义”与其后面隐含的各种不同概念，进而言之便是作为要素的“现实主义”与其“后面隐含的各种不同概念”之间构筑的深层话语关系。正是基于这种深层话语关系的不同，不同程度地包含“现实主义”要素并共同宣称“忠于现实”的各种艺术派别之间不仅相异相斥，甚至是南辕北辙的。“现实主义”不过是他们表述艺术观念的一个不约而同的切口而已。

不妨来看看同被称作“意象诗”的诗歌隐含着怎样“不同的概念”。例如，中国古典意象诗，其“意象”是与作为审美标准和诗学内核的“意境”和作为基本技巧的“比兴”等范畴紧密交结的。而更深层面的天人合一观念、儒道互补结构则自不待言。比如“兴”，既不同于比喻和象征，也不合乎“移情说”设定的美学框框。它是一种由外物触发情思而使“意象”具有再现性、多面性和复义性的独特手法。至于王国维《人间词乙稿序》所言“文学之工不工，亦视其意境之有无与其深浅而已”，可见“意境”对于古典汉诗有至关重要的意义。而朦胧诗的“意象”是与象征手法和多重变形相关联的。其尖利、隐晦、陌生化，浸透着追求人道、自由，反抗异化、专制的崇高感和悲剧意识。

相比之下，美国意象派尽管受古典汉诗的影响和启发，但其“意象”是与非个人化和直接呈现的象征化相重构的。它极大地偏离了浪漫主义、象征主义和注重史诗与叙述的西诗传统。因而意象派诗歌是客观的、简练的、直接的，如庞德与阿尔丁顿所评价的那样，拥有希腊式的硬朗和一种精确的神秘。这与古典汉诗注重天人合一的灵悟和情景融贯的境趣大相径庭。由意象派发展、变异而来的“深度意象派”，则将意象置于东方哲学中的道和禅，与西方超现实主义的非理性跳跃交相融结的链环之中。布莱认为，美国诗以“道”为

---

① 雅可布森：《论艺术中的现实主义》，张冰译，《世界文学》，1997年第4期。

方向应该已有很长时间了。令人羞愧的是，学院派诗人仍依循英国传统，他们的那些诗是“阳诗人”写的“阳诗”，仅有些直抒胸臆的阳风。而“阴”则深深地进入到潜意识，于深意象中浮现。而我们要用它对意象主义进行反叛。他强调说，通过对无意识的开掘，使想象的跳跃和比喻的转换成为可能，使意象从心头深处升起。①

显而易见，上述诸种以“意象”为经度的诗歌范式，其相似点建立于内在差异和拒斥的基础上，通过对“意象”后面“隐含的各种不同概念”的颠覆与重构来确立自身并独异于他者。我们说，第三代诗歌的“反意象”，我想本意应该是针对以“意象”为核心的结构方式和它背后的深层语链关系，提倡跳出愈益僵化、狭窄的诗学框架，由此带来诗体、结构、语型、表述方式等方面的一系列革命性变化，而不是将作为结构要素的“意象”斩草除根。

五

中国现代诗歌嬗变的进程与现代诗学建构的滞后是十分不相称的。“二元对立”式思维仍在捆缚着诗论家的眼界和诗人的写作。这十分令人尴尬和困惑。只要找到与某种提法相反对的概念，距离似乎便拉开了，概念的内涵便自我设定了。看一看这些年频繁出现的几组反对概念，就知道他们究竟干了些什么。诸如“青春写作”和“中年写作”，“流派写作”和“个人写作”，“知识分子立场”和“民间立场”，“神话写作”和“反神话写作”等，这些二项对立式的关系一直在拘囿着诗学分析的视野和判断质量。

而在诗歌写作中，同样存在着令人担忧的情形：只要找到反向的词或意象便确立了自己的意义和向度。这与我们通常在“黑暗”的反面找到“光明”，在“机器”和“激光”的反面找到“麦子”和“土豆”，在“城市”的反面找到“马”和“田野”，在“生者”的反面找到“逝者”和“亡灵”差不多。在独创性的诗文本中，词的个人性意味的建立是依赖语境内部的多种要素和语链关系的重构来

① 转引自赵毅衡：《第二次浪潮：中国诗歌对今日美国诗歌的影响》，《北京大学学报》，1989年第2期。

完成的，其中充满着自我的辨否、质疑和对话的运动。以寻找类型化的反向词来确定自身的写作，以文化积淀或公共语境自行获得意义的写作，是不可靠的、无效的，因而也是失语的、自欺的。

在当今诗坛上，充斥着不少一看诗题就知道它象征什么的诗。比如咏“火”的诗，尽管技巧有了很大的进步，但大都仍停留在抒写对“光明”礼赞的层面上。它与“黑暗”的对峙是先于文本的，并因此而超前获得意义。这样的写作，与其说是作者在写它，不如说是作者被它所写，不是一遍而是许多遍地被它所写。很少有人能进入到“火自身的寒冷”和“火自身的黑暗”之中。在新一时期的今天派和朦胧诗中，存在着不少以空泛的二元对立为结构的诗，对何谓“光明”、何谓“黑暗”缺乏追问与质疑，对堂而皇之的大词更缺乏限定与辨析（诸如道路、人民、理想、神圣、黎明、东风、太阳等），最终必然陷入“权力”话语下的二元对立之锁链与游戏。

在我看来，打破二元对立思维模式的可能途径之一，是将第三种力量和要素加入诗歌结构。它来自脚下的大地和独立的思想，从而使二元对立关系包容在多层多维的异向关系中。二元对立式并非不能反映事物之间某种潜在的关系，问题在于它们常常被孤悬化、简单化与程式化，以致把多种原态因素相纠结的关系变成了简陋的正反颠倒运动。第三种力量和要素是在二元张力线之外呈现第三力点，三个点的连线构成多重的三角结构——互为犄角的充满张力的“场”。传统诗学的二元论先天地陷入割裂状态，诸如“内容”和“形式”这对范畴，在分析作品时无法避免将对象撕裂成两半。

就现代诗而言，第三力点的介入意味着复合、相融、杂交、纠结、互动，意味着更加开阔的中间或边缘地带。问题不在于重新找到对立关系，而在于找到内在、纠结的多元关系。词与词的反向关系内含两个极点，只能平面而不是三维地确定一个点，因而难以逃脱公共化语境的扭曲。一个词，当它走出词典进入文本，它应该是立体的、自成血肉的、不可替换的，因为它被词与词的多重多维关系所限定与激活。打破那种反向关系的简单限定，才能阻止那种能指的空洞扩张。

在多多的诗《祝福》中，流通的词被解构与重新界定。“当社会难产的时候/那黑瘦的寡妇，曾把诅咒绑到竹竿上/向着月亮升起的方向招摇/一条浸血的飘带散发不穷的腥气/从那个迷信的时辰起/……就被另一个父亲领走/在伦敦的公园和密支安的街头流浪/用孤儿的眼神注视来往匆匆的脚步/还口吃地重复着先前的侮辱和期望"，"寡妇"在纵聚合下与"母亲"相关，在横组合上与"巫婆""孤儿"相邻，拙劣的造神如同巫术，"诅咒""招摇""浸血的飘带"，导致她"被另一个父亲领走"，以至于"无家可归"，从而颠覆了这些词的惯常语义，赋予该诗沉思的力度与悲怆色彩。欧阳江河的长诗《雪》共有十八个片断，每个片断都出现了"雪"这个词或语象，"雪"作为诗人楔入多维世界的一个切口，被不同的语素和语链关系所重新限定和激活，造成"词与物的片刻接触产生了分离的正面"，如："为什么是落到底片上的雪打动了我，/而不是落到镜子里的雪，/那些胭脂尚存、睫毛上、嘴唇上的雪？"在这里，"底片"与"镜子"正是"雪"的一个"分离的正面"："底片"含有隐匿、昏暗、未显影，因而也含有边缘、被压制、遭埋没的意味；而"镜子"与之相反，它是即现的、时髦的、媚俗的，是与"权力中心"联姻的、迎合的、轻佻的。"雪"并不象征什么，但它的到来是介于二者之间的，使世界的完整出现裂隙并得以显形。诗人随后的质疑呈示了包容上述分裂的第三力点："因为雪在纸上是颤抖的，/是从书写的清晰度产生出来的茫然目光，/在人群中望着我，不提任何要求？//或者因为泪水中的墨水过于强烈，/几乎有些昏厥？钻石最终将闪耀出来，/把我已经写下的涂掉、撕掉、忘掉。"诗人的写作是在"底片"上"显影"并最终被"撕掉"，这意味着从"泪水"到"墨水"，从"清晰"到"茫然"，以及从"写下"到被"涂掉"等多种因素相纠结的复调过程。

六

从一个更高的层面鸟瞰，反向即返向。老子《道德经》云："反者道之动，弱者道之用。""反"，亦含"返"义。

但返向之途并非一种回到起点的重复运动，而是带动传统和定型事物及其正反因素一起进入新一轮包容和视界融合的运动。返向之途，可视之为反

"反"之途。它呈现为螺旋式的否定之否定,"因为结果包含着自己的开端,而开端的发展用某种新的规定性使它更加丰富"①。反向与返向,离心与向心,构成了事物发展过程中共时并发的螺旋之力。二者呈现为既对峙又同一、既互含又交错、既外显又内隐的关系。对于先锋诗而言,反向是其强烈的、锐利的、陌生的性质表征。它的强光掩盖了微妙的、难以觉察的返向在更内在的层面展开。令人尴尬的是,高呼"反传统"的"勇士"也或明或暗地从"反传统"的传统中汲取养料,正如余英时所言:"在反传统、反礼教之际首先便有意或无意地回到传统中非传统或反传统的源头上去寻找根源。因为这些正是他们比较熟悉的东西,至于外来的新思想,由于他们接触不久,了解不深,只有附会于传统中的某些已有的观念上,才能发生真实的意义。"(《五四运动与中国传统》)可见"传统"正是这样一种如影随形之物,因为"形"即"影"之源,反传统者即内存于传统之中。

还有一个原因是——语言即传统,每个人都不知不觉地生存于传统之中,除非他脱离语言而存在。诗史上激进的"反传统""反文化"旗号,更多的是一种面对"话语强权"的挑战姿态。在具体的文本操作中,反文化与返文化、反传统与返传统都是共时并存、螺旋互置的。不妨说,反传统正是为了获得撕开口子进入并重构传统的角度和力度。本雅明认为"波德莱尔的艺术理论的美学思考从未反映出现代主义与古代经典的互相渗透,而《恶之花》的某些诗章却做到了这一点"②。

可见,先锋中的"返向"是隐而不显的,不自觉的,却是不可避免的。反向与返向,其实是从"时间黑暗"中长出来的同一之物。从这个角度出发,我们才能理解巴特认为现代诗具有一种既不可归结他物又无本身传统的性质的观点。返向直接与反向相融为一,且在传统坐标系中找不到与之对应的存在物。这便形成了现代诗"无本身传统"的特质。

从另一面说,在那些以"返向"为主的作品中,同样必须隐含真正意义上

---

① 黑格尔:《逻辑学》,下卷,杨一之译,商务印书馆,1976年,第549页。

② 本雅明:《发达资本主义时代的抒情诗人》,张旭东、魏文生译,生活·读书·新知三联书店,1989年,第102页。

的反向性。否则，徒具向心力的返向只能是一种重复、萎缩和兜圈子，成为类似于挽联或回光返照之类的东西，其中掺杂着恋旧、怀古的情感成分或癖好。倘若弃绝深藏不露的反向性，谁能将真正具有诗学意义的返向与诗史上大部分复古主义和"辫子军"们区分开来？古人云："继之者，善也；成之者，性也……参伍以变，错综其数，通其变，遂成天下之文。极其数，遂定天下之象。非天下之至变，其孰能与于此。"(《周易正义》)我们在当代诗坛看到一些拟古主义诗歌，竭力摹仿或再现古典意境，充斥着文言古词，陈腐而苍白，使"返向"成为重复而非重临。返向之于反向，正如维特根斯坦所言："必须说新东西，可是它肯定全是旧的。事实上，你必须限定于自己讲旧东西——它肯定仍是新的。"(《文化和价值》)

因而，返向与反向，从理论上说将趋于一个合题性的"中值"。亚里士多德有一古老的哲学命题：当同时存在两个极端时，真理就不存在于任何一个极端，而在两个极端中间。这样的真理被称为两个极端的"中值"。返向与反向，即是趋向这个"中值"而扬弃两极的融合性的重临。或者说，反向与返向是在重构过程中相互打开的。我们发现，许多世界级诗人都是在诸多极端对峙中找到适合自己的最佳"中值"。博尔赫斯晚年自省时说："现在我只能为我早熟的极端主义的过分表现感到遗憾。过了差不多半个世纪后，我仍然在心中设法抹去我生命中的那段愚蠢的时期"①，"我感到贴近现代主义更胜于贴近那些由它的没落而产生，如今又否定了它的流派"②。尤其在现代，任何单向度单极化的诗歌写作都难以独拔于众流之上，唯有扩展实践的能力，直到它到达两个矛盾的中间，在诸多对峙中游刃有余并熔铸其"锋芒"者，才有长成大家的可能。

在诗歌本体运演的过程中，反向与返向作为双重叠影一直伴随着人类的探索之途。反而返，返且反，曲尽其险，跌宕生姿；一而二复又二而三，互含互融，相激相励。"最初的一"是源泉，是根柢，它涌出或生长；同时也是故乡，是

---

① 博尔赫斯：《博尔赫斯文集·文论自述卷》，王永年等译，海南国际新闻出版中心，1997年，第118页。

② 博尔赫斯：《博尔赫斯文集·诗歌随笔卷》，王永年等译，海南国际新闻出版中心，1997年，第204页。

磁铁,它吸引并重临。因为它螺旋于一切之上,而一切又复归于它。

庄子曰:“彼是莫得其偶,谓之道枢。枢始得其环中,以应无穷。”“偶”是彼此对立的两面,“环”乃相通为一,而“得其环中”更显其重要性。对当代诗而言,反向之“偶”,不应是在一浪浪的新的“主义”、新的“流派”的宣泄中耗尽自己,使反叛沦为一种炫丽姿态或者花哨的时尚展览,异化为“反”或“新”的专制,成为没有血肉也没有黑夜的电子“猫头鹰”而徒具反向化的外壳;而返向之“环”,不应是穷困无奈中的自嘲式解脱和“黄昏情绪”的发泄,不应是隐藏在“越是民族的便越是世界的”旗幡下的陈腐腌缸,不应是“八卦”式的图像堆积和故作惊世骇俗的“砍伐”。当诗歌丧失了批判性和再生性,便如同一只泼尽了水的空盏。因而,从诗体革新到诗学革新,其反向之途应是反返合一的辩证运动与转换,是由内在反向性照亮自己的思考和对思考的思考,同样也是切合自身人文处境和本体机缘的汲取与生长。正如一首诗所写的那样:

这条路也许
不通向任何地方,
但有人从那边过来。(努列:《这条路也许》)

1997 年 8 月作

诗为何与诗何为

二十世纪的现代诗学带着深刻的质疑、焦灼和挑战进入当下。在我看来，影响二十世纪现代诗学的深刻质疑或命题之一是："在一个贫瘠的年代里，诗人何为?"它最先是由十九世纪荷尔德林在《面包和酒》这首哀歌中发出的。然而直至二十世纪中叶，这一沉痛而焦灼的追问，才经海德格尔的历史性发掘而被赋予新的诗学意义，并引发出持续的震荡与回声。

问题是，这一质疑至今并没有得到应有的探究，关注它的目光仅停留在它的悲怆表层，而没有深入到它潜藏的关涉诗学命题的更深层面。埃利蒂斯认为："对人类而言，很不幸，年代一直是贫瘠的，在另一方面诗却从未疏忽过它的任务。就是这两个事实从未间断地伴着我们在尘世的命运，两者互相制衡。"①这个判断不无道理。经历两次世界大战的二十世纪无疑是所有贫瘠的年代中最贫瘠的，因为它已贫瘠到不再把贫瘠当作贫瘠，不再把神性缺席当作缺席的地步。"'奥斯维辛'之后，谁还写诗?"阿多诺的这一反问，比起荷尔德林的发问更加惨痛锥心，但仍可视为是对荷尔德林发问的严酷伸延。人类从来没有像二战后那样面对精神废墟的遍地瓦砾。这正是海德格尔重新发掘荷尔德林这一追问的思想背景和深层根因。

如果我们回溯人类的诗歌史，便不难发现在漫长的古典时代，不断被追问的命题是"诗为何"以及"诗人为何"，有关诗的论述便是对这一母题的寻索与回答。无论是"诗可以兴，可以观，可以群，可以怨"(孔子:《论语》)，"诗者，盖志之所之也，情动于中而形于言"(萧统:《文选·序》)，还是"诗人只是神的代言人"(柏拉图:《伊安篇》)，或者诺瓦里斯所谓的诗是整个内心世界的表

① 转引自诗刊社编:《诺贝尔文学奖获得者诗选》，中国文联出版公司，1986年，第421页。

现,中外诗人的追问方式莫不如此。然而,当荷尔德林将“诗人为何”置换成“诗人何为”时,他主要着眼于诗人“独怆然而涕下”的悲剧性处境。这与海德格尔的再度追问明显不同。海德格尔的继续追问内蕴着诗学由古典主义向现代主义的历史转换。

“××为何”显然是形而上学惯用的古典式追问方式。它在黑格尔庞大的思辨哲学体系中达到了巅峰。换言之,他们不可能以“××何为”的方式进行质疑、追问和审思。仅此而言,“诗人何为”这一发问本身就具有足堪回味的划界性意义。甚至可以说,古典哲学和诗学是倾向于寻索“为何”的哲学和诗学,现代哲学和诗学是倾向于追究“何为”的哲学和诗学。

如果剥离掉“诗人何为”表层的愤激指向,那么它便显露出关涉存在论的内在层面,似乎在问“诗人干了什么”。显然,海氏是基于古典诗人之“为”面临瓦解而发的,其实质是书写神性诗歌的古典之手,被二战后和后工业时代的反神性权力语境所挤压和摧折。

在我看来,“诗人何为”是根基于“人何为”(人本)和“诗何为”(诗本)的。因为诗人同时关涉作为人的生存处境和作为诗的生态语境,二者相生相契、互为因果。舍弃了对“人何为”和“诗何为”的追究和启明,“诗人何为”便失去了依托和根据。诗人作为此在之中特殊的存在者,是“何为”的行动者和探索者。他是否敢于探入深渊去领受生存的晦暗并使之敞开,这是对他这个特殊生存者的特殊考验。尽管“人何为”(“此在何为”)是存在主义哲学探究的问题,但诗人之为依然是生存的一部分,是以精神穿透存在的一部分。萨特在论述波德莱尔时认为,他像孩子一样选择做一个犯错误的人,近于“撒旦”,而“撒旦”正是不听话的孩子。巴塔耶提出,我们“甚至要问:这样的选择,从本质上看,是否就是诗的选择?人的选择?”①

我们看到在不少论述者那里,“诗人何为”已自觉或不自觉地关联着“诗何为”这一深层指向。海德格尔认为:“为了揣摩是否和在何种方式上,里尔克是一贫乏时代的诗人,而且为了知道诗人何为,我们试图将通往深渊之路上的几点说明立刻标出。我们将里尔克的主要诗歌的一些基本语言作为我

---

① 巴塔耶:《文学与恶》,董澄波译,北京燕山出版社,2006年,第22页。

们的说明。”[①]“如果里尔克是‘在一贫乏时代的诗人’，那么，唯有他的诗歌能回答这样的问题：诗人何为？”[②]

准确地说，在现代诗人写作的过程中，“诗何为”和“人何为”是同一的、不可分割的，并最终以文本形式来回答“诗人何为”：它在多大程度上开启了人的存在和语言的存在，它在怎样的向度上使诗歌传统得以重构和再生。罗蒂说：“在尼采看来，无法成为一个诗人，就等于无法成为一个人，就是接受别人对自己的描述，执行一个已先设计好的程式，或顶多只是根据前人写就的诗作，写出优雅的变体而已。因此，要追根究底使自己成为自己的原因，其唯一的方式是用新的语言诉说一个关于自己的原因的故事。”[③]

当我们将“诗人何为”“诗为何”与“诗何为”加以融贯地考察和透视，可以清理出如下必须加以反思的问题。

其一，追问“诗人何为”则必须追问“诗何为”和“人何为”。在这里，“诗何为”的主体是诗本身，而“人何为”的主体是诗人。诗歌创造活动是双重主体互应互动的过程。一方面关乎写作者作为主体的感受力和思悟力，关乎他的写作行为对于存在者和诗史的意义。另一方面关乎诗歌本体的形式感、语感和创新维度。囿于“人何为”必有这样的危险：因过度张扬写作主体的支配作用而扼制诗歌本体意志，最终使“诗人之为”浮离于诗歌自身的呼吸与展延之外。囿于“诗何为”则可能导致对历史语境的拒斥从而游离于时代之外。以此来反思中国古典诗学和近代诗学，其根基中明显缺失对“人何为”的追问。而在对“诗何为”的追寻中，从“言志”到“言道”到“言玄”，从“言情”到“言象”到“言禅”，走着一条越来越虚无化的演化线路。这两点是中国古典诗歌自唐宋以后就陷入停滞，而进入近代后在内涵上依然难逃僵化的主要原因。张志扬先生认为：“近现代史上，中国较之世界，其痛苦的深重，唯犹太民族可比。但察其表达痛苦的文字，诚如鲁迅所言，多在‘激动得快，消失得也快’之间……它并非某一种个性所为，而是一个民族所为，尤其是这民族的汉文字

---

① 海德格尔：《诗·语言·思》，彭富春译，文化艺术出版社，1991 年，第 88 页。

② 海德格尔：《诗·语言·思》，彭富春译，文化艺术出版社，1991 年，第 130 页。

③ 罗蒂：《偶然、反讽与团结》，徐文瑞译，商务印书馆，2003 年，第 43 页。

所为，于是有问：痛苦向文字转换为何失重？”[1]

那么，诗人应该怎样直面和处理人性无法回避的疼痛？怎样使“语境”“超越”“审美距离”不再成为对当下现场的遮蔽和过滤？怎样使“现实”“真实”不再成为扭曲诗本和语言的堂皇借口？在我看来，人、历史、语言和诗歌的关系，是一组互为主体的能动系统。当它们相互进入、相互沉浸并在多元系统中突现文学话语自身时，才构成一次真正意义上的诗学本体事件。最近二十年的当代诗史，在某种程度上出现了一种值得警惕的现象：要么追求一种拒绝历史、淡化生存的纯诗写作或者游戏写作，以至于出现以能指堆积太厚为特征的大面积语言浮肿、过剩现象；要么追随历史主义的复燃而贬斥文本的自足自为性，话语主体先在地被历史或道德所决定，因而也就很难保证他不成为主流话语的操纵者和受动者。

其二，“诗为何”这一单维度发问，预设了一个孤悬在上的抽象的诗的本质，高不可及而又秘不可言。德国学者弗·施莱格尔说：“诗的定义只能指出诗应当是什么，而不能指出它实际上曾经是什么和现在是什么。否则，最简要的定义就会是：诗是某个时代和某个地方叫做诗的东西。”[2]弗·施莱格尔陷入的矛盾无疑具有普遍性。他将诗性的抽象本质（“应当是什么”）与诗的特定历史和文化的本源（“曾经是什么和现在是什么”）割裂开来。前者是诗性的恒定性和同一性（“诗为何”），后者是诗性的变构性和差异性（“诗何为”）。长期以来，批评家们大都以这种割裂的方式进行追问，使得这一形而上的悬疑越来越虚妄、怪诞和他者化：诗歌成了宣教、布道、煽情、立言的载体。当最终有人断定“诗什么也不是”时，人们仿佛兜了一大圈又回到原先出发的地方。事实证明，这一古典式追问方式日益暴露出它内在的局限：它对诗之抽象本质的承诺和索求，是以轻慢或遗忘当下形式/言语的根性与生成性为代价的。这如同古典形而上学只追问理论的根据，而从不追问根据的根据一样。古典性诗人大都满足于固守修辞法和格律程序，别无他想，而现实主义诗人满足于固守所谓“现实”“真实”“典型环境”等概念便别无他顾了。

---

① 张志扬：《小札：汉语言的能说与应说》，《文艺理论研究》，1995年第5期。

② 转引自王治明编：《欧美诗论选》，青海人民出版社，1990年，第137页。

这样一来，诗本体不是滑行于表面对称的意向链而难以潜入构图和现场相纠结的多维语境，就是被宏大而森严的“历史逻辑”所冲垮，水银泻地般消弥于他者权力黑氅的皱褶之中。

作为关涉诗的变构性和差异性的追问方式，在我看来，“诗何为”正是回答“某个时代和某个地方叫做诗的东西”。进而言之，它甚至关涉某一首诗对于人的存在的意义和传承链条间对于诗的存在意义，关涉诗性之根是否生长在它所生存的“某个时代和某个地方”的泥土中，关涉无法被批评模式整除的个体写作所呈现的错综差异的“余数”部分。同样，诗人追问“人何为”的潜在意义在于，一个诗人应当怎样将人性和诗性提升到对等的、相互渗融的境地，应当确立怎样的个体写作理念，从而将变构性赋予当下诗歌潜藏的可能性，对形式、语言和文本进行创造性解构和营建。

中国诗坛进入二十世纪九十年代以来，对“诗为何”和“诗人为何”的追问，已被诗论家们置换为“写作为何”的叙述和命名，置换为分类学意义上的两项对立式的命名关系，如“青春写作”和“中年写作”，“流派写作”和“个人写作”，“神话写作”和“反神话写作”，“学院写作”和“反学院写作”，“知识分子写作”和“民间写作”，“不及物写作”和“及物写作”，等等。尽管“写作”一词具有行动、过程的积极意味，但每一种写作模式都试图建立一种理念范型和解释权力，并不惜为此展开一番并无多少意义的争吵（“争论”似乎还谈不上）。这争吵中已越来越多地暴露出偏执中的浅薄倾向，它一直拘囿着诗学分析的视野和判断质量。在占山为王式的诗歌批评版图上，对“诗人何为”的追问被遗弃了，那些探索“何为”的诗人和诗作被埋没了。一句话，对“写作为何”的命名和叙述，是以轻慢和舍弃当下诗人“写作何为”的横出旁逸为前提的。这是造成当代诗学批评一直在张冠李戴地沿用或借用他者范畴和概念，而不能根据发展着的当下写作实践归纳新的诗学范畴和概念的原因。同样，它也是当代诗学批评中伪问题、伪命题滋生的重要土壤。比如关于“知识分子写作”与“民间写作”的争鸣，以及围绕“口语诗”展开的争执，都是游离于中国现代诗学之外的伪问题。这些争鸣的焦点在概念内涵上可能相互交叠、相互平行，因而所谓双方的“对峙”是虚假的，如同拳击擂台上站着的不是对手，而是一对情人或者两个稻草人而已。谁能说“知识分子写作”和“民间写作”实际上不是站在“同一个战壕”里呢？这不能不让人感到几分滑稽。至于有关“口语诗”的争执，只涉及诗歌的语体问题，且在二十世纪初的白话新诗运动中就已解决了。因为在当时古典诗日益僵化的情势下，语体问题突出地成为妨碍中国诗歌前行的“瓶颈”。二十世纪末重开类似的争论，只能将现代汉诗和诗学批评拉回到比较低的起点上，实在看不出有什么意义可言。如果争论者稍微关注一下当下诗人和诗歌之“何为”，我想他们理应感到脸红：现代汉诗在将多种语体多种语式熔铸成汉诗的质地和韧度的方面，早已将“口语能否入诗”，以及粘贴其上的“先锋性”等问题甩到爪哇国去了。由此可见，二十世纪九十年代的诗歌批评领域，“诗为何”与“诗何为”，“写作为何”与“写作何为”存在着潜在的割裂与对峙。

其三，追问“诗为何”并非无意义。虽然它具有只可显现不可言说的性质，但在理论上知其不可为而为之地言说它，依然是历代诗论家和诗人乐此不疲的事。可以说，“诗为何”永远带着不可穷尽的虚无之“何”，既显又隐、亦显亦隐是它的本性。多多表达过类似的观点：诗歌的本质是自由和开阔。每一首诗都是诗歌的重新定义。没有终极性的诗歌定义。如果把诗歌捕捉到概念里，那是死的、假的诗歌。诗自身作为不以他律为转移的自主、自足的本已存在，它的腾展和集收、敞亮和隐藏、嬗递和持存，都存在着秉承自身意志的一面。正因为此，“诗为何”才构成类似诗的“边界”之物。而谈论“边界”本身必跳到边界之外，但这是无意义的。这如同在象棋规则之外谈论“马”的走法一样无意义。

“诗何为”关涉写作的“何为”和文本的“何为”，是在创造性写作中所生成的独异之“为”，同时它是介于形上和形下之间的形而中。“诗何为”只有不断偏离或悬置既定的“诗为何”，才能不断地有所为和有所不为，而“诗为何”才能如月亮盈亏似的生成和消长，突现和敞亮。这如同你问“斧子为何”一样，斧子究竟“为何”，你不妨去看斧子“何为”罢，看看它的本质怎样在斧起刃落中闪耀、迸响，看看持斧者独异之姿瞬间凸现出来。一些诗论家认为，最近二十年的诗史经历了从“不及物写作”到“及物写作”的演进。前者无疑深受巴特“不及物”写作理念的影响，后者受所谓新历史主义思潮的持续波击。那么，“及物写作”是否真的概括和反映了二十世纪九十年代写作的真实面貌？一窝蜂的新历史主义真的压倒性地改变了现代汉诗的写作？当我们深入到错综复杂的写作现状中，便不难发现正是“不及物写作”的诗学积累和形式磨砺，使“及物”和“不及物”得以在写作的更高维面展开与交汇，词和物，虚构和真实，文本语境和历史语境得以被纳入到相互关联、辨析与修正的视界和过程之中。换言之，“及物”与“不及物”在诗歌结构和语言中是不稳定的，在个人写作中尤其不稳定。比如，形式构架上的“不及物”，与潜藏在肌质和词语细部的“及物性”是统一的；“及物”与“不及物”交替出现，或者“及物”从“不及物”中慢慢显影出来，“不及物”为“及物”制造了特殊的氛围，等等。传统意义上粗暴的“介入性”在现代诗中很难找到了，代之而起的是在“及物”与“不及物”之间渗透与闪烁。如果没有“不及物”对“及物”的有效制衡，当代汉诗的叙事性和“及物性”都十分可疑。

其四，追问“诗何为”和“诗人何为”，尤其要防止滑入实用性或工具性的泥坑。例如：“‘奥斯维辛’之后，谁还写诗？”阿多诺这一反问显然存在这一嫌疑。诗歌不是机枪大炮，更不是救无辜者于奥斯维辛的解放力量，甚至它也无法防止新的“奥斯维辛”出现，但这并不意味着诗和诗人没有存在价值。在我看来，将诗和诗人逼到悬崖上去“审问”，非但无助于显现诗的本质和可能性，反而将它逼到更加阴暗的窄道或死路上去。孔子说“君子不器”（《论语》），庄子曰“人皆知有用之用，而莫知无用之用也”（《人间世》）。“不器”和“无用”不仅关涉“道”，更关涉形上之物的本质特征。一旦“器”了，“有用”了，君子不是沦为工具便是格禁死了。我以为，“不器”和“无用”同样适合有关诗和诗人的判断。回答“诗何为”和“诗人何为”之命题，一言以蔽之便是：诗“无用”且“不器”，诗人亦是，故而有“大用”，成“大器”！细辨之，“无用”乃诗之道体，“不器”乃诗之形体，二者合一才能回答“诗何为”以及“诗人何为”。须强调的是，“无用”和“不器”的内核是独抒性灵、自由逍遥之精神，是与天地同流，与万物为一的博大气度。

总而言之，“诗何为”与“诗为何”组建着诗之本体论结构的核心，并与人之本体论（“人为何”与“人何为”）合二为一。因为“艺术结构与生命结构具有相似之处，这使艺术品成为一种生命的形式”①。我想，这也许就是爱伦堡对愤郁自杀的女诗人茨维塔耶娃作出如下评价的原因——她作为一个诗人而生，作为一个人而死。朱湘在《北海纪游》中说：“诗的本质是一成不变万古长新的；它便是人性。诗的形体则是一代有一代的：一种形体的长处发展完了，便应当另外创造一种形体来代替……诗的本质是向内发展的；诗的形体是向外发展的。”他认为，《诗经》、《楚辞》、荷马的史诗之所以打动几千年后的读者，“是因为它们能把永恒的人性捉到一相或多相，于是它们就跟着人性一同不朽了”。诗之本体与人之本体相生相契，诗之本体的敞亮是对“大道”的触摸与融贯，是对人的根性之存在方式的揭蔽。“诗何为”作为显在，“诗为何”作为隐在，二者实为灵肉合一、一体两面之关系。

应该说，现代汉诗的写作已进入到这样的层面：对诗之为诗的本体性追索，悄悄溶解于对写作自身、操作技巧和语言的重新考量，对历史语境和形式语境之关系的多向审视，着意于不同块面、文体、话语的多维组合。虚构和自在、词和物、言和意、想象和真实、传统和现代、文本操作和阐释等关系，成为现代汉语诗人思悟并呈现生存、写作等多重意蕴的基点和切口。一个自觉自省的现代诗人，始终面对着“诗为何”和“诗何为”所共存之“何”，并冒险探入那令人迷茫与迷思的暗渊。追问“诗为何”而遗忘“诗何为”“人何为”固然是古典诗学的先天畸症，但仅据“诗何为”而阉割“诗为何”“人为何”之形上追索，则是标榜“怎么都行”的后现代诗学的内在病灶。对今人而言，重要的是接过两个世纪以来的追问继续追问，以自本自根的诗之所为回应与铭刻这个时代。

2000 年 9 月作

2006 年 3 月改

---

① 苏珊·朗格：《艺术问题》，滕守尧译，中国社会科学出版社，1983 年，第 66 页。

诗思录

一、何为诗本体

（一）对诗本体的争论由来已久。有人认为诗本体是形式或语言，也有人认为诗本体是内容或思想。这些观点看似有理，都存在难圆其说的一面。譬如，对于劣诗、伪诗、仿诗而言，虽有形式和语言，也有内容或观点，但与诗本体何干？按照格律填词的分行体不一定是诗，因而也与诗本体无关；不按格律也不分行的文字，却可能正是诗，恰与诗本体有关。至于模仿李白或苏东坡的诗词再惟妙惟肖，诗本体也不会驻足停留。再如即便一首经典好诗，对于无诗心的人而言，诗本体也无以显现。

（二）道成肉身，此肉身可称作“道体”。道是纯粹的道，看不见，摸不着，化成肉身后方可睹可闻，可触可感。德国早期浪漫主义者将“诗”（Poesie）和“诗歌”（Dichtung）加以区分大有深意。在施莱格尔看来，诗（Poesie）比起作为艺术的诗歌（Dichtung）更高渺更本原，在宇宙中存在一种无形的和无意识的诗。这与康德将世界分成“物自体”和“现象界”有异曲同工之妙。“物自体”不可企及也不可谈论，因而康德把它扔给了宗教。相反“现象界”是可以谈论的，因为人就寄身在现象的洪流中。康德哲学的缺陷在于将二者割裂开来，彼此隔绝。

（三）所谓诗本体，就是“诗性”存寓之体。一方面，宇宙中存在无尽数的诗性之物，它们都有独特的时空形式（包括体积、线条、音响、色彩），只等与某个心灵遇合并形成那个“诗意”之物。另一方面，人类通过特定介质创造艺术和通过语言创造诗歌，不过是宇宙中无尽数的诗性之物的一部分，极微不足道的一部分。早期浪漫主义将广义之诗(Poesie)视为狭义之诗歌(Dichtung)的本质。在我看来，诗歌(Dichtung)是诗(Poesie)的一部分，是特殊的创造物，而诗(Poesie)是宇宙的创造物(宗教视为上帝的造物)，二者是不对称的平行关系，共同的本质是诗性。

(四)倘对"诗性"再作解释，那么只能解释为美的特殊显现。众所周知，美的东西不一定具有诗性，但诗性之物必定是美的。

二、诗本体之显现

(一)无论诗歌(Dichtung)还是诗(Poesie)，诗性逻辑在前，形式/语言结胎在后。诗性以诗意为指归，诗意以诗性为源泉。

(二)诗歌是诗性的感性显现，诗意是诗性的最终实现。就诗歌(Dichtung)而言，位于两端之诗性和诗意离不开中介之"肉身"，离不开二者合造：一是形式创造，一是阅读再造，缺一不可。二者的相遇相击才生成所谓诗意。诗性是灵在、恒在和静在，形式和阅读是体在、暂在和动在。没有诗文本，诗意不可能凭空存在；没有阅读乃至反复阅读，诗意永远在路上，不可能生成诗意，诗性也无以显现。

(三)以树为喻。诗性是"根"，深藏于大地隐然不见，又无处不在；形式创造是"树干"，挺拔其上，年轮细密；阅读再造是"枝桠"，葳蕤若盖，秘响旁通；诗意是"叶子"或"花朵""果实"，伏觉潜发，缤纷灿烂。说到底它们是一元的，同属一体，在逻辑上则有先后之别。即是说，没有无"根"之"树干"，也没有无"树干"之"枝桠"，无"枝桠"之"叶子""花朵""果实"。反过来，一首好诗存留于世，无人阅读是可能的，无诗意生成也是可能的。质言之，诗歌形式或语言不是载体，只是诗性生长出来的"肉身"——二者互为依仗，互为因果。形式创造和阅读再造也互为依仗，但二者不是并列关系，而是递进关系，不可颠倒。在诗意的"果实"里，内含了这棵"树"的遗传密码，"根"也在其中。

(四)诗人在写作诗歌时，既是创造者也是第一读者。创作的过程同时是阅读的过程。他认定有别样的诗意效果时,才认为这首诗成了,有了自足的生命。

(五)诗歌永远是诗性的影子,永远如影随形地追随游灵般的诗性。可以说,一部诗史就是诗歌不断追踪并发现诗性的历史。诗歌是诗性的多棱镜。这情形类似影子追赶实体,仅在太阳垂直射下的一刹那,实体与影子合为一体(道成肉身)。但时空仍在延续,下一秒,影子与实体再度分离,如同日全食仅为一瞬。从理论上说,无尽数的具体文本(类似影子)可以与诗性合为一体,定格于斯,但那只是诗本体之一部分。诗歌何以一代代延续而不可穷尽,原因在此。

(六)诗性不可解,尽管自古以来人类仍喋喋不休地解释。无论怎样解释,都永远小于诗性本身。形式可解,阅读亦可解,正像树干和枝桠可以拆解。诗意固然可解,但解不清,理还乱,毕竟感悟之物,难以尽言。

三、诗文本之创造

(一)诗歌(Dichtung)之创造关涉诗人意志和诗歌意志。诗歌意志与诗人意志的区别在于,前者是指形式或语言(客体)的意志,后者是指创作者(主体)的意志。一旦二者融为诗文本,便分不出何为客体何为主体,而且二者互为依仗,互浸互融。

(二)长期以来,人们只看到诗人意志,却看不到诗歌意志。诗歌并非是被动的客体,它作为自足体也有自己的意志。诗歌并非是被动的客体,它作为自足体也有自己的意志。将诗歌意志等同于诗人意志,如同沃林格尔将艺术意志等同于艺术家意志,意味着将冒这样的危险:形式和语言成了傀儡可以任意驱遣,创作主体对话语形式以任意揉捏。

(三)诗人意志即主体意志,它是由诗人应世观物的哲学、文化态度所形成的“世界感”,和把握诗本体自律所启悟的“诗歌感”有机构成的。“世界感”既入乎其内地浸透着特定的精神、文化的整体氛围和色彩,又出乎其外地依恃个体生命/生存的体验并达到形上的思悟。正是通过“世界感”,诗歌保持着与时代、现实的隐秘联系，并获得一种精神根基。“诗歌感”是对语言、形式的敏锐直觉和后天不断磨砺所熔铸的诗歌“宗教感”：诗性已成为血液、骨髓和灵魂的不可分离的偶像。“诗歌感”之重要，如同一个宗教信徒可以不谙经文但不能没有宗教感一样。“世界感”和“诗歌感”的任一缺席或偏枯，都能造成主体意志的虚弱、失衡甚至空洞状态，使主体意志拒斥异化的能力被自身拒斥。

(四)诗歌意志即客体意志，它是由诗性得以寄寓、显现的唯一客体——特定语种所内含的“诗质性”，和诗歌得以传承、改写与变幻的唯一维度——实现重构的“形式性”有机构成的。“诗质性”是能指的，也是所指的。作为能指，指向特定语种自身的质地、构造及音韵等美质；作为所指，指向内在于语词的文化、精神和生存的含量。它们只有在创造性形式的重构中才能呈现：提升或者还原。“形式性”既有外在的，也有内在的。外在形式可以被反复使用，内在形式只能被使用一次。这是因为：前者是可以独立于内容或素材的形式面具，后者只有在与内容或素材仅此一次的有机融合中才能显现出来。故此，“形式就是内容”这个命题，只有在“形式”是指内在形式时才成立和有效。语言的“诗质性”和“形式性”在当下的共时创制中凝定为诗性之物，而诗性正是诗本体所隐约显现的诗魂和诗晕。

四、对一种诗学分析结论的质疑和补足

(一)以索绪尔语言学理论为基础的雅可布森诗学分析模式，是将隐喻和转喻当作语言符号形成过程中选择和组合两种运作方式的基础，因而这种修辞方式既是两种语言运作方式的产物，同时又上升为人类语言共时与历时的两种基本向度和客体诗学分析模式。这是二十世纪语言诗学理论的重要成果之一。运用这个典型模式分析诗歌文体既视角新颖又卓有成效。但是它的局限也显而易见。雅可布森在《隐喻和换喻的两极》中说：“人们已经多次指出过隐喻手法在浪漫主义和象征主义流派当中所占据的优势地位，然而却尚未充分认识到：正是转喻手法支配了并且实际上决定着所谓‘现实主义’的

文学潮流。”[①]在这儿，雅可布森完全拒斥了诗人主体意志的相反相成的有机构成力量。

（二）在我看来，与呈现诗歌意志的隐喻/转喻模式相对应的，是呈现诗人意志的拟人/拟物模式。拟人/拟物的二元结构既曲折对应于和异在于现实世界的人化和物化状态及其悖反关系，同时又上升并凝成人类艺术思维的两种基本向度和主体诗学分析模式。这两种模式也处在相互渗透、相互转换的矛盾关系中。卡西尔在《人论》中指出：“诗人和神话创作者看来确实生活在同一世界中，他们具有同样的基本力量——拟人化的力量。他们观照一个对象时非得给一种内在的生命和拟人化形态。”[②]人类自主意识的确立是拟人化力量产生的必要前提。而布留尔在研究原始人的思维方式后认为，这种拟物化思维是以互渗律为主的原逻辑思维：人与图腾及一切存在物处于一体化的水平线上，彼此存在着一种不间断的转换和神秘互渗的亲族关系。那么，主体意志的拟人/拟物模式的运作，同样能在语言层面的修辞方式中找到它对称的投影：拟人和拟物。可以说，不是先有这两种辞格，而是先有拟人/拟物的诗性思维，才有作为辞格的拟人和拟物。

因此，文学以及诗歌可以分成拟人化/拟物化这两大流向和形态。拟人化诗歌将主体的情感、意念和人格注入对象并变形为另一种形式，从而获得沉浸、反观自身的美感体验，带给人以命运感和扩张感。肯定性的拟人化产生快感，一种生命的愉悦和自我的实现；否定性的拟人化则产生痛感：生命/生存的困扰和毁灭。在拟人化的过程中，我们看到两种类型的诗人：一种是把自己的全部人格铸入其中并铸于其中的诗人，作品极富情感性和超验性，如屈原、荷尔德林和海子。另一种是将人格置于作品的背后而保持生存世界的客观性和丰富性，同时上升为整个人类命运悲剧性的交响，如荷马、歌德和曹雪芹。

拟物化诗歌放平主体君临一切的架势，剔除先在的意义圈套，与万物达

① 转引自伍蠡甫等编：《西方文艺理论名著选编》，下卷，北京大学出版社，1987年，第431页。

② 转引自伍蠡甫等编：《西方文艺理论名著选编》，中卷，北京大学出版社，1986年，第753页。

成一片谐和并消融自身，或者以冷静客观的形式还原与直面存在物和存在本身。在现代，拟物化的类型和趋向大致分裂为二：其一，以情感零度叙述人的存在，凸现物的统治性或者直接将人虚拟为物，以此呈现人的异化状态；其二，回归并融入自然万物之中，与宇宙的律动相应和，达到一种无知无欲的物化状态。这是东方新古典主义。当然，拟人/拟物达到相对平衡时，拟人化诗歌也带有拟物的色彩，反之亦然。

（三）倘若将隐喻/转喻的客体诗学分析模式和拟人/拟物的主体诗学分析模式加以有机融合、统一，便可以得到一个综合立体的更大的诗学分析模式。也就是说，透过由隐喻/转喻的二元运作所构成的形式化世界，可以看见更深一层的拟人化/拟物化的投射、调节与制约：主体意志在行动。

由此可知，转喻之于客体意志，拟物之于主体意志，二者的历史性合力决定着所谓“现实主义”的文学潮流。同样，决定浪漫主义和象征主义的是隐喻/拟人两种意志的双向运动与合成。

（四）上述两种意志的分野是如此造成的：其一，本体模式和主体模式各自内部的二元结轴因倾斜度不同而形成不同的内在图式，如象征主义的主体模式，其拟人轴（纵轴）较之浪漫主义偏向拟物轴（横轴），而浪漫主义的本体模式，其隐喻轴较之象征主义向转喻倾斜。

其二，不同的内在图式造成的撞击力度和角度也是不同的，他们合成的诗学与诗式之“钻石”也形质各异。其实，对每个独特的创造个体而言，只有成熟的主体才能将他与别的（哪怕是同流派的）诗人区分开来。因为诗歌风格的差异，其根源在于主体意志的差异。例如在象征主义流派中，既有波德莱尔式、马拉美式，也有里尔克式、艾略特式等，它们都是更为独特的个人性意志的呈现。因此，通过这个更大的诗学分析模式，我们可以考察诗史上诗歌流变的迹线。当然，关于这方面的综合研究还有待进一步深入。

五、诗歌精神

（一）诗歌精神是整个时代的诗歌写作之灵魂背景和思想气度，并且，诗歌精神通过介入和渗入主体意志内在的“世界感”来制约和干预诗歌写作。说到底，诗歌毕竟是人类精神的产物。诗歌的存在必然建立在特定的精神根基之上。在诗歌精神和诗歌意志之间存在矛盾又统一的关系。重建诗歌精神只有在以下前提下才是必要的，即现存的诗歌精神已在根本上严重阻碍和破坏新的多元诗歌意志的建构。如果仅凭部分诗人逃离和部分诗歌媚俗的状况，便断定诗歌精神已朽坏，是武断的，一方面要看到，进入“新时期”后诗歌精神在中西文化撞击中逐步从废墟中确立本己的高度和自由度，一批中坚诗人中已经形成，或正在形成独特的诗歌意志和写作风格，他们的创作实绩和文本实验在“左”倾年代是难以想象的；另一方面也要看到，诗歌精神本身不仅亟待批判性地扬弃和发展，还不断受到现实异化力量的侵蚀和威胁。故此，如何坚守和深化“新时期”以来的诗歌精神是当前诗坛面临的主要问题之一。

（二）诗学实验是诗歌精神的集中体现和量度标尺。在二十世纪初，美国的新诗运动中所爆发出来的诗歌精神，其实质是既反抗英国传统，又反抗美国的高雅派传统，从而使诗歌本己化和多元化。但是，如果这一诗歌精神不是凝定为意象派、象征派和芝加哥派等一批诗人的个人性诗歌意志，并在独异的文本中呈现出来的，那么，所谓的诗歌精神仅为泡沫般的口号而已。因此，不止于谈论诗歌精神，而是进一步研究如何引导和催生诗歌意志的确立和多元化，对于推动现代诗写作才是根本的。

六、诗歌风尚

（一）诗歌风尚是一种社会性的写作、鉴赏诗歌的趣味和标准。它因深入人们的心理结构而具有很强的稳定性和排它性。一般而言，每个时代都有自己的诗歌风尚，并对不合规范的诗歌意志先天地具有压制和铿平的作用。因而，受诗歌风尚浸染甚深的鉴赏主体和写作主体很难形成超越风尚的独立的主体意志，而本体意志也自然处于遮蔽状态中。依傍诗歌风尚写作也能磨制出一些精致之作，但这样的诗人不可能成为独特的或者开创性的诗人，更多的诗人必定处在互相重复互相践踏之中。例如，“诗庄词媚”直到宋初仍是强大的诗歌风尚：诗必咏志、载道，词必言情、绘艳，几乎无一人敢越雷池一步。苏东坡、辛弃疾等诗人出现后，这一风尚才被打破，词成为宋代最具代表性的诗歌体式。

（二）独异的诗学意志是对强大而稳固的诗歌风尚的冲击与突破。换言之，它是不断从诗歌风尚的母体裂变出的先锋因子，自然受到传统风尚巨大惯性的扼制和整合。波德莱尔的《恶之花》和惠特曼的《草叶集》，它们在问世之初都遭到无情的围攻与否定。对于中国古典诗歌而言，陈子昂的《登幽州台歌》所展现的不合格律、不合意境的独特性，理应成为诗歌发展的另一种可能性空间。但陈子昂并没有据此形成诗学意志，或者，当他的先锋性处在雏形时，便被淹灭在诗歌风尚的汪洋大海中。否则，中国自由诗的变革也许要提前一千年。

1995 年 2 月作

论现代汉诗的元文学倾向

一

作为现代文学历史进程中的重要现象之一,“元文学”的出现不是偶然的。在现代反思精神和文学本体意识凸起的大背景下,日益虚浮、异己化的传统文学和自以为是的僵化的文学观念暴露出深刻的危机。罗兰·巴特在《文学与元语言》一文中认为,在现代文学之前,文学从未有过关于自己的元语言,也从未有过对自身存在的思考。尽管巴特有点言过其实,但他毕竟从理论上指述了现代主义文学的重要特征之一,即“意识到自己的两面性:既是对象,又是对对象的关注;既是话语,又是话语的话语;既是对象文学,又是元文学”[①]。元文学现象不仅涵盖了文学的各个门类,而且与各种元艺术互生并发。毫无疑问,现代诗也表现出了元文学性的元诗倾向,即现代诗写作自我意识凸起,既关乎对象也关乎诗歌自身的写作。照巴特的说法,最早的元文学是十九世纪下半叶由马拉美开始的,马拉美的雄心壮志是把文学与关于文学的思想融合在同一文字实体中。马拉美第一次劈头提出一个令人震惊的文学疑问——像文学这样的东西存在吗?此外他在语言意识、实在与虚构、非个人化等的理论和实践方面的研究都独树一帜,成为现代派文学和理论的重要奠基者之一。看来,元文学现象可以追溯的源头来自于现代诗歌。

尽管元文学在小说中得到充分发育并向后现代急速沉坠,以致批评家们将元文学统统划入后现代领域,但现代诗的元诗倾向,作为对自身的语言、文

---

① 转引自秦海鹰:《文学如何存在》,《外国文学评论》,1995 年第 3 期。

体、技巧，以及诗学观念的质疑与反思，使现代诗在内在构成、力度、反讽、复调等方面，保持着自我辨析、自我更新的活力。现代汉诗同样也出现了元诗倾向，这与当代汉诗自我意识的觉醒与深化是分不开的。

二

在我看来，现代诗歌的元诗倾向，至少有三个重要特征：其一，它一般呈现两种话语交织的双线结构：意象的、叙述的诗性话语与思辨的、反观写作自身的话语，或者“单语”之中存在巴赫金所谓具有双重意义指向的“双声”现象，其中必有关乎诗歌写作自身的意旨，从而构成与世界、生存、文本、诗艺的对话、辩解关系。这一特征，有助于将元文学与那种以分行形式来表达诗学见解的理论文字区别开来。

例如博尔赫斯的《另一只老虎》这首诗，不断在描叙、述它的话语和议论、述己的话语之间游移、出没：“我在诗篇里呼唤的老虎/是一只象征与阴影的老虎，/一系列文学的比喻和/一连串百科全书的记忆/不是那要命的老虎，那不祥的珍宝/它在太阳或变幻无常的月亮之下，/在苏门答腊或孟加拉执行着/它爱情，懒散和死亡的惯例。/我反对象征的老虎，用那一只/真实的老虎，热血的老虎……”（陈东飚译）诗人不断在词与物、虚与实之间来回穿插，意在使它们相互缠绕、纠结，相峙相映，从诸种不同世界的边界相互摩擦的张力中，呈示对世界、形式、真实和诗艺的深湛哲思。

多多二十世纪九十年代诗歌的变化也与此相关。《在这样一种天气里》这首诗，建立在对“天气”的质疑与“虚构”话语之间的张力结构上，“在这样一种天气里/你不会站在天气一边/也不会站在信心那边，只会站在虚构一边/当马蹄声不再虚构词典/请你的舌头不要再虚构马蜂/当麦子在虚构中成熟，然后烂掉/请吃掉夜莺歌声中最后的那只李子吧/吃掉，然后把冬天的音响留到枝上/在这样一种天气里/只有虚构在进行”。他认为“艾略特讲三种对话：个人与上帝，个人与他人，还有一个是独白，自己与自己对话。我觉得还可以增加一个关系，就是活人与死人的对话。我现在大量的是这样的对话，我终于找到了对话，这时候诗歌就好了”。[①] 这一点，在他的《从死亡的方向看》，还有《在墓地》中都有体现：“没人要我们，我们在一起/是我们背后的云，要我们靠在一起/我们背后的树，彼此靠得更近”，“我们”便包括生者和死者，整首诗便是与死者的对话。

在严力的《抚摸》一诗中，明显存在着两种相互纠缠、相互映照的成分和线索，“我抚摸着一首中文诗/它译成了英文之后的曲线性感了许多/但它从刀变成了刀鞘/我抚摸这首用笔写的诗/被复印机吻了一遍之后现代了许多/但从银器变成了塑料餐具/我抚摸这首已经成人的大诗/是幸和福离婚之后长成的/如今这个社会有许多单字描写的家庭/有病也不呻吟/我抚摸这首因嘲笑别人而出名的诗/因为太多的怪事/把我的食指吮成枪口/指指点点的习惯/使我伸出的手/不知道如何返回”。从诗的遭际中可见出社会之一斑，而从后工业社会的侵入中亦可见诗之病状。严力在二十世纪九十年代的诗具有浓厚的元诗色彩，如他的《语言的体温》《语言如肉》等。

又如张曙光的诗《这场雪》，着意呈述真实的雪和语词的“雪”之间的裂隙、互渗和转换关系，同时又构成对“这场雪”写作行为本身的评述：“这场雪/不过是一场巨大的语言实验/你必须设法捕捉一些词语/一次又一次，直到它们变得陌生/并在这个夜晚明亮地闪烁。多么艰苦的劳作/一整个冬天雪在下着，改变着风景/和我们的生活。裹着现实的大衣你是否感到寒冷？……/当然你不会放弃这场游戏/在里面你扮演着上帝/或一个蹩脚魔术师/肯定与农作物无关，也不会/助长恶劣天气……”这首诗体现了诗人对多重而非完整世界（包括写作自身）的悟解与把握的层次感和辨析力，从而凸现着具有强烈自我意识的元诗色彩。

其二，现代诗的元诗倾向，常常是从虚构与自在、想象与真实、词与物、言与意、传统与现代、文本操作与阐释等关系入手和展开，在二者之间形成沟通或“短路”，并据此营造一个复合的、多维的或反讽的空间。这一特征是与现代哲人对语言的思考从而引发语言意识的更新密切相关的。语言是存在本身既述它又自述、既镜映又折射、既澄明又遮蔽的到来。作为语言艺术的文

① 多多：《多多诗选》，花城出版社，2005年，第287页。

学被动反映一个清晰而有意义的客观世界的论点已经站不住脚了。比之元小说，现代诗在构建多维的、超越性的更高真实方面具有本己的优势。美国诗人史蒂文斯对《看黑鸟的十三种方式》和《弹蓝色吉它的人》等诗作了如下解释：他想写的是四件事——1. 现实；2. 想象；3. 两者的关系；4. 主要是对以上三者的态度。[①] 诗人对上述关系的探寻，直接投影在形式/语言上并呈意晕扩散状态，使之焕发出不可言说的神秘和魅力，达到最高的虚构便是真实本身的程度。

马永波《词语中的旅行》一诗，可以视为从“词语”和“事物”两头双向进入世界的“旅行”：“最后留下的只是词语，让你完成一个/可疑的文本：一座夕光中的老房子”，“何处存在那意义确定的词，对应着/触手可及的事物：杯子、铅笔、光滑的腿弯/你遇到的每一个词都像一个人，透明/在车灯和纷纷雪片中/似曾相识的表情开始出现”，“而随手改动一些词语，就有一些事情发生”，“词语带着我们向不可知的结论滑行：/一块已出售的空地，抛弃着废轮胎/棉纱，拉直的弹簧，和油污的手套”。诗人时刻让读者注意到诗歌写作作为一种语言事实，它与事物存在着既对应又互否，既错置又连贯的关系。由此不难看出诗人不断增强的语言意识已通过文本表现出来。

其三，与传统诗歌隐藏写作程序/技巧相反，元诗歌裸露或戏仿写作程序/技巧，或者直接与阅读对象进行对话，在文本与写作文本的行为之间形成错置、矛盾或解构关系，造成一种突兀、反讽、间离的效果。马永波将这一叙述称作“伪叙述”，并在《谈近年写作的客观化倾向》中对此有过清晰表述：“它区别于传统叙述之处，在于它重在揭露叙述过程的人为性与虚构性以及叙述的不可能性，它是自否的、自我设置障碍的、重在过程的叙述，它将对写作本身的意识纳入了写作过程之中。凭借提示出诗是一种发明，将注意力引向文本的技术和自治，或者将注意力引向理解的问题上来。”在他的《纯粹的工作》《寒冷的午餐》《简历：阿赫玛托娃》《散失的笔记》《哈尔滨十二月》《本地现实：必要的虚构》《11/20/1994》《伪叙述：镜中的谋杀或其故事》等作品中，诗人都贯彻了这一诗学主张。

---

① 转引自赵毅衡编选：《美国现代诗选》，外国文学出版社，1985 年，第 258 页。

于坚在《事件：寻找荒原》中，穿插了对一种浮泛的抒情写作的调侃："到处都显示着史前的征兆/而我作为诗人 一个闯入者/站在它们的外面不知应该从啊开始呢还是从哦开始/依着惯例 我还是从啊开始 啊 当我才拾到鹰这个音节/一只黑兽就撞入天空。"翟永明在《土拨鼠》中，用"一首诗加另一首诗是我的伎俩/一个人加一个动物/将造就一片快速的流浪"，"这首诗写我们的逃亡/如同一笔旧账"，不断让读者意识到写作程序和诗人内在灵魂的自我放逐性。

姜涛的《秋天日记——仿路易斯·麦克尼兹》一诗，明显是对英国诗人路易斯·麦克尼兹的同名诗作的戏仿、辨否和重构，不仅挪用了麦氏的诗题目，而且第一行的"八月快过去"，变成了"八月已经过去"。全诗不断在现实的物象和写作的隐喻相互扭结之中展开、延伸："八月已经过去 更换的稿纸上/依旧是渺无人迹的热带/精确的描写带来幻觉/无边的现实有了边缘/那曾经在笔尖下渗出的院落/而今 是否已租给了别人/他辞退了鹦鹉 哄走了黄鹂/又将巴那斯派的夜莺/当作一笔外快寄回了老家……"真实与虚构、现实与文本、写作与阅读、传统与前卫、焦灼与机智等一组关系的双重关联，在诗歌的行进中纠结、闪烁和反讽。显然，麦氏在诗中探究了知识分子在特定的历史情境中的精神危机，而该诗对写作中的写作者及其写作的立场、方式和复杂身份作了精微的个人反思。

三

二十世纪八十年代后期以来的现代汉诗，在诗学观念上出现了一次转变。其中有对写作自身的关注与发现，对语言在诗本体中的意义，尤其是词与物、写作的"及物"与"不及物"关系的探寻。比如，一些诗人认为，诗歌最终归结于词语，诗歌的可能性，灵魂的可能性，只存在于对词语的进入中。这意味着诗人从外在形式的经营开始转向对词语本身的关注。这种转变对诗歌写作产生重要影响，其思辨痕迹不可能不在诗文本中有所呈现。

韩东的《你见过大海》，是较早具有自我意识的诗。它的绕口令式的语气,不厌其烦的肯定,显然是在针对朦胧诗的隐喻方式和语境特征,因而只能将它放在更大的互文语境中才能读出其中的指向。

南野的《狩猎者》直接以诗人的写作及生存为叙述喻指。唐晓渡在《纯粹与宁静》的序言中说该诗“不是一个关于农夫或猎人的寓言,而是一个诗人的寓言,同样是一场假定的想象游戏”。诗的叙述暗中针对以世俗法则为主的他人话语:“我是个失望的狩猎者/我在树梢上一个空间挖掘陷阱/在树根的位置布下精巧的丝网/我把猎枪遗忘在一本书里/我错误地充满着幻想/我唯一熟知的捕猎方法是守株待兔//……//我的两手依然空着,空手而归,犹如去时/……这证实我的徒劳,我的空洞无物/和题目的虚幻不实”,诗的表述方式是夹叙夹议的,述它的,但这个“它”直接喻指写作自身,它涉及写作的目的,“及物”与“不及物”、真实与虚构的关系。

周伦佑的长诗《自由方块》在文体实验方面迈出了一步。它的魔方式排列使传统的阅读和解读出现危机,诗体意识、写作意识因此而强化、凸现。欧阳江河的《玻璃工厂》作为“第三代诗歌”的重要收获之一,则更显示了现代汉诗的成熟和巨大潜力。必须指出,这首诗中的元诗话语,对这首诗的结构和质地起到了不可替代的作用。在对“同一工厂我看见三种玻璃:/物态的,装饰的,象征的”的多维叙述中,多层面的意蕴互相缠结并明显穿越一种声音,即对写作的语言和语言的写作进行质疑与追问的声音:面对“语言和时间浑浊,泥沙俱下”,诗的语言如何获得一种“透明”? 这种“透明是一种神秘的、能看见波浪的语言”,“语言溢出,枯竭,在透明之前”,而“凝固,寒冷,易碎,/这些都是透明的代价”,这里涉及词与物、真实与更高的真实、物质与精神的悖谬关系。诗人认为“语言就是飞翔,就是/以空旷对空旷,以闪电对闪电”,“它是一些伤口但从不流血,/它是一种声音但从不经过寂静”。世界、思想或物在语言中的“擦痕”,“比影子更轻,/比切口更深,比刀锋更难逾越。/裂缝是看不见的”。这种声音与对作为工业化象征的“玻璃工厂”的质疑与包容,在保持精神纯粹的同时,形成结构上互含互辨的强劲张势。

二十世纪九十年代后,现代汉诗写作的元诗倾向更加明显,前卫性诗人都试图在多重视镜中重新打量当代复杂的生活场景,从而呈示了现代汉诗的自我意识不断深入、扩展的趋向。臧棣在《生活的展示者》中，以“那是否意味存在着另一种生活/但那又怎样”的不冷不热的语气，在真实和虚构、写作和阅读、否定和肯定之间叙述、游移，试图以此来包容多重的现实并表达一种共存的理解：谁也不能把谁怎样。其中不乏对写作者（小说家的“他”）以及一种写作方式的微妙反讽。余怒的《对一首旧作的干涉》、欧阳江河的《椅中人的倾听与交谈》、沈天鸿的《黑鸦》、马永波的《奇妙的收藏》等诗，都或隐或显地存在关乎写作自身的意旨。

如果说上述诗歌是将元诗话语作为诗结构的声部之一，那么孙文波的《向后退……》一诗，则不仅将叙述的对象性话语和思辨的元诗话语交织一起，而且打破诗体与文体的界限，直接将思辨文体引入，对现代汉诗进行反思与议论：“那么，什么是我们所了解的现代汉语诗歌的过去？什么又是它的现在？一开始我想到过徐志摩、李金发、何其芳，也想到过冯至、穆旦……的确，在他们的诗篇中似乎总缺少一种宏大的东西。甚至不是精神的深度和广度，而仅仅是语言的打击力。”该诗打破了文体界线并使之互置、错位，问题在于怎样保证它不是一种表面游戏？它的必要界限在哪里？后起的诗人哑石在题为《门楣》一诗中，提供了阳本、阴本和盗版这三种版本，使文本结构处于开放的、对立的、转换的状态中，传统的线性阅读和固定的阐释受到挑战。这三种版本本身无疑具有浓厚的元诗意识不过阅读的快感也丧失不少，让人读后茫然无措。

四

上述现代汉诗的元诗倾向，无疑是反照现代汉诗及写作观念的一面聚焦之镜。虽然能称作“元诗歌”的诗毕竟不多，但现代汉诗所面临、置身的矛盾关系、多重语境，以及凸起的自我意识却是共同的。因为言与意，词与物，叙与议，隐与显，虚构与真实，整体与片断，写作与阐释等关系，其传统意义上的统一性已越来越可疑、越来越不可靠了；并且，它所长久遮蔽的差异性和对峙性已将自我圆足的“蛋壳”啄开了裂隙。这个裂隙在元诗歌或者具有元诗倾向的文本中得到形式上的确认、容纳与重构：对峙性更多地转换成对话性，现成性更多地让位给可能性，述它性更多地转为述己性。

对现代汉诗的元诗倾向的考察，还可以从下述几个方面加以追究。

第一，这一现象的产生，不仅与现代汉诗与西方现代诗存在的互鉴互动有关，当下文化/历史语境所呈露的本土性和生态性的影响也不可忽略。中国现代诗的中断和异化状态，曾逼迫自觉的"地下诗人"对诗歌进行痛苦的反思。如穆旦的《诗》：

> 诗，我要发出不平的呼声，/但你为难我说：不成！//诗人的悲哀早已汗牛充栋，/你可会从这里更登高一层？//多少人的痛苦都随身而没，/从未开花、结实、变为诗歌。//你可会摆出形象底筵席，/一节节山珍海味的言语？//要紧的是能含泪强为言笑，/没有人要展读一串惊叹号！//诗呵，我知道你已高不可攀，千万卷名诗早已堆积如山：//印在一张黄纸上的几行字，/等待后世的某个人来探视，//设想这火热的熔岩的苦痛/伏在灰尘下变得冷而又冷……//又何必追求破纸上的永生，/沉默是痛苦的至高的见证。

在这里，诗的生存与人的生存因相互背离而加深了各自的悲哀。同时，诗人跟诗的对话与诉求，突现了诗人对诗的痛切思考：既有对伪诗、浮夸诗的厌恶、嘲讽，也有对无关痛痒的"名诗"的质疑，以及对心中诗神的呼唤和绝望。尽管这首诗尚显直白、粗糙，但它作为朦胧诗的先声而显示了重要性。很显然，回归人本和回归诗本，二者是相互关联、不可割裂的，这是元文学和元诗得以自发产生的内在根由之一。显然，在压制、剥夺中呼唤与抗争的回归之路将是漫长的、曲折的。在二十世纪九十年代，周伦佑诗作的元诗色彩增强的内在原因，必须到他个人的生存遭际中去寻找。他的戏仿类作品，有《仿〈江湖乱〉酒令》等；暴露写作程序类作品，有《主题的损失》《对石头的语义学研究》等。"写这首诗时，我的心境平和/窗外的那些事（屠杀、监狱与战争）/已暂时忘却。只关心一个主题的/圆满呈现，让更多的人知道并懂得/一张圆桌的必要”(《圆桌主题》),周伦佑在指斥一种文化观念的同时,辛辣地剥解与反讽一种苍白、圆滑、忘却生存的诗写态度。

第二,无论古典诗还是白话诗,都有以意象为基点、以隐喻为思维方式和营构方式的沉厚传统。而以思辨性话语或批评性话语嵌入、贯穿诗歌肌质的诗文本,使之相互纠结、抵制,并局部裸现文本操作过程,叙与议,言与意,隐与显之间形成对峙或对比,有助于创设一种矛盾的、多维的开放性语境,其中思辨性语式总是略显优势,并带有某种喜剧性的反讽色彩。对现代汉诗而言,这意味着形式上的拓展,有助于改变“作茧自缚”的传统运思方式和结构形成。

以于坚的《对一只乌鸦的命名》中“当一只乌鸦　栖留在我内心的旷野/我要说的　不是它的象征　它的隐喻或神话/我要说的只是一只乌鸦　正像当年/我从未在一个鸦巢中抓出过一只鸽子/从童年到今天　我的双手已长满语言的老茧/但作为诗人　我还没有说出过　一只乌鸦”为例,“对一只乌鸦的命名”过程,即是清除积淀于“乌鸦”这个词隐喻文化语义而归向本原的过程,也是诗人与写作、文本进行对话的过程。这显然是与“隐喻”传统对着干的。于坚自信找到非非主义“还原理论”在文本操作上急欲找到而没有找到的一条幽径:隐喻性话语与剔除性话语相互并置、交错,以否定方式达成物性“乌鸦”的肯定性呈现以及诗学批评性眼光的冷峻凝视。正如于坚所言:“创造的还原只能是一种理性的、有意识的、控制的方法。方法并不是工具或武器,它就是诗的栖居地。”(《从隐喻后退》)

第三,从某种意义上说,互文性是元文学倾向滋生的重要“温床”。互文性即是对既存文本、语境进行或明或暗的仿写、改写、戏拟、比照,二者之间的裂隙必然渗漏出对某种文学观念和范式的质疑与反讽。当代汉诗的进展是与文化开放、多元的总体语境密切关联的。这意味着异质话语的进入,尤其是异域文学话语的汇入,为当代汉语诗的自身质地和自我指向增加了内在张力。王家新的《谁在我们中间》,就是在多重互文的坐标中辨析与确定汉语现代诗写作立场的元话语文本。“那么我是谁?一个僭越母语边界的人/音乐对话中骤起的激情?永不到达的/测量员?被一只乌鸦所引证的/隐喻?那么又是谁，为了哈姆雷特/永不从自己的葬礼中回来/最后却发现这并不是一出悲剧？‘当北中国一扇蒙霜的窗户映出黎明/浊雾扑向伦敦那些维多利亚式街灯’——而你曾在哪里？不，那已是/另一些人。永远有一种风景/在记忆中进行；永远有一只未被杀死的/信天翁，在你的船后追逐……”（王家新：《纪念》之七）特定名词后面都蕴含着特定话语，诗人的思绪游走在这些话语中间，探寻那独创的个性的声音：“直到我能听出/一种我从未听到的话语。”

蒋浩的《陷落》一诗，也借人物之口戏仿了有关写作的“权力”话语，如“他在咖啡馆和地下室/之间往返，像一个过时的幽灵/不知道叙述早已取代了抒情/就像九十年代的现代汉诗写作/‘人们喜欢用几近于口语的陈述句/准确，直接，复杂，迟疑，有着成熟的/资产阶级审慎的中年魅力’/‘这是知识分子写作，从感性/到理性，消除了青春的影响/道德是唯一不变的部分’/而对于小提琴手来说，那是一个急待用琴弦/‘影响的焦虑’，由浪漫主义到零度写作/消除了空白和反光/让几个生硬的音符在弦上打滑/老是回避着核心的问题：譬如/色情与爱情，身体与肉体，浪漫与浪荡”，其背后是叙述者和作者对现代诗写作的思考。

这一现象不局限在大陆诗坛，台湾诗人痖弦的《盐》，以“二嬷嬷压根儿也没见过退斯妥也夫斯基”始，又以“退斯妥也夫斯基压根儿也没见过二嬷嬷”终，间以《圣经》语境穿插其中，意在将其与陀（退）思妥耶（也）夫斯基的文学精神和悲剧性语境引以比照，在互文的张力中加以追问：汉语文学的生命之“盐”在哪里？承担苦难的悲剧情怀在哪里？应该说，二十世纪九十年代后，现代汉诗存在着一种趋向：即呈现互文的、杂语的复调性，它细及语词、句象，从多重的对峙对比中，擦燃反照写作自身的光亮。

总之，元诗倾向似乎标志着现代汉诗进入到这样一个层面：对诗之为诗的本体性追索，悄悄溶解于对写作自身、操作技巧和语言的重新考量，对历史语境和形式语境的关系的多向审视，着意于不同块面、文体、话语的多维组合，思悟并呈现生存和写作的多重底蕴，同时侵越文体的界限而使之无法归类，成为“文本中的文本”。正如庞培在长诗《恐怖的事物》中，对一种“诗意”的写作提出的质疑：“一只啜泣的手，我能/这样写吗？诗人靠那些/生活中损害的事物/博得人们信赖，例如//一面摔碎的镜子。一棵倒下的树。/一条藏满风暴的滋味的河流。/我这样写真实吗？”这种自我犹疑、质询的语气是挑剔的，尖利的，它标示着现代汉诗的自我反照、探寻多重可能的坚定姿态。

1998 年 2 月作

先锋性与后卫性

一场并不激烈的足球赛让我想起了诗歌。它坚实，浑圆，若隐若现，滚过了多少世纪，那一道旋转的光晕突然击中你，使你提升也使你沉陷的正是诗歌。请宽恕我比喻的蹩脚："球"一直在那儿，带着泥泞、草叶和神秘气息。而诗史上的传球者已远逝，先锋们负伤倒下，或被红牌罚下。加缪在演讲《冒着危险的创作》中说："历史的竞技场上总是包括殉道者和雄狮。前者依赖永恒的安慰，后者则依赖于历史上的生肉。"①

在当今诗坛，不论先锋诗文本存在与否，"先锋"这个词作为标签一直被广泛"粘贴"。"先锋"成了价值的衡器，试验的避难所，或者作秀的噱头。本文不打算谈论这种似是而非的"先锋"，也不想孤立地谈论"先锋"这个话题，而是试图在先锋与后卫的互否互动的关联域中重新审视和界定它们。事实上，在当今诗界盛行着一个不言而喻的潜逻辑：先锋性与传统是格格不入的，高扬先锋性便意味着拒斥后卫性，并将它们斩草除根；如果不是这样，诗歌便无法先锋，诗人也前卫不起来。这种将先锋性和后卫性割断或加以对立的论调和写作，并不让人感到陌生。

首先必须区分下列两对概念：先锋和后卫，先锋性和后卫性。

其一，先锋和后卫、先锋性和后卫性是相对的概念，先锋诗和后卫诗是在特定的诗史序列中相比较而存在的。在足球场上，"先锋"和"后卫"是对球员角色的派定与追评。但先锋突入禁区和迅速回防，后卫们趋前助攻或射门，不但不是对角色的亵渎和指令的冒犯，而且体现了一种整体意识和难得的机动性。先锋固然以先锋意识为主，但不能不顾及后防线；后卫以防守禁区为

① 转引自王宁主编：《诺贝尔文学奖获奖作家谈创作》，北京大学出版社，1987年，第275页。

首要任务,但也要有以攻为守的意识和策略。先锋和后卫须相辅相成,彼此呼应。与之相似,诗歌中的"先锋"是对有意义的探索者的追认与肯定。先锋性是指诗文本所呈现出的新颖性和独创性,且具有前无古人的稀贵品质。后卫性固然与传统有着更多的关联,但它更多地指向诗之为诗的特质和诗体的边界。一旦偏离这个特质和边界,此诗是否还是诗或者是否还是某一诗体的诗,将受到质疑与审视。同时,先锋性也指向文本内所具有的某种新异要素,它可能成为先锋诗歌萌发的原始源头。任何先锋性都不是从真空中产生的。先锋文学是对文学规范和诗学原则的突破和开拓,后卫文学则偏重于对传承之物的汲取和对文学边界的坚守。离开了诗史传承的纵向链条,离开了特定的参照系,何为先锋诗便无从谈起。也就是说,只存在特定诗史链条上的先锋诗,而不存在始终处于前卫状态的先锋诗。世上不存在永远先锋的诗文本。其他艺术莫不如此。只有考察诗史绵延的纵向过程以及各种参照,才能发现和确定其间不断产生的电离子般的先锋质和后卫质。它们借一代代诗人主体不断冲撞与转换,进而凝定在具体的诗文本中,形成相对的先锋诗、亚先锋诗以及后卫诗。

艾略特认为:"任何诗人,任何艺术家,都不能单独有他自己的完全意义。他的意义,他的评价,就是对他与已故的诗人和艺术家的关系的评价。我们不能单独地来评量他:必须把他置于已故的人中间,加以对照、比较。我是想把这作为美学批评,而不光是历史批评的原则的。"[①]艾略特也许只说对了一半,因为他对这种历史关系的强调掩盖了对艺术自身的评价,但显而易见,他的合理性存在于他的片面性之中。先锋诗与后卫诗的对峙状态必然基于某种质的差异或距离,而这来自于诗人对后卫性的扬弃,常常是一种极端反向的扬弃。后朦胧诗的"反崇高,反英雄"便是对朦胧诗的"崇高化,英雄化"向度的扬弃。而有反向就可能出现"复反向"。人类文学史上出现过多次复反向现象。反向与复反向既可能构成艺术的波浪运动,也可能成为一种原地"翻跟头"的把戏。如果它们不是基于人的生存境况和新的诗学精神,而只是一种颠覆性的写作策略,那么它们只能导致艺术的停滞和倒退。中国文学史

---

① T. S. 艾略特:《传统与个人才能》,曹庸译,《外国文艺》,1980年第3期。

上历次的复古运动很少产生真正的先锋文学，原因正在于此。

在我看来，先锋诗歌是一种“越位”艺术，是突入禁区的艺术。被视为犯规行为的“越位”正与先锋诗歌的本质相契合。先锋诗歌的“越位”是对旧的审美规范的反叛。而反叛的目的在于“进球”，在于建构新的审美范式。对于一个具有“纵向长传”历史传统的国度，“横向渗透”显得尤为重要。正是横向渗透或杂交能够迅速打破传统诗歌的遗传密码，给自闭循规的结构注入一种新的美学基因，从而有可能催生不同品质的先锋诗歌。必须指出，“越位”正是基于后卫性的“原位”。没有“原位”，“越位”便无从发生。对先锋文本而言，先锋性固然占据了主导地位，但这不等于后卫性丧失殆尽。甚至可以说后卫性是先锋性的依托和底盘。

其二，先锋性和后卫性并非一成不变，先锋性在诗歌写作和诗史运动中或长或短地转换成后卫性，而后卫性在不同文化体系中也可以杂交成先锋性。也就是说，一方面二者处于静态的结构中，另一方面二者又具有对流性与代谢性。当先锋诗人突入禁区，攻取“球门”后占而据之，据而守之，后续诗人蜂拥而上借巢孵卵，模仿者越来越多，一旦新的诗学范式被广泛接纳并成为正统的审美标准，这种先锋性便开始向后卫性演变，因为它已构成一种新的诗歌传统。因此，任何形态的先锋诗都不可能始终保持先锋性，而后卫性也可以在特定条件下转化成先锋性，如美国意象诗汲取中国古典诗歌精华而糅合出新的意象诗，成为从西方诗歌传统中脱颖而出的先锋诗歌。

后卫性大致有两种来源和类型：第一，无论诗歌在当时怎样先锋，最终对后世而言都是后卫性的，诗史上流传下来的一切诗歌都具有后卫性质，这是广义的后卫性；第二，真正的先锋性产生后必然会直接或间接派生出它的子系，蔓延出它的旁系，“不仅其最优秀的部分，而且其最独特的部分，都可能是已故的诗人、先辈所强烈显示出其永垂不朽的部分”[①]。这种子系和旁系构成亚先锋诗及其流派分支（这里排除那些仿制性作品）。

从另一角度看，先锋性也可视为积极的坚守姿态：以攻为守。后卫性在一定境遇中也扮演以守为攻的角色。无庸讳言，当二者走向极端时便走向它

① T. S. 艾略特：《传统与个人才能》，曹庸译，《外国文艺》，1980 年第 3 期。

的反面，后卫们固守那些早已废弃的城堡，“盲目或怯懦地抱住上一代的成就不放”①，成为扼制先锋诗歌的巨大阻力，后卫便堕落成“僵化”的代名词。然而，当先锋抛却诗之为诗的本质和边界，以追求表层的怪异花哨为目标，摆出一副花拳绣腿的攻门之势，结果“球”不知飞向何方。

前文已指出，后卫性不等于“传统”这个概念。传统是一个非常宽泛的概念，它是既往一切诗歌文化成果的总称。诗歌传统的庞杂使诗歌的后卫性深埋其中。二者的误认与误换，使我们看不见应该看见的核心部分。在我看来，后卫性内蕴一个最基本的含义，即诗歌以及文学的最后底线和原则。这是诗歌以及文学所必须坚守的、最基本的底线和原则。“反传统”如果将这些基本原则和底线也“反”掉，结果必然是可怕的、令人难以接受的。再者，语言是传统的“水库”，除非废弃语言，否则就不可能拒绝传统。这应该是常识了。问题是，那些标榜“绝对先锋”的诗人，他们不这样看，他们像达达主义和未来主义那样砸碎一切偶像，抛弃一切传统。结果怎样呢？他们根本无力改变起码的常识。在现代诗史上，语言诗派、具体诗派均疯狂地“反传统”，将直观性和图案性发挥到极端，反而将语言艺术的特质淹没了。因为将语词编成各种表意图案而弃置语言符号的线性和意指性，看起来是“先锋”了，却无异于杀鸡取卵，无异于取缔了诗歌的本体界线。在其他艺术领域也存在这种现象，如无调性音乐以及无声的音乐，只见指挥棒在舞，什么声音也没有；据说还有空白画，一张白纸上什么也没有，却美其名曰“空白意境”。它们充其量只类似于某种行为艺术。

事实上，否定或拒斥传统中的僵化肌质，不仅来自良性的再造的先锋力量，也来自文化传统残存的活力机制和后卫力量。因为自动化和大量仿制使文化的后卫性湮没不显，甚至被偷梁换柱，如同婴儿和洗澡水被一同倒掉，最后连澡盆也被扔掉。这是古老文化的“守夜人”所忧虑和反对的。应该警惕那些打着“传统”旗号的人。因为并非所有的传统诗都具有后卫性，如同并非所有的实验诗都具有先锋性一样。那些拟古诗、八卦诗对后卫性的掩埋和损害，同样令人触目惊心。正是这些拙劣文本“杀死”了诗歌传统。

① T. S. 艾略特：《传统与个人才能》，曹庸译，《外国文艺》，1980 年第 3 期。

其三,先锋性和后卫性作为两种相峙相依的活性要素和结构力量,呈现出拒斥又相引、分裂又包容、矛盾又转换的张力关系。后卫性既是一种背景(既有近景、中景,也有远景),又是一种无孔不入的构成力量。它与先锋性同步构成涡流般的强大的“场”。一方面,先锋性萌芽于后卫诗歌的有机体,另一方面后卫诗歌本体意义上的阻碍与对抗,构成对先锋诗歌的直接考验和挑战。倘缺乏这一强大对手,先锋诗歌不可能脱颖而出、茁壮并焕发旺盛的生命力,正如在拳击擂台上不是淘汰者就是被淘汰者。一言以蔽之,除去非诗力量的干扰,后卫诗歌只能淘汰伪先锋诗歌,而历史必将授冠于真正优秀的挑战者。借用法国批评家巴塔耶论述波德莱尔的话语来表述:“谁会感到吃惊,自由要求有一个飞跃和突然的夺取,而又不是事先做出的决定?波德莱尔仍然认为,自己是一个迷宫,向多种可能性彻底开放。他盼望能有石头的不变性和挽诗的自戕。”[①]在这里,“一个飞跃和突然的夺取”,以及“向多种可能性彻底开放”指向先锋性,“石头的不变性和挽诗的自戕”指向后卫性。也即是说,波德莱尔的诗同时具备了先锋性和后卫性,但人们往往只在意他的先锋性。这显然有失偏颇。

在我看来,无论怎样先锋的诗歌都不可能将后卫质驱除干净。作为一种活性的结构要素和力量,后卫性从形式到语言一直参与先锋文本的构建。这是很多追求先锋的诗人所忽略的。道理很简单:广义的后卫质已成为遗传密码——那种即便脱胎换骨也不能改变的血缘基因。何况先锋诗只是在某个向度上拓进,剩下的后卫性本体边界仍必须坚守。这种突破又坚守的统一才是先锋诗的本来面目。自由诗的先锋性表现在对古典格律的突破,以语言的内在节奏取代外在的“锁链”,如诗行的错综排列、注重内在韵律和意象组合逻辑等。但是古典诗的意象、意境、韵味以及呈现的汉语美质,仍潜存和活跃于现代自由诗的肌质中,有的诗甚至直接化用古典语词、意象和句式。而这正是后卫性不可替代的独特魅力。

重要的是,这种后卫质被置于全新的结构,进而被新的美学精神所照亮。先锋性与后卫性之间或隐或显、或虚或实的远距离张力关系,构成了诗歌的

① 巴塔耶:《文学与恶》,董澄波译,北京燕山出版社,2006年,第31页。

深沉呼吸和内在光芒。例如，对超现实主义者而言，先锋诗人波德莱尔是一个复杂的、不和谐的矛盾体。其作品的前卫性可以作为渊源加以吸收，但其字斟句酌、讲究韵律的古典主义因素（如他用亚历山大诗体便有老瓶装新酒的味道）则必须加以抵制，他们指责波德莱尔的先锋不彻底。其实超现实主义者并未搞清先锋性和后卫性的关系。波德莱尔的先锋诗正是“突破又坚守的统一”，是先锋性和后卫性的统一。又如李金发和穆旦，这两位具有前卫倾向的中国现代诗人，其非民族化的形式与语言骨子里的古典性趋向是统一的，尽管前者明显不及后者娴熟、博大。

在这里，我们无法回避“反传统”这个命题。诗人与传统之间的危机一再爆发，“反传统”这一口号常常出现在诗史急剧转折的十字路口。在我看来，“反传统”的潜在动因是“传统反”。传统对一切有异于它的东西都通过“自组织”来“反”，一种隐蔽的水滴石穿的方式，日侵月蚀，难以觉察。诗人一旦不堪重负就必然要对传统进行“定向爆破”。这反倒给人以一种突兀、偏激和不可思议的印象。由于“传统反”的日常性和隐蔽性带来盲区，使人视而不见“反传统”的必要性和合理性。再者，传统是一个非常庞杂的概念，它关系到多层次多方位多角度的历史存在，具有巨大的修改、过滤和整合作用，比如它的当下性就常常被人所忽略。因而“传统反”与“反传统”之间常常短兵相接，并有错综复杂的触点、误伤和火并事件，使其比“反传统”本身更为艰巨和棘手。值得警惕的是，对传统“爆破向度”的传统化，极大地制约了“反传统”本身。倘不能进入诗歌本体更为内在的层面，把握先锋性与后卫性之间历时又共时的对抗、转换关系，“反传统”只能是一张时髦而吓人的“虎皮”。当然每次“定向爆破”行动的结果都是对传统的一次深入与发现，一次过滤与重铸，但历次的“反传统”究竟在多大程度上自觉接近了这一目标呢？事实上，“反传统”正是为了获得撕开口子进入并重构传统的角度和力度。

从诗史的宏观角度看，作为整体的后卫性诗歌（即传统诗歌）在不断向后退的同时不断向上云集，成为孤悬在上的另一星空。而先锋诗人除了对本体形式的独到发现与突破之外，还必须以思想和生存作为前冲力来积聚先锋质。帕拉说，反诗歌，就是返回于其根子的诗歌。“返回”表明这是一种重临、内省以及回旋。一旦诗歌“返回”到生存之本和追问之根，先锋性与后卫性的界线已不重要，重要的是二者间相互包容与激活，铸成一孤傲自足的生命体。

它们需要你的眼睛/但你不能向上看/现在//它们需要你的脚哦/它们需要你的脚/继续走着//它们为你放出它们的黑鸟/每一个都是最后一个/像门的阴影叫喊着叫喊着/翱翔于/另一条路（W. S. 默温：《一扇门》，董继平译）

真正的先锋“需要你的脚”，而那“黑鸟”正类似“先锋性”。从更深层面看，当人类文明不断攻破物性的必然之门，人类自身的灵性之门也必遭反击与报复，那维系精神之厦的人性、天伦和人文品质必遭异化。这是人类面临的无法回避的最根本的后卫性问题。人类愈是向前走，这种后卫性便愈显尖锐。一旦人类失去了这个最基本的后卫前提，一切探索与前倾的姿态都只能是哗众取宠和可悲反证。艺术以及诗歌的光芒正是在这种大背景下升腾起来，因为纯粹的艺术（不论先锋艺术还是后卫艺术）正是坚守基本的人文精神之门的最后据点。当这个据点岌岌可危时，历史上众多艺术家便走向自我毁灭之路。他们想以此来凸现对人类精神之殿遭到毁坏的彻底绝望，并最终从艺术退守到自己的生命中，在生命的背面构筑最后一道防线——死亡之垒。他们生为先锋艺术而疯狂，死为后卫精神而毁灭。这种二律背反的隐形结构，几乎可以概括所有进入迷狂状态的艺术家和诗人的内在历险之途。希尼在《翻译的影响》一文中，将俄国白银时代的茨维塔耶娃、帕斯捷尔纳克等诗人的诗歌称为“最后防线的艺术”，我想正是出于这个原因。

但我们仍必须警惕下述倾向。一方面，伪先锋诗声势赫赫，使诗之为诗的基本界线被否定，后卫性被当作“脏水”倒掉了，正如罗兰·巴特所说：“有许多（尚未发表的）先锋派文本是靠不住的：怎么评判它们、集注它们，又怎么为其预言一种直接的或遥远的未来呢？……它们明显的特点是故弄玄虚：他们急于使用理论。”[①]他认为，这种先锋是一种对理论的要挟：请喜欢我，留住

① 罗兰·巴特：《罗兰·巴特自述》，怀宇译，百花文艺出版社，2002年，第16页。

我，保护我。另一方面，传统以及后卫性被“权力话语”所利用，从而成为压制先锋性的强大屏障，或者后卫性被机械地等同于保守性、僵化性而处于掩埋状态。

以急进的解构主义著称的德里达，对于文学的一般问题的观点引人思考。他认为，文学是一种允许人们以任何方式讲述任何事情的建制。“一个空间既是设制的又是蛮荒的，在一个建制的空间内原则上允许对整个建制提出疑问，无论如何，允许对整个建制加以中止。一种反建制的建制既有破坏性又有保存力，它能够有保存力，因为它是建制性的，但是，它还能够因为是反建制的而具有保存力。”[①]这种关于文学“既有破坏性又有保存力”的观点，内在地契合了文学的先锋性和后卫性互峙互存的张力关系。

“球”一直在那儿滚动。而诗人始终处于两个拥有禁区的“球门”之间。

---

① 德里达：《文学行动》，赵兴国译，中国社会科学出版社，1999 年，第 24 页。

诗歌是一种有限的艺术

笔者提出这个命题可能会遭到质疑并引发争论。新时期以来，各种各样的所谓主义、流派、团体层出不穷。进入新世纪以后，这种趋势并没有减弱。很多新诗人都以为，不搞点新名堂新玩艺新宣言，就吸引不了眼球，就谈不上有特色，在诗史上也就没有位置，什么“下半身”、荒诞派、垃圾派、物主义，不一而足。仔细一想，也许他们并没有错，是我们的“参考书”错了，诗歌理论错了，它们一直都这样表述：诗歌是所有文学种类中最自由的艺术，诗的变构具有无限的可能性。想想看，这种大而化之的“无限性”把当代诗人害得好苦。我们总是忙于翻新，忙于制造新奇，忙于创建一个流派，而恰恰不知道诗歌是一种有限的艺术。

当然，认为“诗歌是一种无限的艺术”，这也对。但着眼点是不一样的。诗歌的无限性主要是指它涵纳的对象无所不包，它所呈现的人类精神世界是无限的。浪漫主义就主张艺术的无限性。诺瓦里斯说过，一切都在言说“无限”的语言。诗就是对“无限”之语言的言说。宇宙言说是一种物性言说。而荷尔德林把诗完全看作是来自“诸神”的，“诸神”即自然的统一整体的存在。叶芝狂热相信超自然的世界、种族回忆、魔术，认为这是重新引进无限的一种尝试。通过诗的方式渴望至高无上的永恒与绝对的境界，是早期浪漫精神的主要内涵。因此，创造一个奇迹的世界、将世界浪漫化，可以视为浪漫派的最大使命。

我要强调的是：诗歌是一种有限的艺术。

首先，诗歌的嬗变与延展存在着一个可变量与不变量的悖论关系，其中内含了有限性和无限性的矛盾。不变量是诗性本身或诗歌的本质，或者说，诗歌的本体性内核是恒定的、有边界的。可变量是指诗歌观念、体式和营构技巧具有可变性,其间确实蕴藏着种种可能性。但是,这种可变量受一定时代、文化圈的制约。比如在古典时代,如果你让一个诗人突破格律,去写自由体,这几乎不可能。即便你让李白去写陶渊明那样的诗,也不大可能。如果你让杜甫面对今人翻译的杜甫的诗作,他肯定直呼这不是诗,更不是他的诗。

在德国早期浪漫主义那里,"诗"(Poesie)和"诗歌"(Dichtung)是不同的。在施莱格尔看来,"诗"比起作为艺术的"诗歌"更高渺更本原,在宇宙中存在一种无形的和无意识的诗,它不是人的产物,而是自然造化出的"原初之诗"。"诗歌"正是由人身上的灵性和想象力感应"原初之诗"所创造的产物。[①] 他们认为"诗歌"是对"诗"的模仿,心灵是对宇宙的模仿;诗歌并非只是人在言说,更是宇宙在言说。庞德和休姆指责浪漫主义和象征主义松软和武断,脱离事实的世界去追求大的、不朽的金字塔,向往一种不着边际、不得要领、不受约束的无限状态,显然是有道理的。笔者不赞成浪漫主义的模仿说和无限观,但仍认为这种区分具有意义。因为"诗"(Poesie)正是诗之本体,是诗之为诗的那个东西,是关乎天地、存在与精神的恒定之物,是不变量。而"诗歌"(Dichtung)是诗之本体的形式显现,是外形式与内形式所具有的宽度和韧度,是可变量。一个诗歌年代区别于另一个诗歌年代、一个流派区别于另一个流派,甚至一个诗人区别于另一个诗人,在于"诗"本体之形式显现的不同,在于外形式与内形式之间发生的新变与重构,它造成"诗歌"人文地貌之不同。

换言之,如果没有可变量,"诗"就不可能葆有旺盛不竭的生机和活力,那些"非诗"因素也就不可能转化成"诗歌";如果没有不变量,没有"诗"的本体性制约,"写什么"和"怎么写"也就失去依托,最终成了"什么都是诗歌",也就从根本上取消了"诗"。赫拉克利特说人不能两次踏进同一条河流,是针对"人能两次踏进同一条河流"提出的反命题。尽管"人不能两次踏进同一条河流",但他踏进的必须是河,不能是水塘、湖泊乃至泥沼,否则这个命题没有意义。不妨说,"河"是不变的,"河流"是可变的。"河"必须有固定的河床和两岸,这是"河"的本质;而"河"之有"流"才构成具体的、活着的"河流"。正因为

① 转引自李永平:《通向永恒之路》,《外国文学评论》,1999 年第 1 期。

奔淌着或清或浊、或缓或急的“流”,“河”之本质才得以显现,“河床”和“两岸”才会发生偏移。一条河流不管有多宽多长,它必须奔泻在河床和两岸之间,这正是它的有限性。没有这种有限性就没有河流。“诗”也像河一样拥有它的“河床”,它的“两岸”。它流淌下去的“无限性”,是建立在它类似河床和两岸的限制之中。作为转折年间的诗歌,“五四”时期浪漫性的白话诗和二十世纪八十年代的口语诗,带着贴近世界的活力和摆脱脚镣跳舞的快感,以及快速嬗变的喷发能量,常常是破堤而出,无边无沿,以致泛滥成白开水诗和口水诗。象征诗人穆木天在《谭诗——寄沫若的一封信》一文中,将胡适所倡导的“作诗须得如作文”列为一“罪状”,他宣称诗越不明白越好,诗是内生活的真实的象征。

其次,古典诗歌至少经历了两千多年的演变,即由古风向格律的演变,不过是在证明“什么是诗”;现代诗歌经过近两百年的实验与探索,即由自由体向实验体的演变,从某种意义上说,是在证明“什么不是诗”。这一正一反,表明诗歌的基本框架已经确立。

在我看来,诗歌的形式探索也是有限的。在古典时代,诗歌的“河床”是很窄的,堤岸是很高的。无论是中国的律诗,日本的俳句,还是英国的十四行诗,伊朗的柔巴依,从行到联,从字到音都有严格的规定。诗歌作为一种有限的艺术,在古典时代已达到登峰造极的程度。这如同“河床”和“两岸”的位移也是有限的。它潜存的危机在于,当有限性过于逼仄时,它的容量、承受力、创造力都将受到影响,惰性和雷同将更多地滋生。“河流改道”固然有,但那毕竟是少见的,除非地壳发生剧烈运动与断裂。比如“五四”新文化运动,已经成为古典诗与现代诗的分水岭。古典格律诗被现代自由诗所取代,类似于“河流”之“改道”。然而,自从古典格律诗退出“地平线”后,至今也没有出现较为成熟并为人们所认可的现代格律诗。这是不可否认的事实。想当年,闻一多为了匡正白话诗的弊端,力倡建立现代格律诗,认为格律是表现的利器,戴着脚镣跳舞才觉痛快;只有不会作诗的人才觉得格律是一种束缚。他认为新格律诗不仅要摄取传统格律诗的精髓,还要借鉴西方诗歌的长处,尤其是格律方面的长处。(《诗的格律》)以我之见,现代格律诗不可能建立起来,也没这个必要。为什么？中国古典格律诗建立了一整套严格的语言、体式、韵律的规范，在外形式和内形式达到了高度统一，历经千年的广泛实践已非常成熟，其积淀和影响已深入到文化的骨髓。事实证明，在格律方面，它是无可替代的。我们只能以自由诗来替代，没必要另创格律。英国人也写不出超过十四行诗的现代格律诗。

由此可见，诗歌的外形式的探索是相当有限的。那么内形式是否是无限的呢？

自由诗体基本没有外形式依恃。没有外形式的规范和束缚，内形式便上升为主要的、完全靠个人能力掌控的“自由形式”。自由诗给人的错觉是，写作可以自由任意，不受任何约制，形式实验可以无限扩张。究其实，自由诗的“自由”，是相对格律诗而言的，并非绝对“自由”。它是有底线、有边界的。我们看到，自由诗体在十九世纪至二十世纪西方现代派那儿，已达到登峰造极的程度，流派蜂起，花样迭出，其翻新速度超过以往的任何时代，几乎触及了自由诗在形式上的最远边界。

其一，从“义”和“音”这两方面说，现代派诗歌所达到的极限是空前绝后的。他们追求意义的隐晦、难解，甚至无意义。未来派创作无意义诗，俄国赫列勃尼科夫、克鲁乔内赫 1913 年首创“无意义语”，其本义是“超越理性和思维之外的语言”。他们认为，语词不是表现或再现的手段，而是表现对象本身。要恢复自我生成的“星空语言”的意义，就应转向与古代的魔咒语相近的原始语言。诗歌以语词为基础，可分为语音、语义和字形三个要素，由此生成诗的三个审美向度。他们宣称将按照语词的字形和语音特征归结其内容。长期以来，语音所内蕴的音乐性和旋律性，字形及空间布局与诗意的关系并没有得到充分的挖掘。因而这两个向度是“无意义语”生成的土壤。一旦诗句失去所指，便成了重复的空洞音节了。鲁迅先生在《今春的两种感想》中说：“未来派的艺术是看不懂的东西。但看不懂也并非一定是看者知识太浅，实在是它根本上就看不懂。……假若你看不懂就自恨浅薄，那就是上当了。不过人家是不管看懂与不懂的——看不懂如未来派的文学，虽然看不懂，作者却是拼命的，很认真的在那里讲。”继承未来派衣钵的，后代不乏其人，一是美国语言诗派，一是中国早期非非主义。二者的共同点是，彻底掏空文化内涵，热衷于打破常规语法和混淆体裁界限，以拼贴、粘结、偶接、分解、生造等技巧，瓦解和掏尽语言的所指。只是有时候，我们自以为在做一套新玩艺，其实它们都早已变相地被前人做过。

其二，从“形”的方面说，现代派诗歌对视觉形式的探索也达到极限。未来派的楼梯诗，超现实派的立体诗，具体派的图案诗，都是在向美术靠拢，将诗歌能指变成图像艺术。他们反对传统的书面形式，主张打破诗歌和绘画、诗歌和散文、形式和内容、描写者和被描写者的界限，使诗歌成为只供“看”的视觉图像，比如将象形文字或字母排列成正方形、葫芦形等图案，阿波利奈尔的立体诗和马雅可夫斯基的楼梯诗是其代表。前者将非象形的拼音文字拆解开来，组成一个视觉图像并传达出某种意义，如《镜子》一诗，他将自己的姓名镶在由诗句圈成的菱形镜的图像中，咒语般呈示着神秘符号。至于具体派代表诗人海森毕特尔、戈姆格林、加仑耶，如今都没人知道了。其实，图像诗也并非什么新玩艺。中国古典诗人写回文诗远比这个高明。后来出现的美国语言诗派将这一探索推向极端，他们对语言内部的音形义的挖掘与重组，无所不用其极，为的是从根本上颠覆把诗当作思想、人格、情感和经验表演场所的作诗法。

其三，从写作方式上说，有些西方现代派诗歌几乎等同于行为艺术。西方超现实主义鼓吹自动写作，更类似行为艺术。他们事先不知道自己将写什么，也不知道正在写什么，把偶然冒出来的词排列一起，或者几个人抓阄，把词任意拼在一起，于是出现了诸如桌上雨伞与缝纫机相遇了，一个无花果吞噬一匹驴，一个火车头从烟囱里冲出来，“精美的——尸体——将喝——新酒”等荒诞不经的句子。他们还借助“催眠术”等手段，以便得到潜意识、非理性、非逻辑状态下的奇思妙想，甚至宣称最简单的超现实主义行为就是拿着手枪，走到街上，朝人群胡乱放枪。这一非理性的行为很难为普通人接受。至于后现代主义，在我看来是对古典主义和现代主义的破坏性试验。法国后现代艺术家杜尚给蒙娜丽莎的唇上画了几撇胡子，面对这幅画，你就懂得什么叫“破坏性试验”。后现代诗歌排除传统文学意义上的所有规范及体裁形式，以即时性和宣泄性为特征，主张“什么都是诗”，因此“人人都是诗人”，比如利用计算机键盘作情绪化击打，由此产生的字链构成诗节；杜尚打破艺术与非艺术的界限，茶杯、尿壶、轮胎、石块都可以拿来，都可以拼贴在一起，作为艺术观念的载体，这样一来，“人人都是艺术家”。达达主义标榜破坏即创造，否定一切价值观念和文化传统。结果是，达达主义连它自身也给“反”掉了。在中国当代，不是也有人热衷于“物主义”吗？他们将诗稿放到洗衣机里搅拌、弄碎，达到所谓“纯物”之界。

现代派诗人花了将近两个世纪的时间，而中国第三代诗歌只花了二十年时间，便从多个维度触摸了诗歌形式上的极限。极限其实就是它的最远边界。越过这个边界便不再是诗了：诗不是美术，也不是巫术、魔术，更不是行为艺术。这种实验和探索，最大的好处是证明“什么不是诗”，证明那种“诗”可以发生质变，“诗歌”可以无限蜕变的观点是有问题的，进而让人们知道诗歌的“河床”到底有多深，“两岸”到底有多宽。也就是说，后来的诗人所能做的，便是在世界、心灵与语言的三极互动中使基本的诗性元素得以激活与重构。诗人类似调酒师，你必须将不同的元素调和在一起，成为具有独特味道的好酒。这也是现代派诗史带给我们的意外收获。

我们看到，一方面，西方诗史上率先出现这种大规模诗歌实验，与文化环境的宽松、自由有一定关系。另一方面，工业化和后工业化时代对诗歌提出了更多要求，古典格律诗难以容纳更多的现代人生存的体验和经验。这正像河床太窄太浅，河岸太低，无法承受不断增大的汹涌水流。因此，在盛行“破坏性试验”之后，“诗歌”正在向最基本的“诗”回归，如同洪水过后，“河流”向着“河”的方向回归。

2012 年 1 月作

不断重临的自蔽与解蔽

从来就没有无蔽的诗歌写作史，也从来没有无界的诗歌写作。如果说中国现代诗曾有过“新纪元”，那只能以1915年《新青年》创刊为肇始。最近有人提出诗歌“新纪元”，只能理解为现代诗以新诗一百年为契机，寻找突破自蔽、冲破他蔽的可能和途径。因为只有这样，当下诗歌才能聚合新的临界点和生长点。事实上，谈及中国新诗一百年的曲折历程，似乎离不开“现代性”和“现代主义”这些概念，诗人们也乐意将写作贴上这样的标签。至于“古典性”和“古典主义”，在更多的诗人和诗论家那儿被一刀切给了过去时。“古典主义”甚至成了贬义词，成了“落伍”和“抱残守缺”的代名词。在我看来，中国现代诗在理论上必须厘清的问题不是别的，正是何为“现代性”，何为“古典性”，以及二者在文化共同体中无法摆脱的互否与互渗。

单以这一问题为线索，便不难发现新诗史不断聚焦于此，因而也在聚焦中不断临界，结果是自蔽与解蔽的持续循环。临界其实就是破除自蔽，或者解蔽成为另一种自蔽。它有时带来诗歌变构的活力和诗史的本体性延展，有时带来的却是持续的破坏和倒退。自由诗看似是对古典诗的解蔽，换个角度看却是一种自蔽。反之亦然。绝对的解蔽秉持的就是绝对真理，它带来的是无畏无知。艾略特说，对于一个想写好诗的人来说没有一种诗体是自由的。自由诗并不意味自由的放肆和无边。胡适的《白话文学史》甚至将“白话”视为区分文学与非文学的标准，而他的白话诗像白开水，可读的《湖上》《老鸦》这类作品，却带有古典元素。

“五四”新文化运动以来，我们所标举的“现代性”，至少有两种相互矛盾、对立的观念均来自西方：一种是西方启蒙主义后所确立的理性主义、人本主义、科技进步和进化论。这正是胡适《白话文学史》秉持的观念。他们视进化论为"现代性",抛弃了传统的时间循环论,服膺于一种新的"时间神话"。社会进化论强调社会发展也遵循优胜劣汰之规律,由低级到高级、由简单到复杂地直线发展。胡适在他所著的《白话文学史》中,认为白话文学是中国文学唯一的目的地,以前的文学也是朝着这个方向走,只因障碍物太多,直到现在才得走入正轨,而从今以后一定要这样走下去。唐弢在《琐忆》中写道,鲁迅承认进化论牵制过他,人是猴子变的,懂得人能变成猴子则是后来的事情;"时间神话"在他晚年才被戳破:正向进化与反向进化同时并存。进化论的潜逻辑是:只要"向前看了",便能摆脱过去的噩梦,旧时代的幸存者很快成为新时代的幸福者,二十世纪八十年代初"伤痕文学"的局限性也在此。当时只有诗人大声说"不!"——"我,站在这里/代替另一个被杀害的人/为了每当太阳升起/让沉重的影子像道路/穿过整个国土"(北岛:《结局或开始》)。

另一种现代观念是指经后期浪漫主义演变而来的"现代性",它是针对启蒙理性所带来的理性扩张,"神性"根基遭到摧毁、"上帝"隐匿、精神荒芜的情势,其核心主题一是呈现人的异化与存在的荒诞,一是寄寓宗教的救赎思想。前者如波德莱尔、卡夫卡,他们直击了西方世界的堕落,反抗异化成为他们共同的主题。后者以里尔克、艾略特等为代表,他们直面荒原、浪迹黑夜,将救赎视为诗人的己任。其作品被统称为现代主义,包括表现主义、未来主义、达达主义、新浪漫主义、新感觉主义、意识流等多种先锋文学形态。换句话说,他们"把现代性更多地看作是一种态度,而不是一段历史时期。……我认为,对我们来说,更有启示意义的不是致力于将'现代'与'前现代'或'后现代'区分开来,而是努力探明现代性的态度如何自其形成伊始就处于与各种'反现代性'态度的争战之中"(福柯:《什么是启蒙?》)。

这两种西方现代观念在同一时期或不同时期,均影响着中国的现代文学和现代诗歌。尽管西方现代主义在中国一直受到"压制",二十世纪的五十年代至七十年代尤甚,但进化论的"唯物史观"仍受到推崇。"文革"结束后,西方现代派被"正名",激起新一轮现代主义文学运动。我们还看到,在发生文学转折的各个关口,反传统或非古典化一再成为时兴的口号,有关古典性与现代性的观念仍被一道“时间神话”隔开。笔者以为,必须正视和澄清以下的理性认知。

其一,“古典性”与“现代性”是相对的,甚至是可转化的。在特定的时代语境和文化背景下,“古典性”可以横向移植而成为“现代性”的源泉,前提是它有能力生下自己远房的“叔父”,甚至“叔祖”。

约一百年前,太平洋两岸都发生了现代新诗运动。有意味的是,它们各以对方的诗歌传统作为“现代性”的资源,旨在推翻或改变本国诗歌的传统和风气。1908 年,庞德、杜丽特尔、洛厄尔发起了一场持续十年的意象诗运动,揭开了美国现代诗的序幕。他们先是从日本俳句和中国古诗中受到启发。在他们看来,日本俳句和中国古诗都是自由组合的图画,完全浸润于纯粹的意象和意象群的语境。庞德《地铁站内》的诗句“这些面孔在人群中幽灵般地显现;/湿漉漉的黑树枝上朵朵花瓣”,有人说是模仿日本俳句“雪地上猫的脚印/好似梅花的花瓣”,也有人说是模仿白居易的诗“玉容寂寞泪阑干,梨花一枝春带雨”。不管模仿谁,此诗的遗传密码均源自东方的意象诗。当时庞德认为中国诗是一个宝库,之后一个世纪将从中寻找推动力,正如文艺复兴从希腊人那里找推动力。他非常崇拜意象和汉字的魔力,在长诗《诗章》中多处使用汉字和汉句。1915 年庞德翻译的《神州集》收录十九首古典诗,一问世便引起轰动,被认为是庞德对英语诗歌最持久的贡献,艾略特更称庞德是“为当代发明了中国诗的人”。到了二十世纪五十年代初,罗伯特·邓肯和雷克斯罗思等诗人发起“旧金山文艺复兴诗歌运动”,同样把东方古典诗歌作为边缘文化加以吸纳,以颠覆当时处于中心地位的学院派诗歌模式,因而被称作“逆向文化”。事实上,它为后来“垮掉的一代”文学开辟了道路。默温认为中国诗对美国诗的影响甚至已成了美国诗自己传统的一部分。

在美国意象诗如火如荼之时,其彼岸也发生了一场新文化运动,其重要组成部分是革除古典主义的白话诗运动。作为先锋的胡适在美国留学多年,他将庞德们不屑的自由体和白话引为正宗,而将格律体和意象打入冷宫。胡适为此撰写了一部《白话文学史》,为这场运动寻找历史的和逻辑的依据。最初的白话诗成就并不高,但作为中国现代诗的滥觞,它的“现代性”的来源之一，正来自西方的“古典性”。

但是，它们有能力生下远房“叔父”乃至“叔祖”吗？如果不能，那只能证明它们自身的血气不够，融铸力不够。博尔赫斯的《书》中有一段话值得玩味：“英国作家的特点是寓意含蓄，也就是意在不言中。而莎士比亚恰恰相反，他善于在比喻中运用夸张手法。倘若有人说莎士比亚是意大利或犹太人，丝毫也不会令我们吃惊……我十分敬佩雨果，但雨果并不是典型的法国人，他可以说是个在法国的外国人。雨果那层出不穷的比喻和华丽的词藻表明他并不是典型的法国人。”①

还有一个例子。二十世纪八十年代，中国文坛出现“拉美热”，包括莫言在内的先锋作家纷纷追随、效仿拉美的魔幻现实主义。他们却不知道，博尔赫斯、马尔克斯极推崇蒲松龄的《聊斋志异》，并将它视为自己借鉴的重要资源。博尔赫斯专门为阿根廷版《聊斋志异》作序，认为：“他更让人想起斯威夫特，这不仅由于其寓言故事的怪诞，更由于其叙述风格的简洁、客观和他的讽刺意图。蒲松龄笔下的地狱使我们想起克维多笔下的同类境域。……这是梦幻的王国，或者更确切地说，是梦魇的画廊和迷宫……一个国家的特征在其想象中表现得最为充分。这本书页数不多，却使人依稀看到一个世界上最古老的文化，同时也看到一种与荒诞的虚构的异乎寻常的接近。”②无论是阴阳相通也好，还是人鬼相爱也好，魔幻现实主义不少技巧都是蒲松龄“玩过的”。在鲁尔福小说《佩德罗・巴拉莫》中，死与生没有绝对界线，生者进入死界，死者重返人间，正是蒲松龄玩得最熟的“鸟儿”。《聊斋志异》这种写法在中国无人承续，几成“孤本”，更遑论成一流派了。中国文学史至今不承认它的先锋性，新生代作家一味向异国求取“现代性”资源。然而它的美学遗存反倒在异国他乡得到承传，比如日本文学从江户时代就开始接受《聊斋志异》的影响，直到近现代不少日本作家仍以《聊斋志异》作为效仿的资源，如森鸥外、尾崎红叶、芥川龙之介、佐藤春夫等。对现代人而言，异人灵兽、畜界鬼蜮已

---

① 博尔赫斯：《博尔赫斯文集・文论自述卷》，王永年等译，海南国际新闻出版中心，1996年，第82页。

② 博尔赫斯：《博尔赫斯文集・文论自述卷》，王永年等译，海南国际新闻出版中心，1996年，第91页。

非宗教观念或迷信意识的体现，而是与现实相对或平行的超现实世界。正是这种异人灵兽的特质，被近现代日本小说家大量吸纳。

从上述例子中，我们看到“古典性”和“现代性”的对立是相对的。文化机体总是将它所匮乏的元素当作“新”，当作“现代”和“先锋”。在不同文化背景之间一旦建立互动互补之关系，此“古典性”被整合进彼文化圈，就成为它的“现代性”要素之一。布罗茨基在《文明之子》中写道，曼德尔施坦姆在一种记忆载体——亚历山大诗体中联络另一种记忆载体——六音步诗体，这样他便在构筑一条几乎可触的时间通道的同时，造成了类似戏中戏，中止符中的中止符的效果。他为他的先辈建立了一座巨型穹形屋顶，兼容的回声属于杰尔查文、巴拉丁斯基和巴丘什柯夫。人们称他的诗是“彼得堡式”的诗。彼得堡当时是东西方文化的交汇地，也是各种精神流派的集结地。荣格在《分析心理学与文学的关系》一文中说，当我们的意识发展到一个较高水准时，在那种程度上，古代诗人能告诉我们某种新的东西。这种新东西始终在诗人的作品里，不过它是一种隐秘的象征，只有更新时代精神，才能使我们察觉它、理解它。它所要求的是另外一种新的眼光，因为老眼光在作品中只看到那些习以为常的东西。

有的时候，甚至可以说最古典的往往是最现代的。以苏州园林来说，它是最中国最自然的，同时也最具“现代性”，建筑大师贝聿铭说：“我永远不会忘记那些园林，它们将人工和自然如此美妙地融合。”以波德莱尔而论，他的先锋性资源是以素描家贡斯当丹·居伊作为“现代性”的典范的，他在《现代性》一文中认为居伊有一个比纯粹的漫游者更高尚些的目的——他寻找那种可称之为“现代性”的特性，把从时尚中抽取隐含在历史中的诗性的要素作为他的工作，只要自然的人和传统的人出现在奇特的美之中，都可以拿来作为“现代性”的源泉。诗人洛夫认为，古典诗歌的某些东西与西方文学是相通的，如李贺、李商隐的诗与西方超现实主义作品在很多方面都是不谋而合。

按照布鲁姆的观点，文学的互文是绝对的，普遍的。文学作品只有在参照中才能显出意义，文学史的演进是一种适时扬弃，而不是随地抛弃，也不是无所依傍的凭空创新。试图在四维真空中构筑所谓“前文化”文本，只能是一种谵妄。王国维早年对西方文化有过一番精研，他认为“学无新旧也，无中西也，无有用无用也”(《国学丛刊序》)。他是从根子上说的。按照浪漫主义对“诗歌”和“诗”的严格区分，我们是否可以说，“诗歌”可以有新旧之别，中西之别，但作为本体的“诗”，并无新旧之别，中西之别。

其二，“现代性”可以被借鉴，但无法被照搬和克隆，因为它须从特定的文化气场和社会土壤中生长出来，须从道成肉身中自为地生长出来。这种肉身包含种族血缘和文化密码，因而含有与生俱来的、视而不见的“古典性”，并与现实困境缠裹在一起。每个国家的文化传统和发展程度不同，面对的困境和问题也不同，而个体诗人在面对困境时的感受力和思考力也不同，把“现代性”当作标签乱贴是行不通的。西方现代主义有它产生的土壤。这个土壤，就是社会在高度工业化和市场化后，物欲横流、宗教崩坏和众神逃逸的整体状况。艾略特的长诗《荒原》描述的正是这种精神世界走向没落的情形，由此传达一种宗教救赎的理念。魔幻现实主义不是简单模仿西方现代主义的结果，而是在超现实主义精神催化下，从南美洲的历史、现实和文化的土壤中长出的“现代性”——反对“军头独裁”和“西语霸权”的双重奴役，找回南美的民族自信和文化自尊。

新文化运动所倡导的“现代性”，借鉴的现代观念是启蒙主义后确立的理性主义、人本主义、科技进步和进化论，针对的是当时的封建专制和文化禁锢，以及完全朽坏、没落的文化僵尸和文学死局。《文学革命论》一文提出推倒雕琢的、阿谀的贵族文学，建设平易的、抒情的国民文学；推倒陈腐的、铺张的古典文学，建设新鲜的、立诚的写实文学；推倒迂晦的、艰涩的山林文学，建设明了的、通俗的社会文学。其纲领使“古典文学”被完全划入“推倒”之列，因而埋下了新文学“基因缺失”的病根。“批判的武器”一旦出问题，指望“武器的批判”不出问题是不可能的。二十世纪末反思新文化运动的声音一再响起，新文学以运动的方式割断与“古典”的联系，使看上去正当的“现代性”，也因土壤瘠薄而收成甚少。二十世纪八十年代中期至九十年代初，现代主义在中国再度兴起，涌现了莽汉主义、“他们”、非非主义、城市诗派等具有本土特色的现代诗派，但更多的是鹦鹉学舌式的现代主义，山寨版的现代主义。诗人们满足于在马车上挂“现代主义”招牌，在火车上贴“浪漫主义”标签，在教父布道中诵读“现实主义”经文。

现代意识内含的怀疑、批判意识固然重要，但你不能要求“刺猬”和“狐狸”干同样的事情。西方有一句古老格言说，狐狸知道很多小事情，刺猬知道一件大事情。而刺猬型作家和狐狸型作家之不同，在于他们的生存姿态和肉身成道之方式不同。每个写作个体的血缘和密码（包括肉体和文化）实质是“古典性”的，试问谁能改变这种与生俱来的“古典性”？所有的“现代性”都以这种与生俱来的“古典性”作为基点和前提。歌德说过，如果把应归于一切伟大前辈和同辈的东西去掉，那些剩下的、可以看成我们自己特有的东西是微乎其微的。与此同时，他必须将这些内在的自我对象化，在个我和非我、灵和肉、现实的真相和自由的修行之间寻找它们相互作用的激活点与平衡点。

其三，那种大一统的“现代性”是可疑的、不可靠的；从来就没有定于一尊的“现代性”。诗歌的“现代性”更具有私人性质，以及生长性、颗粒性。它是诗性和思性擦出的火花，是白昼之夜直指苍穹的荧荧幽光。

看看那些伟大的作家和诗人，他们在文本中呈现的“现代性”也存在很大差异，甚至针锋相对。换句话说，生长在这片“土壤”上的植物，此一株与彼一株是不同的，结出的果实自然不同。指望用那种定于一格的“现代性”来理解和写作诗歌，正是当下诗人的先天惰性和误区之一。无论是自然主义、现实主义，还是现代主义、魔幻现实主义，它们都在某个时代被当作“现代性”。在独尊现实主义的二十世纪五六十年代，有人甚至得出这样的结论：一部中国文学史就是现实主义与反现实主义斗争的历史。① 后来，在盛行现代主义的二十世纪八九十年代，又出现所谓“只有现代主义才是真正的现代化的文学”②这样的论断。这些陈腐的学究和学院派高知们究竟想把中国文学和诗歌引向何方？可以这样认为，当现实主义或现代主义的内涵模糊不清同时又被定于一尊之时，正是它们在文学思潮中泛滥并趋于萎缩之时，同样也是个体写作被格禁死而走向雷同之时。

---

① 茅盾：《现实主义与反现实主义的斗争是文艺历史发展的规律》，《文艺研究》，1980 年第 4 期。
② 严家炎、袁进：《现代性：二十世纪中国文学的显著特征》，《北京大学学报》，2005 年第 5 期。

还是以波德莱尔为例吧。正是这样一位现代性诗人遭受了来自两方面的责备和攻击。一方面，正统的艺术话语权力者攻击波德莱尔诗歌的先锋性，对他反抗丑恶社会和表达个人欲望的创作采取打压和排挤。另一方面，支持先锋艺术的阵营则攻击他在形式上过于传统，字斟句酌，讲究韵律，近乎古典主义的风格。兰波称赞他为第一个先知，诗人之王，一个真正的上帝，又批评他过分讲究艺术性，认为这种古典性的艺术形式毫无价值，因为对未知事物的想象力需要新形式。(《致保罗·德梅尼》)二十世纪初叶，超现实主义派批评波德莱尔诗歌过于古典。艾略特说得比较冷静："他确实是浪漫主义的产物，但是由于他在本质上又是第一个反浪漫派的诗人，他只能像其他诗人一样利用已经存在的材料。"[①]也就是说，如果我们归纳波德莱尔诗歌的"现代性"，那么我们可能找到许多相互矛盾的方面，甚至相互对峙的方面。而这正是一个先锋诗人的"现代性"所必不可少的，也是一个伟大诗人之所以伟大的基点和前提。

中国诗歌期待着自己的诗歌巨匠，也许他就在我们的行列中，只是尚处在上升的过程中，或者这种上升仍受到制约和困扰。这可能比较合乎当下中国诗人的现状。在我看来，仅发出诗歌"新纪元"的无边呼吁，似乎更接近于无聊的空谈。倘我们能意识到那种限高物(无论它是来自外在规约还是精神内部)并破除它，那将是值得庆幸的。

2012 年作

2015 年改

① T. S. 艾略特：《艾略特诗学论文集》，王恩衷译，国际文化出版公司，1989 年，第 112 页。

卷　二

词象论

作为传统诗学理论的精华，意象说和象征说对传统诗及一部分现代诗依然有效，但是它在面对更多的现代诗文本时日益暴露出内在的局限。一方面，现代诗的叙述方式及其构成具有复合性质，也就是说它包含了叙事、意象、情感、异质话语、思辨、元诗等成分，这使得意象说以单一的“意象”“象征”和“意境”范畴来解析现代诗文本的方式变得捉襟见肘；另一方面，现代诗人的语言观发生重要变化：语言在现代诗中不仅述它，而且自述。语言在诗歌形式的构成中，其载体性变得相当次要，而本体性上升到了主导地位。现代诗是在语言中对多重世界进行探索与呈现，在挖掘语言潜质中完成一次重构行动。它将词与物从合一中分裂开来，以交叉的不对称的张力和旋力使语义增值、延搁成为可能。它的表层是“及物”的，深层却未必如此，诗之意味生成于“及物”与“不及物”的相互切分与转换，并最终显现那隐秘之物。

意象说首先在语言版图上进行了严格划分，其潜在原则如下。

一、实词才有资格成为意象，虚词和短语不能进入它的“势力范围”，因为它们尽管有“意”，但均无“象”可言。

二、并非所有的实词都能成为意象，只有那种“象”与“意”高度融合的词，才具备成为意象这一诗歌最基本的构成要素。在传统诗中，它更多地指向自然事物和部分社会事物的词，代词难以作为意象看待，更遑论短语了。

三、一个意象在进入诗文本前已给它的“意”预设了一个变化区域，因为它受文化观和美学观的制约和调控。超越和违反这一区域将造成意象之间以及“意”与“象”之间“运算”困难，这样的诗便难以成活和流传。它的极端形态便是积淀成较为稳定的意象系统。在象征主义那儿，同样也有一整套理论规则，词与物建立了稳固的关联。

四、对中文写作者而言，字思维在诗歌写作中占据着独特的位置。杨炼在《幻象空间写作》中认为："中文文字，本身就包含着'空间'的启示。一个字已构成一个小小隐喻。而意象、句式、一首诗乃至一部组诗的结构，都是'字'的空间意识之逐级放大。当整部作品有机形成，它的结构，就成为这部作品最根本的隐喻。我得强调这一点：不是个别意象、奇字险句、乃至思想命题，在支撑一首诗。"

不妨来看看多多的诗《只允许》，它显然不是一首传统意义上的意象诗或象征诗：

只允许有一个记忆/向着铁轨无力到达的方向延伸——教你/用谷子测量前程，用布匹铺展道路/只允许有一个季节/种麦时节——五月的阳光/从一张赤裸的脊背上，把土地扯向四方/只允许有一只手/教你低头看——你的掌上有犁沟/土地的想法，已被另一只手慢慢展平/只允许有一匹马/被下午五点钟女人的目光麻痹/教你的脾气，忍受你的肉体/只允许有一个人/教你死的人，已经死了/风，教你熟悉这个死亡/只允许有一种死亡/每一个字，是一只撞碎头的鸟/大海，从一只跌破的瓦罐中继续溢出……

若按传统的意象说来解读这首诗，肯定会抓住诸如"谷子""布匹""阳光""脊背""马""鸟""大海""瓦罐"等意象，然后分析这些意象之间的关系。但问题是，这些意象只类似一棵树上的叶子，它们处在结构枝条的末端，并没有通常那种笼罩性的中心意象或象征。无论我们怎样研究各个意象的"意"以及意象组合关系，也难以从整体上抓住这首诗的灵魂。解读的结果自然是茫然无绪，一盘散沙。可见传统诗学对现代诗的阐释已完全失效或部分失效了。

多多的诗具有多义性和敞开性。反复阅读就会发现，这首诗的核心离不开短语"只允许"，全诗的根基就建立在这个"只允许"上，整个语言肌质浸透在它的强制性的悲怆语气中，结构被它所统摄。这个词显然具有一种威严的权力性，不容置辩，也无可选择，它或来自至高的律令，或来自惨淡的记忆，或来自命运的旋涡。比如结尾“只允许有一个人/教你死的人，已经死了/风，教你熟悉这个死亡/只允许有一种死亡/每一个字，是一只撞碎头的鸟”，一步步逼向回忆者正在写下的每一个字，它们竟然有了悲怆的“受难”意味。诗中密布的诸种意象处在由它生发出的一个相对远的位置。这些零散的意象与“只允许”的关系，类似于树叶之于树根和树干的关系。甚至我们变换一些意象，而它的基本意思仍然不变。但若抽掉“只允许”这个词，这首诗将不复存在，或者变成另外一首诗。问题是，意象理论和象征理论必然要忽略这个短语，因为它显然不符合这些理论规则中的任何一条。海子曾在日记(1986 年 8 月)中表达了类似的担忧：“中国当前的诗，大都处于实验阶段，基本上还没有进入语言。我觉得，当前中国现代诗歌对意象的关注，损害甚至危及了她的语言要求。”海子的直觉是敏锐的，尽管他没有从理论上再向前跨出一步。

在我看来，现代诗对传统诗的重要拓展之一，在于它扩展了诗歌语言构成的结穴点，以满足现代意识和当下生存对诗歌语言提出的“领土要求”。这里内含了一种被我们所忽略的重心迁移：那种靠意象或中心意象来独立支撑诗歌结构的理论，显得越来越局促和狭小。用传统意象理论来解析现代诗已显捉襟见肘了。现代诗必须从这种理论束缚中走出来，事实上它早这样做了，只是我们的诗学理论滞后于现代诗的文本实验和语言实践。

本文以“词象”来命名包括意象和意象无法涵盖的那部分语言存在。此前，一个西方诗学术语“语象”(image)被广泛运用，该术语最先由赵毅衡移植过来，不少中国学者接受了这一术语，其中陈晓明等学者对“语象”概念进行了重新定义，尝试以“语象”为基础概念来阐释诗学核心概念“意象”。有研究者认为，赵毅衡的“语象”概念源于对西方文献的误解，而陈晓明对“语象”的重新定义也欠科学。本文提出“词象”，自然是为了与“语象”相区别。

一、词象是诗歌结构中最小的基本单元。

词象同样是从语言角度来解析诗歌内在构成中的最小单元。意象显然不是从语言构成的能动角度出发，而是从主体之“意”与客体之“象”的二元角度，尤其是经文化和美学观念过滤后的既成角度作为出发点。即是说，“意象说”忽略的是语言,强调的是主客际会,物我合一。正如前文所言,并非所有的实词都能成为意象,只有那种“象”与“意”高度融合的词,才能成为意象。在传统诗中,“意象”作为名词指向自然事物和部分社会事物,代词、虚词和短语无“象”可言,自然无法作为意象看待。现代诗是以词象为最小构成单元,并且词象也涵盖了意象,因为从词汇学角度看,“意象”即“词象”。

二、词象是语言符号在特定的结构中呈现之“象”。

其实意象也并非直接呈现为“象”。任何意象在接受者那里转化为形象,都必须经过联想和想象这个中介。因为意象毕竟是语词符号,它与实际事物之间只存在约定的对应关系。尤其是虚幻的事物,如“幽灵”,谁见过真实存在的“幽灵”?它无可把握但人们可间接通过想象而浮现之,那是千人千面的“幽灵”之“象”。直接呈现的错觉,是由符号到虚拟形象的集体无意识所造成的。

进一步说,任何形象都可以理解为一种“表情”。“表情”并非人类的专有,事物的千姿百态亦可作“表情”来解。人们在意象“菊花”上看到的,不可能是抽象的、一般的“菊花”(这样的菊花不存在),而是具体的、特定状态中的“菊花”。风中的菊花有风中的“表情”,南山下的菊花有南山下的“表情”。照此逻辑推论,虚词和短语也可以间接呈现为“象”,浮现出一种“表情”。上面所举“只允许”,虽为短语无“象”可言,但在诗歌结构中反复出现便形成一种不容置否的语气流,而与严厉、惨淡的“表情”相联系。持有这种“表情”的,可能是高高在上的严酷律令,可能是人世之外的旁观者,也可能就是诗人自己。在这个意义上说,“只允许”也有“象”可言,这个短语便是词象。倘若它不是在诗的结构中不断回旋,便浮现不出特定的“表情”,词象也无从谈起。

三、词象的构成具有不规则性。

不规则性,实际上指明它的包容性很强。词象的构成,包括所有可能作为一首诗生长基础的语词单位,而并非意象说和象征说那样局限于名词,那些很具体的名词。词象既包含意象所指的那部分实词,更容纳了虚词、短语、惯用语、俗语、紧缩句等。毫无疑问,词象在语言版图上所涵盖的区域比传统诗学要大得多。

意象诗具有排斥语链的特征。而现代诗恰恰相反，它恰当地利用主要词象自身的语链性，来将全诗笼结为一体。例如欧阳江河的《拒绝》：

并无必要囤积，并无必要/丰收。那些被风吹落的果子，/那些阳光燃红的鱼群，撞在额头上的/众鸟，足够我们一生。//并无必要成长，并无必要/永生。一些来自我们肉体的日子，/在另一些归于泥土的日子里/吹拂。它们轻轻吹拂着泪水/和面颊，吹拂着波浪中下沉的屋顶。

通篇出现主要词象“并无必要”。显然，它造成的语气使人浮现一种反讽的“表情”，那嘴角的一丝冷笑。“并无必要”自身包含的语链性，将众多的意象粘连，串起“果子”“鱼群”“阳光”等意象，将“拒绝”伸展到各个向度。主要词象的不断回旋，不仅作为结构黏合剂，而且形成裹挟一切的强烈语流，不容分辩，也无法置疑。

四、笼罩结构的主要词象，可称之为“根词”。

根词是指反复在诗歌结构中出现的词象，是诗歌言语在形式结构中的生长点和统摄点。上面所举的“只允许”和“并无必要”，都是诗之结构中的根词。如同植物之根一样，根词落地发枝，通贯全篇，成为全诗结穴之核心和气之脉络。

(一)根词之为根词，就在于它是写作者置入纸上的词象之“根”，它能否生长与繁茂，在于“根部”是否汲取语种的传统美质和当下口语的源泉，在于整首诗横组合与纵组合相切的力之图式，以及“每一片最小的树叶都与最底下的根须、与树的整体中每一个最大的和最小的部分相互交流”(托马斯·卡莱尔:《英雄与英雄崇拜》)。根词不排斥历史语境作为构成要素对诗歌的渗透，并且它在语言意义上更强调语词的“根性”，不妨说它是根中之根，根下之根。

(二)根词自然让人想到词根。其实这是两回事。根词不是一个构词学概念，而是一个诗学概念。但根词似乎天然地与词根发生关系。这是因为根词经常将词象拆解为词根，有时它就来源于这种拆解。

例如欧阳江河的《手枪》,“手枪可以拆开/拆作两件不相关的东西/一件是手,一件是枪/枪变长可以……/手涂黑可以……//而东西本身可以再拆/直到成为相反的向度/世界在无穷的拆字法中分离//……//‘黑手党’戴上白手套/‘长枪党’改用短枪/永远的维纳斯站在石头里/她的手拒绝了人类/从她胸脯里拉出两只抽屉/里面有两粒子弹,一支枪/要扣响时成为玩具/谋杀,一次哑火”。显然,“手枪”是由两个词根构成的。“手枪”一旦在诗歌中成为根词,它就被拆解开来,并不断地裂变下去:先是分蘖为主干词“手”和“枪”,然后“手”和“枪”又分蘖为枝干词“黑手党”和“长枪党”,以及“‘黑手党’戴上白手套/‘长枪党’改用短枪”等。

拆解或改变词根、词缀的技巧,最大程度地体现了某个语种的特点和优势。它是无法翻译或最难翻译的部分。这在中外诗歌中都有表现。

(三)由根词生发开来的词象或拆解下来的词根,可称之为主干词和枝干词。

(四)根词在诗中可以不限一个,而是有多个,在长诗中更是如此。笔者《马术师》这首长诗的结构,是在“骑手”“棋手”“旗手”三个根词之间展开。这三个根词拼音完全相同,读出来无法分辨其间的差异。它们共用一个音节“qi”,共属一个词根“手”,因而三个根词具有孪生般的面容,但内在性格却南辕北辙。

> 贫瘠的嘶哑的冬天,并不仅仅/缺少雪。通向海洋和北极的/马道也并不缺乏冻死的马。每个年代/都有蒙面的马伕或旗手骑在/骑手的身上,奴役它,用骑手/后面的马尾鞭打他,搔他,/让他长出兔子般的脑袋。/“你不快乐,我强迫你快乐。”/在冬天,一个棋手在布道,而另一个棋手在路边设下残局。/很显然,“一匹布道者的布/为蒙面者提供了方便。”/你不妨静下心来,猜猜下面的谜:/“斑马是白色条纹的黑马/还是黑色条纹的白马?”

三个根词如同三个立柱,它们不断交错、撞击、延伸,使多层多维世界的交汇与重叠成为可能。“骑手”与实在世界的联系更多些，这个根词作为文本中不可或缺的历史要素而存在；而“骑”的偏旁是“马”，因而它从词根中持续分裂并重组着的要素是“马”，以及与之相关的词象。“棋手”更多的与虚构、虚拟相关，表现为一种超越和游戏，它分裂成“棋子”和“木”（“棋”的偏旁），以及与之相关的词象，如“走马”“飞象”“树”“木桩”“木马”等，它所连带的世界与“骑手”的世界截然不同。对历史和存在的重新书写，对死亡、时空和诗艺本身的思考，等等，都能从“棋手”这一虚拟要素的运动中得到联想。“旗手”这一根词，让人想到“唯马首是瞻”的所在，举旗帜的人以及独立的主体。“旗手”（注意“旗”的偏旁是“方”）意味着方向、中心，并分裂与衍变成栅栏、田格、绞架，等等。它介于“骑手”与“棋手”之间，构成一种对峙与扰乱，成为三角互动式结构不可或缺之一角。

限于篇幅，只论及于此，以便抛砖引玉。

2012 年 12 月作

何谓重力

一

重力是现代诗歌重要的力式之一。尽管重力在现代诗文本中起着与张力同等重要的作用,并与张力相互制衡、相互转换,但其在现代诗学中的缺席由来已久。这种缺席,使得当代诗人以为仅靠语言的张力即可生成诗,以为仅凭拼贴与嫁接以造成突兀、新奇的张力效果,作品便具有了先锋性。至于那些能“沉”下去的诗作,也未能在张力与重力之间找到契合点。在我看来,英美新批评的张力理论固然揭示了诗艺以及艺术最重要的营构方式和技巧。然而这一理论单极独大,拒斥或遮蔽了其他力的形态,重力便是其中之一。想想看,一旦缺乏向下的、有摩擦力和冲撞力的重力的有效制衡,如何保证诗歌写作不陷入花哨的“打水漂”状态?就诗学理论而言,此一盲区继续存在,不能说不是一大缺憾。

诗学意义上的重力范畴,自然受到物理学重力概念的启发。据我所知,里尔克和海德格尔较早注意到诗歌中存在重力现象。里尔克在他晚期的诗作中,就有一首明确以《重心之力》为题的诗作:

> 中心,你从万物引出自身,/甚至从飞翔之物中复得自己:/中心,万物之中最强大者!/站立的人们:如同酒水穿透了渴望,/重力穿透了他。/但是从沉睡者那里,它降下/如同从低垂的云那里,/丰厚的雨。(彭富春译)

海德格尔对贫困时代的里尔克诗歌作了进一步阐发。他认为,相对于一般所说的物理学重力,此诗中所称的重心之力,乃是作为整体的存在物的中心,也即里尔克所谓的“没有听说过的中心”。一言以蔽之,纯粹的重力便是冒险。“冒险(吸引和调停全部存在物的中心),乃是给予冒险的存在一种重量,重力的重量。”[①]在海德格尔那儿,“冒险”是与存在、生命、全部本性、整体牵引、中心、重力的意义相等同的概念,它们之间可以互相替换。因此,他的重力概念以及对荷尔德林、里尔克诗作的论述,都是以他的庞大的存在哲学为落脚点从而“闯入”诗学领域的。从这个意义上说,海德格尔的重力范畴关涉诗学,但点到为止,尚未充分展开。海德格尔更看重此在的“栖居”,然而若忽略形式和语言,避而不谈重力在诗歌构架和肌质上如何运作,那么它距诗学意义上的范畴仍很远。

应该承认,海氏对重力的阐释提供了某种存在论根基。在技术白昼的非神性的世界之夜,短暂者(即生存者)处于沉睡和遗忘之中,只有诗人作为冒险进入深渊的短暂者才能看见并指出这种危险。这是有一定道理的。然而,海氏对具体的诗文本的阐释,总给我一种“杀鸡用牛刀”的感觉。毕竟海氏是为解决哲学难题而求助于诗歌的,他压根儿就不打算解决什么诗学问题。其实,我们也不必指望哲学家在诗歌版图上指点江山。

二

在我看来,诗学意义上的重力范畴,必须定位在生存/语言、思想/形式相互交结、通透的临界点上。重力是生存和思想在诗歌形式中的在场与冒险。生存之为生存,是一种自觉意识并经过思考的个体存在状态。生存与生活之不同,就在于生存是被生存者意识到或者被思考过的存在感。因而,生存包含了精神因素在内,或者它本身就是某种思想。在诗歌中,生存在场也即意味着思想的在场,或者说,语言/形式在生存/思想中的在场与冒险。“在场”不难理解,“冒险”意味着有所破格,有所冒犯,无论是在形式还是思想方面。不在场也不冒险

① 海德格尔:《诗·语言·思》,彭富春译,文化艺术出版社,1991年,第94页。

的作品，哪有重力可言？一言以蔽之，重力是由生存和语言、思想和形式这四种元素互否互击后所生成的冒险之力，“下倾”之力，一种不对称、不规则的制衡张力的力式。

在这个意义上，“下倾”与“冒险”等值，可以互换。不能“下倾”而掘入存在深处，便不可能发现并呈现生存真相。“下倾”内蕴着真正意义上的“冒险”：摆脱先在的思想权威的钳制，突破艺术主流话语和范式的拘囿而切入掩蔽的生存渊面，从那儿生长出带有血性、泥土味和思之火花的诗歌。试与这些年风行的“前倾”一词相比较。为什么“前倾”常常蜕变为“pass 一切”的独断论嚎叫，一种哗众取宠的“哗变”，或者只开花不结果的假胎式臆想？原因在于，他们对“下倾”和“当下”的存在不屑一顾，感受不到来自大地的“重力穿透了他”，而宁愿在“失重”状态下一味“前倾”。卡夫卡说：“他用另一只手可以将他在废墟下之所见记录下来，因为他之所见异于并多于其他人。他毕竟在有生之年已是死了的呵，而同时又是幸存者。”[①]卡夫卡的“废墟下”正是本文所指称的“下倾”，还有陀斯妥耶夫斯基的“地下室”也是。这种“下倾”本身即是“冒险”。

以杜甫而论，诗史公认其诗作“沉郁顿挫”不是偶然的。他写于安史之乱前后的《自京赴奉先县咏怀五百字》《北征》，堪称“诗史”杰作，无庸赘述。欧阳修在《新唐书·杜甫传赞》中评价说：“唐兴，诗人承陈隋风流，浮靡相矜。至宋之问、沈佺期等，研揣声音，浮切不差，而号律诗，竞相沿袭。逮开元间，稍裁以雅正。然恃华者质反，好丽者壮违；人得一概，皆自名所长。至甫，浑涵汪茫，千汇万状，兼古今而有之。他人不足，甫乃厌徐，残膏剩馥，沾丐后人多矣。故元稹谓‘诗人以来，未有如子美者’。甫又善陈时事，律切精深，至千言不少衰，世号‘诗史’。”欧阳修指斥唐初诗风好丽恃华，皆因失重而“浮靡”，又因保险而“沿袭”，仍可为今人警戒三思。杜甫的胸襟、品格与勇气，非同时代诗人所可及，在诗史上也是罕见的。试比较一下同时代的王维与杜甫：当年唐玄宗穷兵黩武，杜甫写下《兵车行》，王维却写下极尽阿谀的《贺神兵助取石堡城表》；杜甫写下“三吏”和“三别”时，王维则隐入终南山写飘逸的山水诗

① 卡夫卡：《卡夫卡随笔集》，黎奇、叶廷芳等译，海天出版社，1993年，第260页。

去了。山水诗固然清丽可读，但国破当前，疮痍满目，如何写得下去？

在我看来，先锋诗并非仅靠那么一点“先锋意识”或者“前倾姿态”便能揉捏出来。事实上，对它的焦灼、幻视和臆断既不可靠，也于事无补。真正具有锐气和大气的先锋作品，往往是那些将“前倾”内蕴于“下倾”的文本。我们看到诗史上被后人追认的先锋诗，在当时并未像今人那样贴上“先锋”“前卫”的标签。这些先锋诗人，首先是既定诗学范式与当下生存本相之间隐存着的巨大裂隙的发现者与揭蔽者，继而成为进入裂隙的思考者和既定范式的反叛者。但丁何以能成为中世纪最后一位诗人，同时又是新时代的最初一位诗人？除了经历过被放逐的考验，对专制主义的痛切体验和对独立自由的热切向往，他对当下文艺的现状也有独到的思考，流放途中写下《论俗语》一书，便是这一思考的结晶。在这本书中，但丁超越党派的狭隘偏见，以面向现实与未来的勇气和胸襟，批驳了只重拉丁语、轻视意大利语的倾向，为他后来用托斯卡纳方言写《神曲》打下了坚实的思想基础。十九世纪法国诗人波德莱尔写下备受责难的诗集《恶之花》，直面虚伪、奢华和靡烂的资产阶级生活现实，同时疏离了浮靡、唯美、过分注重形式的美学原则。波氏显然受到大地之重力的吸引，自觉地成为这种重力在诗歌中的贯彻者和转化者。《恶之花》建构了独特的审丑原则，开出了它自己的诗学之“花”，因而构成对西方诗学传统和当下诗歌前所未有的冒犯。法国批评家杜波斯在论述福楼拜时认为：“如果可以这样表达的话，福楼拜是从否定之实证性出发的。感觉的重力，以及这种重力产生的吸收作用，我觉得这就是他的‘常数’。”[①]这段话同样适合波德莱尔。

由此可见，现代诗人应该在张力之外引入重力，思考并打通历史语境、文化语境和形式语境之间的死结，构筑一种切入而非滑入、超离而非逃离、包容而非偏废、空廓而非空洞的诗歌。殊不知，阿赫玛托娃写下组诗《死者的花环》后仍持续在昏暗中写作，在布罗茨基看来，是因为她的诗歌吸收了死亡：就是让那些先她夭折的死者吸收或者加入诗歌，以应付意义突然遭到毁灭的无意义的生活；并且，同死者交谈也是防止话语滑向嚎叫的唯一途径。他说，“写诗等于以最有效的不可避免的外在连贯形式将最具特定重力的词语排列

① 转引自布莱：《批评意识》，郭宏安译，百花洲文艺出版社，1993年，第83页。

在一起”①。而里尔克面对读者对他后期诗的曲解，在致于勒维的信中说：“我们的使命就是把这个短暂而羸弱的大地深深地、痛苦地、深情地铭刻在心，好让它的本质在我们心中‘不可见地’复活。……如果把死亡、彼岸永恒这些天主教的概念强加于《哀歌》和《十四行诗》，这将是一个错误……在《哀歌》的意义上，我们正是这些大地的转化者，我们整个的此在，我们的爱的飞翔和坠落，这一切使我们能够胜任这项使命。”②

> 他睡在他的手上。/在岩石上。/在他的脚上。/在其他人的脚上。/他睡在公共汽车上，火车上，飞机上。/睡在岗位上。/睡在路边。/睡在一袋苹果上。/他睡在收费厕所里。/在干草棚里。/在超级圆顶建筑里。/睡在豹牌汽车里，和小货车的后部。/睡在剧院里。/在监狱里。/在船上。/他睡在小棚屋里，还曾经，睡在城堡里。/睡在雨里。/睡在晒出水疱的太阳下。/在马背上。/他睡在椅子里，教堂里，在豪华酒店里。/他一辈子都睡在陌生的屋顶下。/现在他睡在泥土下。/睡了又睡。/像一个古老的国王。（卡佛：《睡眠》，舒丹丹译）

卡佛的诗贴近草根和大地，除去矫饰，将诗歌还原到事物和日常生存的纠结中。村上春树认为，卡佛的作品最了不起的地方，是小说的视点绝不离开“大地”的层面，绝不居高临下地俯瞰，首先下到最底层，用双手直接确认大地的牢靠程度，视线再从那里一点点上移；同时，他的作品中洋溢着质朴的谐趣、令人惊异的超现实的奇妙。卡佛依凭的主要是重力，因为“生活就是一块石头，沉重而锋利”（卡佛：《解剖室》），而来自日常生存的恐惧、渴念、梦、失落、爱和回忆，这些细密而锐利的引力贯穿了他的身体和思想——对于这些场景、细节的极简式叙述，构成了他的诗的一大特色。

从这个意义上说，从“下倾”之力开始，越来越精致、稳固的诗歌观念和范

---

① 布罗茨基：《从彼得堡到斯德哥尔摩》，王希苏等译，漓江出版社，1990 年，第 485 页。

② 里尔克等：《〈杜伊诺哀歌〉与现代基督教思想》，林克译，上海三联书店，1997 年，第 182—183 页。

式，才有可能被打破并出现新的分叉点。“形式需要内容的非审美的重量，没有这种重量，形式就不可能作为形式实现自己。”①那么“大地的转化者”是如何“转化”的？在我看来就是将重力转化成张力并在二者之间建立对等与平衡，上面所引卡佛的诗便是在跨跳和切分中造成物象间的密集张力，剔除刻意，直抵本相，诗的节奏如同草根被大风吹起，最终落入大地和河流。

三

但我并不认为重力在诗歌中都是重的，并且沉坠而下的。不妨说它可以转化为一种轻。轻，并不意味着质量减弱。轻是一种喜剧精神穿透沉厚的灰暗外壳，一种在更深或更高的层面对存在的揭蔽。卡尔维诺在《美国讲稿》中说：“我写了四十年的小说，探索过各种道路，进行过各种实验，现在该对我的工作下个定义了。我建议这样来定义：我的工作常常是为了减轻分量，有时尽力减轻人物的分量，有时尽力减轻天体的分量，有时尽力减轻城市的分量，进而尽力减轻小说结构与语言分量。”②他谈的是小说，但同样适合现代诗写作。

为什么现代诗史上难以出现类似古希腊式的史诗？这并非因为现代人类的命运没有古希腊时代来得曲折和沉重，诸如“奥斯维辛”这样的屠戮惨剧，恐怕是人类史上所罕见。在我看来，探寻这一原因应该到诗学观念的内部去寻找。在现代诗史上，直接对命运进行摹拟与模仿的史诗观念，完全让位于一种建立在互文、戏仿和反讽基础上的诗学观念。换言之，诗之重力不是急速地、垂直地砸向地面，不是以外在的长度、宏观、超重作为衡量标尺，更不是以铺叙、横组合、排喻作为主要技巧；不妨说它是在向下也向上的过程中倾斜切入的，是重量的不断分解、转换与变异，是打碎镜子后重构的哈哈镜和类似复眼的多棱镜。它看似轻，却并不轻。它的轻与重，不仅取决于写作主体化重为轻的能力，也取决于接受主体对形式规范的冒险程度。“举重若轻”这个词，倒有点接近这种文本的状态。

① 巴赫金：《巴赫金文论选》，佟景韩译，中国社会科学出版社，1996年，第280页。
② 卡尔维诺：《卡尔维诺文集》，第5卷，吕同六、张洁主编，译林出版社，2001年，第318页。

反讽和幽默是一种化重为轻的智慧和技巧。作为技巧，反讽本身就包含重话轻说，正话反说等等，贯穿其间的便是“正”中所含的“邪”气，不经意的冷嘲之气。如李亚伟的《中文系》中“当屈原李白的导游然后/再去撒网/要吃透《野草》《花边》的人/把鲁迅存进银行，吃利息”。这种反讽像针尖，将那庞大而虚幻的“气球”戳破。再看奥登的诗《美术馆》：

> 关于苦难他们总是很清楚的，/这些古典画家：他们多么深知它在/人心中的地位，甚至痛苦会产生，/当别人在吃，在开窗，或正作着无聊的散步的时候；/甚至当老年人热烈地、虔敬地等候/神异的降生时，总会有些孩子/并不特别想要他出现，而却在/树林边沿的池塘上溜着冰。/他们从不忘记：/即使悲惨的殉道也终归会完结/在一个角落，乱糟糟的地方，/在那里狗继续过着狗的生涯，而迫害者的马/把无知的臀部在树上摩擦。
>
> 在勃鲁盖尔的《伊卡鲁斯》里，比如说；/一切是多么安闲地从那桩灾难转过脸：/农夫或许听到了堕水的声音和那绝望的呼喊，/但对于他，那不是了不得的失败；/太阳依旧照着白腿落进绿波里；/那华贵而精巧的船必曾看见/一件怪事，从天上掉下一个男孩，/但它有某地要去，仍静静的航行。（查良铮译）

这首诗涉及三幅西画：《伯利恒的户口调查》《屠杀无辜者》和《伊卡鲁斯》。它们源自三个西方文化典故：耶稣的降生；希律王下令杀死两岁以下男童；伊卡鲁斯戴上蜡制的翅膀飞向天空，最后蜡翅被太阳融化而坠海。叙述这些神圣的、悲剧的场景，有意楔入另一日常生活的细节，诸如孩子照常在树林边沿的池塘上溜冰、嬉戏，狗和马仍在干自己的事，人们“安闲地从那桩灾难转过脸”，等等。在表层语境中构成了张力：耶稣降生和殉难是为了救赎世人，世人却对此毫不关注甚至冷漠麻木。如此拼接使世界显现出内在的荒诞。但在深层语境，该诗则暗藏机锋：伊卡鲁斯戴上蜡翅飞上天空追求自由，那是他主动选择的结果；世人也享有选择的自由与权利：老人虔诚祈祷时，孩子们有选择溜冰而不是祈祷的自由；耶稣殉难时，狗和马有选择在肮脏角落按照本能过活的自由；伊卡鲁斯坠入大海，农夫有选择干自己活儿的自由。耶稣殉难为的是救赎世人，难道不包括还自由给那些奴隶？倘有人对此心怀疑虑或横加指责，只能表明他不真正懂得耶稣和伊卡鲁斯。多层意蕴交叉互存，构成微妙的反讽和逼人的思辨力，其冒险性是不言而喻的。

向下之路即向上之路。重力在向下之中内蕴着主体的腾越之气。上与下隐秘地对流、擦击形成闪电般曲折的偏离之势。可以说，无偏离则无重力可言。偏离包含着二度：一度偏离是对当下存在表象进行剥离，剔除其伪质和浮质，揭开生存的本相。二度偏离是对现存权威规范的疏离，呈现出不规则、不对称的边缘性质。这一点，与庸俗的写实主义和叙述观念划清了界线。阿恩海姆认为："当绘画的组成成分位于整个构图的中心部位或位于中心的垂直轴线上时，它们所具有的结构重力就小于当它们远离主要轴线进所具有的重力。"①可见偏离即便表现在构图艺术中，其重力的分量也是可以感觉到的。

重要的是这种偏离是否暗寓精神大势和思想质量，是否具有发自诗学和形式内部的变构意志，这些正是下倾之力不可或缺的主要源泉。卡夫卡说："我生来就在内心拥有自己的重心，而且这并不是最愚昧的教育所能取代的。我仍然拥有这个良好的重心，但在某种程度上，再也没有了与之相应的身体。一个无事可做的重心成了重要的，并像一个子弹头那样放置身体中。"②应该说，重力之诗也并非就是客观的、无我的。我一直很怀疑那些将诗歌划分为主观和客观并确定二者孰优孰劣的观点。显然，它是一个使诗学陷入误区的伪问题。

> 生命萎缩，死亡在预料之中，/正如在秋季/士兵倒下。//他没有变成三天的大人物，/把告别强加于人，/举行盛大的典礼。//死亡是绝对的，没有纪念日，/正如在秋季，风停息，//当风停息，天上/白云依旧/走自己的路。（史蒂文斯：《士兵之死》，西蒙、水琴译）

---

① 阿恩海姆：《艺术与视知觉》，滕守尧等译，中国社会科学出版社，1984 年，第 19 页。

② 卡夫卡：《卡夫卡日记》，阎嘉译，四川人民出版社，1999 年，第 10 页。

死亡是垂直向下的，一个卑微的士兵的死亡在诗中变得非常纯净。诗人以否定式还原了这种真实：更多卑微的死亡没有“典礼”，也没有“纪念日”。死亡的重量被哲思减轻并提升，如同“天上/白云依旧/走自己的路”——这正是更深地打动我们的地方。

在我看来，化重为轻的方式之一，在于将东方式的“气”融入重力之中。中国古代关于“气”的范畴和理论，是中国古典诗论最具活力而在现代尚未光大的珍贵遗产。诗文本一旦有了“气”，有了贯穿肌质的气韵，重力垂直向下时才能向上飞翔，它的重量才能从内部得到减少，并获得一种可以承受之轻或不可承受之轻。读一读沈天鸿的《泥土》、欧阳江河的《一夜肖邦》等诗，便能感觉到那种力气融合所带来的轻。这种轻，借用老子之言表述便是“以天下之至柔，驰骋天下之至坚”。

四

诗文本如同弹簧秤，因自身具备重力和弹力，方可称量重力。重力作用于文本同样在形式上呈现着本己的特征。

其一，重力的牵引是合二为一式，使文本呈断面性的推进与沉坠之势，其延展切入的线条时隐时现，且上下贯通、相互勾连。这与张力作用下一分为二式的并置叠加显然不同。它们呈现在语言叙述中的展延迹线或为时空距离、或为命运起伏、或为思想纵深、或为原态铺陈，当然可能兼而有之。而在隐面和细部上，它们也往往具有对立或对比的张力关系。以西川的《旷野一日》为例：

完整的旷野上只有冬天/我们畏惧的豺狼踪迹杳然/大风呼啸而过，如同/绕过两块人形石头/拥向一次没有主人的盛宴//跟随我，否则你会感到孤单/与我一同高喊，让寒冷/逼入我们体内最黑暗的部位/为黑暗带去应有的尊严/在这飞鸟遗落的一天//跟随我走向大地的讲坛/……/

你必须懂得服从后来者……//你将看到我让出自己/是为了在旷野上与冬天相遇/是为了弥补头脑的损失/是为了在大地空阔的讲坛上沉默无言

这首诗读来没有那种紧迫、尖锐、剑拔弩张的语势，那种“张力过剩”式的暴力冲撞，而是自在地领受重力的牵引，在苍茫的“旷野”上漫步，语流沉静、迂回而入，偶尔被内在的岩石激起浪波，敞现了对存在（“大风”“冬天”“黑暗”）的理解与抵抗，和对个体生命意志（“人形石头”）的沉思与固守。从“两块人形石头”到“与我一同高喊”，再到“清除”“服从”“习惯”，直至“让出我自己”，这条重力脉线呈渐深、渐静、渐阔的趋势，并最终达到“在大地空阔的/讲坛上沉默无言”的境界；亦可见出重力对词或意象的牵引，使之呈纵向性排列，并灌注氤氲之气韵，贯通而不滞涩，整一而不碎裂。从一定意义上说，这首诗的重力成了对张力的有效制衡之力。

其二，重力的重要方式在于改变透视法，采取非常规视点，如复眼透视、神幻透视、亡灵透视等，使存在的现场令人惊骇地还原与呈现。戴望舒的《我用残损的手掌》，显然用的是神幻透视：“我用残损的手掌/摸索这广大的土地：/这一角已变成灰烬，/那一角只是血和泥；/这一片湖该是我的家乡，/（春天，堤上繁花如锦障，/嫩柳枝折断有奇异的芬芳，）/我触到荇藻和水的微凉；/这长白山的雪峰冷到彻骨，/这黄河的水夹泥沙在指间滑出；/江南的水田……现在只有蓬蒿；/岭南的荔枝花寂寞地憔悴，/尽那边，我蘸着南海没有渔船的苦水……/无形的手掌掠过无限的江山，/手指沾了血和灰，手掌沾了阴暗……”神幻透视使这首诗获得奇异的、力透纸背的重量感。多多的《从死亡的方向看》，也堪称亡灵透视的典范之作：

从死亡的方向看总会看到/一生不应见到的人/总会随便地埋到一个地点/随便嗅嗅，就把自己埋在那里/埋在让他们恨的地点/他们把铲中的土倒在你脸上/要谢谢他们。再谢一次/你的眼睛就再也看不到敌人/就会从死亡的方向传来/他们陷入敌意时的叫喊/你却再也听不见/

那完全是痛苦的叫喊!

仅仅改变了透视法,被人忘却的行刑现场仿佛正在重演——亡灵再次让我们看到他们被活埋的过程!这重现的记忆没有半点谴责,但它的力度足以使宏大的书写失去重量。

其三,重力作用于叙述,使之更本色,更沉稳,更疏阔,更具细节性,而内气的贯注使叙述过程锐敏而空灵。换言之,重力打开了变形、象征所囿蔽的自足空间,既不拒斥也不倚重它们,上面所举《从死亡的方向看》,包括了“活埋”的典型细节,令人震撼。还有艾青的《雪落在中国的土地上》,阿陇的《无题》等诗,其重力所及之处,或扬或伏,或曲或直,皆如风中的泥块、飞鸟、裸露的根须和残灯的姿态。

其四,重力造成思辨性结构、语式、语词的有力渗透与楔入,反复和复沓成为肌质上贯彻重力的重要方式。

上面所举奥登的诗《美术馆》为一例。北岛的《回答》、芒克的《阳光中的向日葵》等诗具有强烈的理性色彩和反思力度,由警句、反问和悖谬式否定句构成的重力支撑了全诗的内在构架,具有鲜明的社会指向和时代印记,是地火长久运行、一朝喷发而凝结的火成岩。“卑鄙是卑鄙者的通行证,/高尚是高尚者的墓志铭。/……/冰川纪过去了,/为什么到处都是冰凌?/好望角发现了,/为什么死海里千帆相竞?”《回答》通篇使用了词语反复和句式复沓:“卑鄙”和“卑鄙者”,“高尚”和“高尚者”,将看似复杂的问题还原到简单的极致,因而令人震惊。在质疑句的复沓中,“冰川纪”和“冰凌”(时间),“好望角”和“死海”(空间)建立了一种悖反的关联,其中的深层意味直抵反思的内核。“我不相信天是蓝的,/我不相信雷的回声,/我不相信梦是假的,/我不相信死无报应。”短语复沓裹挟着逼人的精神气势,幻象迭出,让人思考更深层面的东西。芒克的《阳光中的向日葵》,论者多从象征手法来解释,却忽略了全诗是基于主题乐句“你看到那棵向日葵了吗”的变奏与回旋,复沓手法将力度凝聚于“针尖”,从而完成对历史与精神废墟的穿越,读者恍若看到那同时逼视“太阳”和“向日葵”的问号般的瞳孔,那才是真正的人的眼睛。

洛尔迦擅长运用这种反复和复沓，例如《伊涅修·桑切斯·梅亚斯的挽歌》："在下午五点钟。/正好在下午五点钟。/一个孩子拿来白床单/在下午五点钟。/一筐备好的石灰/在下午五点钟。/此外便是死。只有死/在下午五点钟。//风带走棉花。/在下午五点钟。/氧化物散播结晶和镍/在下午五点钟。/现在是鸽与豹搏斗/在下午五点钟……"(戴望舒译)节奏短促而铿锵，切分突兀而宕荡，死亡的分量逐渐加重，几乎与死神同步。洛尔迦说："当我写《挽歌》时，致命的'在下午五点钟'一行像钟声充满我的脑袋，浑身冷汗，我在想这个小时也等着我。尖锐精确得像把刀子。时间是可怕的东西。"他直觉"一切都是计量好的，包括痛苦和死亡"。(北岛：《洛尔迦：橄榄树林的一阵悲风》)

其五，受重力的吸引，诗歌文本向民族语言、口语和民间形式归拢，汲其根性和地气，敞亮它的生存密码和独特神韵。但丁在《飨宴篇》中说过："正是我的家乡话使生我者结合起来，因为他们是用它来说话的；正如火使得铁软化，铁匠才能够制刀，所以显然家乡话也参与了我的诞生，因此是我生存的一个原因。……俗语是我的最大恩人。"[①]《神曲》的内在重力与他创造性地运用被别人弃如敝履的民间俗语有极大关系。舍此，"我的诞生"和"我生存的一个原因"都将被遮蔽、被割断。宋代张戒在《岁寒堂诗话》中论述杜甫时说："世徒见子美诗多粗俗，不知粗俗语在诗句中最难，非粗俗，乃高古之极也。"杜甫诗歌的沉郁风骨，自然得自他领受重力的唤引而面向世俗语言的掘取、熔铸和提升。

诗歌对存在的卷入，意味着对言语的抉取与渗透。朗格在《情感与形式》中说，英国十九世纪乡土诗人彭斯"不可能用标准英语说到田鼠，甚至注意田鼠时也不可能想到它标准的英语名称……农民语言中的田鼠，总有泥土、谷物、耕耘、收割等朴实的场景，这是与土地联系甚为密切的生活，农民利用工具和牲畜所做的事，简直跟田鼠依靠啮和搬运所做的差不多"[②]。布罗茨基说过阿赫玛托娃的诗始终倾向于运用方言，吸收民歌的语汇。(《哀泣的缪斯》)

---

① 转引自缪朗山：《西方文艺理论史纲》，中国人民大学出版社，1985年，第276页。

② 苏珊·朗格：《情感与形式》，刘大基等译，中国社会科学出版社，1986年，第251页。

海子对民间词语和形式的汲取，是他的抒情短诗充满魅力的重要原因，他的《村庄》《燕子和蛇》《主人》《得不到你》《民间艺人》《谣曲》《浑曲》等等，都具有中国民间的泥土味和汉语神韵，如“锵锵/去寻找中国老百姓/泪水锵锵/中国器乐用泪水寻找中国老百姓/秦腔/今夜的闪电/一条条/跳入我怀中，跳入河中”（《中国器乐》）。海子信奉美国作家梭罗，后者说：“能够用追溯文学之原来含意的方法（正像农人们春天里将冬天的霜雪所拱起的木栅栏又钉回到地里去一样）来恢复文学之本来面目的都是诗人，我们从他们对文学的运用中立即意识到这些文字的原意和派生意义。他们将这些字连同其根茎上拖带的泥土一道移植到书页上来了。”①

海子的诗歌是属于“也许是还认识这些事物的最后一代人”的诗歌。由此上溯两千多年，伟大的诗人屈原对楚地的方言、风物、神话、民谣的汲纳与融汇，铸成了以《离骚》《九章》为代表的辉煌的楚辞体诗歌，“酌奇而不失其真，玩华而不坠其实”（刘勰：《文心雕龙》）。屈原对故国乡土的情怀至今仍令人疼痛、感伤：“曼余目以流观兮，冀壹反之何时！鸟飞反故乡兮，狐死必首丘。”（《楚辞》）这正是大地的“重力穿透了他”——穿透了他的诗歌，同时也被他的思想所穿透。

1996年作
2004年改

① 转引自德索：《美学与艺术理论》，兰金仁译，中国社会科学出版社，1987年，第333页。

两极律动：陌生化与亲近化

诗歌语言的陌生化与亲近化

近些年来，诗坛对于诗的语言的本体性关注已成为新诗七十年来的最重要事件之一。语言是人的此在的最高事件，同时也是诗的生成的最高事件。诗歌的自足与自律在很大程度上决定于诗歌语言的自足与自律。二十世纪八十年代中国诗坛所经历的动荡与倾斜，使人们看到诗人一旦进入对诗之本体的思索与探求这一魔圈后，诗歌语言强大而神秘的内驱力和无限可能性，便开始打开、制约和选择新一代的诗人。在《荷尔德林与诗的本质》中海德格尔说，诗人站在神祗与民众之间。诗人就是被逐出的人，被驱赶到神祗与大众之间去了。

诗歌语言作为独立自足的另一宇宙，在我看来，它的生成、运动和演变的自律呈现出两极：陌生化与亲近化。从某个角度说，诗歌语言正是在这两极之间运动：拒斥与渗透，并置与交错，构成千百年来诗歌语言的复调音乐。

当代诗坛对于"陌生化"一词决不陌生。它对于新一代诗人的影响甚巨。提出这一观点的什克洛夫斯基认为，诗歌就是对受日常生活感觉方式支持的习惯化过程起反作用。诗歌的目的就是要颠倒习惯化的过程，使人们如此熟悉的东西"陌生化"。(《艺术作为手法》)什氏无疑揭示了诗歌艺术的某些本质方面。陌生化直接显现在诗歌语言方面，通过语法规则的偏离，通过隐喻、象征、叠加意象、拼接、跨跳等手法造成高度变异的语言，即雅可布森所谓的对普通言语的有组织侵害，从而"远离"日常的普通会话语言，向难以言传的隐在现实和形而上的"神祗"接近。埃利蒂斯在诺贝尔奖的受奖演说中说：

“无数的秘密景象使宇宙闪闪发光，也构成了一种未知语言的章节，而这种语言要求我们选词造句，作为一种领我们到那最深奥的真理之门坎前的解语。”“神祇”就是那种超自我超现实的形而上存在，是生存者抓住自己的头发试图飞离地面的隐秘冲动。陌生化在呈现人类生存时具有独特的魅力，如查尔斯·西米克的诗《关于我的邻居，赫梯人》：

了不起的是那些赫梯人。/他们的耳朵里有老鼠而老鼠有洞穴。/他们的狗埋掉自己，留下骨头/来看守家园。一棵孤草抵挡着他们所有的风暴/直到蜘蛛网在天空铺展。/他们的湖泊里有残留的稻草，/在寻找溺死的人们。当骆驼不/从他们的一只针眼穿过，/他们就将一栋房屋绑在它的尾巴上。了不起的赫梯人。/他们的父辈躺在摇篮里，他们的幼儿在战斗/对他们，铅铁漂浮，树叶沉落。他们的上帝/如一只芥末子大小，几口便可吃掉。（黄燎原译）

这个由俄国形式主义学派在二十世纪初叶提出的陌生化主张，在八十年代的中国诗坛结出了果实：朦胧诗和寻根诗对语言的实验使人们看到语言的可能性前景。然而这果实之中也包含这样一个事实：一些诗一个劲追求语言的“陌生化”，任意肢解、拼凑语言，使语言陷入迷宫难以卒读。语言的变异因失去内在依据而产生“肿瘤”，语言再度被降到“奴婢”地位。这引发了后来风靡诗坛的口语诗反其道而行之。然而前些年有关口语诗的论战，因仅仅局限于争论“口语诗”本身的优劣与否，从而使诗坛的迷象没有及时得到澄清。在我看来，陌生化理论本身是跛足的，它只是揭示了诗歌语言的一极，而忽略了潜在的另一极：亲近化。这看似风马牛不相及的两个磁场却紧紧地抓住我们的诗歌和诗歌史。我启用“亲近化”这一概念时感到它充满危险：它与日常的公共的标准语言近在咫尺！但我分明看到了这一极深藏在世界和民间。从力的方向看，陌生化是向上的，亲近化是向下的。二者之间存在着强大而隐秘的张力：相克又相生，拒斥又吸引。当代诗坛由寻根诗到“口语诗”的大倾斜，正源自于这种内在张力的失衡：物极必反。

人作为生存者拥有语言的同时也被语言拥有。语言本身便是人类生存的隐匿的见证者。人处于日常生存中离自己的言语最近。试图逃离日常言语"现场"而去创造或抓住"梦呓"正是诗人的可爱处。但是生存语言所内含的"重力"总是使诗人往下掉。荷尔德林说,果实必须更普通更日常化,这样才会为凡人所有。(海德格尔:《荷尔德林与诗的本质》)诗人的宿命在于,他在向上求索的同时不得不向下寻找,向民族的、日常的和心灵的深处挖掘,触摸其中的文化之根和语言之蒂。从整体的生存处境看,人类与自然之间的鸿沟越来越深。拆除自我樊篱并投入自然万物,达成天人合一、与物神游的境界,正在成为现代人更为紧迫的内在诉求。诗歌语言的亲近化,正是根源于亲近大地的哲学态度和目击道存的直觉方式。

亲近化以葆有诗的语言的生存密码和天然生机为指归。作为动词,"亲近化"是对不必要的变形进行抵制,同时对原始言语的琐碎芜杂进行刈除,以最低限度的变形取得最大可能的诗意效果。亲近化在某个维度上可以涵盖口语化,但与之绝非同义词。口语化的弊端在于指向语言的某个类型,而不是指向诗歌言语的质量。口语诗潮留下一批平庸浅薄之作,原因在于在完成语言转型的同时丢失了诗性。亲近化的诗歌语言来自语言中质朴而原生态的部分,来自当代人生存体验中的言语魅力。在这里,对口语与雅语作区分已不重要,重要的是诗人必须用周围的人真正使用的语言做自己的材料,诗的音乐就是隐藏在当代日常用语的音乐。(艾略特:《谈诗歌创作》)亲近化的危险在于诗人不能深入,向下之路被堵塞,语言不加节制地漂浮在日常言语的表层,从而与诗绝缘。当我们阅读惠特曼的《草叶集》、陶渊明的《归园田居》、陈子昂的《登幽州台歌》和叶芝的《当你老了》,其语言给我们的感觉是"亲近感"而非"陌生感"。那是一种呼吸和血流的节律被重新还给了我们,是带着种子和鸟羽的土块还给了大地。

我有过寂寞的乡村生活/它形成了我性格中温柔的部分/每当厌倦的情绪来临/就会有一阵风为我解脱/至少我不那么无知/我知道粮食的由来/你看我怎样把贫穷的日子过到底/只是我再也不能收获什么/不能

重复其中的每一个细小的动作/这里永远怀有某种真实的悲哀/就像农民痛哭自己的庄稼。(韩东:《温柔的部分》)

这首诗可以说是亲近化的一种尝试。它的平易和亲切,就像庄稼和锄头一样质朴。在这首诗里找不到陌生化的变形痕迹,但也不能说这就是口语诗。诗人的日常言语在被生存直觉体验突然照亮后,口语已融解成诗的肌质。亲近化是对诗人语言直觉和驾驭能力的特殊考验,尤其对语感提出了更高要求。弗罗斯特曾说自己有意无意间利用语调来使每句话的意义加倍。语调在这里已不是内容的附带手段,而是获得与语码对等之地位,二者的张力使诗歌拥有可称之为“意味”的东西。

海德格尔认为“诗意地栖居”意味着置身于神祇的现在之中,进入一切存在物的亲近处。陌生化与亲近化作为诗歌语言宇宙相克又相生的两极,其间充满张力的运动呈现着广阔的中间地带和无限可能性。纯粹走向极端的作品毕竟是少数。艾略特、弗罗斯特、聂鲁达和荷尔德林等诗歌大师在这两极张力之间游刃有余。他们所创造的语言晶体向我们呈现的正是二者的有机的交错状态。我以为,中国诗歌发展的可能性前景正潜藏在这片广阔而深厚的中间地带。

1992 年 2 月作

陌生化诗歌与亲近化诗歌

我以为,“亲近化”不是仅仅作为一种技巧被提出来,它首先具有一种诗学理论意义。当我们将亲近化与陌生化一并探究时,便发现两极之间的有机律动可以用来解释诗史上有节奏的“钟摆现象”,以及由此引发的争论,诸如高雅和通俗之争,晦涩和明朗之争,大众化和贵族化之争,普及和提高之争,自由化和格律化之争,口语派和学院派之争,等等。事实上,在人类漫长的文学史上,前人已注意到陌生化与亲近化问题,并从不同角度、不同层面加以阐述，例如在中西文论中都能找到相关的理论话语。从某种意义上说，一部诗歌史演进的曲线便律动在陌生化与亲近化的两极之间。

首先，支撑陌生化和亲近化的美学观念截然不同。俄国形式主义倡导的“陌生化”是基于审美心理中的新奇感和惊异感。在《精神现象学》中黑格尔曾指出，众所周知的东西，正因为它是众所周知的，所以不被人们所认识。陌生化的意义在于瓦解艺术形式和语言方式运作的自动化和心理的惯性化，从而重新构造我们对世界的感觉，把一种奇异的与实际生活完全不同的现实展现给我们。什克洛夫斯基在《艺术作为手法》中说，事物好像是打了包装在我们身边经过，我们根据它所占的位置知道它是什么，但我们看到的只是它的表面……被人们称作艺术的东西之所以存在就是为了要重新去体验生活，感觉事物，为了使石头成为石头。毫无疑问，陌生化理论揭示了艺术美学中某些本质的方面。

而亲近化基于大巧若拙、大美若素和大气浑成的审美理念。老子《道德经》强调“人法地，地法天，天法道，道法自然”，反对人为地扭曲、破坏自然，“致虚极，守静笃”，保持“我独泊兮，其未兆，如婴儿之未孩”的素朴之心，形象地悟透了心和物，道和技的关系；依循“辅万物之自然而不敢为”而达乎“道常无为而无不为”的境界，依循“大音希声，大象无形”而入乎“大巧若拙，大辩若讷”的本明化境。平淡美、朴素美乃最广大最细微之美。发现它不仅需要眼睛，更需要灵智和悟性，也需要对变形、繁复和怪异进行清除与还原。在我看来，寻常之美正是被追求新异的“众所周知”心理所掩盖，被一种常规的、惰性的日常言语所淹没，以至于我们视而不见，听而不闻，谈而不及。陌生化试图通过变异达到远离，从非常态来把握事物的本质。亲近化通过降解与还原，剔剥过厚的修辞涂层和隐喻积淀，达到亲近事物本相和生命本体的目的。聂鲁达在诺贝尔受奖演说中曾言，只有走那平凡的人所走过的路，我们才能把各时代剥夺下来的宽裕与宽大，再度送回诗的世界里。（《在孤独中前行》）

中国古典文论中也有类似亲近化的论述。例如，庄子主张无己、丧我、心斋、坐忘，“至人之用心若镜，不将不迎，应而不藏，故能胜而不伤”（《应帝王》），“天地与我并生，而万物与我为一”（《齐物论》），由“雕刻众形不为巧”

(《大宗师》)达于“天地有大美而不言”(《知北游》)之境界,即由技入道,入道而忘技,由有巧达于无巧,此乃大巧。可以说,大巧和大朴堪称中国古典诗歌追求的最高境界。陶渊明也主张抱朴含真,“质性自然,非矫厉所得”(《归去来兮辞序》),其田园诗更是开一代风气之先。苏轼曾评论陶诗“才高意远,造语精到如此,如大匠运斤,无斧凿痕”(都穆:《南濠诗话》),此即绚烂之极归于平淡。宋代诗评家严羽推崇“盛唐诸人惟在兴趣,羚羊挂角,无迹可求,故其妙处,透彻玲珑,不可凑泊”(《沧浪诗话》)。清代诗论家袁枚认为,“诗宜朴不宜巧,然必须大巧之朴……大巧若拙,而于诗文之道尽矣”(《随园诗话》)。历代诗论家看重诗歌风格之朴真、明澈、平淡、拙厚并非偶然,他们直觉到亲近化这一极的强劲磁力。

从空间意识上说,西方人的空间是立体的无垠的空间,移近就远的空间,反映在西洋绘画、建筑和文学上,则为焦点透视法、耸入上苍的哥特式和超验性倾向。中国人的空间是平缓的有界的空间,是移远就近的空间,投射在艺术上则为散点透视法、铺向人世的故宫式和体验性倾向。西方人追索无穷的空间奥秘,深得冒险之乐,又怅惘于无极无沿。中国人饮吸无限于自我之中,通过亲近自然使宇宙俯身亲近我,安抚我。事实上,东西方文化存在很大的差异性和互补性。西方人探索无穷之心,容易忽略世俗生活中的寻常之美;东方人重视安顿自我,亲抚万物,容易陷入庸常刻板的泥沼。

概言之,陌生化和亲近化代表了人类审美需求中两个相反又互补的有机向度,比如世界美术史上出现过两种截然不同的绘画艺术——有机形式和几何形式。前者可归入移情艺术,后者可纳入抽象艺术。沃林格尔在《抽象与移情》中将移情冲动描述为以人与外在世界圆满的具有泛神色彩的密切关联为条件的冲动,而抽象冲动则是人由外在世界引起的巨大内心不安的产物,而且,抽象冲动还具有宗教色彩地表现出对一切表象世界的明显的超验倾向。笔者以为,抽象艺术更多地呈现为陌生化,为的是超越动荡不安的生存现实;移情艺术更多地表现为亲近化,以便在本质力量的实现中反观人自身。在高度陌生化的作品中,诗人从变幻不定的存在困扰中抽离出来,避却周遭世界的庸常性和无常性,以陌生而抽象的形式使个体获得灵魂的安顿与喜悦。在朦胧诗派、寻根诗派和超现实主义诗作中,可以看到这种高度陌生化的典型。寻根派诗人试图透过纷繁复杂的文化意象来把握一种恒定的东西,通过对语言的大幅度变形来呈现那个超验无形的“根蒂”,却不得不以丧失地气和活气为代价,如岛子的组诗《天狼星传说》,“宇宙爆裂/昴星团疯旋骷髅云舞/神秘的火环巡逡于天外九天/众星失意纷然叛离蜂巢/阴极之电绽开天蝎蔷薇,梦河裂岸/时空竞相超越/彗发被风/毛骨悚然辉煌/漫漶/长蛇星座醉立图腾烟柱/膜拜者割股自啖/巨蟹之盖揭开黄体痉挛/天象错乱如期,如期/拱垂一张鞭痕精美的龟背/层层预卜杀殉的秩序”(《独化》),呈现的是一幅天象迷宫式的咒语或占卜记录,远离形而下的人间气味,难以卒读。

而在亲近化作品中,我们看到的是生存者对于自身与世界的正视与敞亮,对生命和生存的一次潜入与还原。在这里,变形和隐喻化对于逼近本相常常构成一种障碍,一种抵消。亲近化的语言是有机生成的语言,平易、简淡而清浅,充满原生态的地气和生气。在古今中外的叙述体、口语体、歌谣体和童话体的诗歌中,可以读到亲近化的典范之作,诸如荷马、陶渊明、杜甫、白居易、惠特曼、洛尔迦、弗罗斯特等诗人的作品。

其次,陌生化与亲近化在文本程序和技巧上也见出分野。什克洛夫斯基《艺术作为手法》中提出复杂化和难度化,认为诗歌语言是“受阻碍的、被约束的”语言。他反对诗歌用语简朴,推崇语言繁复,形式重叠;他特别注重修辞手法以及古字、冷字、典故、新词语和外来语的运用,借助非同寻常的节奏、韵律打乱语言的常规性,“使对象变得陌生,使形式变得困难,增加感觉的难度和时间的长度”。以艾略特《荒原》为例,它被视为英美现代诗里程碑式的作品,全诗吸收了人类学关于神话传说的研究成果,混用了五种语言,引述五十六部前人著作,其结构如九曲回廊,极尽繁复之变,可谓陌生化登峰造极之作。俄国形式主义者还提出暴露程序。暴露化是有意将文学的假定性暴露出来,裸现写作程序、技巧或边界,以达到扰乱传统文本程序的目的。塞万提斯在《堂吉诃德》中,开篇就说这部小说是从阿拉伯文翻译过来,把摩尔请到家里住一个半月才译完。后来神父和理发师检查堂吉诃德的藏书,竟发现其中有一本是塞万提斯写的《伽拉苔亚》,而理发师竟与作者是老友。暴露程序的实质是打破或混淆主观和客观、作者和读者、可能和既定、虚构和真实的铁定界线。

亲近化与之相反。它以隐藏程序为主，古典主义和写实主义常用这一程序。朗吉弩斯《论崇高》中说，技巧唯有似乎是自然时才达到完美，而自然唯有在含有不露痕迹的技巧时才得到成功；莫泊桑《谈小说创作》中说，作品应该使用一种巧妙、隐蔽，看上去又十分简单的手法，使人看不出斧凿的痕迹，指不出作品的设计，发现不了作者的意图。此外，亲近化通常以反象征、反隐喻的面目出现，清除奥深繁复的"象征森林"使之还原本相和本在。其技巧是通过简拙化与平易化，将程序繁复和语言变形降到最低限度，以简拙的形式映现生命本体之繁茂，以平易的语言折射生存原态之光影。简拙化不等于简陋化，粗鄙化，它是对繁复世界的内在把握与深层体悟；平易化也不等于通俗化、口语化，它是对活性元素的有机提炼与朴拙还原。西班牙诗人洛尔迦借鉴民间文学尤其是民歌、民谣的形式，创作了大量举世公认的诗歌杰作，诸如《小广场的歌谣》《三条河的小歌谣》和《月儿，月儿谣曲》。

> 科尔多巴。/孤独而遥远。//黑色的马驹，浑圆的月亮，/橄榄装满了鞍囊。/虽然我认识路，/我却从未到过科尔多巴。//经过平原，经过一阵阵的风，/黑色的马驹，红色的月亮，/科尔多巴的高塔上/死亡在把我张望。//多么漫长的道路哟！/我勇敢的小马驹哟！到达科尔多巴之前/等待着我的死亡哟！//科尔多巴。/孤独而遥远。（洛尔迦：《骑马人的歌》，戴望舒译）

陌生化与亲近化，当二者各自走向极端的时候，它们面临的一个自反的难题是，陌生化变得不再陌生，亲近化也不再亲近。因此，诗歌必须在两个极点之间保持必要的张力，既变异又还原，既本构又超越，"这个作用的结果依恃两面，我指'这里'与'超越'，赫拉克利特不就谈过相反张力间的和谐吗？"（埃利蒂斯：《受奖演说》）陌生化与亲近化构成强劲的张力场使诗歌变构以及大诗的产生成为可能。聂鲁达对此深有体会："所谓作诗就是在刹那间的严肃行动，在其中有孤独与连带感受、感情与行动、对自己或对人类的接近与自然的神秘的启示成了对等的东西。……也永远使梦和现实在我们之中的合并行动得到支持。”(《在孤独中前行》)从诗歌史演进和个体诗人写作等不同角度看，陌生化与亲近化作为审美的内驱力，实际参与调节、转换着诗歌的创新与变构，并使之螺旋式地呈现阶段性特征。艾略特后期的《四个四重奏》比《荒原》简单得多，也成熟得多。我们看到，与高度陌生化的《荒原》相比，《四个四重奏》具有明显的亲近化倾向，源于他在陌生化与亲近化之间找到了张力的平衡点。中国当代诗歌在经历了一波波喧嚣的“pass”后，理应进入深耕细作式的深度发展。无论宏观的诗歌生态，还是微观的个人写作，尊重并探究陌生化与亲近化之两极律动，是大有裨益的。

1992 年 10 月作

双刃的反讽

一

在现代汉诗最近二十年历史演变的进程中，反讽以及反讽的意义正在凸显出来：作为技巧的反讽与它所关联的哲学精神背景，在切入、变构现代汉诗的构架与肌质中正激发出新的力度和可能性。如果说，二十世纪八十年代后半期崛起的“第三代诗歌”对反讽的吸纳与操作，相当一部分还局限在急于突围的策略考量上，那么，九十年代趋向复杂纠结与多声部并置的诗歌写作（诸如叙事、喜剧、非象征化、戏仿等因素的介入与支配）几乎不可避免地触及修辞/技巧层面的反讽与探究文本的互结互否之间的内在冲突，逼使写作者重新重视原本由一种哲学精神投影而成的反讽技巧背后的光源。显然深层反讽精神的缺失和贫弱导致上述叙事体、喜剧体、戏仿体以及各种复合体、变体都可能失去内在支撑点。詹姆逊认为，反讽“作为更为普遍的一种态度，它一般被归结为所有伟大的现代派的世界观，或至少在后现代时期现代主义受到攻击和被历史所淘汰之前还是现代主义意识形态的重要组成部分”①。应该说，反讽比其他技巧显现出与哲学眼光、精神背景更直接更内在的联系。换言之，反讽又是一种更容易粗鄙化、刻薄化而堕落风尘的技巧。

施莱格尔认为，哲学是反讽的真正故乡。反讽概念源自古希腊，在漫长的演化过程中慢慢蜕变为一种修辞方法，从而隔断了其来自的充满活力的精神渊源。直到十八世纪后，这一渊源才被浪漫派批评家发掘、承纳并加以拓

① 詹姆逊：《布莱希特与方法》，陈永国译，中国社会科学出版社，1998年，第26页。

展。这一过程一直持续到二十世纪新批评派将反讽重新定位、提升，它的范围和定义以及多样性在现代派、后现代派那里急剧膨胀，众说纷纭，以至于威恩·布斯认为，批评家们对于“什么是反讽”并没有一致的看法，它的精神和价值本身在企图阐述的过程中就丧失了。这其中，新批评派和布鲁克斯的“反讽诗学”影响更大。

在我看来，反讽的“精神和价值本身”的“丧失”，反过来证明将它“阐述明白”的必要性。由此出发来理解，才能从一个更高的层面来俯察反讽的精髓以及对于现代汉诗的意义。但反讽精神既受到文化传统的强力挤压，同时又面临极端解构主义的瓦解以及形形色色的独断论的拒斥。反讽精神能否持存与阐扬，显然与写作者的个人立场紧密相关。

二

反讽精神的底蕴源自一种自我审思、自我质疑、自我否定的哲学态度和游刃、讽解绝对之物的批判立场。它是使真实和假相、崇高和卑下、真理和谬误、愚蠢和聪明、生和死、新和旧、必然和可能，进入对立统一运动并裂变、超越自身的能动原则。施莱格尔认为“一切有价值的都必须既是它自己，同时又是它的对立面”，“所有不能自己否定自己的都是不自由的，没有价值的”。①很显然，反讽的前提往往是无条件的、主动的、逻辑在先的。即当思想和事物尚未出现衰败、僵滞的征兆，反讽行为便已开始。它比反思先行一步或者与之同步，并借助于反思。

在古希腊、罗马时代，戏剧尤其是被忽略的“庄谐体”（主要呈现于苏格拉底对话和梅尼普讽刺体）都浸透着人类文明早期难得的反讽精神和智慧。巴赫金认为，庄谐体“充满了除旧布新的精神，具有轻松愉快的相对性，即不让思想停滞、不让思想陷入片面的严肃之中，呆板和单调之中”②，不仅剧中对话

---

① 转引自李伯杰：《弗·施莱格尔的“浪漫反讽”说初探》，《外国文学评论》，1993年第1期。

② 巴赫金：《陀思妥耶夫斯基诗学问题》，白春仁等译，生活·读书·新知三联书店，1988年，第187页。

的人们之间产生了狂欢式的亲昵关系，而且必须对思想的对象（不管它多么崇高，多么重要）以及真理本身，也保持一种亲昵关系，也即思想和形象不分高低贵贱而随意结合，是“苏格拉底讽刺”的典型现象。至于自己对自己进行讽刺性模拟，则是梅尼普讽刺体裁的一大特征。

十八世纪的浪漫反讽，其哲学根基来自于费希特的“自我”学说：即由自我设定非我又回复自我，走出自身并返回自身——即反思的形式。自我通过反思创造了自身。浪漫派意识到语言和真理之间存在着相互龃龉的状况，反讽要打破的正是以线型的因果关系为要素的语言桎梏，其方法是尽可能的“悖理”，不仅使被表述的真理保持内在活力，而且打破思维定势，使之激发出运动转换的特质，真理才能被把握。这种悖理在艺术中就表现为反讽，表现为酒神和日神的制约关系，并在表层混乱的背后建立起内在秩序。

这一点对“新批评”影响巨大，以至于瑞恰兹将反讽视为“经常互相干扰、冲突、排斥，互相抵消的方面，在诗人手中结合成一个稳定的平衡态”[①]。布鲁克斯经常将反讽与“悖论”“诡论”相提并论。他认为，诗歌是一个由对立面构成的、具有张力和反讽的结构。反讽是承受语境的压力，而压力来自上下文对一个陈述的明显扭曲。[②] 但布氏的“反讽诗学”与反讽技巧存在一个明显缺陷，即反讽精神与反讽技巧被混淆了，因为悖论毕竟属于哲学范畴，它并不一定导致诗学意义上的反讽。

从另一角度说，反讽精神是与思想主体的独立性和个人性相互依存的。它是从一元话语的“坚果”中裂开的缝隙，是绝对化边界横逸而出的可能之枝。因而，从理论形态看反讽的否定意向，它可能是不成熟的，策略性的，无逻辑前提的，甚至是凭直觉做出的判断。反讽是自行创造与自行毁灭的永恒交替，二者的平衡是在运动中以三段论（否定—肯定—否定）的方式实现的，单独一方均不足以构成反讽。[③] 双刃的反讽成了不得已的利器，成了个人表达自否自嘲从而激刺“话语强权”的主要方式。因反讽是侧面迂回，其锋芒弯

① 艾·阿·瑞恰兹：《文学批评原理》，杨自伍译，百花洲文艺出版社，1987年，第221页。

② 转引自赵毅衡编选：《“新批评”文集》，中国社会科学出版社，1988年，第335页。

③ 转引自李伯杰：《弗·施莱格尔的“浪漫反讽”说初探》，《外国文学评论》，1993年第1期。

而不折，游刃自如，于喜剧式谐谑之中置对手于困境。反讽精神成为人类精神/文化领域内最具前卫性的活性因素和变构力量。

反讽的精神特质在下述两难语境中具有独特作用：当旧的思想、价值体系崩溃而新的思想、价值体系尚未建立；当生存者意识到时代风尚和“权力话语”强加给生存以虚假的意义，同时又尚未找到新的意义，或者他相信的东西不能给他真正的信仰，而他欲否定的东西却又使他狐疑不决；当“人身上的人”的内在未完成性与“日常闲谈”的外在定评之间存在冲突……这些混沌的、不确定的、游移的、尴尬的二元模糊的中间地带，使反讽成为反讽者承受生存的中空、拆裂、无意义压力而获平衡的支撑点。

鲁迅小说《阿Q正传》的意义，在于当新的文化观念和价值体系尚未建立时，它通过对“阿Q”的文化性格和劣根性进行准确而有分寸的反讽，巧妙地解构了巨大而衰败的文化价值体系：不是这种文化的构成部分完全失效，而是它作为整体结构衰败了，沉淀在人们性格中的“暗箱”已经腐朽、僵化了。鲁迅的反讽与他一贯奉行“严于解剖自己”的精神相一致。但在小说《狂人日记》中，仍有一层反讽意味不曾被人提及，即社会发展到大众与觉醒者之间发生巨大对抗，双方互视对方为“狂人”的地步，将是十分危险的。大众被觉醒者视为“吃人”历史的维护者和执行者（这当然是疯狂行为），觉醒者被大众视为神经错乱者（狂人）。反讽的矛头直指绞杀新异思想的封建社会。同样，艾略特的诗《空心人》与一般象征诗写法不同，全诗主要以第一人称复数，戏仿儿童视角、语调及童谣形式，以狂欢式的戏谑口吻自称“稻草人（空心人）”；“稻草人”的原型是丑角福克斯，他在1605年因试图炸毁国会大厦而被捕，以后英国人每年在十一月五日那天举着稻草人，放焰火庆祝。“我们是空心人/我们是稻草人/互相依靠/头脑子塞满了稻草。唉！当我们在一起耳语时/我们干涩的声音/毫无起伏，毫无意义/像风吹在干草上/或像老鼠走在我们干燥的/地窖中的碎玻璃上。”（裘小龙译）表层戏谑式的自我认定，“不幸而言中”地暗含着对“现代人”精神荒芜、虚脱的强烈反讽，如同该诗第二节中“一根断裂的柱子上的阳光”，反讽适合在这种混乱和不确定的氛围中使用。很显然，简单而直接的否定主义，在虚伪的、内里掏空的、传统价值失效的文化氛围中难以立足，并因坚脆而易折。

三

作为中国古典诗学两大流向之一的“载道说”传统，是以儒家政教为源头，经《乐记》与《毛诗大序》，在唐、五代时期由孔颖达、白居易引申、变构，在宋代理学家手中发展到极致，以至于在明代前后七子那儿，只能从儒家的“诗教”回到儒家的“乐教”。很显然，古典诗学的载道传统对近现代诗学产生了强大的惯性力，并与现实主义、浪漫主义乃至现代主义相混合。这也是“诗言志”被历史上不同时期诗人引用、阐发、误读而长盛不衰的缘故。进而言之，“载道说”可以使中国诗歌产生古典讽喻诗和现代讽刺诗，却难以使反讽诗生根和存活。中国古典诗学的哲学背景里缺乏反讽精神，因而也缺乏像古希腊戏剧、庄谐体那样丰厚的反讽渊源的支持。

中国诗人大都是群体型知识分子，尽管他们的诗歌风格是个性的、独特的，但他们的人文立场和精神向度却是群体性的、代圣贤立言的。他们是“可以兴、可以观、可以群、可以怨；迩之事父，远之事君”(孔子:《论语》)的阐扬者，是“以声音干戚以教人”“以诗辞美刺讽谕以教人”(孔颖达:《礼记正义》)的实行者，是“为君为臣为民为物为事而作，不为文而作也”(白居易:《新乐府并序》)的执法者。当然不能据此认为中国诗人缺乏忧患意识和批判精神。从某种意义上说，相当数量的古典汉诗和现代汉诗所呈现的否定精神，比之西方诗歌毫不逊色。问题在于，中国诗人的否定精神缺乏彻底的、独立的个人性立场。

例如，白居易一生共写下一百七十多首“讽喻诗”，遇事托讽，以收“美刺比兴”之功。这些诗所暴露和疾刺的社会丑恶不能说不是基于一种批判精神，但无法深入到对包括封建统治者与自己在内的人自身进行反讽性观照这一层面，因为作者已先站在统一的、既有的思想价值标准的阴影中。在《上阳白发人》《盐商妇》这两首诗中，前者替“上阳宫女”诉说哀怨——“上阳人，红颜暗老白发新。绿衣监使守宫门，一闭上阳多少春”；后者嘲讽了“盐商妇”豪奢与不义:“盐商妇,多金帛,不事田农与蚕绩……问尔因何得如此? 婿作盐商十五年,不属州县属天子。每年盐利入官时,少入官家多入私。”在弥漫“同情”或“憎恶”的氛围中,缺乏的正是对人性更深层的个人思考与反讽。布罗茨基说过:“一个与邪恶斗争或抵制它的人几乎会自动地把自己当成是善良的,从而回避自我分析。”[①]讽刺者认为自己对于所描写的罪恶具有完全的免疫力,并且经由他们坚持的人文标准,他们所揭露的丑恶能够被清除,因为他们通过否定宣扬了教义。从这个层面说,白居易的“讽谕诗”与杜甫的“三吏”“三别”等诗歌并无什么区别。

从白话新诗运动直到二十世纪七十年代末的今天派诗歌,中国诗歌仍处在反讽精神缺失的状态,尽管讽刺诗在不同时期并不鲜见。今天派诗歌从“一元话语”的压制、扭曲中发出了第一声呐喊,充满英雄主义情结和悲剧感。抒情主人公大都站在被迫害的、正面的、集体理性的“大我”位置,缺乏自疑、自审、自省的反讽性观照。当然,严力、北岛、多多等诗人已有了反讽意识的萌芽,却被“pass一切”的反叛声音所遮断。

在这样的文化哲学背景下认识反讽精神和技巧,对于当代汉诗是重要的。不妨读读中国台湾现代诗名作,痖弦的《盐》:

> 二嬷嬷压根儿也没见过退斯妥也夫斯基。春天她只叫着一句话:盐呀,盐呀,给我一把盐呀! 天使们就在榆树上歌唱。那年豌豆差不多完全没有开花。//盐务大臣的骆队在七百里以外的海湄走着。二嬷嬷的盲瞳里一束藻草也没有过。她只叫着一句话:盐呀,盐呀,给我一把盐呀! 天使们嬉笑着把雪摇给她。//……而二嬷嬷却从吊在榆树上的裹脚带上,走进了野狗的呼吸中,秃鹫的翅膀里;且很多声音伤逝在风中,盐呀,盐呀,给我一把盐呀! 那年豌豆差不多完全开了白花。退斯妥也夫斯基压根儿也没见过二嬷嬷。

这首诗建立在内在肌质和间架上的多重对比具有强烈的反讽意味,如二

① 布罗茨基:《致哈维尔的公开信》,黄灿然译,《倾向》,1994年第1期。

嬷嬷的悲惨命运和天使的歌唱、摇雪，戏剧性地构成了反讽锋芒。其中最重要的反讽是首尾两行的奇接句，它指向包括作者在内的汉语写作者和现代汉诗写作自身。中国诗史上鲜见《盐》这样具有双重反讽性观照的诗作，像陀思妥耶夫斯基那样挖掘民族苦难在个体心灵造成的深重扭曲的作品，实在太匮乏了。第三代诗人反讽意识的觉醒与增强，使他们明显区别于朦胧派诗人。欧阳江河、李亚伟、陆忆敏、翟永明、王小妮、韩东、西川、于坚、尚仲敏、杨黎、周伦佑、郁郁、海子、钟鸣、郁郁、沈天鸿、王小龙、张锋、孙文波、何小竹、胡冬、吉木狼格、柏桦等诗人，在二十世纪九十年代前后都十分注重在精微、复杂、有分寸感的形式中呈现反讽的魅力。

例如，翟永明、伊蕾、唐亚平等女诗人对本土女性在男性强权世界里的身份、姿态和心理，进行了挑战式的独到审视，具有强烈且多向度的反讽意味："待字闺中，我们是名门淑女/悻悻地微笑，挖空心思/使自己变得多姿多彩/年轻、貌美，如火如荼/炮制很黑，很专心的圈套""此时此刻，我走在穿着得体的/人们中间，袖手而过/一副良民打扮"（翟永明：《人生在世》），用语尖酸、夸张、冷嘲，其反讽指向男权派定的传统角色意识。这种意识已深入到女性的潜意识中，以及女性写作的肌质和风格中。从第三代诗歌开始，中国诗人开始走向个人精神的独立，并以此与"话语强权"作韧性的抗衡。这是中国现代诗歌在二十世纪晚期所取得的突破性进展。

四

反讽和反讽精神使西方诗歌与现实、历史、文化、哲学的扭结在更内在、更复杂的层面上展开。这合乎重叙事、重戏剧的西方诗学传统：凸显人和"神"、"上帝"和"撒旦"、"现世"和"天国"、词和物的冲突与对抗，浸透着浓厚的神话意识和宗教精神。不妨说，西方诗学观念主要建立在叙事诗的文本创作上，亚里士多德的《诗学》中的"诗"并非指抒情诗，而是指叙事性的史诗、悲剧、喜剧和酒神颂。而反讽的生长不可能离开叙事因素、戏剧因素以及思辨因素的浸润和有机合成。

中国诗歌尽管也有叙事诗和戏剧因素，但在诗学观念上却主要建基于抒情诗，其诗学精神的核心是“天人合一”“物我合一”“情景合一”，抒写人和物、人和人的默契，向往人伦和环境的和谐，将“意境”作为审美的中心范畴和最高标准，正如王国维《人间词乙稿序》所言：“文学之工不工，亦视其意境之有无，与其深浅而已。”无疑，古典讽喻诗也以“意境”为基础，如韩翃《寒食》诗云：“春城无处不飞花，寒食东风御柳斜。日暮汉宫传蜡烛，轻烟散入五侯家。”该诗含蓄地对当时宦官专权而致亡国的事实进行了讽刺，但这一切全都隐匿于特设的意境氛围之中。在我看来，偏重抒情、意境、格律的中国诗学，其反讽精神贫弱造成的影响是明显的。

一是喜剧性稀薄。反讽与喜剧精神从根子上说是一致的。没有反讽精神的支撑，喜剧只能流于一般的戏谑、滑稽、各种团圆主义。无论古典诗还是白话诗，似乎并不缺乏一定的悲剧性和批判性，其中比较有震撼力的作品是表现亡国之痛、战乱之苦、流离之思的。这类诗作将个人刻骨的隐痛溶解于景物的对比中，能引起广泛共鸣并得以流传下来。但总体上说，很少有人追究这种悲剧的深层根因并发现荒诞的喜剧因素，至于那些日常的隐蔽的个人性悲剧，在集体无意识中是不存在的。

胡适认为，中国文学最缺乏的是悲剧的观念，无论小说还是戏剧，总是一个美满的团圆，闭着眼睛不肯看天下的悲剧惨剧，不肯老实写天下的颠倒惨酷，只图纸上大快人心。但胡适没有深究下去：国人悲剧观欠缺的那一点，正是反讽性的喜剧精神。不能批判地指向对象、指向个人和自我的悲剧的作品只能流于表面化和僵化。而在最尖锐的锋芒部分，悲剧性和喜剧性是难以剥离的。悲剧不等于写了悲惨事件，而在于它后面隐含的东西，在于他敢不敢正视悲剧中的自己，和自身的悖谬。

二是隐喻化积淀。隐喻化是中国人重要的思维方式和言说方式。作为技巧的隐喻，尽管对诗歌是不可或缺的，但是在缺乏批判性清理与还原本相的文化氛围中，隐喻性意象层层积淀起来，形成一个距离非审美世界越来越远的自足意象系统，进而在盛唐时代达到饱和状态。位于这一意象/词象系统核心的是一套完整严密的审美原则和操作规则，任何原真之物人诗都受到这一系统的过滤、删改，被不同程度地消解成公共意象而遮蔽了存在自身。它与世界的关系不是第一次命名关系，而是层层命名覆盖下的文化隐喻关系。一个突出的情形是，互文在古典诗词中是顺向的仿拟、借用，很少有讽刺性戏仿。例如：

▲秋风吹渭水，落叶满长安（贾岛：《忆江上吴处士》）
渭水西风，长安乱叶，空忆诗情宛转（周邦彦：《齐天乐》）
伤心故园，西风渭水，落日长安（白朴：《梧桐雨·普天乐》）
▲夜阑更秉烛，相对如梦寐（杜甫：《羌村》之一）
还作江南会，翻疑梦里逢（戴叔伦：《江乡故人偶集客舍》）
乍见翻疑梦，相悲各问年（司空曙：《云阳馆与韩绅宿别》）
今宵剩把银釭照，犹恐相逢是梦中（晏几道：《鹧鸪天》）
▲梧桐树，三更雨/……/空阶滴到明（温庭筠：《更漏子》）
悲欢离合总无情/一任阶前、点滴到天明（蒋捷：《虞美人》）
一声声，一更更/窗外芭蕉窗里灯/……/空阶滴到明（万俟咏：《长相思》）

如此相互践踏、蹈袭、重叠，的确触目惊心。相似相近的隐喻化如同“黑洞”，吸进了有生命、有个性的“血肉”，吞噬了形而下之“在场”：这儿没有表达只有被表达，没有生存只有非生存。至于深层结构、审美意识之间的相互翻版，则形成对创造力和活力的慢性扼杀。然而，这些诗在诗话中却备受赞赏：“语虽蹈袭，然入词尤是当家”（王世贞：《艺苑卮言》），“三者虽有所祖，然青愈于蓝矣”（谢榛：《四溟诗话》）。为什么它们这么久没有受到清算与清理？问题不言自明。二十世纪八十年代朦胧诗在短短几年内便形成隐喻化积淀，这导致第三代诗人奋起突围，转喻、本述、反讽以及讽刺性戏仿遂成为重要技巧。

三是幽默感贫弱。这似乎是一个老话题。幽默长期被轻视或漠视，在古典诗论中几乎找不到它的踪迹。作为反讽的近邻，幽默与反讽存在一定的交接面。反讽可以说与深刻的幽默相关。艺术的幽默,源自于对生存中的荒诞、悖论的洞察与发现,源自对自以为是的绝对的理念、价值、道德、真理进行质疑、归谬和拆解。它是反讽精神及技巧在文本中造成的表层效果。就中国文学而言,深刻的幽默和反讽,直到鲁迅的《阿Q正传》才有了成熟的形态。中国诗不乏"趣味",如李贽评《水浒传》所谓天下文章,当以趣为第一,"五经皆言性情,而诗独以趣胜"(王思任:《方澹斋诗序》),所谓"世人所难者唯趣"(袁宏道:《叙陈正甫〈会心集〉》)。这并非是说反讽和幽默无"趣"可言,若仅止于"趣",而不能向深广的存在之思推进,向本真、非审美的世界掘入,"趣"与插科打诨何异?鲁迅认为,我们没有幽默,只有金圣叹式的诙谐,"是将屠户的凶残,使大家化为一笑,收场大吉"。但金圣叹最后断颈前的那一声诙谐,总让人不寒而栗。

我们发现第三代诗歌以及二十世纪九十年代诗歌的重要进展在于反讽性和喜剧性的有力变构与渗透。这无疑为中国诗歌提供了新的起点和契机。二十一世纪以来,工业化、市场化和全球化不断加速,价值尺度、文化个性和想象空间面临着扭曲和侵蚀的威胁。现代汉诗无法回避当代人身陷多重困境的事实,反讽和喜剧精神仍将是诗人应世观物的视角和顺手利器。

五

一般而言,反讽大致可分成语言反讽和戏剧反讽两大类。语言反讽在语言形态上表现为双关语、矛盾语、反语、归谬、反高潮、夸张等等,但并非使用这些修辞格就构成反讽,须在特定语境压力下造成语句的上下、左右、前后之间的矛盾、对峙、冲突、分裂,反讽语意才能从畸变中偏转而出。戏剧反讽属于整体的、深层的结构反讽,常常因不能在表层辨清而被误读。戏剧反讽可以分为喜剧性质和悲剧性质。在具体文本中,二者总是胶着一起,不能截然分开。无论语言反讽还是戏剧反讽,都是对作者控制力和读者理解力的考验:它们取决于对上下文构筑的矛盾语境、反讽逻辑以及它背后社会的、道德的、哲学的多层次文化背景的透视与把握。因为反讽不仅掩盖写作者对所论及的主题的否定态度，而且还依赖于一系列公众所共有的假定或偏见来建立反讽的上下文。例如戏仿手法，你必须对被戏仿的作品熟悉，否则便不可能读懂这部作品。“讽刺性模仿起了很重要的作用，因为它总是以另一部文学作品为背景，通过裸露那部作品的‘技法’而‘背离’那部作品。”[①]这是反讽与讽刺的重要区别之一。

戏剧反讽主要是通过诗歌的结构张力叙述性地呈现出来，即反讽关系是建立于构件与构件的突接和原因结果的悖反组合。痖弦的《盐》便是一例。韩东的《应县木塔》这样写道：“如果有可能/我想做一个木匠/生活在古代/造一座应县木塔/我要亲自去山里伐树/……//为了伐倒山中的大树/我还要制造最好的锯条/我要访问/当时铸造宝剑的专家/他们住在大地的边缘/这样我就需要一匹骏马/我为了识别骏马/我必须认识伯乐/或者伯乐的后代/我要有足够的银子/准备酬谢/所以我先得做一笔生意//我还要得到皇上的恩准/途径是买通皇后/看来我注定要做一次太监/只是这事万万不能。”这种归谬式的结构反讽，以伪逻辑向前推进，由远而近直至现出荒诞的结局。

又如西川的《聂鲁达肖像》、陆忆敏的《美国妇女杂志》，主要建立在空间关系的张力上。“聂鲁达肖像”和“美国妇女杂志”作为空间中的背景，与当下的生存场景构成了强烈反差，其间繁衍出一组词的对比和对立：“高山、野狐”与“尘埃和格言”，“帆板和夏天”与“肮脏的桌上”，“光临”与“错过”(《聂鲁达肖像》)；“那群人”与“我们”，“生动”与“死亡”，“应有尽有”与“刺绣死亡”(《美国妇女杂志》)，反讽的意味从语境的裂隙中流出。而后者的反讽语调更强烈，也更冷峻——“他们夸我们干得好，勇敢，镇定/他们就这样描述//你认认那群人/谁曾经是我/我站在你跟前/已洗手不干”。

语言反讽主要方式有悖论修辞、戏仿和反话正说等。广义的悖论与反讽几乎可以互换，因为二者都指向特定语境中的表里不一、前后矛盾、口是心非，并且二者的思维模式是相通的。悖论修辞指的是狭义悖论，是反讽技巧之一种。悖论修辞是指矛盾的两端在文字上同时出现，表达两组相互冲突的东西。在波德莱尔的诗作中，可以读到“污秽的伟大”“华美的骷髅”“崇高的

① 霍克斯：《结构主义和符号学》，瞿铁鹏译，上海译文出版社，1987年，第71页。

卑鄙”“美妙的折磨”“阴郁的快乐”这样突兀奇特的语词搭配。穆旦也是如此，在诗中也有“虚假的真实”“聪明的愚蠢”“至高的虚无”这样奇异组合。“虽然他们现在是死了，/虽然他们从没有活过，/却已留下了不死的记忆，/当我们乞求自己的生活，/在形成我们的一把灰尘里”(《鼠穴》)，前两句形成悖论修辞，“现在是死了”与“从没有活过”明显对立，相互冲突，引导读者去思索下面深藏的意味，反讽语意正是从对峙的裂隙中生成。

戏仿指的是对既定作品或特殊语句进行模仿以达到调侃、揶揄、讽刺的效果。语言戏仿必然涉及互文。戏仿的对象可以是文化权威、名人语录、政治术语等。庞德有一句名言：美不过是一个陈词滥调与另一个陈词滥调之间的片刻喘息而已。对经典的陈词滥调进行戏仿，成了文学保持活力的重要手段之一。李亚伟的《中文系》充斥着对文化权威的调侃与戏仿，“李白”“屈原”“鲁迅”“孔子”这些权威名词——各自代表着巨大的传统文本——不断被嵌入当下世俗情境，由此产生极为奇异的戏讽效果，如“有时，一个树桩船的老太婆/来到河埠头——鲁迅的洗手处/搅起些早已沉滞的肥皂泡/让孩子们吃下。一个老头/在讲桌上爆炒野草的时候/放些失效的味精/这些要吃透《野草》的人/把鲁迅存进银行，吃他的利息”。再如“我们走在人民大道的左边/高谈右边的人民，在贫民窟/嘲笑一个警察的身世/哦，你经验十足，指鹿为马/看见风吹，就说草动/听见雷大，就说雨小/一进冬天，就说春天不远/你说该死的明天到底在哪里?”(拉家渡：《说出》)，肯定与否定相互交替，“我说”与“我们说”不断位移，其中戏仿他者话语的成分明显可见，反讽正是指向某种流行的、公认的逻辑和准则，其实也就是指向我们自己。

反话正说很好理解，欲疾刺对象反而褒扬它，语调尽可能保持冷静、平淡、克制。柏桦的诗《在清朝》写道：“在清朝/安闲和理想越来越深/牛羊无事、百姓下棋/科举也大公无私/货币两地不同/有时还用谷物兑换/茶叶、丝、瓷器/在清朝/山水画臻于完美/纸张泛滥，风筝遍地/灯笼得了要领/一座座庙宇向南/财富似乎过分……”在不动声色的叙述中，故作轻描淡写，舍本逐末，避重就轻，却又暗含反语，直至最后一举颠覆。读者须对清朝的历史背景有深度认知，才不至于误读该诗。

反讽的指向可能是确定的，清晰的，也可能难以确定，模糊不清。前者一般内含或隐或显的个性命题。个性命题是与公认的权威、标准或者规范保持距离、不一定成熟甚至偏激的个人观点。可以说，反讽张力的深层背景来自反讽对象与个性命题之间的对峙与紧张。个性命题与传统的主题思想不能混为一谈，个性命题只是反讽的起点而非反讽的全部，是反讽的酵母而非反讽精微而幽辣的气味。一旦丧失个人判断的立足点，以及它得以生长的反讽逻辑，反讽精神将无以凝聚成形。李亚伟的《中文系》并非嘲弄权威们所开创的文化传统，而是疾刺只会照搬、满口“权威”的二道贩子，其潜在的个人反题是：中文系教授首先应挖掘和激发学生的原创力。罗伯特·洛威尔的诗《臭鼬时辰》有这样的句子：“我自己就是地狱，/这儿没别人——//只有臭鼬，/在月光下觅食。”（黄燎原译）“我自己就是地狱”可以视为本诗的命题，暗中针对萨特的著名观点“他人即地狱”，后者作为存在主义命题流布很广。洛威尔在种种社会病象与一只“臭鼬”之间建立起反讽语境：在没有信仰仅剩物欲的后工业时代，人们忘却、遗弃了诗中“粉白色晶石塔尖的/三位一体的教堂”，这才是真正的自我“地狱”，甚至连一只“母鼬”都不如。

六

不确定反讽是由波浪式的互否运动造成语义的不稳定状态。它也有两种：一种是诗人冷眼看世界与语言悖理之间的任意夹角，反讽闪现在语言的裂隙之中。如果这样的反讽游戏能激活一种相对的、喜剧的、除旧布新的精神，那么它的意义也自在其中了。在这一点上布鲁克斯的说法有道理：对一个陈述语的明显歪曲就是反讽。语言的明显出格、扭曲使反讽语晕能让人感觉到。它基于对既成之物持续不断的否定态度，即使尚未找到理性依据而仅从直觉做出判断。余怒的《松弛》有这样的诗句——“不，上帝/不，我/……/门打开了，谁也不进来，谁第一个？/不！不是吗？是的。液体回到器皿/血的器皿，一代的工具。嘴的器皿/屠杀的工具。夜晚的嚣，……的工具//麻痹的女人说不，树阴下的人说不/流浪汉说不……/我说不，黑暗说不，黑暗今夜鼻塞/不不不,是的是的是的”,作为否定的“不”与作为肯定的“是”,在诗的不断颠倒中被消解掉了,“不”不再是一个表示拒绝的词,而是表示温驯臣服的词。当然,其中的反讽远不止这些。

还有一种是在深奥多维的互文背景之中进行碰撞、剥解运动,其中不乏多种声音的交织与互否,欧阳江河在《1991 年夏天,谈话记录》中写道:“这是一座黑色的、阴暗的城市,没有/春天的气味。已经四月了。‘我从前的/伤心的爱情患上了白血病。医生说/他还能活两年。’一个爱读马克思著作的/民间歌手,眼睛盯着汽车里的记速器,/从不仰望星辰。‘居住在一座没有天空/的城市,一些理应置于上方的事物,我只能/从前方看到。’……//地铁在星期日早晨驶往《纽约时报》/的闲话专栏。一杯掺奶的咖啡,两小片/面包,中间夹着白领阶层的热狗和隐私。/‘我梦中的黄土地。它的早晨在晚间新闻里/被风吹散。’能够为远处的泪水而深深/哭泣的人是幸福的。‘我听到蝴蝶的尖叫。/我看见道・琼斯指数的袖珍型崩溃。’/生活在别处。‘但纽约对异乡人有吸引力。’”在这里,异质的文本要素、现实要素相互加以对照、质疑和限制,反讽意味不断释放出来,弥漫如雾状却难以确定。

随着后现代消解之风的侵入,反讽技巧与反讽精神之间出现游离甚至背离。反讽作为极端解构主义的手段,似乎也在解构反讽精神本身。与宏大叙事话语的合法性受到普遍怀疑而来的,是对形而上学的追寻让位于充满悖论的反讽,并且反讽本身也跌入话语的自我消费与自我毁灭中。那么反讽是在走向没落还是痛苦蜕变?是“反”反讽之“讽”还是新一轮挑战降临?它带来另一种不确定性反讽,或者由不断悖反的运动带来语言快感和戏谑狂欢。它具有明显的后现代倾向:无边的调侃、粗鄙化、恶作剧、平面化。它的背后是反中心、反连续、反整体,写作主体作为产生意义的统一体受到质疑,在离心力作用下产生悖谬的集合,因而在语言上表现出暂时性、有限性和不稳定性。其特征是亵渎和畸联,加上“生活流”诗的句式,缺乏反讽的“靶心”和必要的控制技术。诗人宋琳宣称:从自恋走向自渎,从自渎走向自灭,是其唯一的宗教。自渎、自虐、自戕的情绪宣泄,非崇高、非优美、非和谐的处理尺度,无疑走向另一个极端。

艾伦·王尔德认为，如果现代主义的特征在于对断裂和分离持反讽的看法，那么后现代主义基于随意性、多重性、偶然性观念则显得更为激进，它导向一种成为后现代文学特征的“悬念式反讽”。他认为现代主义是“反反讽”的，而后现代反讽则决不会消解在绝对的观念中，它旨在尝试性和暂时地创造出反对（而非取代）一种无意义的宇宙的反反讽价值领域。[①] 看来，现代主义和后现代主义都固守各自的“堡垒”，在“反讽”上也是针锋相对的。这同样说明技巧是共同的，不同的是二者所秉持的精神与理念，因而反讽的指向和效果也大不相同。

在我看来，“主义”是一回事，文本是另一回事。后现代文本之间的差别可能比现代主义与后现代主义的差别还要大，因为后现代指向十分庞杂、混乱的艺术思潮和诗歌观念。二者似乎都持有部分合理性，各自面临来自内部的威胁：绝对化。现代主义对整体、中心、深度、形上抱持一种绝对理念，后现代主义对残片、弥散、解构、平面、形下采取一种极端化立场。而绝对化、极端化与反讽的精髓是水火不容的。艾略特指出，怀疑是高度文明的品质，但一旦蜕变为皮罗主义却能置文明于死地。皮罗主义的表现形式之一就是对人生尽情嘲讽，而这实为精神紊乱的标记。在我看来，只有坚持批判性和相对性这一基本立场，才能越过现代主义、后现代主义以及形形色色的“主义”之间的外在差异，达到对一切有违独立的、批判的、否定精神的反对和讽解。否则，反讽不过徒具空壳而已。

1998年8月至9月作

---

① 佛克马、伯顿斯编：《走向后现代主义》，王宁等译，北京大学出版社，1991年，第250页。

论旋力

一

西方现代诗学对力之图式的痴迷与阐扬，可以说是二十世纪诗学不同于以往诗学的重要特征。所谓力之图式，也即用动力学模式代替传统理性诗学的静力学模式。传统的理性诗学的源头是亚里士多德的诗学，经过贺拉斯、锡德尼、布瓦洛及十九世纪实证主义的传承，形成一种强大的诗学传统模式。现代诗学以俄国形式主义为端点，经过英美新批评、结构主义诗学、巴赫金对话诗学的理论建构，形成了注重构成和能动的动力学诗学模式。其中最突出的和影响最大的，莫过于别称“张力诗学派”的英美新批评了。张力作为其核心范畴，不仅关涉这一理论的基本构架，还辐射到精神、结构、意象、语言等各个层面，成为二十世纪现代诗学(广义)出现频率最高的新批评概念之一。布鲁克斯致力于反讽张力的研究，甚至将张力提升到评价诗歌优劣的标准这样的高度。同时，张力理论还波及哲学、语言学、艺术学等各个领域。例如鲁道夫·阿恩海姆对视知觉理论卓有成效的研究，从张力角度解释了知觉过程中力的运动原理及力的图式。张力的引进和阐发，使更多人的传统理论领域获得了新视野，如海德格尔与费诺罗沙：

> 当我们思考存在的时候，我们不能将其看作一个实体的存在，而是运动着的力。[①]

① 转引自玛格欧纳：《文艺现象学》，王岳川等译，文化艺术出版社，1992年，第78页。

> 语言结构是力的运动的表现。所有的真理都必须用句子来表达，因为所有的真理都是力的转移。……光、热、重力、化学亲和力、人的意志，都有这共同点，它们重新分配力。①

这些论述凸显了西方哲人和诗人看待事物的力学视角和对力的概念的重视。W. S. 默温认为，写作是种种力的配置，任何引动写作的种种力的方式都是好的。(《诗歌的艺术》)他们都无一例外地触及到"力的配置"。就文化传统、思维方式而言，西方人偏重于二元对立、分析、思辨、逻辑方面；西方诗学强调"力"和"体验"："力"是刚性的、紧张的、隐含的、结构性的，是由二元对立的矛盾和悖论造成的；"体验"是体而验之，"验"含验证之意，感受"力"须体而验之，也即由感觉、知觉到理性、思辨的过程。从某种意义上说，西方诗学是以"力"为核心之一的话语体系，它们重形、重言、重形似。因此，张力概念率先由西方人命名并提升为诗学理论的核心范畴是自然的。

在我看来，现代诗学仅有张力图式是片面的，不完备的。一方面新批评派"张力说"揭示了文艺和诗歌本体运动某些本质，对现代诗学及写作、各类艺术的理论阐释和创作，均产生了积极的建设性影响；另一方面，"张力说"因缺乏其他力式的必要制约而成为唯一之力，在原创者以及派生者、移植者那儿被任意扩大、强调到覆盖一切的程度，张力几乎成为解开诗歌之谜的万能之匙。我们看到，片面地、孤立地追求张力的倾向呈愈演愈烈之势，甚至生成一种"张力癖"或"张力崇拜症"：似乎只要有张力，什么都行。美国结构主义文论家乔纳森·卡勒对此质疑道：虽然就布鲁克斯和其他一些批评家发现了各种诗中都存在"张力"和"矛盾语"，但这种理论却未能说明诗的本质，因为任何一种语言中都可以找到类似的"张力"。② 既然张力广泛存在于各个艺术门类，并作为一般语言现象而存在，那么用它作为标准来阐明诗艺和艺术的本质就变得有些捉襟见肘了。

质言之，张力应该回到它的本位中去——作为一种技巧和力的图式，其

① 转引自俞建章、叶舒宪：《符号：语言与艺术》，上海人民出版社，第195页。

② 乔纳森·卡勒：《结构主义诗学》，盛宁译，中国社会科学出版社，1991年，第243页。

重要性丝毫不减。笔者以为，当下要务是对其他力的图式的研究，辨析它们独异的结构以及与张力的关系，这样才能在一个更大范围内探寻诗歌本体运作的力的模式。笔者不揣浅陋，提出“旋力”这一图式就教于方家。

二

在我看来，旋力是与张力对等的一个诗学范畴。那么，旋力是一种怎样的力式？

现代科学已发现一种磁旋力，存在于广袤无垠的宇宙，也存在于肉眼看不见的粒子世界。磁旋力是宇宙中天体间所具有的一种最基本的作用力，各天体不易发生碰撞的根因在于此。原子核是自旋的，电子围绕原子核旋转，基本粒子也具有磁旋力。旋力图式是一条涡旋线，与重力图式的直杆线是不同的。

就诗艺而言，旋力是一种螺旋式向上或向前延展的力，比如意象流转回环，结构一唱三叠，都与旋力作用相关。只是张力概念太过强势，将它遮蔽掉了。一旦从旋力角度来审视，过去自以为是的诗歌现象，就可以获得不同以往的新视界。让我们来看看墨西哥诗人帕斯这首名为《风、水、石》的诗：

> 水滴石穿，/风吹水散，/石立风停，/水、风、石。//风琢磨石，/石为水杯，/水流成风。/石、风、石。//风动而歌，/水流而语，/石止而默。/风、水、石。//此即彼亦非彼：/在虚名之间/渐行渐远渐无形/水、石、风。（沈真如译）

本诗颇有东方古典哲思的神韵。帕斯晚期诗歌深受东方古典诗歌的影响和浸润。在文本中，帕斯用本初的、原素式的物象建立了一种回环往复的结构，全诗被置于旋力场的奇妙语境里。若孤立地看某个细部，也许可以用张力解释之，但整体看，这种解释不免捉襟见肘。仔细辨认，诗中的“风、水、石”是转喻性的而非隐喻或象征，它描述了世界最原始、最本原的运行图景，循环往复,自本自根。这本然的旋力被诗人以词象并置、互换加以呈现,它是亲和的、阴柔的、融通的、迂回的、一体流贯的。

现代英美张力诗学的基础,是建立在索绪尔对语言共时结构卓有成效的研究成果,雅可布森、列维·斯特劳斯对文学及文化的结构主义研究成果之上的。深而究之,在东西方古老的辩证思想里都能找到它的最初基因。“张力说”探究的是文本中“二元对立”的共时性关系所产生的力,以及这种力从肌质到间架所具有的构成意义。人们对张力的理解还包括本文中的对比和对立之关系。但无论是对比还是对立,都是结构的共时性合一,使线性艺术的时间空间化得以凸现。它带来的问题是,空间时间化遭到了现代诗学拒斥,其理由堂而皇之:历时性与日常语言、传统结构具有一致性。张力诗学意欲建立的是与俗常、传统彻底区别开来的诗学。然而所有语言的艺术说到底是时间性的线型艺术,即便是美国具体诗派的图像诗也无法改变这一本体特质,何况叙事文学(包括叙事诗、描述诗等)对内含命运感、历史感的时间长度的强调,使历时性从本体上无法剔除而且愈显重要。罗吉·福勒指出:“批评家们对张力如此关注,无怪乎他们在批评中有重抒情诗和戏剧诗,而轻叙事诗和描述性诗歌的倾向,因为在前者中张力占很大比重,而后者却无张力可言。”[①]所谓“后者却无张力可言”,并非表明在这类诗中没有其他力式存在。正好相反,在张力之外存在着另一些力式,比如旋力,就是一种。

在我看来,离开共时中的历时性、对立中的转换性和演进中的螺旋性,西方现代诗学将很难把握世界和精神的双重运动,以及语言艺术运作的内在奥秘。很显然,语言艺术之力,其运作的状态、过程以及从中产生的力之图式,既与一分为二的对立/对比相关,也与合二为一的转换/转移相关。前者呈现为隐喻的共时性向度——时间的空间化;后者呈现为转喻的历时向度——空间的时间化。前者以亦此亦彼的双重或多重叠影效果为指归,后者以彼此互换的多次重返或重临的涡旋为曲线。前者的力之图式为众所周知的张力,后者正是笔者所要阐释的旋力。隐喻的共时性向度和转喻的历时向度,并非如

---

① 罗吉·福勒:《现代西方文学批评术语词典》,袁德成译,四川人民出版社,1987年,第281页。

雅可布森认为的那样仅为对立关系，还存在相互投射、突现、渗透、转化的互动关系。

张力是一分为二之力，反向之力，是二元的、对立的、制衡之力。旋力是合二为一之力，返向之力，是看似一元的、转换的、回旋之力。

我们从老子“反者道之动，弱者道之用”的精微表述中，可以追溯到从二元对立到返二为一的辩证哲思之渊源。“反者”包含二义：一是正反之反，反正之动为反，即违反、偏离之意；二是回返之反，反反之动合于正为返，“反”即“返”也。显而易见，正反之反与回返之反构成了中国古典辩证思想不可分割的两个方面和基本内核。返向的、合二为一的、转换的、重临的旋力，便生发于东方哲思和思维方式的深厚根源之中。可以说，这种根源本身便是精神性旋力的呈现。它是“强字之曰道，强为之名曰大，大曰逝，逝曰远，远曰反”（老子：《道德经》），是“无往焉而不知其所至，去而来而不知其所止。吾已往来焉而不知其所终……物物者与物无际”（庄子：《知北游》），是“胸次悠然，直与天地万物上下同流”（朱熹：《论语集注》），是老僧参禅三十年后所悟“得个休歇处，依前见山只是山，水只是水”（原青原禅师语，引自释普济编《五灯会元》），是“行到水穷处，坐看云起时”（王维：《终南别业》），是“太极，大圆者也”（王夫之：《周易内传发例》）。由此可见，从不同角度触及并强调远而返、周而始的流转圆活的宇宙生命精神，是中国古典哲学的一大特征。旋力同样关涉精神层面，比如天人合一思想及方法论，都建立在互涵、流转、浑一、重临的界点上。

中国人偏重于合二为一、综合、思悟、直觉方面。徐复观认为：“中国文化与西方文化最不同的基调之一，乃在中国文化根源之地，无主客的对立，无个性与群性的对立。‘成己’与‘成物’，在中国文化中认为是一而非二。”[①]即便大乘佛学中的肉体与佛体、此岸与彼岸之对立，也被中国文化融通为“人佛同一”与“梵我合一”；在美学原则上体现为“物我合一”与“情景合一”。与之相反，在西方文化中，人和神的冲突，人和自然的对立，“上帝”和“撒旦”的斗争以及现世和彼岸的隔裂无不密织、渗透其间并蓄满张力之势。钱锺书《管锥

① 徐复观：《中国艺术精神》，春风文艺出版社，1987 年，第 115 页。

编》对诗人勃莱克所言“无反则无动：引与拒、智与力、爱与憎，无之人不能生存”评论道：“只道正反，未道反反之返。”此可谓一针见血也。这并非意味着中国文化忽略“矛盾”“对峙”因素，而是中国哲学在阐明“正反之反”时，更领悟了“反反之返”之妙蒂，强调返二为一的生生不已的转换、浑一、周流，强调“和而不同”中的“异中求同”。

旋力显现为涡旋曲线的力式，正与“天下之至柔，驰骋天下之至坚”的精髓暗合。其返二为一的生生不已的转换、涡旋、周流，与游目、返省、坐忘、物化、参悟的觉解方式相一致，即老子所谓“天下莫柔弱于水，而攻坚强者莫之能胜，以其无以易之”。中国诗学侧重于“气”和“体悟”。“气”是柔性的、弥漫的、广袤的、流动的，是注重循环的整体性存在物，把捉这种存在须经体而悟之，仅靠理智和分析是不行的。东方“气论”将力的因素含在其中。在它看来，力是气之一种，是气之运行周流中呈现的某种状态，不妨称之为“气力”。当气蕴达到一定强度时就形成了力，诸如风骨和张势都与力相关。

近现代西方哲学和现象学理论，其辩证观点、直面事物以及悬置、还原的精神和方法，都与中国哲学存在着某种幽通、呼应的关系。恩格斯指出，辩证法强调事物“按本性说是对抗的、包含着矛盾的过程，每个极端向它的反面的转化，最后，作为整个过程的核心的否定的否定”[①]。尽管“对抗”“极端”的烙印很深，但毕竟内蕴了“转换性”和“反反之返”这一要素，确认事物的运动是通过自身来发展自身的运动，是环形的螺旋式重临出发点的运动。因为结果包含着自己的开端，而开端的发展用某种新的规定性使它更加丰富（黑格尔：《逻辑学》），胡塞尔在现象学理论中提出“面向事物自身”，伽达默尔追问“悟如何可能”，维特根斯坦宣称“不要想，而要看”！海德格尔则从“反反之返”的角度追问西方形而上学的“根据的根据”或者“存在的存在”，力图破解“二元对立”的思维模式，揭蔽隐于其后的本真之物。在论述里尔克“广阔的环行领域”和“存在之球”时，他说：

---

① 马克思、恩格斯：《马克思恩格斯选集》，第 3 卷，中共中央马克思恩格斯列宁斯大林著作编译局编译，人民出版社，1995 年，第 180 页。

什么是广阔的环行领域？也许里尔克思考的是敞开，而且是采用一种特别的方式。广阔的环行领域包括着全部所是。环行把所有的存在物环绕为一，于是，通过原一，它成为了存在物的存在。（海德格尔：《诗人何为》）

由“二元”达到“环绕为一”，呈现的正是精神旋力运作的“环行领域”，它几乎成了东方古典哲学精神的现代表述。胡塞尔和海德格尔都受东方哲学影响，尤以后者受老庄思想浸润更深。

事实上，西方文学中存在着强大而丰厚的史诗传统、叙述诗传统、转喻写作传统。这个传统呈示了与中国诗学所不同的另一指向：直面并绘制恢宏而具体的历史场景、典型细节，进而与人类命运的涡旋、强度保持对称。它的叙述和转喻是坚韧的、一元的和直接滚动的，宛若西绪福斯那块周而复始、永远翻滚在“途中”的石头。史诗《伊利亚特》中有个著名的“荷马式比喻”：“赫克托耳在打头阵，仿佛是高山上的一块大石头，被一条因冬雨而泛滥的河流冲掉了基脚，正从垒块不平的山坡上直冲下来一般。”接着，史诗作者笔锋一转，又回首追描道：“那块石头先是高高的蹦起，冲过一些回声震响的树林，然后毫无阻碍的一直落到平地，这才不得不停止。”这个比喻是描述性的、铺陈的，结实、坚硬，指向明晰而单一，又因回旋之力而气势勃然，具有不可承受之重。

西方叙述诗传统之旋力，具有一种由创造开启并进入敞亮之中的强大力度。它把异乎寻常的东西“旋”开了，把惯常的东西“甩”翻了。旋力来自世界与大地争执之裂缝的一体亲密性。这一裂缝以一共同基础使之达到它们统一的本源。旋力可以理解为由二元冲撞转换成、扭结之“合力”。无此“合力”，巴门尼德、帕斯卡尔、里尔克所论述的存在之“球体”便无以呈现。海德格尔认为“作为整体的全部存在者的球体，是敞开，是作为无界限地相互充溢并如此相互影响的纯粹之力的归闭。最宽广的环行乃是吸引的全部牵引的整体，这最宽广的圆圈相当于最强大的中心，纯粹之力‘尚未听说的中心’”①。从这个角度说，西方叙述诗之旋力具有“前冲”之刚性、强度。在巴特看来，

① 海德格尔：《诗·语言·思》，彭富春译，文化艺术出版社，1990年，第113页。

“两项的矛盾正通过发现第三项而消失，这第三项不属于综合，而属于延续：任何事物都在返回，但却是以虚构的形式返回，即以螺旋的新的回环形式返回”①。

我们看到，中西诗学各以“力”和“气”为核心范畴，它们是有效的，但同时也是偏执的，它们的优势和局限深隐其中。超越局限的有效方法是在更宽维度的视界融合上建构互补互衡的诗学体系。宗白华在论述宋画家郭熙的“三远法”时指出，此法所构的空间“不复是几何学的科学性的透视空间，而是诗意的创造性的艺术空间。趋向着音乐境界，渗透了时间节奏。它的构成不依据算学，而依据动力学。清代画家华琳名之曰‘推’。华琳在他的《南宗抉秘》里有一段论‘三远法’……说：‘……高者自高，深者自深，平者自平。……盖有推法焉！……然高者由卑以推之，深者由浅以推之，至于平则必不高，仍须于平中之卑处以推及高……推之法得，斯远之神得矣！但以堆叠为推，以穿斫为推，则不可！或曰：“将何以为推乎？”余曰：“似离而合。”四字实“推”字之神髓。假使以离为推，致彼此间隔，则是以形推，非以神推也。……若处处合成一片，高与深与平，又皆不远矣。似离而合，无遗蕴矣！’”②。宗白华用“力”学之新视界来重新审视中国传统艺术，华琳所谓的“推法”，说白了，就类似旋力；而华琳所谓“堆叠”，类似西人的张力，因为“堆叠”便是“多重并置”，张力大多源于此。我们在中国古典诗歌、西方现代诗歌以及现代文学中看到大量的“堆叠”技巧，西方现代派甚至将不同语种、文体、文本都“堆叠”在一起，以造成陌生化的、语境晦涩的效果。而“推”之旋力则不是这样：“以阴可以推阳，以阳亦可以推阴。直观之如决流之推波，睨视之如行云之推月。”（华琳：《南宗抉秘》）

三

上面讨论了旋力这一图式的精神文化背景和哲学渊源，它同样关涉精

① 罗兰・巴特：《罗兰・巴特自述》，怀宇译，百花文艺出版社，2002 年，第 36 页。
② 宗白华：《美学与意境》，人民出版社，1987 年，第 257—258 页。

神、结构、语言、韵律等各个层面。在通常以“气”的概念阐述的地方，换以“力”的视界重新加以审视，以探究被单一视角所囿蔽的内在堂奥。与张力一样，旋力存在于人类辩证思维和复调思维所存在的地方，但旋力更强调合二为一，正反对峙中的返向、转换与回旋。尽管精神性旋力与形式性旋力在文本中难以分开，它们相浸为一、交结呈现，比如，散点透视作为中国绘画和诗歌艺术的独特视角方式，即沈括所谓“以大观小之法”，其本身就形成一种形式旋力，并成为一种精神旋力的直接产物或呈现。在这里，笔者打算从形式角度讨论一下旋力在诗文本中的种种样式。

（一）复沓式

长期以来，我们对反复和复沓的理解大都局限于修辞格。事实上，反复和复沓自古以来就是民间诗和文人诗对实在世界进行变构的基本手段，《诗经》中的重章叠句便是最常见的艺术手法。从更高层面上说，反复和复沓构成诗性思维中恒定的形式要素之一。细加追究便可发现，复沓之所以被大量使用却又被忽略，原因在于反复之于张力的联系实在微乎其微。正像一些诗论家所干的那样，以“张力之网”来统领现代诗学理论，其偏狭性可见一斑。然而，稍稍延展或转换一下视角，那么显而易见，复沓是诗之旋力重要的基本的呈现方式之一。

戴望舒的《雨巷》带给读者的，正是一种复沓式的回旋之力：“撑着油纸伞，独自/彷徨在悠长、悠长/又寂寥的雨巷，/我希望逢着/一个丁香一样地/结着愁怨的姑娘。//她是有丁香一样的颜色，/丁香一样的芬芳，/丁香一样的忧愁，/在雨中哀怨，/哀怨又彷徨；//她彷徨在这寂寥的雨巷，/撑着油纸伞/像我一样，/像我一样地/默默彳亍着，/冷漠，凄清，又惆怅。”舒缓、阴柔、流转，一吟三叠，韵味悠长。

由完全或不完全复沓造成的旋力来自两个相同部分之间的相互吸引、凝集与旋合。复沓性旋力在抒情性诗歌中具有强化、旋律化的作用。可以说，愈是远古诗歌或者歌谣性诗歌，对于旋力的依赖更甚，既作用于结构、韵律，也作用于意象的组合。现代诗并没有也不可能抛弃旋力。陈东东的《远离》一诗，如同树的年轮呈逐级扩大的圆圈状，“远离橙子树林/远离月光下的橙子树林/远离有两只蓝鸟飞过的橙子树林/也远离被一片涛声拍打的橙子树林”，自然给人以一种回旋的动感和不断闭合的叠加美感。纪弦的名作《你的名字》：“写你的名字/画你的名字，/而梦见的是你的发光的名字：//如日，如星，你的名字。/如灯，如钻石，你的名字。/如缤纷的火花，如闪电，你的名字。/如原始森林的燃烧，你的名字。/刻你的名字！/刻你的名字在树上。”复沓式旋力形成这首诗的主要意象结构。在运用旋力方面，古典性诗歌或歌谣性诗歌侧重于回环整饬的复沓，现代诗更注重错综多变的切分与波动。

> 你永不会孤独，你听到/秋天来时如此深沉的声音。黄色的/气流越过山岭，/越过轻拨的琴声，/越过闪电后的静穆，/在闪电来得及说出/名字之前——然后，是浓云张开大嘴的/道歉。你诞生时就已定准：/你决不会孤独。雨/会到来，沟渠满溢，/一条亚马逊河，/长廊——你从未听到/如此深沉的声音，/岩上的苔藓，和岁月。/你转耳倾听——/静默意味着：你不是孤独的。/整个大千世界倾盆而下。（威廉·斯塔福德：《保证》，赵毅衡译）

这首诗将个人置于整个大自然的背景之上，写出了个体与自然、与万物生命的深沉沟通、呼应与打成一片。如果说“你永不会孤独”是基于一种理性判断，那么接下来“你决不会孤独”已强化为一种信念；而最后“你不是孤独的”已归结为对个人境况的精准结论。变奏式复沓使全诗撒得很开的自然意象，均统摄于反躬自问的旋力场中。显然，该诗已超越人世间有关“孤独”的理解，上升到人类与自然万物共命运的高度。不过，细品之下，诗题“保证”与诗节部分还是构成轻微的反讽色彩，而这正是诗歌的魅力所在。

多多的诗《依旧是》将复沓式用到了极致，“依旧是”如同钟磬不断给句象以切分，由密集到疏落，并不断变换“依旧是”的位置，形成一种“大珠小珠落玉盘”的错杂美，“走在额头飘雪的夜里而依旧是/从一张白纸上走过而依旧是/走进那看不见的田野而依旧是//走在词间，麦田间，走在/减价的皮鞋间，走到词/望到家乡的时刻，而依旧是”。其间出现“它是”“是它”的变奏，使得整首诗音韵丰满而飘逸:"站在麦田间整理西装,而依旧是/屈下黄金盾牌铸造的膝盖,而依旧是/这世上最响亮的,最响亮的/依旧是,依旧是大地//一道秋光从割草人腿间穿过时,它是/一片金黄的玉米地里有一阵狂笑声,是它/一阵鞭炮声透出鲜红的辣椒地,它依旧是……"这首诗的"依旧是"比上面的诗例更大胆,更具音乐的旋律感:一是它作为独立的乐句单元与句象群构成对等关系,并将散杂的意象串成流动的整体;二是它在局部出现时语义可以忽略,但在结构整体上仍回旋着同一色调的意晕,那是不断重复的"忆念"和不曾改变的"执念":

> 依旧是七十只梨子在树上笑歪了脸/你父亲依旧是你母亲/笑声中的一阵咳嗽声//牛头向着逝去的道路颠簸/而依旧是一家人坐在牛车上看雪/被一根巨大的牛舌舔到//温暖呵,依旧是温暖//是来自记忆的雪,增加了记忆的重量/是雪欠下的,这时雪来覆盖/是雪翻过了那一页//翻过了,而依旧是//冬日的麦地和墓地已经接在一起/四棵凄凉的树就种在这里/昔日的光涌进了诉说,在话语以外崩裂//崩裂,而依旧是//你父亲用你母亲的死做他的天空/用他的死做你母亲的墓碑/你父亲的骨头从高高的山岗上走下//而依旧是

这与多多在诗中追求非主题化,讲究多义性和歧义性相一致。每个句象群甚至单个句象各有独立的意义,其间不乏反转与冲突。这使得解读多多的诗只能从细部开始,无法用所谓"主题先行"来统摄它。

(二)涡进式

涡进式旋力类似于打着旋儿向前奔流的河水,一涡儿一涡儿地迂回向前,节奏感非常强,具有咏叹性和民谣的风味。这种向前的纵深,有的表现为逻辑推进,如余光中的《民歌》,江河的《星星变奏曲》;有的裸现为时间标志,如余光中的《民歌》,以"歌唱"并"听见"作为回旋的基点,从"黄河"推向"长江",推向"红海"(即"我"),最后推向所有中国人的"血缘",由弱渐强地造成一种"歌唱"的声势和高潮。余光中的另一首传诵很广的《乡愁》与此相似,只

是涡进的脉线以时间为标志。

江河的诗《星星变奏曲》作假设逻辑的正反推进，意在假设的反面，即历史或现实带给我们的恰恰相反："如果大地每个角落都充满了光明/谁还需要星星，谁还会/在夜里凝望/寻找遥远的安慰/谁不愿意/每天/都是一首诗/每个字都是一颗星/像蜜蜂在心头颤动/谁不愿意，有一个柔软的晚上/柔软得像一片湖/萤火虫和星星在睡莲丛中游动/谁不喜欢春天，鸟落满枝头/像星星落满天空/闪闪烁烁的声音从远方飘来/一团团白丁香朦朦胧胧"，从中我们可以发现涡旋点在于，"谁还"与"谁不"句式的重复推进，在句式的细部，或大小相连，或以顶针相接，如此复沓成一种不断回旋的律动。不妨来看看《海子小夜曲》：

> 从前的夜里我们静静地坐着/我们双膝如木/我们支起了耳朵/我们听得见平原上的水和诗歌/这是我们自己的平原、夜晚和诗歌//如今只剩下我一个人/只有我一个双膝如木/只有我一个支起了耳朵/只有我一个人听得见平原上的水/诗歌中的水//在这个下雨的夜晚/如今只剩下我一个/为你写着诗歌/这是我们共同的平原和水/这是我们共同的夜晚和诗歌//是谁这么说过，海水/要走了，要到处看看/我们曾在这儿坐过

从纵向间架看，这首诗由"我们自己的"到"我一个"，再回到"我们共同的"形成一个个涡转向前的旋律线，宛然小夜曲式的迂回舒缓。这里的"回到"意指感觉、忆念或想象中的重临而非重复，因而具有一种博大、忧伤和宁静的独特品质。从横向肌质看，"平原""水""夜晚""诗歌"诸意象的交错叠合，盘桓流变，波动有致。从单一意象关系看，二者是张力关系；若从多种意象关系看，则构成旋力的螺旋运动，如"平原上的水""平原和水""平原上的水和诗歌""平原上的水、诗歌中的水"，不似中的相似、流变中的叠进造成文本的切分与节奏，使细部肌质丰满、纯净、极富质感与和弦般的乐感，语言自身隐秘而纯粹的韵味得以显现。纵观海子诗作，他对旋力的运用出神入化："风吹在村庄/风吹在海子的村庄/风吹在村庄的风上/有一阵新鲜有一阵久远"

(《两座村庄》),“目击众神死亡的草原上野花一片/远在远方的风比远方更远/我的琴声呜咽 泪水全无/我把这远方的远归还草原/一个叫木头　一个叫马尾/我的琴声呜咽泪水全无/远方只有在死亡中凝聚野花一片/明月如镜高悬草原映照千年岁月/我的琴声呜咽 泪水全无/只身打马过草原”(《九月》),其回旋线繁密而交错,酿成独特而迷人的韵味,抵近“于平易语中藏奇崛”的境界。

(三)环结式

环结式旋力是使不相关的物象粘连并旋转成环的力式。从音乐角度说,旋律的产生来自旋力的作用,而不是相反。世人只识旋律,反而对旋力视而不见。

钱锺书认为,陶渊明的《闲情赋》中的十愿十悲,妙就妙在愿生悲,悲生愿,愿愿悲悲,悲悲愿愿,如旋火轮的境界。在我看来,这是一种转喻式旋力的表现。环结式旋力一般是通过转喻、倒喻和环喻来实现的。

陈东东的诗《河上看城》,运用倒喻手法使本体与喻体颠倒过来。从视觉经验看,夜晚在“河上看城”,看“满城灯火”的确像张开的“五十双狗眼”。但诗人却倒过来说:

> 狗眼在夜色里也像灯火/五十双狗眼/长在同一张脸上的五十双狗眼/它们也会像满城灯火/从杂草之间向河流闪耀//我到达此岸已经多年/我坐在石头上/想像着那条横躺的船//每到夜里,那条狗就会张开眼睛/像满城灯火/五十双狗眼要让你入迷

环结式旋力不是让我们简捷地感觉事物,而是有意模糊喻体与本体之间的界线,以造成一种奇特的语言事实,一种独异的想象世界让人徜徉。陈东东的另一首诗《雨中的马》也是如此。全诗在“乐器在手”与“雨中的马”之间建立神似的关联,不断地从顺喻到倒喻,又从倒喻到顺喻,形成一种回环往复的节奏,“这乐器陈旧,点点闪亮/像马鼻子上的红色雀斑,闪亮/像树的尽头/木芙蓉初放,惊起了几只灰知更鸟//雨中的马也注定要奔出我的记忆/像乐器

在手/像木芙蓉开放在温馨的夜晚/走廊尽头/我稳坐有如雨下了一天”。

复杂的环结式旋力不限于两个物象的倒喻，而是在众多物象之间建立可称之为“环喻”的关联。史蒂文斯的诗《黑色的统治》，尽管可有多种解读，但比较接近诗人写作指向和文本结构的，我以为还是诗人所热衷探讨的想象力和现实、言和物的关系问题。

> 在夜里，在炉火边，/树丛的各种色彩，/落叶的各种色调，/重复再现，/在房间里翻卷，/就像树叶本身/在风中翻卷/是啊：浓密的铁杉树的色彩/大步走来。/我想起了孔雀的叫喊。//孔雀尾翎的各种色彩/也像这树叶/翻卷，在风中，/在黄昏的风中。/色彩扫过房间，/就像孔雀从铁杉树上/飞落地面。/我听到他们呼喊——这些孔雀/那呼喊是抗议暮色，/还是抗议树叶自己/在风中翻卷？/翻卷，好像火焰/在燃烧时翻卷，/翻卷，好像孔雀尾翎/在喧闹的火焰中翻卷，/高声地，好像铁杉树里/充满了孔雀的叫喊。/要不这呼喊是在抗议铁杉自己？（赵毅衡译）

诗人围绕“在夜里，在炉火边”所产生的奇瑰诡谲的想象，赋予现实以新的秩序和“黑色”之中的浓丽斑斓色彩。诗人独创性地运用了“环喻”，在“火焰”“树叶”“铁杉树”“孔雀”“黑夜”之间相互设喻，构成一种环形的、互为喻体的结构旋力：“落叶的各种色调，/重复再现……/就像树叶本身/在风中翻卷”，同时，“孔雀尾翎的各种色彩/也像这树叶/翻卷，在风中”，而孔雀的呼喊“翻卷，好像火焰/在燃烧时翻卷，/翻卷，好像孔雀尾翎/在喧闹的火焰中翻卷，/高声地，好像铁杉树里/充满了孔雀的叫喊”。在我看来，环喻并非强化了的隐喻，而是使本体与喻体的界线模糊，或者说区分它们已不再重要，各个喻体之间也没有主次之分，其目的是使之相互重叠成一片闪烁的光斑，喻体也不再是喻体，而是内界与外界互融互浸的新视界。有人认为这样的诗不好懂，其实诗人要告诉你的，正是他要向你传达的瑰美的幻觉片断，这正是那一刻他感觉到的世界本身。诗人运用语言“环喻”形成环结式旋力，使想象力和语言重构世界获得新的可能。

四

现代性诗歌更注重哲学底蕴，更注重对存在、语言和自身的关切，因而更具有开放性和未完成性。显而易见，仅仅从形式角度解释旋力是捉襟见肘的。比如复调性和对话性，越来越多地出现在文本中，它与现代人对人性、思想的包容态度有关，也与背后的哲学思想有关。不妨从下面几种旋力样式来加以剖析。

(一)互动式

应该说，互动式旋力的最初形态呈现于“庄周梦蝶”，所谓“不知周之梦为蝴蝶与？蝴蝶之梦为周与”是庄子的智慧最具创造性的结晶和呈现方式，也是他的哲学充满独特诗意的源泉。在中国哲学思维和诗性思维中都不难发现它的痕迹。

互动式旋力的特征，在于表层横组合上的主语和宾语相互倒置移位，动词保持同一不变，只是在历时中转换向度而已：由我及物，再由物及我。二者的对等关系使它们在深层形成共时的双向往复运动：庄周与蝴蝶互逗互化、融通朴一。铁定的、绝对的主客关系被动摇、瓦解，以至于二者的界线因模糊至极而近乎透明。物我无碍、放流回度。

> 你站在桥上看风景，
> 看风景的人在楼上看你。
>
> 明月装饰了你的窗子，
> 你装饰了别人的梦。

卞之琳这首《断章》简拙而隽永，突出地让人感受到互动式旋力的美感效果。批评家刘西渭抓住“装饰”一词，认为表现了一种人生的悲哀。卞之琳回答说:“‘装饰’的意思我不甚看重……我的意思是着重在‘相对’上。”[①]刘西渭抓住“装饰”一词,是因为它是从“你装饰了别人的梦”的张力中渗漏出的意味。但若从全诗的旋力场考察,“装饰”是前一句“明月装饰了你的窗子”的顺延,意在造成主宾倒置而使不变的谓语传递返向之力。很显然,张力受到压制、融解。主体和客体、施动和受动的绝对界线被轻巧地移动,人在世界之中相对的共存关系呈现出本相。因而,主宾互换所呈示的关系是相邻关系,是相互依存的转喻关系。转喻的意义是从语言结构中直接“流”出来的。“你”“窗子”“梦”“装饰”都不具隐喻的内在指向性。

互动式的内核关涉相对性的哲思:一切被理性分割有序的关系都是相对的、暂时的和部分的。不仅主和客、灵和肉、物和我、施动和受动之间,而且生和死、善和恶、有和无、真理和谎言之间都不存在任何绝对的铁定界线。巴赫金说:“世上还没有过任何终结了的东西……关于世界的最后结论,还没有说出来;世界是敞开着的、是自由的。”[②]这对于认识互动式旋力的哲学底蕴无疑是重要的。再看看下面一首诗:

> 一夜风吹/风哐哐地扑打门窗/风从远方而来,转瞬把一座座城市/裹进宇宙的大气流里/这时房子在漂流　你的灵魂开始漂流/你干脆熄灭了灯,不再写诗/回到黑暗中/让诗来写你/让风把你随便带到一个什么地方/你听到无数声音,经历了/一个又一个世纪/最后在一个看不见的地方/在自己的肋骨深处,听到/风在拔着树木的根/一下,又一下/你躲不开了/秋天最终找到了你//第二天　醒来/推门见满地簌簌的落叶/你已形同老人。(王家新:《预感》)

这首诗的构架是由互动式旋力启动并闭合的:由“你写诗”转换成“诗写你”。在与“秋天”相交相参的语境中,身兼主宾两职的“诗”在张力中生成旋力场:“诗写你”被转换成“秋天找到了你”。在这一转换的过程中,主体和客体,

---

① 转引自孙玉石主编:《中国现代诗歌导读》,北京大学出版社,1990年,第28页。

② 钱中文主编:《巴赫金全集》,第5卷,河北教育出版社,1998年,第221页。

"你"和"诗","你"和"秋天"之间的樊篱被拆除,从而获得更广大而隐秘的呼应与谐和:当你在感受秋风而成为秋天的一部分(即你的"根"被它拔动),秋天才最终找到你。这里不仅意味着人对秋天感受方式的转变,而且暗寓着一种写作态度和方式的内在转换。诗人在谈到该诗写作时说:"诗本身作为一种更神奇的存在经过你而呈现它自己。我要揭示的是'季节'在人的主体世界中的延伸,是人与天地之灵的'交流',直到它触及和摇撼了我生命最深层的东西。实际上是秋天来'找'我、'写'我。换言之,在人与诗相遇的时刻,既是你观照世界,也是世界凝视你。"①

另一种方式是循着由"物感"到"我感"的过程,如美国诗人詹姆斯·赖特的《开始》一诗:"月亮向旷野抛下一两片羽毛。/黑暗的麦子倾听着。/请安静。/现在。它们来了,那些月亮的孩子,扑动着/它们的翅膀。/……/我独自站在一棵老树旁,我不敢呼吸/或移动。/我倾听。/麦子靠向它自己的黑暗/我也靠向我的。""麦子"和"我"在互动中合一又分开,这与中国古典诗是不一样的。

当然,互动式旋力并非都呈现为主客之间的相融相浸,物我化一,它同样可以表现人与世界的游离与对峙。中国台湾诗人罗门的《伞》便呈示了个体在世界中的孤独感:"他靠着公寓的窗口/看雨中的伞/走成一个个/孤独的世界/想起一大群人/每天从人潮滚滚的/公车与地下道/裹住自己躲回家/把门关上"。开篇由"他""看雨中的伞/走成一个个/孤独的世界",即定下全诗的抒情基调。经主意象——"伞"——逐级推移、扩大之过渡,仿佛互动式旋力划过一道弧线,"忽然间/公寓里的住屋//全都往雨里跑/直喊自己/也是伞"。最后落到主客互换的"地面":"他愕然站住/把自己紧紧握成伞把/而只有天空是伞",该诗至此完成了互动式旋力的闭合运动。人与世界的关系(即天空下)也由此敞亮,结句"雨在伞里落/伞外无雨"顺势拈出,将全诗推向奇特而悖反的极致——所有的时空都是相对的,彼"雨"已非此"雨"了。

互动式旋力并不局限于空间意义上的主客互换,它可以呈现为时间深处彼与此的相互移位。曾卓的《我遥望》一诗便是如此:"当我年轻的时候/在生

① 王家新:《人与世界的相遇》,文化艺术出版社,1989 年,第 27 页。

活的海洋中，偶尔抬头/遥望六十岁，像遥望/一个远在异国的港口//经历了狂风骤雨，惊涛骇浪/而今我到达了，有时回头/遥望我年轻的时候，像遥望/迷失在烟雾中的故乡。”“故乡”一词含有多重而丰富的意味。在这种时间深处互换的回旋之中，对人生和时间的不尽叹喟深深地浓缩其间，令人感慨系之。

另一种彼与此的互换表现为人称代词的对举与反接，并建立在超现实的逻辑基础上。请看多多的诗《居民》：“他们在天空深处喝啤酒时，我们才接吻/他们歌唱时，我们熄灯/我们入睡时，他们用镀银的脚指甲/走进我们的梦，我们等待梦醒时/他们早已组成了河流”，“他们”与“我们”不断由主动变为被动，又由被动变为主动，从而取消了谁主动与谁被动的区别，使存在于彼界的“他们”，与生息于此界的“我们”建立了奇异的对接关联，而这恰恰是被日常的人们所忽略和遮蔽的：

> 在没有时间的睡眠时/他们刮脸，我们就听到提琴声/他们划桨，地球就停转/他们不划，他们不划//我们就没有醒来的可能//在没有睡眠的时间里/他们向我们招手，我们向孩子招手/孩子们向孩子们招手时/星星们从一所遥远的旅馆中醒来了//一切会痛苦的都醒来了//他们喝过的啤酒/早已流回大海/那些在海面上行走的孩子/全都受到他们的祝福：流动/流动，也只是河流的屈从//用偷偷流出的眼泪，我们组成了河流……

可以看出，互动式旋力作用于这首诗的细部，比如，“在没有时间的睡眠时”与“在没有睡眠的时间里”的置换对比，“他们向我们招手，我们向孩子招手/孩子们向孩子们招手时”的迂回流转，等等。互动式旋力使这首诗回旋往复，具有一种令人陌生却感动至深的博大与沉静。

（二）轮回式

轮回式旋力具有极强的穿透性、远距性和虚涵性。这主要得之于力与气的相互依存、转换、激活：气为力源，真气和灵气充沛才能领悟深透，贯通如一；力使气显，气借助力作用于形式结构。因此，从某种程度上说，在本源性

诗歌中,力之环行即气之周流,力度即气度也。让我们读一读下面这首诗:

> 泥土又高又远。我站在它的斜坡上/听泥土从我的皮肤渗出/它是怎样　进入我的内部?//十一月的天空/在一棵白桦树上显得过于沉重/一只低飞的鸟　在无边无际的平原上/隐去//泥土追赶着它。在地面　在空中/无数种飞翔的灰尘/所有的村庄　都保持无法揣测的深度//石头距离风化　也不过千余年时间/我从来不曾像今天这样/认识到一切都是泥土//但婴儿的哭声　仍在耕种过的麦田里产生/河水从陶罐中晃出来/使龟裂的脸上露出微笑/多么甜蜜!泥土……又高又远//一只土拨鼠　碰碰我的脚/那么突然/宛如一道光　照亮了泥土上/所有意味深长的裂痕。(沈天鸿:《泥土》)

在这首诗中,"泥土"既非通常象征意义上的精神或情感的对应物,也非由潜意识幻化而成的深度意象,尽管它与后者有某种类似之处。依我悟解,"泥土"是作为万化归一的本源性存在物而呈现的。人和万物介于终始两端的泥土之间,在完成生命的过程中同样不能离开泥土而生存、飞翔。可以说,"泥土"即是诗人所领悟的个体性的"道"。那么,"道"于世界表象中显形和出场,离不开创作主体精神旋力的涵摄和贯通,也离不开诗歌的本体性旋力的迂回和闭合。首先,轮回式旋力作用于该诗的形式结构,使横组合上的"泥土"和偏离"泥土"的意象运作蓄足旋力的强势:"泥土又高又远"具有"大曰逝,逝曰远"的意味。以此为始,我们能倾听"进入我的内部"的"泥土",同样也目击了它在空中"追赶"无边无际的平原上"一只低飞的鸟",并使村庄"保持无法揣测的深度"。在这里,远离自身且穿行、转换于具象之间的"泥土"是变形的、灵动而俊逸的,也即在细部布满张力因而达到"远曰反"之弧所必需的高度。如果该诗在此继续上升或横逸,使能指与所指因错位的不对称所造成的张力保持到底,那么它完全有理由成为另一首典型的象征性诗作。然而诗人在第三节笔锋一转,那只坚定的手被来自精神与形式的回旋之力所攫住——"石头距离风化　也不过千余年时间",具有实证论式的严谨、果断和重量，而随后“一切都是泥土”这一论断不容置疑的铁面性和雄辩性，使能指/所指的分裂所产生的梦幻般的语晕在迅疾下落的强大重力中消弭重合：泥土终究还是泥土。

至此，这首诗呈现出 A∽B 的环形运作过程：在远离中返回本源。正是旋力使得那只“低飞的鸟”瞬间显形，它不过是“泥土”的另一种存在形式而已。该诗至此似乎已接近闭合，旋力造成了透视一切而又得其环中的清澈峻拔的态势。而紧接其后的“但”再度转折，“泥土”复又开始新的轮回：生命生长、化育、抽离出稻穗般的“婴儿的哭声”及“河水”。“龟裂的”一词，使我们进入本然的命运般的另一“泥土”。与前此“石头”重力不同的是，“一只土拔鼠　碰碰我的脚”这一细节极富顿悟般的泥土气息，将人从“又高又远”中带入具体的、当下的、本源的、充满“裂痕”的“泥土”之中，于轮回的中途恰到好处地戛然而止：“泥土”照亮了“泥土”。“照亮”其实是“泥土”从隐匿中敞亮、涌现。

其次，在表层结构向深层结构渗透、转换的过程中，“泥土”在纵聚合的物象、意蕴或者能指、所指的错位、裂移中，同样也划出了一个轮回式圆弧：由透明性的一对一的词象，经“逝曰远”进而大于一的运作，最后“远曰反”地重临一即一切的圆足浑一状态。必须指出，本源性诗歌的非象征化是通过下述方式达到的：由旋力完成的“泥土”即一、一即一切，化若无痕地消解了大于一的象征性维度，即能指与所指的二元由透明的对称、经疏离的不对称而达至一种新的混沌的对称。

为什么说“泥土”即一、一即一切是一种混沌的对称？我们看到，在这首诗中，一方面“泥土”已非通常意义上的一对一的物质性存在，而是贯穿于世界万物的生命过程及两端虚无状态的通灵之物。另一方面，当“大于一”大到“一切都是泥土”这种因物物化或世界世界化而现身的程度，也即“泥土”与天空、神圣者、短暂者进入纯然一元的相互转换、反射的圆舞。依据海德格尔的说法分析，圆舞并非如一铁环包括这几者。它是一链环，照亮了其余数元进入它纯然一元的光辉之中，那么，“泥土”便可视为其中代表大地的“一链环”：充盈于道，自我圆足。任何借助理性或世界的某一部分（诸如用生命或死亡）来解析其象征性意义的努力都是徒劳的、捉襟见肘的。“泥土”最终消解了象征，因而成为混沌的、圆融的，必须以渐悟的方式加以神会的灵性之物。对于脱离该诗语境的那个一对一的“泥土”，它不可能重复而只能重临其上：二者看似同一而实质上已不能互换。这如同禅宗《五灯会元》公案中“老僧三十年前参禅时，见山是山，见水是水，及至后来亲见知识，有个入处，见山不是山，见水不是水，而今得个休歇处，依前见山只是山，见水只是水”。

默温的《黑宝石》一诗，交叉使用了复沓式和轮回式，“黑暗中/唯有蟋蟀的鸣叫/树叶间的南风/是蟋蟀/沙滩上的浪花/以及山谷那边的狗叫/也是蟋蟀//蟋蟀从不睡觉/整个蟋蟀是一只眼的瞳孔/它能跑，会跳、会飞翔/在它的背上，月亮/穿越黑夜//当我倾听时/只有一只蟋蟀//那蟋蟀在漆黑的地面/在根系里/透过风/它只有一种声响//……//老鼠和盲目的闪电/生来就听着蟋蟀的鸣叫/死时也听着它的鸣叫/光转过身，倾听蟋蟀的鸣叫/那只蟋蟀既没活着也没死去/死亡的蟋蟀/依旧是蟋蟀”（黄燎原译）。默温深受中国古典文化和诗歌的影响。诗中的“蟋蟀”很难说象征着什么，它既是一，也是一切。在默温的笔下，老子玄虚的“道”化若无痕地向日常还原，以纷繁的知觉经验和世间物象迭现出勾人联想的景象，构成诗人所谓的深度意象。这首诗除了复沓旋进，深沉动力来自“一”（蟋蟀）与“一切”（事物）之间的流转、跳跃与幻化，甚至在生死之间轮回或停顿（“那只蟋蟀既没活着也没死去”），充满了东方的禅意和机锋。

（三）复调式

复调诗歌是由若干种相对独立但矛盾对峙的话语片断有机地、相互层叠地构成的。其复调性更多地呈现两种话语交织的双线结构：意象的、叙述的诗性话语与思辨的、反观写作自身的话语，或者“单语”之中存在巴赫金所谓具有双重意义指向的“双声”现象，从而构成与世界、生存，也与文本、诗艺的对话、辩解关系。质言之，复调生成于旋力，同时也充盈着旋力。孤立地横向看，二者处于对位的张力的关系中。但整体地连续地看，两种互辩、互否、互解的话语形成的旋力使它们在各自不同变体中向前缠绕、波动。例如，保尔·策兰的代表作《死亡赋格》，正是在下述两种话语中生成交叠、延展的旋力：其一是“清晨的黑牛奶我们傍晚喝/我们中午早上喝我们夜里喝/我们喝呀喝”，其二是“那房子里的人他玩蛇他写信/他写信当暮色降临德国你金发的马格丽特/他写信走出屋星光闪烁他吹口哨召回猎犬/他吹口哨召来他的犹太人掘墓/他命令我们奏舞曲”。全诗正是在这两组互斥互补的意象的不断变调或变体中向前推进，前一组是“我们”、被害者、现场物证和喻体，后一组是“他们”、杀人机器、操作、虚伪诗意与本体。前一组的核心意象是“黑牛奶”，并且整天都在“喝”，这“幸福”让人莫名其妙，只有读了后一组才能解开：那是死亡的“黑牛奶”。在后面的变体或变调中，还加上了美妙的“舞曲”（有人“演唱”，有人“拉琴”）——

> 清晨的黑牛奶我们夜里喝/我们早上中午喝我们傍晚喝/我们喝呀喝/那房子里的人他玩蛇他写信/他写信当暮色降临德国你金发的马格丽特/你灰发的舒拉密兹我们在空中掘墓躺着挺宽敞//他高叫把地挖深些你们这伙你们那帮演唱/他抓住腰中手枪他挥舞他眼睛是蓝的/挖得深些你们这伙用锹你们那帮继续奏舞曲（北岛译）

两组话语或意象建立起现象学的表层对峙，而深层在互释、互证、互戳、互讽的回旋与不断变调中得以丰富和延展（包括“掘墓”现场和过程的迹线），从而构成一个互动共生的统一体。纳粹的欺骗性在于他们的屠杀都是在“文明”“正义”“美”的名义下实施的。他们是一群披着人皮的野兽，一群有着音乐修养的魔鬼！之后几节中诗人借“复调”中的“赋格”曲式，找到了揭发他们的力度和深度，“清晨的黑牛奶我们夜里喝/我们中午早上喝我们傍晚喝/我们喝呀喝/那房子里的人你金发的马格丽特/你灰发的舒拉密兹他玩蛇//他高叫把死亡奏得美妙些死亡是来自德国的大师/他高叫你们把琴拉得更暗些你们就像烟升向天空/你们就在云中有个坟墓躺着挺宽敞”。

与复调小说不同的是，复调诗歌出现的不同声部间的对立往往是“虚假”的，也即“正反对立”不过是个假象，仅仅是对位而已，为的是达到一种强化、对比的艺术效果。不妨再来看看欧阳江河的诗《一夜肖邦》：

可以把已经弹过的曲子重新弹过一遍,/好像从来没有弹过。/可以一遍一遍将它弹上一夜,/然后终生不再去弹。/可以/死于一夜肖邦,/然后慢慢地、用整整一生的时间活过来。//可以把肖邦弹得好像弹错了一样,/可以只弹旋律中空心的和弦。/只弹经过句,像一次远行穿过月亮。/只弹弱音,夏天被忘掉的阳光,/或阳光中偶然被想起的一小块黑暗。/可以把柔板弹奏得像一片开阔地,/像一场大雪迟迟不敢落下。/可以死去多年但好像刚刚才走开。//可以 /把肖邦弹奏得好像没有肖邦,/可以让一夜肖邦融化在"撒旦"的阳光下。……/可以把肖邦弹奏得好像没有在弹。/轻点,再轻点,/不要让手指触到空气和泪水。/真正震撼我们灵魂的狂风暴雨,/可以是/最弱的,最温柔的。

整首诗都建立在"可以把……弹过……"与"好像没有弹……"两个核心句上:前一句肯定,后一句否定,又因"好像"而悬浮不定,如此不断循环反复,不断变奏与微调,有无相生,计白当黑,于无声中听到大音,既传达出肖邦钢琴曲出神入化的境界,又置入有关想象生存和历史的意象酵母,如"可以把柔板弹奏得像一片开阔地,/像一场大雪迟迟不敢落下。/可以死去多年但好像刚刚才走开"。若没有回旋之力控制节奏,这首诗便如一盘散沙。

2001 年 10 月作

迷津之渡

一

理解和悟解乃是进入人类精神世界的枢纽，历史只有通过理解才能成为现实的回声，文学离开了悟解便无法实现它的本体性。有迷津和关津之险途，自然就有问津者和渡津者。理解和悟解使精神之迷津成为可抵达、可通透的奥蓝海峡：个体生命的表达在悟解中具有了普遍意义，思想的险关在理解与阐释中成为跋涉者的路标，文学叙述在思悟与觉解中得以延续和腾展。艾略特说："诗人的理解力愈高愈好；诗人的理解力愈高，他愈有可能对事物感兴趣。我们的唯一条件是诗人把他所感兴趣的东西变为诗歌，而不是仅仅采用诗歌方式来思考这些东西。"①尽管理解与悟解不同，但理解毕竟迈出了重要的第一步。没有理解作为前提，悟解便不可能。一句话，没有理解和悟解，便不可能有人类的文化、历史和现实，精神世界便处于荒芜之中。悟解之成为可能，是因为人类拥有"心有灵犀一点通"的共同心理结构（性通），人类的心灵能够悟解它所创造和继承的东西；与此同时，不同物种的生命、不同时代的人类尽管生存状态不同，感知内容不同，但宽泛意义上的生命情感形式却是相同或相似的（移情）。无论是生命之间的个体差异也好，还是历史和人类之间的整体差异也好，它们其实还存在着同质性、互通性的一面。任何一个文本一经理解和悟解，就可能失去它的陌生与不可思议的特征，它的意义和意味开始显现出来，甚至发现与自己存在相似之处，从而与我们建立了亲

① T. S. 艾略特：《艾略特文学论文集》，李赋宁译注，百花洲文艺出版社，1994 年，第 24 页。

近关系和对话关系。而在未获得真正的理解和悟解之前，每个先锋文本都是一个迷津，一个陌生世界。这决定了陌生感与亲近感注定要在理解与悟解中相互纠缠。伽达默尔指出："文学，就是投注到最生疏事物中去的精神理解力。没有什么东西像文字一样是如此纯粹的精神足迹，即没有什么东西像文字一样是如此被引向理会着精神的。在对文字的理解和解释中产生了一种奇迹，即某些生疏的东西和不起作用的东西转变成了无条件地熟悉的和亲近的了。"[①]不同时代、不同国别的经典作品之所以经久不衰，就在于它们在生命、人性和情感的不同层面呈现了人的基本困境和内在痛楚，因而也就具备了引起内在共鸣的基础。从宏观方面说，在不同时代、不同地域的文化和文学之间存在着互动关系，而在写作和现实、文本和读者之间也存在着互动关系；从微观方面说，在文本内部的不同功能、不同要素之间，诸如词和物、形和神，能指和所指之间也存在互动关系。否认这一点，我们将无法理解汉乐府《孔雀东南飞》何以会感动今天以及未来的读者，莎士比亚的著名悲剧《哈姆莱特》和中国古典杂剧《赵氏孤儿》何以会感动文化哲学观念截然不同的东西方观众。

理解和悟解之不同，还在于前者基于体验，后者源于"体气"。不妨说，西方重在体验，体而验之，以形下的经验加以证实；西方艺术对知觉经验十分看重，并且善于以我观物，经验中融入知觉经验并及时转化为抽象思维加以混合与调停，主体现身于文本中，从而使经验抹上一层思辨色彩。东方则重在"体气"，体而气之，以生命之气升腾到虚无处加以点化。它不是外在强加的，也不需要思辨加以澄清。正如叶燮《原诗・内篇》所言，"理，事，情"乃作品之骨架，"三者缺一则不成物"，"然具是三者，又有总而持之，条而贯之者，曰气"。"体气"之"气"，兼有名词性和动词性。中国艺术不是不讲究经验，而是讲究纯粹经验，即从有知识还原到无知识的经验，澄怀味象，浸被物辉，是一种比原始经验更高级的直觉经验，以物观物，主体凝神、消溶进而化入万物之象的兴现之中。澳大利亚画家奥班恩说，他从中国艺术中学到的最根本的东

① 伽达默尔：《真理与方法——哲学解释学的基本特征》，王才明译，辽宁人民出版社，1987年，第240页。

西就是悟。冈布里奇也认为，中国艺术所提供的最有价值的东西就是心灵体悟的认识方式。长期以来，审美悟解作为一种直觉方式，被视为带有浓厚的神秘主义色彩，难以把捉。其实，审美悟解也有内在心理图式和类型：渐悟、顿悟、参悟。禅家称悟解为妙悟：道家常把只可意会不可言传的东西称为“妙”，佛家则将事物的真谛称为“妙谛”。但禅悟与诗悟是有区别的，胡应麟在《诗薮》里说：“禅则一悟之后，万象皆空。诗则一悟之后，万象冥会。”审美体悟既指体味过程，也指体味的意味本身。一方面，审美体悟的前提必须是主体进入虚静状态，充盈的气通状态；而悟的过程和方式是渐修的、神妙的，从沉浸到沉醉的入神过程。另一方面，悟必通达“顿悟”中的灵感四射，使人在世界中通过体验而重新审视自我生命的价值，从而进入物我合一的澄明妙境，感领来自宇宙和生命的神秘启示。在表达符号上，人们不仅玩味这一表达，而且超越这符号本身直接体悟那隐秘的美感。

如此看来，体验和“体气”是互补性的，这在一定程度上决定了理解和悟解也是如此。体验和“体气”是写作和鉴赏的过程中实现形上与形下转换的不同感觉方式。离开了体验，审丑便失去了面向实在的可能和基础；这也可以解释西方文学审丑的传统何以较东方为盛，而中国文学传统更多的是“体气”压倒了体验，形上的审美遮蔽或替代了形下的审丑。但是倘没有“体气”，审美也难以达到超越的境界，也就是说，进入到符号的内层面，捉摸它所“意味着”的那个本原之物。可见，西方意象派在发展到深度意象派之前，不过学到了东方诗歌的皮毛：意象派尚不懂得直觉和妙悟，也没有深研过禅宗佛教。

二

理解和悟解都具有某种循环性和悖论性。作为整体的一部分的存在者，他能够理解存在的整体吗？因为他本身是时代的一分子，这个分子就能把握住将他包卷其中的时代整体吗？如同我们说，作为必须站在时代之中来认识时代本身的我们，真能够认识时代吗？海德格尔说：“诗的活动领域是语言。因此，诗的本质就必得通过语言的本质去理解。……语言的本质必得通过诗的本质来理解。"①其实这一表述也陷入一种理解的悖论。整体的意义是由部分的意义构成的，但部分意义的相加之和并不等于整体的意义。语言大致是由诗歌语、实用语和元语言构成的，但诗歌对语言的使用显现了语言的本质方面。但正是这种悖论式的理解，使海德格尔的表述高于别人。任何理解都是局部的、过程性的，因而是相对的，不可能一次性完成；当你自以为把握了整体时，整体早已溢出或流出了它之外。因而，整体肯定存在着不可理解的那一点，它飘逸于各个部分之上。但这种不可解，却可以通过悟解之气来融通、逼近。因此我们说，任何悟解都在于整体的把捉，它首先意味着睁开灵眼，升腾到一个超逸的至高点，统摄，融合，回环，然后再渗入到局部之中。海德格尔不懂得理解与悟解正可以化解这一悖论。

不妨以陶渊明的《桃花源记并诗》中两种探寻者为喻：一种为渔者，一种为问津者。

渔者的探寻方式是凭直觉而往，乘兴而行，但起初仍须借助理性之舟，"缘溪行，忘路之远近。忽逢桃花林，夹岸数百步，中无杂树，芳草鲜美，落英缤纷；渔人甚异之"。溪非路，曲折由之，但感觉渐至灿烂，仿佛迷途难返，"复前行，欲穷其林。林尽水源，便得一山"。悟解与之类似，以无路为路，且行且游，其"得"不是意义的终结，而是开始——"山有小口，仿佛若有光；便舍船从口入。初极狭，才通人；复行数十步，豁然开朗"。可见悟解达到至境，便是"舍船"，弃置实用的、理性的、逻辑之舟楫，而臻达心灵妙悟的云蒸霞蔚，如其诗曰："荒路暧交通，鸡犬互鸣吠""怡然有余乐，于何劳智慧"。

问津者的特征是必须乘舟划楫，必须循着前人的足迹和标志前行，即"闻之，欣然规往"，然后"寻向所志"，这正是理解的前提和方式。但简单地以理解替代悟解的结果，却是"遂迷不复得路"。换言之，悟解是独辟幽径的、无法重复的一次性的个人行为，所谓"往迹浸复湮，来径遂芜废"；它不像理解可以"处处志之"，以备后来者"寻向所志"。照此看来，渔者实际上兼有两种探寻方式，或者说是在两种探寻方式中自由转换，比如当他离开桃花源时，便恢复到来时的状态，"既出，得其船，便扶向路，处处志之"。由此，可以将探寻桃花

① 转引自伍蠡甫等编：《西方文艺理论名著选编》，下卷，北京大学出版社，1987年，第583页。

源概括为由乘船到“舍船”再回到“得其船”的过程。如果将《桃花源记》当作接受美学的寓言来读，那么它表明这两种探寻方式或读解方式并不是对立的、水火不容的，而且中国诗学重悟解、重幽径的特点也被呈现得淋漓尽致。理解和悟解之关系，照《桃花源记》说来，也就是寻志与缘溪，前路与忘路，得船与舍船的关系，二者恰恰是互补的、兼容的、可转换的。

法国作家巴塔耶认为文学的真正任务，在于与读者作基本的交流，否则就不可理解（指的不是那些旨在骗人的、大量的便宜作品）。他认为：“从浪漫主义到宗教的衰落，文学与宗教的接触较少，而与神秘主义的接触较多……神秘主义更接近于真理……这种真理是与对事物的认识相联系的。但这种真理并不是确切的，也无法阐明。如果不从两个方向观察，这种真理甚至不能沟通；需要通过诗歌和对情况的描述，才能进入这种状态。”①我们是否也可以说，《桃花源记》所描述的乌托邦也包含了一种不同的“真理”？

人作为存在者首先是存在的一部分，因此决定了人置身于存在之中难以跳出存在整体。但绝不是没有这种可能。它取决于理解之力与悟解之气的相互融合。理解局部的意义有待于整体这个大背景给予已知的部分以意义，而悟解整体的意味有待于局部的构成要素对整体加以支撑。悖论不能证明理解和悟解的不可能，而是相反：通过表达和呈现来期待理解，是因为活在其中的我们已体验了它；通过“体气”来达至悟解，是因为不同时空的存在者心有灵犀一点通，能够再度传达和阐释其中的神秘意蕴。狄尔泰认为，人是什么，只有历史才能告诉他，人能理解历史，正因为他本身就是一个历史的存在物。在他看来，一个对象如能被理解，那么，这个对象一定是认识主体本身创造出来的。而人之所以能理解自己、理解他人，进而理解自己族类的文化历史，就在于能通过对象的表达而对其进行同化。所谓同化，就是使最初异己之物最终成为非异己的，甚至成为亲在之物。事实上，同化绝不是单边单向的，它关涉着主体间的相互敞开，尤其是自我的敞开，决定了历史的真实不仅取决于客观对象的历史真实，而且在于对历史的理解和解释的真实。对文本的理解和悟解亦可作如是观。因此，怎样在差异间设置共生背景，在私语里

① 巴塔耶：《文学与恶》，董澄波译，北京燕山出版社，2006年，第12页。

寻求心有灵犀，在隔裂中还原幽通语境，对于悟解尤其重要。

三

现代西方阅读理论是以理解为基础的学说，认为所有的阅读都包含误读而具有相对性。其实，这种以理解为基点的阅读是朝向“正读”的，它渴望逼近文本中那个意义的核心。而中国古典的阅读方式则更强调心智的自由和意会，严羽《沧浪诗话・诗辨》中说“论诗如论禅……大抵禅道惟在妙悟，诗道亦在妙悟”，并认为，“惟悟乃为当行，乃为本色”。悟解不拘泥于，或者不看重那个意义的核心，任凭心灵遨游于意义的王国和意味的月晕，纵横挥洒，灵光乍现。在整个阅读活动中，过分倚重悟解而抛弃理解是行不通的。例如，在中国古典诗史上，“诗话”就属于以悟解为主的批评文字，灵光一闪，却无意借助缜密的逻辑上升到理论高度。在我看来，只有将理解和悟解的优势互补起来，才能对阅读真正有所帮助。

其一，视界融合与独辟幽径的统一。理解活动是对读解对象的多视角俯视与多维性阐释，将不同的文化视野和已知的阅读成果加以贯通，达到伽达默尔所谓的视界融合的最佳效果。而悟解活动是独辟幽径，是私密性的个人觉解，是不可重复的、瞬间的、灵动的，带有非理性色彩。它呈现了阅读个体的差异性和接受过程的差异性。在阅读和诠释的活动中，对一个作家公共而透明的接近是危险的。因为它往往是单面的、模式化的，由此构成对他的遮蔽和淹没。我们不能因为知晓李白的浪漫性和杜甫的现实性就自以为了解李白和杜甫，也不能因为确认李金发是象征主义就自以为了解诗人李金发。每个读者逼近某个作家或流派的暗径是不一样的，所谓“仁者见仁，智者见智”。阅读活动涉及双重主体间的交互作用，一个作家及其作品如同坚闭的保险柜，打开它是复杂而精细的“对码”过程。因为主体双方的文化背景、精神深度和接受方式不一样，因而双向对码与打开那个最佳“数值”也不一样。萨特对布莱希特的看法就与众不同，他认为布氏是一个古典主义者，因为他关心统一性并擅长古典性的节约手法，“他一点不想过分激动观众，为的是每时每刻都留给我们充分的自由去听，去看，去理解。然而他要对我们谈论的是一个可怕的妖魔：我们自己身上的妖魔。但是他不想在谈论这个妖魔时吓着我们；于是你看到这样的结果：一个既非现实却又真实的形象，缥缈不可捉摸，在这个形象里暴力、罪恶、疯狂和绝望都变成宁静的观照的对象……剧作家让我们看到我们是什么：既是受害者，又是同谋。布莱希特的剧本感动人的原因正在于此"[①]。

在文学史上，那些如今看来独拔于世的作家在当时或稍后的年代里得不到与其成就相称的评价而遭到贬斥的原因之一，就在于打开那把"暗锁"的个人性"钥匙"并未被找到，陶渊明、蒲松龄、惠特曼、波德莱尔等作家都遭遇过此种情况。艾略特对十七世纪玄学诗的独到发掘便属于"打开暗锁"的工作，蒲柏认为莎士比亚是"一座哥特式建筑"意味着摸到了另一个"按钮"。至于巴赫金将陀斯妥耶夫斯基小说归纳为复调性或对话性，也同样是做了打开暗道的工作。文本的复合性源自于人自身的多重纠结，我们甚至无法框定陀斯妥耶夫斯基究竟是怎样一个人：纪德认为陀思妥耶夫斯基虽保守，但非传统主义分子；虽是沙皇制度拥护者，但又是民主派；虽是拥护自由的，但非"进步人士"。

这样的例子还可以举出许多。博尔赫斯就发现存在着三位一体的惠特曼：诗人的、大众的和英雄的惠特曼。以胡安·鲁尔福为例，不少人称他为"魔幻现实主义作家"，但也有人称他为"存在主义作家"，因为他的作品有浓厚的存在主义色彩；还有人认为他是"新地区主义作家"，因为其作品充溢着墨西哥哈利斯科农村的乡土气息。上述三个角度不无道理也不无片面性。事实上，胡安·鲁尔福同样也是多体并存，这显示了作家独特的复杂性和个人性。就中国作家而言，批评界将莫言小说纳入"魔幻现实主义"的框架中，显然也不是一个准确的定位。为什么就不能从莫言小说深深扎植的东北高密的本根本壤，从汲取着民间文化的丰沛元气的文本面貌中归纳出一个新的概念？又如王小波是一个有争议的小说家，他死后才被发现的原因就在于人们生活在一个低欲化和无趣化铺天盖地的时代，人们在迷乱中难以找到这样一个"接头暗号"：王小波的幽默、反讽和顽皮。这种精微的"对码"过程正是视界融合与独辟幽径的统一。众多的独辟幽径为视界融合提供了基础，而既

① 让·保罗·萨特：《萨特文学论文集》，施康强等译，安徽文艺出版社，1998年，第433—435页。

定的视界融合反过来又为新的独辟幽径提供了广阔的背景。

其二,“体异思通”与“体异气通”的统一。以理性思维为基础的理解强调的是“体异思通”,而以直觉思维为特征的悟解则依赖“体异气通”。这一点可以从中西山水诗的分野见出:中国山水诗的观物示物方式是“景物自然兴发与演出,作者不以主观的情绪或知性的逻辑介入去扰乱眼前景物内在生命的生长与变化的姿态”[①];而西方山水诗则以我观物,且以我示物,理智因素的调停,分析性语言的渗入,在表层之下深含另一个隐形结构。因此,中国山水诗须经直觉达成悟解,而西方山水诗须经理性达成理解。当然也不限于山水诗。多多认为勒内·夏尔和策兰的诗属于超级层次,不可解:只从此生此世的角度理解策兰是有局限的。策兰回答的是哲学和神学的命题,通过极短的诗句导向沉默的部分,阅读时不要想着作结论或去解构,只要阅读和反复阅读,永远将感受停留在阅读上。夏尔的诗是玄妙的、直观的、穿透性的,这跟中国人的思维相同,一听到词句就心花怒放,这是最好的理解,不像西方那样爱做学术上的肢解。(多多:《在上海民生现代美术馆的讲演》)

在笔者看来,反复阅读就是从语言中“体气”、聚气和引气,体验心灵的秘响旁通,倾听灵语的奇异和弦。气通即通,气通即悟,正如“按禅境的比例,一架小秤/秤着光线中的尘埃/以及尘埃中意义过重的重量”(多多:《维米尔的光》)。

所谓思通,是指人类的思维存在着共性,即思维须遵守的一般原则和形式,如同一律、矛盾律等。理解正是建立在这种“体异思通”的基础上,否则不同民族、不同文化、不同时代之间不可能达成相互的理解。所谓“气通”,是指万事万物和文本构成存在着千差万别,但内在的生命之气和性灵之气是相通的。以气贯之,宇宙万物皆为一活泼泼的整体;以气观之,由一木一石一鸟中皆可见出宇宙和生命的韵律,“强字之曰道,强为之名曰大,大曰逝,逝曰远,远曰反”(老子:《道德经》),“无往焉而不知其所至,去而来而不知其所止。吾已往来焉而不知其所终……物物者与物无际”(庄子:《知北游》),“胸次悠然,直与天地万物上下同流”(朱熹:《论语集注》),这就是中国的宇宙观和时空

① 叶维廉:《中国诗学》,生活·读书·新知三联书店,1992年,第89页。

观。事实上,中国哲学和诗学中关于气的思想,已将直觉思维的内涵点透了,提炼到了极致。

不妨来看看西方人所乐道的原始思维。说到底它属于直觉性思维,布留尔认为,原始思维具有天然的诗性特质,具有两个基本特征:第一,前逻辑的整体把握。“我说它是原逻辑的,只是想说它不像我们的思维那样必须避免矛盾……具有这种趋向的思维并不怎么害怕矛盾(这一点使它在我们的眼里成为完全荒谬的东西),但它也不尽力去避免矛盾。它往往是以完全不关心的态度来对待矛盾的”[①],他认为前逻辑思维本质上是综合的思维。第二,神秘互渗的直觉体验。在原始人看来,人与万物之间、生物与非生物之间没有截然分明的界线,它们原本就是一个相互轮回的神秘互渗的共同体,可以相互沟通、相互转化。这就是生命一体化观念。它构成了原始思维的基础。物我同一,神人互通,主客交感,所有的生命事物都处在同一层次并具有内在神秘的关系链。在原始人思维的集体表象中,客体、存在物、现象之间能够以我们不可思议的方式,同时是它们自身,又是其他什么东西。由此可见,原始思维与中国艺术思维基本一致。中国诗学的核心是天人合一,物我合一,情景合一;重写意和神似,重气韵和本真;讲究天地之气的周流、运化,独特的散点透视法,随地势延展回环的结构,注重入世与反观的生命诗学,在审美上强调直觉和参悟,语言上着重于严羽所谓的“不涉理路,不落言筌”(《沧浪诗话》),也即叶燮所谓“事理情之所为用,气为之用也……得是三者,而气鼓行于其间,氤氲磅礴,随其自然所至即为法”(《原诗·内篇》)。

但在中西文化交汇的现代背景下,对艺术和文学的解读活动,不能不趋向于理性思维与直觉思维的统一,趋向于体异思通与体异气通的统一。

其三,沉浸人化与超然物化的统一。所谓人化的审美理解,就是人在观察和感受外界事物时,设身处地将无生命的东西看成和自己一样有生命、有思想和有情感的东西,从而使之活灵活现,富于生趣和情趣。理解活动是不能脱离人化的情感因素,尤其对文艺的理解更是如此。亚里士多德说,“恐惧使人思考;事情已经绝望了,没有人会加以思考。所以在宜于使听众感到恐

① 列维·布留尔:《原始思维》,丁由译,商务印书馆,1981年,第71页。

惧的时候，必须使他们认为他们也会受害”①。他认为，“‘思想’包括一切须通过语言而产生的效力，包括证明和反驳的提出、怜悯、恐惧、忿怒等情感的激发”②。当读者把读解对象看作是他自己的东西时，它所引起快感或痛感将有助于理解。立普斯在《空间美学》第一章中说：“这种向我们周围的现实灌注生命的一切活动之所以发生，而且能以独特的方式发生，都因为我们把亲身经历的东西，我们的力量感觉，我们的努力、意志，主动或被动的感觉，移置到外在于我们的事物里去，移置到在这种事物身上发生的或和它一起发生的事件里去。这种向内移置的活动使事物更接近我们，更亲切，因而显得更易理解。”③

所谓物化的审美悟解，是对主体及其情感因素的剔除进而泯灭主客界线，达至“以物观物，不知何者为我，何者为物”（王国维：《人间词话》）的佳境。庄子认为“物而不物，故能物物”（《在宥》），“物物而不物于物”（《山木》），强调“天地与我并生，而万物与我为一”（《齐物论》），与物物，不伤物，强调保持忘物忘我的澄明心态，才能达至不物于物、非物非我的境界。苏东坡说，“与可画竹时，见竹不见人。岂独不见人，嗒然遗其身”（《书晁补之所藏与可画竹三首》），这正是悟解的至高境界。然而，中国古典美学过于看重物化，而拒斥人化。邵雍所谓“以物观物，性也。以我观物，情也。性公而明，情偏而暗”，就是这一观念的典型表述。

理解和悟解在审美活动中，对人化和物化可以各有偏重，但绝不能偏废。再者，任何文艺文本都包含了人化和物化的因素，沉浸其中与超然其外正是读解活动中所必需的。

2006年10月作

① 亚里士多德：《修辞学》，罗念生译，生活·读书·新知三联书店，1991年，第82—83页。
② 亚里士多德：《诗学》，罗念生译，人民文学出版社，1962年，第65页。
③ 转引自朱光潜：《西方美学史》，下卷，人民文学出版社，1979年，第606页。

卷　三

中国二十年先锋诗片论(1979—1999)

一、先锋诗的本质

随着新世纪钟声的敲响，二十世纪最后二十年(1979—1999)不断演进与嬗递的中国现代诗歌，作为这个世纪以及整个诗史上较为壮阔、尖新而又混沌的部分已汇入史册。当来自诗界内外的责难、非议、冷落和争吵泼向诗歌时，历史正把光荣投向孤傲的诗歌和那些隐身于诗潮前列且卓有实绩的先锋诗人。在一种闲谈和诋毁之风盛行的氛围中，评论这二十年的诗歌史实将是艰难的，而对于评述"先锋诗"这样一个备受误读、遮蔽却又极具挑战性的诗歌存在将尤其艰难。可以说，没有什么诗歌概念比"先锋诗"在人们心目中所经历的落差要大：它先是荆冠，然后是皇冠，再后来是牛仔帽、花边头饰，最后有人宣布那是一顶魔术师的帽子，于是一哄而散。

中国现代诗歌在最近二十年掘进的宽度和深度是史上罕见的。如果没有诗歌和诗学的先锋性存在，没有那些在月黑风高、波谲云诡之中出没的冲浪者，我们就很难解释继"五四"新诗运动以来第二次诗歌复兴、探索和转换的历史进程，甚至也无法解释"新时期"以来中国文学整体水位的提升和多元化格局的成形。如食指、北岛、杨炼和多多、严力，从"文革"时期到二十世纪九十年代一直坚持独立的诗歌写作，成为中国先锋精神的体现。探寻和追认二十年先锋诗的历史性存在，在我看来，必须从由大到小、由绝对到相对的序列中加以考察：首先，从中西诗歌史的大坐标上看是否存在具有原创性的诗歌写作；其次，对中国二十年诗歌演进产生重要影响的开启性的诗歌和诗论；

其三，在诗学规范和诗歌文本上具有某种突破性、超前性的前倾写作。

上述三项可以概括为原创性、开启性、突破性。符合上述三项中的任何一项，都应视为具备诗歌的先锋性。换言之，可以从上述三个基本点中理解和管窥先锋诗的本质和基本内涵；并且，还可以引申出由此所决定的先锋诗的其他属性，比如暂时性、隐匿性，等等。就暂时性而言，任何先锋诗的存在都是诗歌动态运动中的起源部分，由此而流的延展部分则不应视为先锋诗。从诗人角度看，只存在特定状态中或某个转折点上的先锋诗人，而不存在始终前倾的先锋诗人，除非他不断改变向度去突破规范，而这几乎是不可能的。就隐匿性而言，先锋诗往往是晦暗状态中的存在物，是需要在相当长的历史区段中加以辨析与追认的存在物，包括它的意义、价值和命名。而这种历史区段的长短要视它所对应或对峙的各种"话语权力"的强大程度。

有一种观点认为，这二十年的诗歌主要受西方现代派文学影响，说严重点是一种摹仿或移植，因而先锋诗在这段诗史中的存在只是一种幻觉，实际上并不存在。比如对二十世纪八十年代中期以后第三代诗歌，近年一些论者对之持贬斥、否定态度；判定先锋性只剩下原创性这一个标准，似乎在创造性的借鉴中就产生不了先锋性诗歌。事实上，在中西诗史中属于绝对原创性的先锋诗毕竟是少数，并且它们更多地出现在人类诗史无所依傍的早期和中期。在现时代文化交流日益密切的背景下，诗学和美学的互动是激活各自生命力的重要保证。在我看来，着眼于该国诗史的纵向序列，重点考察它对诗史的影响力，看它是否具有诗学意义上的开启性和突破性，是更加现实也更加普遍的角度和基点。比如美国意象派诗歌，作为二十世纪二十年代的美国先锋诗尽管借鉴了中国古典诗歌的意象和营构技巧，但它毕竟是美国文化所孕育的，同时又是西方诗学所空缺的那种前卫性写作。它对美国现代诗歌的影响是深远的，我们在庞德后期的代表作《诗章》和深度意象派那里都能找到它的影迹。

在现时代，所谓独立不倚的文学写作，不是指拒绝来自纵横方向的互文影响的写作，而是指在保持一种个人精神独立的同时，将各种有益的文学影响熔成艾略特所谓的合金状态，并且这种合金状态是唯一的、自为耸立的，因而具有无所依傍的先锋特质。

二、先锋诗与民间

先锋诗的上述本质，决定了它几乎不可能来自诗学的或非诗学的“权力话语”的地盘，而只能来自民间的沃土之中。民间，是一个十分宽泛、含混的概念。它可以容纳中心和边缘、自在和自为等诸种复杂纠结的因素，因而它所循环着的是互动、复合的生态系统。而这正是自由思想和先锋精神可能产生的沃土。然而，即便是民间，我以为也有“地上”和“地下”之分。“地上”部分指它的市井性和民俗性，以通俗文化或市井文化作为它的形态，是介于“上层”话语和“地下”话语之间广大的缓冲区。一般而言，先锋诗不可能产生于通俗文化势力强大的这一区域。

所谓“地下”部分是指自生的、在野的、被逐的文化精英寄生和私语的空间。这种空间可以是孤岛、戏院、客栈、结社、酒店、咖啡馆、藏书楼，也可以是精神病院、青楼、地下室、教堂、野庙甚至监狱。比如地下室写作在西方并非个别现象，陀斯妥耶夫斯基、卡夫卡和博尔赫斯皆如此。其传播方式最初是手抄本，从私人到私人、从密室到密室。比较大的集合是以结社或沙龙的方式在一起活动，创办“地下刊物”。处于“地下”状态的先锋诗人借助通俗文化或市井文化作为掩护，从而获得生存和发展的自足空间。由“地下”到“地上”，再进入话语的中心地带，是先锋文学难以回避的路径。从另一角度说，先锋精神和艺术时刻受到通俗文化或民间文化的不相容部分的侵扰和消解也是不争的事实。因此不是所有的民间区域都是产生先锋诗的土壤，某些甚至会对先锋精神产生扼制作用。民间作为混杂的土壤，须有个人的独立精神和诗学的探索勇气作为种子。中国自唐宋以后，民间不能产生先锋诗的原因，不能说与此无关。民间的土壤始终存在，但不是任何时代都能产生先锋性的思想和艺术。

就中国二十年诗歌的最初起点而论，可以追溯到“文革”时期以食指为代表的“知青诗歌”。这一时期民间话语空间显得尤为狭窄和险峻。他们基本是散兵游勇式的、自发的、手抄本式的，食指、黄翔、芒克等诗人成为这一潜发期的代表性诗人，稍后才出现以北岛为代表的“今天”诗群，诸如多多、杨炼、顾城、江河、黑大春、严力、舒婷、王小妮、徐敬亚、梁小斌、牛波等。“今天”诗群出现在诗歌地平线上，标志着二十世纪后半叶的现代汉诗打开缺口跃出困境，接续和呼应前半叶的现代汉诗之余脉，开启它们奔向更加开阔的河道的闸门。

当然，有人认为这些诗歌只是将被扭曲的诗歌恢复到本位，谈不上先锋性。这种观点遮蔽了以下事实：其一，从中国特殊的文化生态看，即便“恢复”诗歌的本位也需要经过几代人的奋斗；何况它们已初步进入到现代性诗歌的层面，使二十世纪最后二十年的诗史发生重大转折。其二，它们并非仅仅作为话语权的反叛者，仅仅偏重于“历史语境”，事实上这些诗引发了从形式到语言的部分雪崩：人本和文本，人性和诗性，一对密不可分的连体胎儿，触动一方必会牵动另一方。以复归人本和人性为指向的早期朦胧诗，以象征形式和变形语言蕴蓄并呈现以“人”为核心的现代精神，诗学性地打开了一个新的诗歌时代。因而它符合上述判断先锋诗的三项标准中的“开启性”这一项。

二十世纪八十年代后半，中国民间的实验诗呈风起云涌之势，堪称一场诗歌的“先锋运动”。诗歌社团和流派以及各种旗号的“主义”，让人目不暇接，主要有：“他们”，非非主义，整体主义，莽汉主义，汉诗，海上诗群，大学生诗派，等等。1986年《诗歌报》和《深圳青年报》举办“现代诗群体大展”，其实只展露了冰山一角。尽管其中不少“主义”被证明是泡沫，但客观上它们营造了一种探索氛围，构筑了挑战主流诗歌的强大阵容。这在中国诗史上无疑是空前的。

称此运动为诗歌的“先锋运动”是基于下列原因：其一，它们的多维指向，几乎涵盖了西方诗歌近百年历史所走过的道路，同时包括与中国古典传统相糅合的各种“主义”。其中含有不少合理的革命性因素，涌现了不少足够先锋的优秀文本。但总体上说，这一时期诗论大于实践、主义压倒写作的倾向也很明显，如非非主义，作为这一时期重要的诗歌流派，其理论上富于启迪的贡献远大于它在文本上所提供的东西。其二，它们的激进性和反向性，与达达主义和未来主义运动相类似。如果没有“达达”，自然也就没有脱胎而来的超现实主义；没有未来主义，也就没有俄国形式主义思潮。可以说，二十世纪九十年代乃至二十一世纪中国诗歌的延展，都将在这一时期的“胚胎”里找到它的因子。例如，“他们”诗派所开启的口语和转喻的向度，已成为中国现代诗横贯二十世纪八九十年代的重要脉络之一。其三，它们对小说和散文也产生了重要影响。八十年代的先锋小说，作者大都由诗人转换而来，如苏童和余华，其小说的营构和语言均散发着强烈的诗性色彩，受“先锋运动”强大思潮影响是不言而喻的。

二十世纪九十年代被称作“先锋诗的沉落时期”。在我看来，九十年代“沉落”的是诗歌的“先锋运动”，而不是先锋诗。的确，九十年代的民间生态发生了很大的变化，民间通俗文化随着市场经济而泛滥，并与主流话语一起构成对先锋精神的消解和淹没。八十年代的诗歌氛围和旗幡猎猎的壮观景象不复存在。从“先锋运动”走出的诗人以及后起的诗人，在九十年代开始了更深层面的探索与反思，“个人写作”取代了“流派写作”，文本先行代替了主义先行。这一时期出现不少重要的大型民刊，诸如《锋刃》《倾向》《他们》《诗参考》《葵》《九十年代》《象罔》《大骚动》《发现》《阵地》《东北亚诗报》《现代汉诗》《南方诗志》《诗丛刊》《北回归线》等等，它们为先锋诗的持续孕育与临盆提供了必要的“产房”。

三、从隐喻到转喻——先锋性指向之一

最近二十年诗歌经历了从创作到写作、从主义到文本的转变。对先锋诗歌的追认，首先必须勾勒二十年中国诗歌演进的潜在诗学流向，然后在这些比较重要的流向当中，分辨出哪些属于具有长久影响的先锋性指向。从宏观上确定这一点，也许比零星地辨认先锋诗人更有效。在我看来，从隐喻向转喻的转变，是最近二十年中国诗歌演进的先锋性指向之一。

雅可布森认为，隐喻和转喻不单单是修辞格在语言中的运用问题，而是诗歌运思和营构的两种最基本的方式，它反映了更深层次的文化、语言和思

维的特征。隐喻化是中国人重要的思维方式和言说方式。中国诗歌和诗学传统(包括白话新诗、新月诗派、现代诗派和朦胧诗)一直以隐喻为核心。在写实精神薄弱同时又缺乏解构力量的背景下,隐喻性意象层层积淀起来,形成一个距离非审美世界越来越远的自足意象系统,并在盛唐时代达到饱和状态。任何原真之物入诗都必然受到传统审美原则和操作规则系统的过滤、删改,并不同程度地被消解成公共意象从而遮挡了对存在的注视,对人的根性问题的追问。它与世界的关系不是第一次命名关系,而是层层命名覆盖下的文化隐喻关系。一个突出的情形是,互文在中国诗歌中是顺向的仿拟、借用,鲜有讽刺性戏仿。相似相近的隐喻化如同"黑洞",吸进了有生命有个性的"血肉",吞噬了形而下之"在场":这儿没有表达只有被表达,没有生存只有非生存。至于深层次的结构、审美意识之间的相互翻版,则酿成对活力和创造力的慢性自杀。二十世纪八十年代朦胧诗在短短几年内便形成了隐喻化积淀的粥样硬化物。

在这样一个大背景下,第三代诗人奋起突围,以转喻向度压制乃至替代隐喻维度,其先锋性是显而易见的。这样说,并非是指在技术层面不再使用隐喻,或者运用隐喻写不出好诗来,而是指相当一部分诗歌显示了殊途同归的地脉走向:将诗歌从隐喻的"象牙塔"中解放出来,朝向非诗的存在疆域掘入,进而找到新的矿藏、地火和根脉。

其一,从雅语到口语:口语诗的背后是对隐喻的抵制与还原。

"他们"群体倡导口语诗,以及围绕口语诗展开的争论,从表层看并没有什么新东西(最早用口语写诗可以追溯到"五四"时期以及江河等人的诗作)。或者说,口语诗这一提法,对"他们"内含的先锋性而言是一种遮蔽;而大批摹仿者的伪作更意味着一场灾难。"他们"的主要代表韩东、于坚,是少数有明确主张的诗人。韩东、于坚从朦胧诗的影子中走出来,主要在于从隐喻转向转喻,在于对"现场"语境的强调。如韩东的《有关大雁塔》、于坚的《尚义街六号》等诗作都是在转喻的向度上,与朦胧诗以及中国古典诗隐喻性积淀太厚的语言传统背道而驰。于坚随后的诗学文章"拒绝隐喻",可以视为这一转换比较清晰的理性表述。与此同时,非非主义理论中的"还原说"也是针对隐喻积淀的，并且提出了一套“还原”方法，但具体到文本上却缺乏可操作性。

“他们”的口语诗所依靠的主要技巧是互文和语感，加上一点反讽，却没有更多的方法从文本上加以推进，因而转喻性向度的“河床”显得比较狭窄。如韩东的诗以消解为主要策略，除了在互文的比较阅读上有意味外，转喻向度基本处在“元语言”轴线上。于坚比较注重对日常事件或场景的“口述”，但他也未能从诗学高度解决支撑点的问题。直到二十世纪九十年代前后，他写出了“事件”系列才向前迈进了一步，遗憾的是他从“拒绝隐喻”的立场，向“从隐喻后退”而后退了。于坚的后退，除了表明中国先锋诗人妥协性的一面外，更重要的是遇到了令他头疼的矛盾：隐喻像“野火烧不尽”的野草很难根除。对他而言，只能“后退”而无法“拒绝”了。这里触及了一个诗学难题：从隐喻向转喻转换的关键点在哪里？

在我看来，转喻性诗歌必须从深层的运思方式和营构方式上，对隐喻性思维和意象性结构进行颠覆，使之以横组合的物象或词象延伸线为主导，将诗思还原到真实的、丑陋的、非诗化的生存现场中来，尽可能压制纵组合的变形、扭曲和叠影式扩散。而这并不意味着作为辞格的隐喻从肌质中完全消失，它依旧是带有轻微隐喻色彩的。于坚在他的《对一只乌鸦的命名》和《寻找荒原》等作品中，似乎找到了有效的文本操作方式：在虚设隐喻语言的同时将它逐层解构，如同一边搭积木一边拆解给你看。1990 年前后，朱文作为“他们”的代表诗人之一，以突入现场的写作实绩将转喻维度推向一个新的阶段。“他们”引发了一股“反象征主义”潜流，当然也出现了不少“泡沫诗”，如“生活流”诗，阿吾们的“不变形诗”，等等。九十年代承续转喻向度的还有伊沙、西渡、阿坚、沈天鸿、严力、殷龙龙、张执浩、朱朱、桑克、马永波、胡续冬、姜涛等诗人。

其二，从抒情到叙述：叙述性增强是重要的转喻性特征之一。

二十世纪八十年代中期后出现的以“反抒情或思考”（沈天鸿：《反抒情或思考》）为特征的现代诗歌，力图从内在质地上与朦胧诗划清界限。朦胧诗基本上是以悲剧性抒情为基调，其外围部分还带有较为浓厚的浪漫主义色彩，如舒婷的诗。但这种建立在意象结构的隐喻性基础上的“反抒情”或“冷抒情”,并不能使诗歌完全突出重围。中国诗人一向轻叙述,对叙述的理解也只停留在“叙事”上。而现代诗的叙述是语言的述它与自述的双向互动,不在这一层面进行只能导致“叙事”的终结。较早自觉运用叙述的有多多的《蜜周》《我读着》《四合院》,严力的《这一代》《阿Q新传》,王小龙的《纪念》,张曙光的《1965年》《给女儿》,王小妮的《鸟术》《虾的姿态》,王寅的《想起一部捷克电影想不起片名》,翟永明的《静安庄》《咖啡馆之歌》,孙文波的《在无名小镇上》等诗,以张力强劲的叙述语调和包容性带来具有震撼力的反讽指向,或者以人与物的荒诞变形来镂刻历史所加的个人记忆,或者以个人的现时与远距离场景相嫁接而造成一种叙述的奇特效果,或者以寓言式的荒诞片断与惊人细节的写实相互糅合,或者将个人性思考和发现纳入具体生存经验的处置与讥讽语调之中。譬如于坚的“事件”系列嗜好铺排,剔除隐喻性文化语义与还原“在场”的自在状态互构互织;吕德安的叙述冲淡到极致,因而别具一格。

在众多的叙述性诗歌中,严力的尖锐与黑色幽默相混合的声音显得异常突出,他的笔触具有突入“反面”并加以串接的力度和宽度;多多的变形叙述将复杂的主客关系凝缩在词与物的对比中。进入二十世纪九十年代后,马永波的散点叙述、阿坚的絮叨式叙述、伊沙的笑骂式叙述、王家新的深度叙述、侯马的零点叙述、欧阳江河的复合叙述、沈天鸿的思辨式叙述、蒋浩的缠裹式叙述、臧棣的知性与荒诞混合的叙述、杨键的简拙式叙述、余怒的苔式叙述、柳沄的焦点叙述等,都呈现了二十世纪末的中国前卫诗歌在“叙述”开阔地造成的独特景观。

在我看来,叙述以及叙事成分的大量介入使横组合的伪连续性增强,所谓的“直立的符号”,现在变成了“斜立”的符号,也即它并非“是一个无直接过去的行动,一个无背景的行为”(罗兰·巴特:《写作的零度》)。它变得不那么“纯”了。隐形的他者话语、伪历史场景和细节、生存的悖谬在叙述及叙事中“出场”,使自我封闭的“象牙塔”被导向一种更为开阔的对存在本身的开放与偏离。这类诗歌大都介于叙事单元与词语/意象单元、斜立的符号与“直立的符号”之间,前者对后者抵制并建立起某种平衡,打通了历史语境与形式语境的隐秘“通道”。

其三，从低吟到嚎叫："莽汉"们横冲直撞成为转喻的另一道风景。

以李亚伟为代表的莽汉主义，其黑色幽默式的实验诗杀出了一条血路：嚎叫式和幽默式相混合的语言，率直刚性的风格，打击了惯于风花雪月、托物隐晦的诗语传统，使转喻向度旁逸出另一番生机勃然的景观。即便"莽汉"们使用比喻，也是直接的、猛烈的，像捡起一块石头扔了出去，李亚伟的《中文系》《硬汉们》，郭力家的《特种兵》等诗作强悍而蛮野，在诗歌的领地凸起一片诡谲莫测的城堡群。进入二十世纪九十年代，伊沙们的诗与"莽汉"诗歌形不似而神似，对忸怩作态的诗风具有一定的打击力。余怒的诗如《猛兽》《松弛》，从更为黑暗的深处翻涌出原始之力，强调野性的力度和混沌式的包容度。他善于将纵向的时间物象转换成空间的相邻关系，显示了处理转喻的独到之处，如《被看见》。

其四，从意象到词象：对语言自身的挖掘成为转喻的另一种方式。

与口语诗不同的另一向度，是在语境中将意象转换成词象：不是给"象"以"意"，而是尽可能掏空它，使它成为一个新的能指而获得抽象的神秘美感。它似乎有意针对传统的隐喻体系及解读方法，着意使它们完全失效。杨黎的《撒哈拉沙漠上的三张纸牌》《高处》，宋琳的《致埃舍尔》以及车前子的诗，等等，如同抽象派绘画，"象"不是达意的道具，而是结构关系中的一个任意符号，在"看似无意"与"实则有意"之间造成一片模糊状态。这些诗作可以看作是对语言自述性以及"不及物"写作的有益探索。"诗到语言止"这一见解，倒是在这儿结出了果实。事实上这是一种难以把握分寸的写作，它容易导致能指的肿胀和写作的无聊化。因而在二十世纪九十年代已很难找到它的踪影。或者说，它只在一些学院型诗人的作品中不同程度呈现出来，如周伦佑、臧棣、西渡、穆青、马永波等人的诗，都具有这种语言狂欢的特点。

四、从反讽到喜剧——先锋性指向之二

现代汉诗二十年来的另一流向是从反讽到喜剧的演进。反讽和喜剧的诗学精神源自一种自我审思、质疑与否定的哲学态度，游刃与讽解绝对之物

的美学立场。它是使对立的二元进入相互转换的游戏并裂变、超越自身的能动原则。施莱格尔曾说一切有价值的事物都必须既是它自己,同时又是它的对立面。从这个意义上说,反讽精神成为人类精神文化/诗学领域内最具前卫性的活性因素和变构力量,尤其对缺乏这一精神背景和特质的中国诗史而言更是如此。

中国古典诗学存在着以儒家“政教”为源头的载道传统,它对近现代诗学产生了强大的惯性力,并与现实主义、浪漫主义乃至现代主义相混合。这也是“诗言志”被历史上不同时期诗人引用、阐发、误读而长盛不衰的缘故。进而言之,“载道说”可以使中国诗歌产生古典讽喻诗和现代讽刺诗,却难以使反讽诗生根和存活。中国诗人大都是群体型知识分子,尽管诗歌风格是个性的、独特的,但他们的人文立场和精神向度却是群体性的、代圣贤立言的。这并不是说中国诗人缺乏忧患意识和批判精神。从某种意义上说,相当数量的古典诗和白话诗所体现的否定精神,比之西方诗歌似乎并不逊色。问题在于中国诗人的否定精神缺乏彻底的、独立的个人性立场。他们所依恃的是与中心话语相龃龉的次中心话语。乍一看似乎是在无情地否定什么,批判什么,但实质上却只能充当游移于话语“堡垒”之间的差役和攻战工具。反讽与讽刺之不同,根本点在于讽刺是基于统一的思想、道德标准和共同的理想、价值系统。讽刺者认为自己和最高元话语对于所描写的罪恶具有完全的免疫力,而这正是反讽要加以质疑和嘲弄的。例如,朦胧诗的抒情主人公大都是站在被迫害的、正面的、集体理性的“大我”位置,缺乏更深层次的内在阴影和复杂纠结的人性冲突,缺乏自省、自审的反讽性观照和荒诞意识,因而无法达到本应该达到的深度。

食指、北岛、多多和严力是朦胧诗人中反讽意识萌芽较早的诗人,北岛的《守灵之夜》、多多的《冬夜的天空》,严力的《不用站起来去看天黑了》和《无题》等诗,其反讽、荒诞的色彩较浓,是最早疏离同时也被淹没于朦胧诗群的前卫诗人。稍后的梁小斌(长诗《断裂》)也发生了比较大的转向,其冷静、干枯的叙述透出自审性和反讽性,具有浓厚的存在主义气味。多多八九十年代的诗歌显得独特而超拔,《北方的夜晚》《里程》《十月的天空》《风车》《没有》

等，在注重隐喻的同时渗入了反讽、环喻、复沓和咏叹等因素，在一个新的高度上精确地处理了词与物、形式与现实等诸多棘手关系，使汉诗母语的内在美质和潜力得到出色的发挥，成为反讽向度上成就卓越的诗人之一。

第三代诗歌的“崛起”是反讽被广泛运用的阶段。这无疑是一次非常重要的转折。尽管一部分青年诗人为反叛匆忙抓住反讽这一利器，因而缺乏必要的反讽技巧来支撑，但当时诗坛的中坚力量，如欧阳江河、李亚伟、陆忆敏、翟永明、王小妮、宋琳、韩东、西川、沈天鸿、于坚、尚仲敏、杨黎、周伦佑、海子、钟鸣、阳飏、王小龙、张锋、孙文波、何小竹、胡冬、吉木狼格、柏桦等诗人，都十分注重在精微、间接、复杂、深邃、有分寸感的形式中呈现反讽的魅力。它表明中国现代诗人开始走向一种个人精神的独立，并依据这种方式作韧性的抗争。

反讽并非仅仅嘲弄受讽者，重要的是它深隐着施讽者的个性命题。个性命题是与公认的真理、价值、标准、规范保持距离的、不一定成熟的甚至偏激的个人观点。它是反讽的起点而非反讽的全部，是反讽的酵母而非反讽精微而幽辣的气味。可以说，反讽的内在张力的深层背景来自于反讽对象与个性命题之间的对峙与紧张。欧阳江河的《汉英之间》自始至终追索这样的个人质疑：为什么“一个象形的人变为一个拼音的人”？翟永明的“人生在世”系列组诗是挑战性的，充满矛盾和焦虑，语气讥诮，对女人在男性世界中的命运、处境和她应有的位置进行反讽性思考。《黑房间》便基于这样的判断：我们“表面保持当女儿的好脾气/却重蹈每天的失败”。王小妮作为朦胧诗派始终保持写作活力的少数诗人，对二十世纪九十年代的生存现场一直有着自己独到的省察，在《等巴士的人们》中，她将反讽和喜剧扎入日常生活的缝隙，在对现场“光芒临身的人正糜烂变质。/刚刚委琐无光的地方/明媚起来了”的叙述中抓住时代的某种本质，质疑“神”这个“站在中天的盲人”：“你看见的善也是恶/恶也是善”，读来触目惊心。

应该说，反讽和喜剧精神从根子上说是一致的。尽管在中国文学传统中也存在喜剧，但大都流于一般的戏谑、滑稽、各种团圆主义。从更高层面上说，悲剧性和喜剧性是难以区分和剥离的。二十世纪九十年代诗歌趋向复杂的纠结与偏重戏仿、喜剧的写作态势，出现了叙事体、喜剧体、戏仿体以及各种复合体。如张执浩的《场景》、徐江的《戴安娜之秋》、陈先发的《鼹鼠》、欧阳江河的《时装店》、伊沙的《结结巴巴》、余怒的《空穴》、王艾的《狂欢节》、蒋浩的《陷落》、哑石的《成都天府广场》、西渡的《一个钟表匠人的记忆》，以及虹影、臧棣、马永波、阿坚、潘漠子、柳沄、姜涛、侯马、桑克、王敖、孙磊、李郁葱、安琪、胡续冬、陈均、颜峻、吕约、牧斯等新锐诗人的作品，从中可以看到那种以夸张的喜剧性口吻与嘴角的冷讽相结合的姿态。二十世纪八十年代的纯诗人陈东东也写出了冠以《喜剧》之名的长诗，全诗换幕般分成七个场景，每个场景都提供了一个透视“喜剧”的角度和背景，并以一个具有多重象征性的“女高音亡灵”(她“身形脱落”但“肺叶”转世成翅膀在人间飞翔)作为线索贯穿七个场景。其主体部分是由叙述式和多种话语并置(即对话式)构成的。全诗将不同时空、不同文化、不同群体的征象、话语杂汇在一起，嘈杂，荒诞，反讽，显示了对历史和生存的复杂体验的综合处置能力。

西川的长诗《厄运》属于另一种类型：戏剧式成了二十多个戏剧片断，并融铸在叙述式之中。人性的丑陋、弱点，生存的荒诞、困窘，历史的悖谬、扭曲，纠结成各个不同的人的命运和众生相，类似严肃的喜剧小品，如“生为半个读书人他依赖于既定的社会秩序，而他的灵魂不同意。/……/在一群人中间他说了算，而他的灵魂了解他的懦弱。/他在苹果上咬出行政的牙印，他在文件上签署蚯蚓的连笔字，而他的灵魂对于游戏更关心。/在利益的大厦里他闭门不出，他的灵魂急躁得来回打转”。二元分裂的个体困境呈现的是人在历史境遇中的尴尬和荒诞。

五、从独语到双声——先锋性指向之三

上述从隐喻到转喻、从抒情到叙述和从反讽到喜剧的转变，必然导致诗歌话语构成及构成方式上的变化：单一的、自我的、抒情的声音让位给了多种异质的、杂语的声音并置与相互辩否。换言之，对峙性更多地转换成对话性，可能性更多地取代了现成性，整一性更多地凸现出异己性。现代汉诗面临市

场经济时代的多重矛盾关系，却无法在内在语境中置身其间。原因在于，长期积淀的二元对立思维模式造成一种割裂、褊狭的审度眼光，严重束缚了诗人对复杂多元的世界的进入。当诗人们被存在于世界/文本、逻辑/灵魂、语言/生存、伦理/生命、理念/经验等领域内多重矛盾的“荆丛”刺伤修长、白皙的“手指”时，倒逼他们对善和恶、灵和肉、真和伪、美和丑、此和彼、死和生之间两难纠结关系进行反思，并试图重新处理、包容它们。现代汉诗从独语向双声的转变，意味着必须以包容性、相对性、对话性为内质和边界，即多元异质话语的相互兼容，多种美学成分、技巧的并置与复合，多种文体和表达方式的互渗互侵。其难度构成了对现代诗人的气度、智慧、感受力、想象力和创造力的真正考验。

其一，一种或多种他者话语的侵入、错置，与作品的“第一声音”构成对抗、抵制、嘲讽或者干扰、摩擦，使结构上形成两种或两种以上异质声音的对峙与互否，从而呈现出巴赫金所谓的复调性特征。在第三代诗歌中，如果说“他们”诗歌的“他者”侧重于文本后的互文背景，那么“非非”诗人的他者话语则直接来自历史、现实、文学的更大文本，周伦佑的《自由方块》《头像》等诗，都或显或隐地将他者话语嵌入诗的肌质中，尽管这一“另类”声音尚不突出，尚不足以构成与“第一声音”的争辩与互否（这些诗的意义更多地表现在形式方面）；伊蕾的长诗《被围困者》和翟永明的组诗《女人》充满了两种声音的对抗和悬疑；尚仲敏的《深渊》《月儿弯弯照高楼》等诗，是较早出现的对个体内在分裂状态，也即两个互相冲突的自我进行呈述的诗作。

二十世纪九十年代的诗歌更侧重于写作主体多重自我的分裂、冲突。如北岛的《无题》便交织着两种声音的辩否与对白；二十世纪八十年代擅长海洋诗的汤养宗，在组诗《自我拷问》中呈现了“你在不断被拆散”的内在图景；庞培的《下午》一诗，展示了隐匿的自我受到了整一性力量的巨大压迫的情景；张曙光的《边缘的人》于独白中透出他者话语来，呈示了一个写作者内心的矛盾、犹疑、无奈和抵抗；陈均的《梦呓》通篇是对他者话语的辩诘和反讽：“当然你可以争辩：这就是生活/人民就是力量。而我在另一首诗中写道：/地狱！这就是我对它的全部证词”；蒋浩的《说吧，成都》叙述部分、引号部分与括号部分之间存在着相异、拒斥的关系，而这表明文本结构内部处于多声部的胶着状态；叶匡政的“城市”系列组诗，呈现了一个城市旁观者复杂而犹疑的独白与对话，“今日我一个人接纳这全部的重量/我的孤独是这样镇定/不用任何东西交换，就可以放弃/蕴藏已久的勇气，眼前簇拥的商品//它们还在眺望什么？为拥有而来的人/牵引他们的那点财富，萦绕在明亮的天花板下/谁把内心的疑虑朝它高举！只是我不愿陈述/只是那潜伏的恐惧我们早已应允”（《超级市场》），交织着现代城市人内在的深刻困惑、怀疑和抵制，明显可以听见两种声音的盘诘。

在相互冲突的不同话语之间隐含着不同的个性命题，否则对历史语境、当下生存的私下批判与独到洞识，戏仿、反讽、喜剧、狂欢化所隐凝的“另类”声音便不可能出现，立体的“双声性结构”也无以形成。马永波坦言：“我 1994 年的写作可以概括为——复调、散点透视、伪叙述。”他的组诗《以两种速度播放的夏天》《夏日的躯体》，便存在着双重自我的质疑、互否与生存的反面场景、角落的相互嵌入、缠结，他者话语的突然性和硬度，使诗歌呈现出内在的复杂性和粘连。必须指出，他者话语作为一个构成单元与词语、意象对位使用，造成不对称交错、鼓突、分裂，从结构细部掺沙般地改造仅以词语或意象作为最小构件的板结模式，减弱了对“垂直的投射”的依赖而直接在横组合上造成对比。对话语的进入与辩否，构成二十世纪九十年代诗歌语言谱系的新的维面。

其二，以思辨性话语或批评性话语嵌入、贯穿诗歌肌质的诗文本，使之相互纠结、抵制，并局部裸现文本操作过程，叙和议、言和意、隐和显之间形成对峙或对比，有助于创设一种矛盾的、多维的开放性语境，其中思辨性语式略显优势，并带有某种喜剧性的反讽色彩。当我们注意到叙述及叙事进入现代诗并构成先锋性指向时，也应同时注意到议论和思辨的进入对于改变“作茧自缚”的传统运思方式和结构，在形式上拓展现代汉诗的可能空间所具有的重要意义。欧阳江河的《玻璃工厂》《英汉之间》和《关于市场经济的虚构笔记》中，思辨式的渗透有力地改变了诗歌的内在强度和力度，使我们听到了雄辩的、思考的、具有穿透力的声音；西川、沈天鸿、于坚、陈东东在二十世纪九十年代的转折是叙述性因素和思辨性因素同时增强的结果；臧棣的诗作更见出一种感受力和知性力交互作用、浸润的质地；王家新的抒情气质一旦与思悟力相结合，便产生了他最好的诗作，如《帕斯捷尔纳克》《最后的营地》，只有后者能恰当地压制抒情可能导致的浪漫化，从而触及在这个时代被不少诗人所忽略的更内在的东西。

其三，当代汉诗写作呈现出某种程度的元诗性，即意象的、叙事的诗性话语和反观、质疑文本自身的话语之间的双重话语指向，在文体上形成不少混交的亚品种，成为不同于二十世纪八十年代诗歌写作的新的构成因素。言和意，词和物，叙和议，隐和显，虚构和真实，整体和片断，写作和阐释等关系，其传统意义上的统一性已变得越来越可疑、越来越不可靠了。

南野的《狩猎者》以写作者的写作和生存作为叙述的双重喻指；严力的《抚摸》通过"抚摸着一首中文诗"的过程，构成对一种生存和写作的反讽；于坚的《对一只乌鸦的命名》在清理一个隐喻命名的过程中达成对传统写作积弊的拆解；姜涛的《秋天日记》以戏仿完成对一种写作姿态的反思和反讽；臧棣的《生活的展示者》有意在作者的"他"与小说中的人物、读者之间跳跃，嵌入叙事片断，造成包括指向写作自身在内的多重反讽意向的迷幻效果；马永波1994年以后的大部分诗作都带有强烈的元诗色彩，诗人明确地把它作为自己的诗学追求之一。可以说，二十世纪九十年代的主要诗人都具有这种元诗色彩，这意味着从诗文本中找到反对、质疑和更新它的东西。而这应视为现代汉诗正趋于稳健、成熟的表征之一。

2000年1月作

混声、叙事与复调
——二十世纪九十年代诗歌考察

一

在评述当代诗歌史时存在着一种倾向，一种以时间为维而呈梯级递进并超越前在的倾向。这种观点常常失效，它是物种进化论在诗歌及文学领域内的翻版或者变种。不幸的是，它屡屡成为批评家手中的“板斧”而被用来乱“砍”一气。舍斯托夫认为：“在艺术领域，‘现代’也没有看到最新诗人对于荷马、索福克勒斯、埃斯库罗斯，甚至对于贺拉斯或维吉尔有什么相等的优越性。但丁和莎士比亚使我们受到的鼓舞比雨果或缪塞要大得多。”①任何时代的诗歌，当你进入它的文本和细部时，它呈现出复杂多维的地貌总是出乎你的意料。不妨说，它的独拔于世、自成一格总是与它的局限相互依存、血肉相关。它的不完美甚至缺陷成为历史语境的一部分，也成为“人”的一部分，人性深度的一部分，而这正是使趋向“完美”成为可能的部分动力。

考虑到处于一个时代语境中的诗歌写作的潜在复杂性，简单的价值判断会导致严重的歪曲和偏见，诸如当代诗歌批评中，认为二十世纪九十年代诗歌足以使八十年代诗歌成为陪衬的观点，便是一例。对批评而言，重要的是现象学式的描述、文本分析和总体把握上的客观性以及必要的定语式制约。我以为，将八十年代与九十年代的诗歌定位在“青春写作”与“中年写作”，“流

① 列夫·舍斯托夫：《在约伯的天平上》，董友、徐荣庆、刘继岳译，生活·读书·新知三联书店，1989年，第245页。

派写作”与“个人化写作”,“神话写作”与“反神话写作”的诸种割裂、对峙状态进而扬此抑彼,以及对第三代诗歌进行评述时只关注少数几个社团而忽略一批不入流派、团体的实力诗人,显然都是狭隘的、捉襟见肘的。

八十年代诗歌是二十世纪诗史上最狂热、最具活力、流派蜂起同时也是泥沙俱下的时期。应该说,这个诗歌时代的到来不可预期,也不可复制。首先,解冻时期的诗歌是由归来派和今天派担当主力,颠覆了异化、僵化的诗坛秩序,重新找回诗歌自身的话语权,朦胧诗潮不可阻挡地席卷神州大地。现代诗重新回到人们的视野,诗本体获得一定程度的解放,新一代诗人在西方文艺思潮的影响下暗流涌动。其次,第三代诗人崛起成为八十年代最耀眼的风景线。第三代诗歌以反叛性、否定性为精神特质,旗号林立,流派蜂起,其诗观的嬗变速度、爆破强度与扩张广度在诗史上是罕见的;刚刚确立的格局再遭变化,主流的、权威的诗歌规范和诗学范畴遂成为反叛的对象;滔滔滚滚中传来拆裂、撞击之声,正是诗歌自身运动充满活力和可能的表征。个体意识的突现与个性张扬是诗歌革新的内在支点,与新一时期整体的思想文化趋向开放是一致的。再次,从诗体、文本、技巧、语言等角度看,强大离心力造成的单向突进与极端化,试验与实验的多元性与生成的碎片化,从反讽、零度叙述到黑色幽默等技巧的猛烈扫射,语言意识的“热核反应”和激进的口语化、“非非”化,其纷乱与混沌、喧嚣与汹涌构成了八十年代的机遇和危机并存的奇特景观。

二十世纪九十年代在计划经济“崩解”的情势下,市场化与粗鄙化开始侵蚀诗歌版图,诗坛开始新一轮的淘汰、分化与重组,诗歌写作呈现沉淀、沉稳与沉寂的状态。诗歌运动的泥沙俱下被市场时代的泥沙俱下所取代,纯诗写作遭到消解,诗人被边缘化,现代诗面临新的困境和课题。这是考察九十年代诗歌无法回避的逻辑前提。

二

在我看来,第三代诗人的诗观裂变与文本实验,释放并积累了新的诗学因素、技巧、文本经验，为二十世纪九十年代诗歌准备了一个强大的“胃”。尽管我们可以从正题，反题、合题的黑格尔模式中找到复合性的理论依据，但进入合题在个体写作者那儿并非如此简单，它与写作者的人文精神质量、素养、包容度、感受力紧密相关。这一时期的诗歌变异不妨从以下几方面看。

其一，二元对立模式开始被多维复合模式所取代，诗人开始以新的眼光打量诗与时代、写作与生存的关系。质言之，二者的关系不是简单的主从关系，不是被动的镜与物的关系，而是从对视到对等再到对话的关系。诗人认识到二元对立思维的逼仄与遮蔽，认识到所谓“必然如此”和“非此即彼”，不过是独断论思维留下的遗毒和假象。二十世纪八十年代简单的颠覆方式受到诗人们怀疑，割裂、对立、偏狭的审度眼光，严重束缚了诗人对复杂多元世界的进入与呈现。

西川在《九十年代和我》一文中检视个人的诗歌写作时说：“当历史强行进入我的视野，我不得不就近观看，我的象征主义的、古典主义的文化立场面临着修正。……所以就我个人而言，最重要的文学主题是尴尬、两难和困境。”西川在二十世纪九十年代的诗歌写作，便是对复杂纠结中的现场存在的悖反现象进行剖视与叙述。在《发现》一诗中他写“连医生也得上了淋病只是他继续工作/连醉鬼也知道回家只是他忘记了家门/连五月的鸟雀也学会了沉默/连行尸走肉也会喊‘救命！’//连孩子们也悄悄地喜新厌旧/连妖魔鬼怪也披着华丽的斗篷/连算命的瞎子也只好向命运低头/连死人也会有担忧”。这显然不是抒情诗或纯诗的惯常语言套路了。在泥沙俱下的市场消费时代，面对善和恶、灵和肉、真和伪、美和丑的矛盾纠结，被逼出象牙塔的诗人更容易不知所措，进而陷入表达的困境。事实上，将历史或现实的生存提炼为二元对立，很难带来对真相和体验的感知。显然，如果海子还活着，他作为农耕时代最后一位抒情诗人，其纯诗写作也会终结是毫无疑问的。

诗人是生存于世界与文本、逻辑与灵魂、语言与生存、伦理与生命、思想与经验的夹缝中的特殊群体。如果诗人不能在非诗的地方发现诗意，形式不能兼容非诗的坚硬之物，二十世纪九十年代便不可能出现与时代对称的诗。严力在《论诗歌发展点滴》一文中认为“许多人不相信现代诗歌在生活与时代中的力量，是因为诗歌用语的偏窄性，不引起他们的思考，每个时代有引起公众思考能力的诗歌用语，诗人们必须要去挖掘出来，但并不是每一个挖掘者都能挖出来的”。这显然与诗人的写作态度、切入角度和包容度有关，它直接关系到现代诗在当代读者以及生活中的地位和作用。依凭单向思维、单一手段和纯诗理念，无法“挖掘”新的时代矿藏和生存经验，也无法提炼出与之相应的诗歌语式和传达方式。严力在《路过》中写道：“我将坚定地/蒙住脚的眼睛/大步地路过被现实证婚过的压迫/凡是被我路过的必须被路过/路过一切嫁错了岁月的历史//终于/我终于和失恋离婚/终于比法官早了一步/我让鞋缩小两天去等那迟来的判决/而脚的尺寸/把往前的道路量成无限延伸的指甲。”严力擅长于远距离突接，不同词素互相扭结、奇嵌，“现实”“证婚”与“压迫”竟缠结成一句，“路过”与“被路过”这两种句式互相连缀，造语奇特，虚实相间，机智地呈示了难以传达的荒诞感与灰色感。

其二，诗人不再扮演世界的代言人角色，而是充当冷静的旁观者和解说者，戏剧化的反讽叙事成为诗人介入现场的重要手段。他们开始从旗号与群体中走出来，亮出自己的肌肉和武器。重要的是，他们不需要堡垒与群体的佑庇，不需要群体给自己壮胆。在二十世纪九十年代很少看到群体“搭伙”式的写作，原因在于个人性写作显得越来越重要。写还是不写，写什么和怎么写，都必须自己解决。他们留意并叙述日常生活和生存体验，以此找到介入时代的接口同时保持批判距离的诗意方式。例如于坚的“事件”系列，孙文波的《献给你》，梁小斌的《候车记事》，柏桦的《生活颂》等诗，通过与现实与话语的多维对接与对话，使写作成为有宽度的、有韧度的和有效的。

“十一月的麦地里我读着我父亲/我读着他的头发/他领带的颜色，他的裤线/还有他的蹄子，被鞋带绊着/一边溜着冰，一边拉着小提琴/……颈子因过度的理解伸向天空/我读到我父亲是一匹眼睛大大的马”。多多在《我读着》一诗中这样开始他的变形叙事：“领带”“裤线”“溜着冰”“拉着小提琴”，与“颈子因过度的理解伸向天空”构成上与下、内与外的奇异对比，凸显特殊年代一个男人优雅又扭曲、潇洒又尴尬的形象。若干年后，“父亲”是以“马”的形象重回“我”的记忆。“蹄子”隐喻穿冰鞋的脚，埋下“变形”为“马”的伏笔。

我读到我父亲曾经短暂地离开过马群/一棵小树上挂着他的外衣/还有他的袜子,还有隐现的马群中/那些苍白的屁股,像剥去肉的/牡蛎壳内盛放的女人洗身的肥皂/我读到我父亲头油的气味/他身上的烟草味/还有他的结核,照亮了一匹马的左肺/我读到一个男孩子的疑问/从一片金色的玉米地里升起/我读到在我懂事的年龄/晾晒壳粒的红房屋顶开始下雨/种麦季节的犁下托着四条死马的腿/马皮像撑开的伞,还有散于四处的马牙/我读到一张张被时间带走的脸/我读到我父亲的历史在地下静静腐烂/我父亲身上的蝗虫,正独自存在下去

"父亲"是多多诗作中高频率的核心意象之一。在这首诗中,诗人重新审视"父亲"在动荡年代越来越逼仄的命运以及投射在"我"生命中的阴影。不同于多多早年在《蜜周》中的反讽叙事,变形叙事更有利于刻写人物的异化,而且诗意如同"马牙"迸散。

戏剧化叙事在二十世纪九十年代具有很强的写实性,西渡的《在硬卧车厢里》叙述了发生在硬卧车厢内的寻常一幕,男女主角通过微妙对白进而走向暧昧,折射出当下金钱社会中人性的扭曲,"在一个风景秀丽的城市/他们提前下了车,合乎情理的说法是/图书推销员生了病,因此男人的手/恰到好处地扶住她的腰,以防她跌倒",其客观和冷静的程度几乎发挥了小说或散文的叙事功能,反讽被"克制"在不动声色的叙述中。再看车前子的诗《沈红茶》,由一个海宁老画家侃出一段"市井闲谈",将古今的名人和物事"东扯西拉"到一起,看似随意胡侃,却处处暗藏机锋:老唐"一年回海宁两次,带上'六必居'酱菜,/这三字写得真好,据说是严嵩手笔,/凡大奸臣总有过人之处,过人的//不仅仅是他的险恶。而我/还真爱吃'王致和'的臭豆腐,/一开瓶,似把脚从旅途上拔出,/何其芳呵!下雪的日子,他画/几个小人物在去大仕茶亭的路/上。大仕茶亭,南京的一个地名,/从鼓楼出发,他是莫愁湖的前站,/……//比劈柴容易,诗人之腰细于仔细,/头颈倒还真粗。我去大仕茶亭,/我妹妹的婆家住在周围小区,不小的//住房面积,墙头挂了几幅水墨,/行家一看就知道赝品。而行家的真迹,/姨帽舅绳,更让人可疑。//上星期,我妹妹从狮

子山下打电话给我，/狮子山，真像一只狮子，七十年代，/深挖洞时不小心炸去它半边脑袋”。这种叙事如同苏州茶楼里的“茶叙”，信手拈来的掌故、见闻与个人生活细节，似乎源自不同茶客之口，因而具有“杂语式”的混声性质。

其三，多元话语的并置与对话，及物的述事与不及物的元诗追问，几乎成了九十年代诗人的写作策略与突围向度。我们看到，二十世纪八十年代历时性移置、涌入的异域话语与强势的市场话语、民间话语在九十年代形成犬牙交错的“话语场”。诗人感到“话语场”对自己的挤兑与压迫已今非昔比。在杂语的时代，诗人是被动地拒绝、阻挡他者话语的进入，在象征主义、古典主义以及“纯诗”的堡垒里固持与守望，还是主动地吸纳、错置、戏仿、暗辩它们，使思考力、想象力、感受力多向度多层面地打开与激活，成为对第三代诗人又一轮考验。多多、欧阳江河、于坚、严力、西川、森子、沈天鸿、吕德安、大解、杨键、哑石、黄梵、马永波、韩高琦、李元胜、郁郁、孙文波、朱朱、南野、西渡、王家新、王小妮、臧棣、周伦佑、桑克、翟永明等诗人，将诗与时代、写作与生存的关系，理解为从对视到对等再到对话的过程。

> “在我醒来之前多少人已越过黎明的边界/但丁、里尔克、叶芝、布罗茨基……/而我留在这里/再一次，把启程推迟到来春……”/而你是对的：如果你一直守在这里/那些离去的，就将返回。而当他们返回/谁，将作为陌生人？/……//于是我们就来到一个话语交汇处。/滨海省份。每一阵咸味的风吹来/都使葡萄园壮大。/在红色与白色的别墅之间，迷楼——上半个世纪传教士的杰作；/但如果不把邻近的房地产公司与最远处的/那片眺望大海的岬角也包括进来/它能否构成灵魂的全部风景？……（王家新：《边界》）

这首《边界》颇有象征意义，“边界”既指向文化话语，也指向精神话语。诗人就处在“话语的交汇处”游移、辩诘。欧阳江河的《椅中人的倾听与交谈》和《关于市场经济的虚构笔记》等作品中，将多种话语和词语并置并与之辩诘，叙述、反讽、戏剧化、抒情、戏仿、象征、对话、狂欢化的复合使用，是为了达到使隐形他者话语、伪历史场景和细节、生存的悖谬和内心的虚无感在综合效应中“出场”，将自我封闭的“不及物”导向更为开阔的对存在本身的敞开，如《1991 年夏天，谈话记录》，在中美两种不同文化话语之间辩诘与对话，显示了现代汉诗内在的包容度与韧度。马永波在《正午的编组场》《背景及其他》和《两种卡通片的夏天》中，将或显或隐的不和谐引语或噪音楔入叙述肌质，如“我熟悉这种生活。揭去伪装的绿色/露出：货车编组场。黑色的烟和白色的蒸汽/交叉挥动。巨大的车头把……的铁制像章/推向风景的深处，像勇士击着盾牌向未来冲击/而面色苍白的司机，双眼紧闭，全身僵直”，寓言式地呈现了特定时代的内在话语图景。在《简历：阿赫玛托娃》和《对应》等诗中，明显可以听见两种不同声音的盘诘和互否，在一种互相胶着的状态中达到改写和重塑的目的。余怒的《空穴》《猛兽》，蒋浩的《说吧，成都》，阎逸的《对十一月的阐释》等诗同样试图在混杂与包容、辨析与扰乱之间找到一条道路。这证实了詹姆逊的论断即“融合”不应该理解为歧异的消除，同一水准的确立，而是张力的保持、歧异的共存、殊异因素的相互联系。

二十世纪九十年代后期，在全国范围内还活跃着一批更年轻的诗人，如古马、黑陶、非亚、姜涛、穆青、冷霜、席亚兵、周瓒、韩博、康城、陈家桥、韦白、潘漠子、余弦、贾薇、陈均、安石榴、杨勇、阎逸、王敖、王艾、胡续冬、刘春、牧斯、康城、寒烟、吕约、曾蒙、梦亦非、颜峻、灵石、王炜、李郁葱、安琪等，其写作大都开始于二十世纪八十年代末或九十年代初。他们倾向于在将戏剧化的复合修辞穿越真实时空、多维粘连与即兴杜撰、戏仿、调侃他者话语（如市井话语、插科打诨等）之间游刃、狂欢；语言具有很大的弹性和包容度；句子在多重视境中受到个人性质的限定和歧义化，使悬空在上的先在意义遭到多次剥解。他们试图从重构的具体场景中长出自己的血肉来，并以形成文本的喜剧性、开放性以及元叙述为指归。

三

二十世纪八十年代诗歌主要是象征诗，意象诗，纯诗，其营构方式表现为表层结构之下隐藏深层结构，即由历时的横组合向共时的纵组合辐射、切割，能指与所指的不对称造成歧义、多指义和多重叠影。这种结构以单声性、深层性、统一性作为持存纯粹性的支点。二十世纪九十年代诗歌与之相异，以双声性、戏剧性和复调性作为营构取向。不同质的语型的混用，不同文化圈的话语的糅合，使混声和复调成为九十年代诗歌较为普遍的现象。不妨以徐江的《戴安娜之秋》为例：

一个妞儿就这么死了/(是“老妞儿”)/全世界替她哀悼/(多好呵，多美呵，多么悲怆)/戴安娜成功地撩起了裙子/……/让天下瞠目。//再没有什么可激起想象中的高潮/灰姑娘穿好了衣裳，给丈夫买了/一摞绿帽，馈赠王室/盛大的葬礼。/“英特耐”网上飞奔着闪过/……/“再没有更好的了，”/媒体大亨与书贩们舔着/咸腥的小指，连声喟叹。//名女人死了，/带着她的憧憬的战栗和窗帘后惊悸的吻/……

整首诗以闲谈者的口气来陈述，间以(括号部分)作者反讽声音加以解构，口语和雅语、戏语和庄重语、现代语和古语、本地语和异域语交错在一起，也就是“一摞绿帽，馈赠王室”“名女人”“老妞儿”“带着她的憧憬的战栗和窗帘后惊悸的吻”“媒体大亨与书贩们”“古今美女今安在”之间的错综互织，在多种心态和评价之间造成张力。这符合“戴安娜之死”这一事件所涉及的多重语境：既涉及贵族气派的英王室(典雅语)，也涉及“窥淫”的现代传播媒介(专门语)；既涉及公共价值评价(流行语)，也涉及旁观者的个人嘲弄(调侃语)，一旦它们集合在一起，便产生了奇特的混声和反讽效果。

叙述和思辨中出现两种声音的辩诘与对话：一种或多种他者话语的侵入、错置，与作品的“第一声音”构成对抗、抵制、嘲讽或者干扰、摩擦，使结构上形成两种或两种以上异质声音的对峙与互否，这便具有了复调性。他者话语可能直接来自历史、现实、文学诸种话语或文本，也可能来自写作主体多重自我的分裂、冲突，“我们每个人同时就是好几个人……被取消的我，肉体的我，不体面的我，恬不知耻的我”[①]。不妨读读哑石的长诗《四重奏》。从作品表层看是春、夏、秋、冬的四重奏，深层结构则回旋着几个声部对生命不同阶段（与四季意象相吻合）的叙述、质疑与辩诘，其声部的标志为“我”和“你”以及括号中的插入语、元写作话语。如第一章：

> 春天的森林不摇晃　大雷鸟不摇晃/它那美妙的大翅膀平稳地发出沙沙之声/仿佛一面丝绸在空中徐徐飘舞　且不断召示着/遗忘：“童年能够预料什么呢？被风随意处置/却顽强地挣脱向下的引力　以致假装飞翔”——/童年是轻的　就像那颗闪烁不定的玻璃球/随手一扔的便会逃得无影无踪　或者/年轻的树不谙世事　情不自禁地长高　有了忧郁/不　不！我一点也不记得童年的事了！你尖叫道/我宁愿假设自己是一株蘑菇　在星光下/自由自在地观望着雪山　把细胞分裂——/噢　孩子　分裂即成长　即告别纯洁的想象/现在是春天了　让我们一起把皮肤割开/看着牛奶般的树汁是否依然流淌/然后　我会写下：“是的　就是羽毛也有重量”

同一主体的不同声部对童年体验的互诉互否，在不断回旋中道出童年成长中的复杂况味。当然，仅引一节尚不足以立体呈现作品的复调性。复调结构来自于两种话语的对位、讽解和距离，在每个言说的细部增加摩擦力和弹力，它改变了诗歌叙述带来的单调和枯燥，使隐面性和多维性显现出来。而这一切都必须建立在隐含的个性命题的基础上。离开了个性命题的确立，即对历史语境、“权力话语”的独到洞识与悬疑，“双声性”结构便难以形成。

对比一下陈东东作品的转变，可看得更清楚。二十世纪八十年代陈东东着意于意象和语境的透明、飘逸，具有纯粹、梦幻的性质，如《点灯》《河上看城》《雨中的马》；到了九十年代他的诗不再以意象为中心进行营构，不再追求色调的纯度；形式技巧趋向综合使用，单纯叙述转为结构复杂的双重叙述，其长诗《喜剧》便是例证。该诗主体部分由叙述式和多种话语并置（即对话式）

---

① 帕斯：《批评的激情》，赵振江译，云南人民出版社，1995年，第165页。

所构成，不同时空、不同文化、不同群体的语象、话语杂汇在一起，充斥自语、对语和他语等话语的声音，综合运用象征、荒诞、戏剧化、戏仿、叙述、反讽等手法，语境趋向复杂、混沌而具有混声性和喜剧性。由此可见，诗人应对历史和现实的态度发生重要转变，处置复杂经验和话语的能力得以增强。

四

二十世纪九十年代在诗体上出现了跨文体：即主动弃置单向化的边界而主动介入多种边界交汇的临界点，借鉴和熔炼异向、异质的形式技巧，通过异质文体的杂交与嫁接达到开放式的混声效果。直面现代生存中的各种复杂纠葛和冲突进而处理、呈现它们，必然谋求在本体意义上多种美学成分、技巧的并置与复合，多种文体和表达方式的互渗互侵。

如果按施莱格尔的观点将诗歌分成抒情式、叙事式、史诗式和戏剧式，那么我们可以认为，这四种基本体式在九十年代诗歌中呈互渗互融的状态，产生具有个人性的复合变体也是自然的。例如，叙述式和戏剧式的混合，造成了《恐怖的事物》（庞培），《我们彼此的地狱》（虹影），长诗《0 档案》（于坚），《喜剧》（陈东东），《航行》《试一试风速》（孙磊），《芳名》（西川），《咖啡馆》（欧阳江河），《伪叙述：镜中的谋杀或其故事》（马永波），《合唱团》（杜马兰），《京城夜》《现实两种》（尹丽川）等诗作；抒情式与叙述式的融合，如《帕斯捷尔纳克》《最后的营地》（王家新），《"温暖春天里的一场呼啸的大风"》（黄梵），《合唱团》（杜马兰），组诗《古桥头》（杨键），《1968 年的欢乐》（清平），《我始终欣喜有一道光在黑夜里》（多多），《生活》（沈苇），《正午的纸鹞》（刘春），《童年的反光》（哑石）；思辨式和叙述式的互渗，如《晚稻》《荆轲》（沈天鸿），《一块布的背叛》《等巴士的人们》（王小妮），《傍晚穿过广场》《马》（欧阳江河），有力地改变了现代汉诗的内在强度和力度，使我们平缓的叙事中能听到了思辨的、具有穿透力的声音；寓言式和戏剧式的组合，如《伪币制造者》（汤养宗）、《场景》（张执浩）等诗。这证实了施莱格尔的论断："在一部诗作里，抒情式、叙事式和戏剧式越是亲密无间地互相渗透,这部诗作就越是完美。”[1]然而,跨文体实验的基本界限在哪儿,怎样才能保证它是出自内在的需要而不是一种花样翻新?怎样将注意力集中于文学的状态,而不是刻意突破文学体裁之间的边界。这是我们不能不加以质疑与深思的。

值得注意的是,这一时期还出现了“谈话体”“日记体”“笔记体”。这些诗体更靠近日常生活,其延展性和包容性更强。如杨小滨的《疑问练习》,于坚的《事件:谈话》,西川的《虚构的家谱》,孙文波的《戏剧笔记》,马永波的《山中谈话》《眼科医院:谈话》《春天谈话》《散失的笔记》,欧阳江河的《交谈》《椅中人的倾听与交谈》《1991年夏天,谈话记录》《关于市场经济的虚构笔记》,施茂盛的《晚年日记》,南野的《阅读与散步》,阎逸的《热线里的人:谈话》等。作为最接近日常现场的言说方式,“谈话”和“笔记”内蕴着形而下琐碎的生存信息,意味着双重自我的存在以及平易的、漫不经心的言说姿态,因此更易于容纳现代诗歌对多元要素的本体渴望,也更易于在其间对自我、知识和存在进行冥思、质疑与反讽;而“反面生活”的显现,他者话语的突然性和硬度,最终使诗歌呈现出内在的粘连性和复调性。

1999年3月作

2001年9月改

---

① 施莱格尔:《诗学的基本概念》,百花洲文艺出版社,1994年,第205页。

三十年诗歌流派的争锋与兴替(1979—2009)

中国最近三十年(1979—2009)现代诗歌的转换、升降与演进,是与众多流派的兴替、消长、聚散不可分的。要评估一条巨河的宽度、流向和水量,除了考量它的河床外,众多的支流无疑可以提供另一角度。“流派”的原始义指的是水的支流。一条没有支流的巨河是无法想象的。所谓流派,须自流为体,自成一派,其纲领和文本可以互印互证。考察一个时代的诗歌流派,必须区分流派的两种不同类型:第一种类型是因相同或相近的美学倾向、文学观点和诗学趣味而自觉结社,既有鲜明的诗歌纲领、宣言又有相应的写作实践和文本。此种流派的形成,一般具有强烈的地缘性以及人缘性,因而可以在某个时代的空间版图上看到它具体的分布,在古代和近代尤其如此。第二种类型没有共同的诗歌纲领和组织形式,但诗人的诗歌主张、题材范围和文本风格不约而同或此呼彼应,在“下游”拥有大批的模仿者和追随者,以至于被后来的文学史家加以归纳与追认。后者在文学史上似乎更为常见。回首漫长的诗史,那些支流枯干、主河道萎缩的时期,多是受了环境的影响。这也就可以解释,在二十世纪的中国,第一种类型的流派何以主要出现在以下两个时期:以1919年为标志年份的“五四”新文化运动时期和改革开放时期。这两个时期是诗歌生机焕发的黄金期,也是流派迭出、旗号林立的喷发期。说到底,诗歌流派的绽谢与兴替的自由度和质量,是考量一个时期诗歌写作成就的重要尺度,当然也是考量诗歌文化生态的关键指数。

考量最近三十年诗歌流派的争锋与兴替,我以为应该从总体把握以下几点:第一,当代诗歌的主要流派崛起于二十世纪八十年代和九十年代的中后期,堪称“流派母机”时代,其后出现的各种民刊和社团大都是它们的延续、派生或变种。这样说并不意味着这些余脉不重要，相反，有的甚至很重要。第二，考察一个流派延续的长度，不是以该流派结社时间长短为限，而是从这种诗学主张、写作倾向和文本写作流布与延续的长度来考量。第三，不同的民刊和诗群冠以不同的命名，若仅凭命名来判断其流派的归属，常常南辕北辙。这里存在以下较为复杂的情形：不同命名的诗人群体之间，具有相同或相近的诗学倾向和文本特征；同一命名的诗群内部，不仅存在写作个体之间相异或相反的诗学气味和写作风格，而且前后期也存在截然不同的流变与反差，如非非主义，把它视作一种诗歌运动看似更合适；无集合命名的写作个体之间，存在紧密的共同的诗学指向，出自北大的海子、骆一禾和戈麦，并无任何结社、办刊的形式，却在同一时段呈现出对神性和大诗的追索与实验。第四，诗歌生态的兴盛是以流派的相异与争锋为前提的。既然同一时段涌现的相异或相反的流派并非偶然，那么将两种不同的流派放在一起对照与评述，也许更能触及与把握当代诗史的内在律动。必须申明，以流派论诗人，对其写作大都有贴标签之嫌，尤其是在某诗人申明无意加入某流派的情况下；写作是多维多棱的，很难用某流派加以框定。

一、今天诗派≠朦胧诗群

无论在学界还是民间，人们早已习惯于把以“地下”刊物《今天》为核心、在1979年后转入“地上”的诗群称作“朦胧诗”，或“朦胧派”。这个诗社受启于黄翔的“启蒙”社，集聚了包括“白洋淀”诗群在内的精锐，持续的时间很短。与之相参照，其后出现的诗歌被称作“后朦胧诗”或“后朦胧派”。然而，当我们回过头来重新考察它的初起和命名，就不难发现将今天派等同于朦胧派，或者将它归入朦胧诗，实在是大而化之的做法；甚至有学者将它划入“伤痕文学”，就更令人啼笑皆非了。二十世纪八十年代初，中国诗界、文界乃至思想界围绕“崛起”诗群展开激烈论争与对峙，弥漫着浓烈的火药味和批判意味。结果正在“崛起”的诗群更加深入人心。这种叛逆之诗最初被另一些论者呼作“古怪诗”，后来章明发表一篇文章《令人气闷的“朦胧”》，含混地称之为“朦胧体”。没想到这一命名，竟被交锋的双方立马接受并风行全国。章明在文章中以两首诗为证，一首是杜运燮的《秋》，另一首是李小雨的《夜》。章明为什么不举更加“令人气闷”的今天派诗作？这看似偶然却绝非偶然。今天派的主要作品（当时已部分发表在《诗刊》上），尤其1979年以前的作品并不“朦胧”，甚至相当明朗——它们大部分写于“地下状态”，内蓄着强烈的不满与诉求，无须遮遮掩掩。

北岛在查建英主编的《八十年代访谈录》中说：“我一直对‘朦胧诗’这一标签很反感，我认为应该叫‘今天派’，因为它们是首先出现在《今天》上的。”多多一再声明：“我根本就不是朦胧诗人，从来就没有朦胧过。我没有一句话是朦胧的，不能否认——有说不清的地方，但我的东西基本是清晰的，跟他们的不知所云完全不是一回事。”（多多、凌越：《我的大学就是田野——多多访谈录》）批评家孙绍振在《我与“朦胧诗”的论争》中也认为，“朦胧”这个提法比较通俗，而且很不科学，内涵很不清晰。然而，理论界还是采纳了这一通俗说法，进而写入了中国当代诗歌史。那么，“朦胧诗”这个提法，究竟存在怎样的“不科学”呢？

在我看来，其一，今天派诗歌确有一部分是隐晦、艰涩的，但这种隐晦、艰涩与有意将诗歌写得“月朦胧，鸟朦胧”大相径庭。今天派一问世就率先表达对“主流”强烈的不信任和厌倦，其格格不入的态度在意蕴和诗质上都有鲜明体现。他们以复原真相、张扬自我为指归，拒绝闭上双眼或雾里看花地对待现实，拒绝假象、说谎和伪现实主义，在思想内涵上具有强烈的反叛性、否定精神和悲剧意识。读一读食指的《四点零八分的北京》《命运》，北岛的《回答》《一切》《太阳城札记》，芒克的《天空》《荒野》，江河的《没有写完的诗》《纪念碑》，顾城的《一代人》《赠别》《简历》就一目了然。有人认为今天派没有宣言，其实宣言就在他们的诗文本中：“在没有英雄的年代/我只想做一个人”（北岛），“黑夜给了我黑色的眼睛/我却用它寻找光明”（顾城）。“做一个人”与“写人之诗”，这在“没有英雄的年代”，便是“寻找光明”的“英雄”事业，而今天派的核心纲领和诗歌标准也维系于此。这一点，从“今天”这个命名即可见出：它散发着对抗“话语权”的热力，夹杂着一股存在主义气味。当时，人们要铭记苦难的“昨天”，憧憬幸福的“明天”，唯独要舍弃、牺牲“今天”，或者感恩、颂扬“今天”。今天派反其道而行之，关注、呈现“今天”的生存，拒绝遗忘当下。其二，今天派擅长运用象征、变形、隐喻的表现手法，在中外诗史上并非什么新玩艺。但仔细辨析后发现，今天派所用的象征大都可在文化符号系统中加以定位，并不晦涩费解，诸如“向日葵”“天空”“纪念碑”“土地”等意象。今天派要反抗或借用的正是这些“话语权”所预设的象征体。北岛曾回忆道，芒克的诗一上来就很生猛；他头一次和芒克见面就争起来，但很快被他那生猛的风格说服了。而所谓“朦胧诗”是以意境的迷蒙、虚幻为指归，正如章明那篇文章举证之二——李小雨的《夜》为例：“岛在棕榈叶下闪着眼，/梦中，不安地抖动肩膀，/于是，一个青椰子掉进海里，/静悄悄地，溅起/一片绿色的月光/十片绿色的月光/一百片绿色的月光，/在这样的夜晚，/使所有的心在荡漾、荡漾……/隐隐地，轻雷在天边滚过，/讲述着热带的地方，/绿的家乡……”作者甚至抹去“意境”中的“意”，使之变成牧歌式的印象派小品。这种诗在当时并不鲜见，但一读就知道，它们缺乏风骨，与今天派诗歌根本不是一码事。确切地说，这种作品距归来派更近，李小雨回忆，父亲李瑛曾对她说，要学写诗，一定要看公刘的作品。其三，从诗歌渊源说，今天派受西方浪漫主义（包括俄国普希金、莱蒙托夫的诗歌）影响远大于现代派诗歌，他们很少静态地处理这些象征或意象，而是将它们裹挟在主体亢奋的强劲语流中，具有一种理想主义的逼人气质和思辨涡流；甚至连句式也类似，诸如“我是……”句式大量出现，绝非偶然。

我们看到，在今天派公开自己的旗帜后，追随者和模仿者蜂拥而起，大都是遗其精髓而得其皮毛。他们可以将今天派及归来派的诗克隆得更美，更迷幻，但胎息和风骨荡然无存。倘称这类复制品为“朦胧诗”，倒很合适。从这个角度说，朦胧诗与今天派确有关联，不过是它投下的影子或影子的影子而已。这种现象在诗史上并不鲜见，例如，明清诗词几乎是对宋词进行复制的结果，鲜有原创的意义。朦胧诗的大面积泛滥，成为第三代诗人由不满、厌倦进而“揭竿而起”的主因。但第三代诗人喊出“pass 北岛”口号，正是今天派与朦胧诗被混淆所造成的直接后果。以北岛为首的今天派，至少不应该那么快地成为后起诗潮"革命"的对象,因为他们持续担当了转折时期中国诗歌的开路先锋——文化寻根诗也源自这批诗人。今天派的悖论在于,他们以反抗异化和去工具化为使命,却更深地将自身"绑"在了"政治"的战车上。北岛后来反省早期诗作时说其中的"革命"腔调是自己希望挣脱该系统的一个"回声"。他说,《回答》中的"反抗者"如同镜像中的"主宰",问题是谁有权代表谁来宣告呢?这里有一种危险,一不留神,"反抗者"就转变成了"主宰"。其实,这是拜浪漫主义基因以及当时的环境所赐。然而随着"政治高烧"逐步消退,新的诗歌转型便成为必然的美学诉求。

当然,今天派和朦胧诗群体在当时被混为一体,确实可以增强对抗诗歌保守阵营的力量;但三十年后研究家们仍将二者混为一谈——或者将二者等而为一,或者让后者吞没前者,实在令人遗憾和讶异了。这如同将牧羊犬与羊群混为一谈。显然,去除那些使二者互相淹没、互相遮蔽的假象,不仅可以还原诗史真相,而且使学术研究重获一个可靠的出发点。

二、归来诗派:七月派与九叶派

在二十世纪八十年代初现代诗复兴运动中出现了两拨"异端"诗人:一拨是以民刊《今天》为核心的年轻诗群,另一拨是失踪三十年后"归来"的现代诗人——以七月派和九叶派为主、历经磨难且步入晚境的复归的诗人。七月派诗人有艾青、田间、邹荻帆、阿垅、鲁藜、孙钿、彭燕郊、方然、冀汸、曾卓、杜谷、绿原、胡征、芦甸、徐放、牛汉、鲁煤、化铁、朱健、罗洛等,九叶派诗人有杜运燮、郑敏、袁可嘉、辛笛、陈敬容、杭约赫、唐祈、唐湜;此外还有公刘、流沙河、蔡其矫、白桦、林希、邵燕祥、任洪渊、梁南、孙静轩等。归来派亦可称为"七九派":"七月"之"七"与"九叶"之"九",正好合成"七九"——恰好与"一九七九"这个转折标志相契合。其时,"冰河"开始解冻,"归来"成了悲喜交加的另类"主题":除了一拨拨曾经遭逐、被囚者归来,余下的只能呼唤亡魂归来;倘二者皆无,那只能作为徘徊的幽灵苦等"归来"——当年胡风揪住监牢的铁栅,眼睁睁地看着牢友一个个"归去"。他最早"进去"而最后一个活着"归来",幸耶不幸耶？其实，不少人归来后已找不到原来的那个自己了，更不用说写出类似当年的作品。“魂兮，归来！”不啻是一声惨痛而凄厉的叫喊，也不啻是对被扭曲的真理、真相和真情的吁求，更是对原初自我的泣血呼唤。

诗界归来者大都遭受过磨难——不少人已不在人世，但留下了绝境中的“绝笔诗”。归来者是饱经沧桑、内伤深重的一代，也是惶恐中寻找、寻找中迷惘的一代，更是现实语境中尴尬的一代。二十世纪诗史不应该忘记这个无宣言无旗号的特殊诗群。归来派实在太特殊了。它涵盖了新诗史上最具实力和写作实绩的两个诗派——七月派和九叶派“劫后”剩余的诗人，不像此前的冯至、卞之琳等孤掌难鸣，形成不了大气候。归来派诗人的艰窘在于，他们在青春时代，要么投身各种运动和抗日救亡，要么淹没于残酷的战争的炮火，无法充分展现他们的写作才华；三十年后“归来”，他们已步入人生和文学的“晚年”，未经启蒙的正统读者不信任他们。章明在批评文章中率先拿杜运燮的《秋》作靶子，贬为“令人气闷的‘朦胧’”，足以说明归来派如履薄冰的处境。更尴尬的是，将杜运燮的《秋》与李小雨的《夜》当作同一类型加以责难，实在是风马牛——后者不过是正统诗歌的变种，无法与前者的沉厚大气相提并论。其实，归来派也像今天派一样写过大量“地下诗”，但没有“地下刊物”，无法像今天派那样集中展现而受史家瞩目，蔡其矫的《所思》（“仲夏夜迟升的月亮/为黑暗的条状云掩蔽/一切都非常寂静/仿佛在等重现光明/受伤的老狗蜷伏在草地上/默想生活的残酷/对热情招呼不再信任/因为他并不愚蠢”）便是一例。归来派的“地下诗”及取材于“地下”的诗，其质量都远超复出后取材于“地上”的诗，如穆旦的《秋》《冬》，牛汉的《半棵树》《华南虎》，曾卓的《悬崖边的树》，绿原的《又一个哥伦布》，流沙河的《故园九咏》，蔡其矫的《雾中汉水》《川江号子》，林希的《无名河》等，大都比较经典。

作为特殊年代的特定产物，归来派集结了诗史上两个诗派的诗人，成为二十世纪八九十年代重要的诗歌群体。两个诗派归为一体，既拜时代风云所赐，更为诗史所罕见！归来派的特殊性还在于，七月派践行现实主义，九叶派倾情现代主义，相同的命运遭际和思想立场使他们复出后的诗观趋向一个中间值：即在两个“主义”之间寻找契合点，类似良种杂交。他们于忧时伤事中吁求人道和正义，但语境力求含混、隐晦；他们试图恢复新诗的理性和智性，但小心翼翼地规避划定的红线。在铁现实和伪现实面前，他们的现实主义多少显得有些苍白。像今天派的《回答》《天空》这样血性锐利的作品，他们不大可能写出。尴尬还在于，在历史“断裂带”中，归来派担当起现代诗观念的践行者和启蒙者的角色，然而，在更前卫的先锋诗面前，他们又往往扮演保守派的角色。八十年代前半期诗坛出现新诗潮，今天派的先锋作用固然不可替代，但也得益于归来派的“复归”与推动。北岛在访谈中承认今天派诗人的创作主要有两种直接的资源，一是伟人诗词，一是革命诗歌；后来引入西方诗歌，但由于他们不懂外语，只能靠翻译，这一资源受到很大的限制。而翻译、引介现代诗的正是归来派诗人，如陈敬容、罗洛、郑敏、绿原、袁可嘉等；广为人知的是，女诗人舒婷是在蔡其矫精心指点下成长起来的，并在饱受“正统派”攻击时获得蔡的力挺；顾城是军旅诗人顾工之子，少小受父亲熏陶是自然的，但新锐诗人们并不认同：究竟谁引导谁？是顾工引导顾城，还是顾城引导顾工？在这个问题的背后，其实潜藏着今天派与归来派的互哺与争锋。忽略这一点是不符合历史真实的。以公刘为例，1979 年他写下推荐顾城的文章《新的课题》，引发诗坛对年轻诗人的关注和讨论，促进了新锐诗人登上历史舞台；如今再读这篇文章，不难读出“教父”的训导气味。几年后，公刘又写了《诗要让人读得懂——兼评〈三原色〉》，其立场越来越保守，甚至揶揄诗人“简直和上公共厕所的人一样多”，“爱情诗颇为走红，像大批生产的旅游鞋”，因而受到新锐诗人的痛斥与围攻。事实上，公刘的态度并非空穴来风：当时某些权威诗人充任诗歌“教父”，当他们发现有人挑战新的秩序时，便板起面孔训斥他们思想不健康，有反现实主义倾向、拾西方现代派余唾，比如臧克家斥责朦胧诗“是诗歌创作的一股不正之风，是我们新时期的社会主义文艺发展中的一股逆流”（《关于“朦胧诗”》）；艾青措辞严厉地批评“‘朦胧诗’……排除了表现‘自我’以外的东西，把‘我’扩大到了遮掩整个世界”（《从朦胧诗谈起》）。他们没有料到，不过几年，“pass 北岛”的呼声响彻于新一轮诗潮，一时间流派迭起、群雄割据，所谓权威“偶像”已淹没在新诗史上罕见的洪流中。见此情形，这些老诗人是不是也会感到某种“历史的尴尬”？当然，更多的归来派诗人深知自己不过是“前浪”，因此选择了注目、宽容或沉默，在后浪滚滚的岸边慢慢伫立成一道渐行渐远的风景线。

三、寻根诗派：正向、侧向与反向

寻根派出现于二十世纪八十年代中期不是偶然的。首先，从“打倒孔家店”到十年“文革”，“文化虚无主义”甚嚣尘上。这可以视为寻根派反向而出的思想文化背景。其次今天派内部率先出现自我否定、自我变异之声：江河、杨炼不再专注于“国家主义”及其英雄神话，转而将笔触深入到遥远的种族神话谱系，写出具有冲击力的组诗《太阳和它的反光》（江河）与组诗《诺日朗》《半坡》《敦煌》（杨炼），引发诗坛的强烈关注、批评或指责。这种寻根诗早于“寻根小说”，更早于所谓“文化大散文”，为新诗潮开辟了新的领域和前景——其后的整体主义和新传统主义也受启于此。寻根诗无论就思想资源、题材范围，还是营构方式、语言取向，均指向非当代、非草根、非口语的形而上领域，这为口语派的应运而生蕴蓄了反向的潜能量——“他们”诗群的创立，在我看来是循着文学或诗歌的自律而律动，这在传统深厚的中国比较罕见。不难看出，八十年代确是诗歌生态最好的时期。横向的文化交流为诗歌新变提供了镜子和引擎：由现代派向“本土”文化回归的中国台湾地区诗歌，以及反抗学院派的美国自白派诗歌，都给寻根派带来有益的启示。当然，寻根诗也并非都是单向度，它们其实包含着以古典影射当下、以东方智慧解决现代困惑的写作动机。

江河、杨炼之后的寻根派，几乎都与四川有关——整体主义和新传统主义，还有“四川七君”、“群岩突破主义”（四川）、“东方人诗派”（江苏）、“太极诗”（陕西）等。不难看出，四川盆地成了三星堆式“诗歌青铜”的集结地。整体主义主要活动于成渝两地，起止时间为 1984 年至 1989 年，以民刊《现代诗内部交流资料》《汉诗》为主要阵地。主要成员有石光华、宋渠、宋炜、杨远宏、万夏、刘太亨、席永君、张渝等诗人。同时期的新传统主义代表有欧阳江河（主要作品有《悬棺》《少女之死》等）。寻根派的诗学指向相同，其诗歌标准归结起来主要有两点：其一，完整性，是指致力于将经验、梦幻、历史碎片、神话传说、宗教逸事、巫术整合成一体，以对抗日益混乱、混沌或混账的世界。《整体主义艺术宣言》称："人的本质意义在于存在和整体的关联之中，只有包括人在内的整体才是具有确定意义的存在，人也只有超越自身的存在而上升到整体的层次才是真实的。……作为具体存在的个人，亦将通过进入和领悟这种艺术的实境，在不同意义和程度上超越自身的有限性和主观性，获得直接向生命存在开放、向整体趋近、生成的可能性。"

> 中国人/一个空洞而抽象的面容吸引了每一个南方人潮湿的目光/太阳化了/北方/东方/西方的平原和大洋和荒漠被一个神秘的名字晕眩了/头抬起来了又终于垂埋下去/因为他有一个唯一上升着的名字/他是大佛/一个坐着的宁静/坐着的永恒/一千年一万年注定都会宁静而永恒的坐着/同时又仿佛有什么形而上在上升/太阳化了/雪也化了/江水依旧流着（宋渠、宋炜：《大佛》）

整体主义诗人扮演着先知者、占星家和炼金术士的角色。在《大佛》及《静和》《大曰是》等长诗中，一个种族生存的原始场景和宗教起源被全新地想象与描述，其归宿和最高智慧往往被归结为动极而静——"宁静"。在另一首诗《瞬息的仪仗：致亡父》中，诗人具备了巫师般透视的目力：亡父归来已无可隐踪。处理的虽为个人素材，但巫师视角和念咒方式让整个种族的逝者得以现身。很显然，他们的想象力和整合力指向了文化与生存之整体，以及人在文化中的整体生存之状况。他们对农耕文化及古典生活方式相当痴迷，只因成长背景和生存经历浸渍了日渐没落的农耕文化，因而对工业化时代的降临怀有深深的恐惧和忧伤。一个仅有物质生活却匮乏古雅文化浸润的人，很难说他的生存是正常的、完整的。但整体主义诗歌存在相互雷同或似曾相识的问题，辨识度不高，似乎在创作同一首文化史诗。在整体主义后期，他们试图从经验、思想、语义的内部指向生命领悟，以古雅的汉语来呈现文化心灵和当下生存，文本中弥漫着清澄幽远的古风气韵，如宋渠、宋炜的《乘车上成都》《家语》，万夏的《农事诗》《度光阴的人》，石光华的《门前雪》《梅花三弄》，席永君的《独坐》等。

其二，再造性，是指在诗文本中虚拟或创设文化神话的情节镜像，进而从这个镜像折射出深刻的寓意。从价值向度和营构角度看，江河、杨炼的寻根之途是正向的，即从正面或正史追索并认同文化源头的正价值，这与“打倒孔家店”的反传统势力不同；整体主义的寻根之道是侧向的，即从稗史、野谈、历史碎片、民间传说、宗教逸事切入种族文化的渊源，意在弥补或拯救当下的文化虚浮和价值虚无；而新传统主义是反向的，是掘根、疗根之旅，着力暴露和审判古文化的罪孽和黑暗，其意指向当下。他们宣称不屈服于任何外在的、非艺术的道德、习惯、指令和民族惰性的压力，仅仅服从于自己的内心情感和宇宙深处的幽冥之声。他们强调摆脱历史文化表象的捆束，进而破除与消解历史文化的崇高意义。这些“现代大赋”擅长铺陈，充斥着巴蜀的神秘和巫神的怪诞，试图从原初文化中找寻现代人所缺失的精神特质。在再造的虚拟场景中，这种洞察、体验和反思所达到的深度，被裹挟在绝望而炽烈的情感涡流中，具有相当的感染力和冲击力。相比之下欧阳江河的长诗《悬棺》没有那么激烈与绝望，他更倾向于智性的思辨与玄学的追问，其再造性隐藏在语词巧妙的“设局”中：“悬棺”作为至高价值的文化象征，在诗人质疑目光的剥蚀下显出本相，“那你，幸存者，面对悬于自身陨落的唯一瞬间，有什么值得庆幸？被无手之紧握、无目之逼视所包围，除了你自己，除了一代又一代盲目，又能收获什么、炫耀什么？”说到底，寻根派必须面对一个最大悖论，即先锋诗本然地长着“反文化”之“反骨”，不论从何种角度“寻根”，“反骨”总会生成一种“敌意”之物。

在这一过程中，安徽诗人沈天鸿在二十世纪八十年代中期提出一个重要命题：深厚“古典”背景上的“现代”，对一味西化地移植现代派诗歌保持警惕，主张通过无动于衷达到激动，不加解释得到解释，以疏远冷漠显示关怀，平静呈现求得深沉。这其实是将古典哲学、汉语精粹与现代批判精神加以融合。沈天鸿写于这一时期的系列组诗《天空下的河流》，是这一探索的主要成果。“水里的血越来越浓/几个世纪的干渴/就等待在这些血上/……几十个世纪，大地都为水所伤！”（《老井与那一年七月》）“我看见青铜之韵/在死去的流水和杏花之上/涌出落日楼头、黑夜和天空/反复穿透我,不灭的灰烬/来自废墟的奔马/从编钟的等待中被取出/发出几乎是我的叫声/但那击动编钟的是谁的手?”(《编钟》)在这类诗作中,古汉语凝练而有生命力的句式、词汇、节奏与现代精神、技巧、口语的焊接与融合,凝聚成一种辽远、澄澈的光,使环绕“老井”“编钟”“黑鸦”的历史性境域得以瞬间敞亮、现身。

二十世纪九十年代叶舟的系列诗《大敦煌》(七卷)有意规避现代诗套路,而以西北苍古高原为场域,以断刀体和民谣体追寻宗教文化之根,咏叹旷放的人性和爱情,简劲、迅疾而极富韵味:“月亮里头是羊圈/大风吹斜。//三个红喇嘛/挖下一眼泉。//葬台之上是天空/牛皮口袋飘走。//三条处女身/挂上马尾巴。//大风吹断是雪花/梨花饮下。/细沙洗身是猎人/豹子要娶亲。//瞎子姑姑的乳房/干瘪又甜美。//一队野草是格桑/去往新疆。//洞窟里埋酒/袖口寒冷//月光抽刀见故人/为你而睡。”(《谣曲》三十七)叶舟自述道:“我生活在辽阔的中国西北腹地,在不同民族之间浸泡,在黄土高原、帕米尔高原和青藏高原上穿行,这是一种幸事和艰难。我倾向于那种血性、简洁、素朴的民歌,我长久地埋入于异族的语言和生活的美丽瞬间,它给予我的是一种远离,一种澄明的客观,一种超拔的心境。”(《可能的诗篇》)

二十一世纪以降,陈先发以一批极具汉文化神韵的作品重返诗坛。从大的向度说,陈先发也是“寻根”一族,但他将博大渊深的汉文化吐纳为“气息”,这当然也是再造,但明显有别于此前的“寻根”。他认为在物象包括语言符码的背后,有一个被视为“本”的东西。从诗歌写作上分析,不妨把这个东西叫做“气息”:让字词在排列与构造中得到——呼吸——的那种东西。他甚至在纯技术性层面——诸如创造性的语言组成方式,修辞本身的陌生感,也打通或感受为“气息”。这在他的《丹青见》《鱼篓令》《秋日会》《青蝙蝠》《黄河史》等作品中都可以感觉到。在《前世》中,应该留意的是自述人的“气息”:其一,“前世”是“人化蝶”,便暗含了“今生”是“蝶变人”的寓意,自古而来的宿命的悲凉自盈其中;其二,“他”正是自述人的“前世”,“人化蝶”传说因被现身叙述而获得惊心动魄之气;其三,自述者的道白有古典诗词和戏曲的韵味,“她忍住百感交集的泪水/把左翅朝下压了压,往前一伸/说:梁兄,请了/请了——”，如同戏幕陡然被拉开，铿锵锵，但见上演千年的“人化蝶”仍在上演……陈先发诗歌的意义，在于他找到了双向进入并打开古典和当下的独特方式。

四、口语诗派：从反讽到解构

在近百年的新诗史中，诗和口语的关系极具争议性和遮蔽性。就语体而论，新诗的演进是一个不断离开口语，又不断复归口语的奇特的螺旋过程。以“他们”诗群为代表的口语诗派在二十世纪八十年代出现是顺理成章的，关键在于口语诗背后支撑它的东西并不一样。二十世纪初叶出现的口语诗运动，源自“小资产阶级”的内在需要；三四十年代出现的大众语诗歌，受上升阶段的无产阶级意识影响。而“他们”诗群的思想背景显然是平民意识——更多的是回归常识的凡人意识；与此同时，“他们”不满于朦胧诗、寻根诗越来越繁复、雷同和隔膜的情况，于是打出“反崇高、反英雄”的旗号，抵制“文以载道”的传统诗学和“政治诗学”，写出了一批清浅、平淡的口语诗作，如《山民》《有关大雁塔》《你见过大海》（韩东），“作品第××号”系列、《尚义街六号》（于坚），《背时的爱情》（丁当），《合唱团》（杜马兰），《马兰花》（小君），《大红色的广告牌》（于小韦）等。

“他们”这个命名值得玩味。如果说，今天派和寻根派的主角是“我们”，呈现的是“我们”的内心和意志，是“我们”的集体情结和文化根蒂，那么，“他们”这一命名透露出诗歌价值观和诗学视角的重要转变：放弃自我中心主义，反抒情或客观叙述，关注“站在餐桌旁的”草根生存者，等等。如果将杨炼的《大雁塔》和韩东的《有关大雁塔》加以对照，便不难看出这种转变意味着诗学观念乃至哲学立场之嬗替，而且直接带来营构方式和造象方式之迁移——“大雁塔”也因此成为折射两个诗派之差异的聚焦点或标志。“他们”提出的诗歌标准大致有两条：其一是诗文本是否达成“还原”，即由英雄还原到平民，由形上还原到世俗，由变形还原到常态，由隐喻性书面语还原到生态性口语；其二是诗文本是否凸现语言本身——“诗到语言为止”。因为“他们”关心的是诗歌本身，是诗歌成其为诗歌，是这种由语言和语言的运动所产生美感的生命形式。三十年后再看“他们”，其成就与困境皆由这两条标准而来：在众多文本中达到上述标准的诗作毕竟是少数，很多诗作“顾此失彼”而沦为“口水诗”或“绕口令诗”。口语诗必须借助内在的张力和反讽的语感，必须在口语叙述中将述它转换成自述，才能达至“诗到语言为止”。但不是所有的口语诗人都明白。

> 这是空白，他去了其它地方/天气冷下来，天空和去年一样/空白的纸，原来也就没有东西/可以写一些字，随便什么/他去的地方我没去过/天气冷得恰好让我想到他/一个朋友而不是敌人/当初空白的纸可以任意折叠/无所谓，远方的他可能/也在想同样的问题（吴晨骏：《回到纸上》）

这种客观、平淡、克制的叙述，是“他们”口语诗的典型风格。但请注意，如果没有“纸上”这一物象在结构中支撑，以及幽微的反讽语气，这首诗就会因缺乏张力而成为“口水诗”。“他们”解体后，除了于坚（写出长诗《0档案》）、小海、吴晨骏、朱文等诗人仍坚持口语写作外，在二十世纪九十年代承继口语派的主要是“北师大帮”的伊沙、徐江、宋晓贤、侯马等诗人，他们以民刊《诗参考》为阵地，写出了诸如《饿死诗人》《车过黄河》《结结巴巴》等作品。伊沙声称：“我为汉诗贡献了一种无赖气质并使之充满了庄严感。”伊沙们显然受到王朔“我是流氓我怕谁”以及莽汉主义影响，只不过更加直接和摇滚化而已。这种口语诗淋漓、尖刻而辛辣，成为沉闷而喧哗的九十年代的别一风景。然而朦胧诗以来，“去工具化”波涛迭涌，伊沙们只顾及冒渎、拆解、反讽的快感，却不曾意识到诗歌可能重新沦为一种顺手“工具”。

伊沙们的“无赖”气质很快传染给他的学弟们。二十一世纪以降，网络化和娱乐化成为粗鄙化美学兴起的温床。同样是北师大出身的沈浩波、尹丽川、南人、朵渔、巫昂、李师江等诗人，创办《下半身》诗刊，发表《下半身写作及反对上半身》宣言，提出“从肉体开始，到肉体为止”的口号，宣称“让这些上半身的东西统统见鬼去吧，他们简直像肉乎乎的青虫一样令人腻烦”。从表面看,"下半身写作"秉持一种形而下的反知识反文化的写作姿态,强调生命力的真实性和在场感,试图激活口语与身体指向的语义联系。但"下半身"看似在解构"上半身",实则被"下体"所解构。

"下半身"走向穷途末路后,又冒出"垃圾派"和"废话派",将"下半身"没有抵达或完成的"下",进一步"下"到位。"垃圾派"发布宣言:"第一原则崇低、向下,非灵、非肉;第二原则离合、反常,无体、无用;第三原则粗糙、放浪,方死、方生。""废话派"则认为生活中充斥着套话、假话,诗歌就是让人说人话。而人话常常被人称为"废话"。纵观"垃圾诗"和"废话诗",二者不仅仍为口语诗派的一支,而且在表现方式上也几乎没有区别:它们充斥着垃圾物象、绕口令式的废话和猥琐的日常经验,但二者都避却"下半身"的肉体陷阱。例如"废话诗"这样写:"我打电话,给张建华/接电话的是/他母亲/我问:张建华在吗/他母亲说,在、在大便/我说,在大便啊/他母亲说是的/我对张建华的母亲说/那怎么办呢?"(乌青:《怎么办》),写得比"垃圾派"还"垃圾"。而"垃圾诗"这样写:"最最郁闷的日子里/我最拿手的好戏是模仿动物们/发出一阵阵叫唤/这是我二舅教给我的/他教给我公鸡打鸣时/他的嗓子是细的,而且很长/他教给我狗叫的时候/他仿佛刚刚撕吃了一具尸体/他教给我驴叫的时候/他是亲自躺在地上/打了滚的,一边打滚一边叫"(皮旦:《我特别喜欢驴叫》),写得比"废话派"还"废话"。对此,我们不能不质疑:尽管在特定背景下,这些极端诗群可以获得类似行为艺术的意义,剩下的文本意义还有多少?口语派的支流以及支流的支流,是否意味着一路向"下"? 何时才能"下"到底? 而"下"到底又怎样?

有关口语诗派从二十世纪八十年代到二十一世纪这期间三十年的延展,朱大可《当代文学的流氓面容》有一段较准确的概括:"尽管其口语美学产生过对诗性的损害,但这种'反历史主义'和'反英雄主义'言说,从推翻'大雁塔'的诗句开始,最终演化成了针对主流美学的话语抵抗运动。它以后与北方的口吃诗歌等诗歌汇合,形成了文学'民粹主义'的隐形浪潮。"

五、喜剧诗派:“莽汉”和“撒娇”

二十世纪八十年代中期问世的莽汉主义和“撒娇”诗歌群体,其价值和意义在于改变了中国现代诗缺乏幽默和喜剧的传统,故称之为“喜剧诗派”。“莽汉”和“撒娇”,一个唱黑脸,一个唱花脸;一个是冒充硬汉的流浪者,一个是身着花衣的小丑角。巧妙撕下伪者的画皮,直抵本相和本真,以此释放压抑在心底的恐惧和重负,收获无可言说的解放的快感。这是喜剧诗派的幽默美学。在这个儒道诗学传统深厚的国度,载儒之诗即入世、忧患、凝重,载道之诗即出世、飘逸、空灵,唯独缺乏反讽和喜剧的戏谑精神以及诙谐元素。漫长的诗史不乏古典讽喻诗和现代讽刺诗,却鲜见反讽诗,更别说喜剧性流派了。当然“喜剧”也有过,大都流于插科打诨、滑稽、各种团圆主义。“莽汉”们受启于金斯堡的“垮掉派”诗歌,这是事实。但李亚伟、马松等诗人开辟了属于自己的“硬汉”之路,其写作实绩远大于宣言,这在众多流派中是少见的。喜剧诗派的标准可以概括为无戏不成行,无笑不成诗,以悲郁为底,以戏谑为面。“莽汉”们宣称:“捣乱、破坏以至炸毁封闭式或假开放的文化心理结构!莽汉们老早就不喜欢那些吹牛诗、软绵绵的口红诗。莽汉们本来就是以最男性的姿态诞生于中国诗坛一片低吟浅唱的时刻。莽汉们如今也不喜欢那些精密得使人头昏的内部结构或奥涩的象征体系。莽汉们将以男性极其坦然的眼光对现实生活进行大大咧咧地最为直接地楔入。莽汉诗自始至终坚持站在独特角度从人生中感应不同的情感状态,以前所未有的亲切感、平常感及大范围连锁似的幽默来体现当代人对人类自身生存状态的……敏感。”(李亚伟:《莽汉宣言》)李亚伟给出的自画像是“抛弃了风雅,正逐渐变成一头野家伙”,是“腰间挂着诗篇的豪猪”。

他们这些骑着马/在古代彷徨的知识分子/偶尔也把笔扛到皇帝面前去玩/提成千韵脚的意见/有时采纳了,天下太平/多数时候成了右派的光荣先驱//这些乘坐毛笔大字兜风的学者/这些看风水的老手/提着赋去赤壁把酒/挽着比、兴在杨柳岸徘徊/喝酒或不喝酒时/都容易想到沦陷的边塞/他们慷慨悲歌//唉,这些进士们喝了酒/便开始写诗/他们的长衫也像毛笔/从人生之旅上缓缓涂过/朝廷里他们硬撑着瘦弱的身子骨做人/偶尔也当当县令/多数时候被贬到遥远的地方/写些伤感的宋词(李亚伟:《苏东坡和他的朋友们》)

诗人用喜剧的目光重新打量苏东坡们,极具反讽地为中国文人勾勒了一幅漫画式肖像,于表层戏谑中蕴含深及骨髓的针砭。反讽与讽刺之不同,在于讽刺是基于统一的思想、道德标准和共同的理想、价值系统,而反讽基于世界从来没有绝对真理、最后结论以及权威的判定标准,个人拥有对之进行思考与质疑的权力。讽刺者认为自己对于所描写的罪恶具有完全的免疫力,而反讽者则将"我"和"我们"列为质疑和嘲弄的对象,以此来审视以悲剧为主调的今天诗派,其抒情主人公被预置于受迫害、正面、理性、英雄的位置,却缺乏更深层次的内在阴影和复杂的人性纠结,缺乏自省、自审的反讽性观照和荒诞意识,因而也就失去了本来应有的人性深度和烟火气。"若干年后你要找到全世界最破的/一家酒馆才能找到我/有史以来最黑的一个夜晚你要用脚踢/才能发现/不要用手摸,因为我不能伸出手来/我的手在知识界已经弄断了/我会向你递出细微的呻吟"(李亚伟:《给女朋友的一封信》),由"我"而直抵复数的"知识界",这才是最具力度和喜剧效果的反讽。"莽汉"们写出一系列喜剧性作品,如李亚伟的《我是中国》《硬汉们》《中文系》《毕业分配》,胡冬的《女人》《我想乘一艘慢船到巴黎去》,万夏的《红瓦》,马松的《生日进行曲》,梁乐的《祖父》《中医》等。

比"莽汉"稍晚一点的是"撒娇"诗群。从地缘角度说,"撒娇"出现在上海几乎是必然——"海派"及后裔们一直精通此道。"撒娇"主要成员有默默、胖山、男爵、泡里根等。"撒娇"们认为,既然"嚎叫"不被允许,阿拉就"傻叫",阿拉就"撒娇"!"傻叫"和"撒娇"不仅谐音,而且互为补充。同样是喜剧化,"撒娇"与莽汉主义最大的不同在于他们是嬉皮笑脸地迎上去,奶声嗲气地贴上去的。

可“撒娇”诗人似乎想得太简单了。他们恰恰忘记了：在这个严酷的世界，谁会跟你一直玩“撒娇”？这恐怕是“撒娇”诗社短如流星的原因——来不及在文本上践行“撒娇”诗学，就风流云散了。直到2004年，默默拾起“撒娇”旧旗。在复刊号上，默默给出了“撒娇”的诗学指向：“一种温柔而坚决的反抗，一种亲密而残忍的纠缠，一种执着而绝望的企图，一种无奈而深情的依恋；一种对生活的重压进行抗争的努力，一种对情绪与语言的暴力进行消解的努力，一种对命运与人性进行裸露的努力。我们的诗努力企及‘撒娇’的境界，推崇‘撒娇’诗所追求的反抗、反讽、反省的‘三反’文化品质与勇气。”可以预见，喜剧诗派在新世纪仍会衍生出它的子系和变种，略显板结的中国诗歌土壤仍须进一步改良和深耕。

六、神性写作：双面的尺度

神性写作在二十世纪八十年代的工业化浪潮中悄然出现，进而在农耕文化的黄昏持续爆发耀眼的光斑——当人们缓过神来，才发现三位先知般的年轻诗人已遁入黑夜，只留下模糊而圣洁的背影。我们看到，一个诗歌的黄金时代是以神性写作的代表诗人——海子、骆一禾、戈麦——的壮烈离场而结束的。很显然，神性写作所面对的，不仅是神性极度匮乏的苍黄大陆，更是整个人类所无法直面的“黑夜”。海子说：“诸神之夜何其黑暗啊！”（《太阳·土地篇》）骆一禾说：“日夜作为掌灯人，听原始的声音/也听黑铁的时代。”（《五月的鲜花》）戈麦亦说：“从那样的黑夜，那样的迷雾/我走上的归程。”（《陌生的主》）这三个诗人生前无意打出旗号或创建团体，但他们的文本中所呈现的写作理念、诗学倾向乃至生存方式，均指向天空、神灵和形而上，均朝向那个尘世难以领略的天启与灵光的唤引。从写作行为上说，“北大王子”都具有像太阳那样燃烧的特征：短短的五年，海子写下五百首抒情诗、长诗合集《太阳·七部书》和大量诗学笔记；骆一禾写下八千行长诗《世界的血》和《大海》；戈麦也写下了二百七十首诗，以及一些译诗、诗论和小说。

神性写作和口语诗派、喜剧诗派的诗学标准完全不同。在我看来，神性写作存在三个相互关联的层面：其一，神性写作必须建立个人的话语谱系和价值核心，所有话语的语义唯在这个谱系中才能得到确解。一般而言，它们处于本体和隐喻的关联域，以及隐喻和隐喻的关联域中。诸如天空、大地、河流、太阳、王子、黑夜、群龙、魔、地狱、燃烧，都不能止步于俗常的解释。例如，“王子”，在海子话语谱系中指向“没有成为王的王子”，诗歌中王子必然是悲剧的、孤独的，进而成为沟通、联结神和人的中介。“王子”的反义词，指向御用的“祭司”。“雪莱、叶赛宁、荷尔德林、坡、兰波、克兰、狄兰……他们的疯狂才华、力气、纯洁气质和悲剧性的命运完全是一致的。他们是同一个王子的不同化身、不同肉体、不同文字的呈现、不同的面目而已。……他们悲剧性的存在是诗中之诗。”（海子：《诗学：一份提纲》）

其二，全部的形而下均包裹在形而上（神性）之中，或者说形而上（神性）之光穿透了形而下。形象地说，便是“仰望”中的“俯视”。以“麦地”为例，近些年很多解读文章局限于农耕生活或乡愁的角度，却鲜有从神性角度来理解。以“麦地”为例，海子和骆一禾皆从神性视角来重新俯瞰故乡的“麦地”，否则就无法理解“麦浪——/天堂的桌子/摆在田野上/一块麦地//……//我们是麦地的心上人/收麦这天我和仇人/握手言和”，以及“我们各自领着/尼罗河、巴比伦或黄河/的孩子在河流两岸/在群蜂飞舞的岛屿或平原/洗了手/准备吃饭”（海子：《麦地》）；更无法理解“那些麦穗的好日子/这时候正轻轻地碰撞我们——/麦地有神，麦地有神/就像我们盛开花朵//麦地在山丘下一望无际/我们在山丘上穿起裸麦的衣裳/迎着地球走下斜坡……/那一天蛇在天堂里颤抖/在震怒中冰凉无言 享有智谋……/大海边人民的衣服/也是风吹天堂的麦地的衣服”（骆一禾：《麦地——致乡土中国》）。如果简单地将它们归入“乡土诗”，显然是不准确的。

其三，神性写作的诗学框架的结穴点，在于他们将诗歌视为救赎人心的个人宗教——对人的存在进行根性追问与终极关怀。这意味着质疑、抗拒、申辩、燃烧，对人类之夜和人性之暗进行拷问与审判。

> 阳光下，一个麻脸的孩子/鼻翼两侧现出白天精神病的光芒//……主啊，还要等到什么时辰/我们屈辱的生存才能拯救，还要等到/什么时日，

才能洗却世人眼中的尘土/洗却剧目中我们小丑一样的厄运（戈麦：《我们背上的污点》）

月亮虽也照亮厚实的尘土，光辉/却遍地遗失。月亮陈旧/在隐没的蓝瓦上扔着、光着、贫穷着/像一些碳块上画下的皮肤/……/地面上的活人/不知你为何思想/世界，你这借自神明的台阶/下行着多少大国/和它们开发过度的人性与地力/只有月亮/在门边向着那健康的丛林/为我们谢罪（骆一禾：《月亮》）

神性作为尺度并非局限于天上、神祇，它其实是人间完美人性的最高体现，因而抵达了绝对之境。海子极为推崇荷尔德林，荷氏在《人，诗意地栖居》中写道："只要良善，纯真尚与人心同上/人便欣喜地/用神性度测自身。"也就是说，神性尺度具有双面性，即一面是人性，一面是神性。这是解读神性写作的一把钥匙。在神性写作者这儿，不可能求拜于俗界的神圣偶像，东西方的宗教之神在他们眼里是一样的。正因为尺度的双面性，神性写作的内核和形式主要是挽歌和悲歌。他们将诗歌与生命、大地和神联贯在一起，四者的循环构成了他们的命脉。一旦这个命脉被切断或受阻，其结局的悲剧性是不可避免的。

受神性写作影响最大的诗人中有浙江诗人方向。方向写道："我在渺无人迹的山谷，不受污染/听从一只鸟的教导/采花酿蜜，做成我的诗歌//美的口粮，精神的祭品//就像一些自由的野花，孤独生长，凋落/我在内心里等待日出，像老人的初恋//夕阳西下。众多的鱼儿从海里跳出/我看它们舞蹈/像一阵风，吹响森林迷人的竖琴……"（《出神》）其敞亮，其澄明，其灵动，是他"转身"前的传世之作。

神话写作的余脉部分延续在二十世纪九十年代和新世纪的"独立"诗群、"存在"诗群、"中间代"诗群，以及梦亦非等诗人的长诗中，他们与"北大王子"的区别，在于其拒绝以东西方的大陆神话为框架而专注于挖掘地域、高原、较小民族的神话，并以此为坐标抒写个人的精神史。神性向度虽然屡遭诗界其他流派的抨击与审判，但它内在的人性光芒仍无法被遮掩。

七、非非主义：持续最久的异托邦运动

1986年问世于四川盆地的非非主义，是具有原创性质且持续三十年仍在行动的流派。当福柯认定镜子兼具乌托邦和异托邦之性质时，我想到了非非主义。不错，所有的诗歌都具有乌托邦性质，但作为一种诗歌流派，非非主义又有了异托邦性质。无论在二十世纪八十年代还是九十年代，非非主义有点类似梁山泊，吸纳了不少诗界的叛逆者、受逼者、落荒者、山人、黑客，包括其他“山头”来投奔的“莽汉”和“撒娇者”。当然，非非主义的寨主是周伦佑。他看起来擅长经营“时间”并将它转换成一种“另类空间”。

从刊载在《非非》杂志、《非非评论》上的理论和诗作看，非非主义的核心是反文化、反价值、反崇高，着眼点在于诗歌的变构与实验，倡导对语言的文化积淀进行创造性还原，其前卫姿态和探索勇气至今无人超越，在诗学方面提出的主张和观点尤其新颖、系统，如周伦佑的《变构：当代艺术启示录》《反价值》，蓝马的《前文化导言》等诗学论文，垒起了惊世骇俗的理论象牙塔。其中，“前文化”理论充满了桃花源式的想象力，蓝马写道：

> “前文化”不是“史前文化”，不是“任何文化”，亦不是“潜在文化”——“前文化”不是一个“偏正结构”。……“前文化”这一念头适合于——(A)它是一个无论在横向时态(共时)上，还是在纵向时态(历时)上，都前于文化而一直存在、永远存在的、非文化的和无法文化的思维领域。(B)这个思维领域与宇宙同在，自然也与宇宙中的人同在。这种思维：不仅是“大脑的”，尤其是“整个肉体的”；不仅是“生命体的”，尤其是“宇宙体的”。(C)这个思维领域，作为它自身的存在原则上是否认“体内体外”“主观客观”“有机无机”“中枢非中枢”“精神物质”……之分的。但作为表达的需要，有时仍沿用这些概念。

问题是，这种“前文化”诗学乌托邦怎样才能抵达？即便抵达了，对于诗

歌受众们又有什么意义？与此同时，周伦佑和蓝马提出“创造还原”的主张，其原则和方法是“三逃避”（逃避知识，逃避思想，逃避意义）、“三超越”（超越逻辑，超越理性，超越语法）、“三度处理程序”（非两值定向化，非抽象化，非确定化）。

必须承认，这些诗学主张至今仍有启示意义。非非原创者给我留下的印象是脑袋特大，骨骼特大，而肌肉尚嫌瘦薄。他们写出了诸如《自由方块》《头像》《冷风景》《高处》等探索性作品，但他们看上去更像一帮人文宇航家，在暗室里鼓捣着形形色色的诗歌 UFO，苦苦设计着飞出文化宇宙的奇思妙想。非非主义在逻辑上存在自我循环、自我颠覆之嫌，理论和诗写也相互脱节、相互龃龉，但二十七年后必须承认，周伦佑、蓝马、杨黎等同仁发起的非非主义及其坚卓探索，仍是二十世纪八十年代中国现代诗歌的华彩乐章之一。

进入二十世纪九十年代后，经历坎坷的周伦佑重组非非主义团体，吸收了一批实力诗人，如陈亚平、蒋蓝、龚盖雄、雨田、袁勇。周伦佑提出：从书本转向现实，从逃避转向介入（对生命的介入和对现实的介入），从天空转向大地，从模仿转向创造，从水转向血，从阅读大师的作品转向阅读自己的生命……以血的浓度检验诗的纯度。周伦佑写出了力作《刀锋二十首》，此外还有陈小蘩的组诗《正午的黑暗》、雨田的《黑暗里奔跑着一辆破旧的卡车》、陈亚平的《网体的语言制度》、蒋蓝的《酷刑及其他》、袁勇的《一只豹子闯进广场》等力作。与早期非非主义相比，他们否定了早期的部分观点，并从先锋诗学的立场后退，试图在现实和词语的双向“刀锋”上完成一次转换。

> 让刀更深一些。从看他人流血/到自己流血，体验转换的过程/施暴的手并不比受难的手轻松/在尖锐的意念中打开你的皮肤/看刀锋契入，一点红色从肉里渗出/激发众多的感想（周伦佑：《在刀锋上完成的句法转换》）

这种不断自否的非非诗学确实很“非非”——“另类空间”会“生”出相邻的“另类空间”。从流派角度讲，早期非非主义激进、偏执、一往无前，看上去更像一个诗歌流派；后期非非主义显得平稳、沉厚，看上去更像一个磁力强劲的写作群体。倘将二者综合起来考察，可以视之为诗界持续时间最久的异托邦运动。但早期非非主义理论需要更多的写作文本来践行和实验，恐怕不是一批诗人或者一代诗人所能解决的。

八、白夜诗派：谁在“后院”放火

最近三十年女性诗歌的革命性意义一直被低估。在男权统治的世界，“后院”一直被视为最安全最隐秘之处——那是女性集结、描眉和窃窃私语的地方。与之相应，数千年的文化史和精神史也垒成了“后院”话语体系。女性及其话语权被先在地预设在“后院”话语体系中：要么你在其间低吟浅唱，一个劲地“婉约”；要么你只能操持男权话语——“前庭”话语来宣泄和反抗，并最终被这种话语体系所自动消解。因此，“后院”在数千年的历史上是很少“失火”的。诗史也是如此。从蔡文姬到李清照，从李清照到林徽因，她们只是“后院”的忧郁者和抒情者，并因“后院”身份而显露不凡。

“穿过门厅回廊/我在你对面提裙/坐下/轻声告诉你/猫去了后院”，陆忆敏在《风雨欲来》中不过描述了一个日常片段，但我们还是在淑女的“我”和寂静的“后院”之间，读出了诗人的隐隐不安和预感到的某种紧迫。在《美国妇女杂志》中，陆忆敏发出幽冷、漠然的自我逼问：“谁曾经是我/谁是我的一天，一个秋天的日子/谁是我的一个春天和几个春天/谁？谁曾经是我？”诗人局外人般地看透自己作为女人的命运，已埋下了在“后院”放火的预谋——那必定是在“月黑风高”之时。几乎是天人感应，才气过人的成都女诗人翟永明早将这种预谋酝酿已久，1984 年她率先发表了划时代的女性诗歌宣言——《黑夜的意识》：

> 现在才是我真正强大起来的时刻。或者说我现在才意识到我周围的世界以及我置身其中的涵义。一个个人与宇宙的内在意识——我称之为黑夜意识——使我注定成为女性的思想、信念和情感承担者，并直

接把这种承担注入一种被我视为意识之最的努力之中。这就是诗。

“黑夜意识”大致可以归结为以下几点:一、女性特殊的生命/生存意识。“黑夜”作为女性意识的象征,是因为每个女人都面对自己的深渊:不断泯灭和不断认可的私心痛楚与经验——既与诞生的时刻相连,又与死亡的国度沟通。这黑夜升起时,是无声地燃烧着的欲念,也是人类最初和最后的本性,给女性带来的是特殊的布局能力和审视角度。二、女性特殊的语言/创造意识。它包含着预感的素质、感官的发动力和思维的秩序感。翟永明宣称,进入人类共同命运之后,真正女性的意识,以及这种意识赖以传达的独有语言和形式,构成了进入诗的真正圣境的永久动力。她将竭尽全力地投射生命去创造一个黑夜,并在各种危机中把世界变形为一颗巨大的灵魂。三、不可预知的形而上冲动和莫测高深的宇宙意识。它是神秘的、盲目的、暗示的令人战栗的力量。这种黑夜意识使她把对自身、社会、人类的各种经验剥离到一种纯粹认知的高度,并使她的意志和性格力量在种种对立冲突中发展得更丰富成熟,同时勇敢地袒露它的真实——它最直接的冲动本身就体现为诗的力量。

这篇宣言标志着新生代女性诗派“白夜诗派”已经“受孕”。为什么不称之为“黑夜诗派”?这等于问翟永明为什么在成都开“白夜酒吧”一样。“白夜”除了保有“黑夜”的意蕴,还突显了它内部旋射而出的光——不管它是极光、月光、雪光,还是烛光、萤光、手电光——女性诗歌所迸绽的精气神和形式感,使覆盖她们的“黑夜”变得空灵、虚白、流动、熠熠生辉。与“黑夜意识”相对峙或歧异的是“白昼”或“白昼意识”。单就文学而言,它通向“女子气的抒情感伤,和那种不加掩饰的女权主义”。而最高层次的“女性文学”只属于“黑夜意识”。我们看到,在这篇宣言中,翟永明将“女性”及思想、信念和情感建立在“个人与宇宙”相关联的“黑夜意识”上,这为“女性诗歌”确立了一个与“男权/男性”同等的坚阔基础。“我在何处形成?夕阳落下/敲打黑暗,我仍是痛苦的中心/影子在阳光下竖立起各种姿态/没有杀人者,也没有幸免者/这片天空把最初的肋骨/排列成星星的距离/我的爱人,难道我眼中的暴风雨/不能使你为我而流的血返回自身/创造奇迹?”(《女人·憧憬》)翟永明在

《女人》系列中，在关涉生存和女性、历史和自然、爱欲和禁忌、性和道德等诸多敏感主题中，以近乎迷狂的“黑夜”独白传达了一个女性个体的基本立场——白昼的压制和扭曲在这里失效并崩溃。值得注意的是，作者是以近似创世者女娲的居高临下的口气在质疑与申辩，因此不难从脆弱、纷乱的语气中读出一种“霸气”——“我来的时候并不是一颗星/我站得很稳，路总在转/从东到西，无法逃脱圆圈的命运/够了，不久我的头被装上轨道/我亲眼注视着它向天空倾倒/并竭力保持自身的重量//大地压着我的脚，一个沉重的天/毁坏我，是那轮子在晕旋/天竺葵太像我的心，又细腻又热情/但我无法停下来，使它不再转/微笑最后到来，像一个致命的打击”(《女人·旋转》)。诗人之所以敢如此“放火”，就在于她秉持这样的理念：“女性的真正力量就在于既对抗自身命运的暴戾，又服从内心召唤的真实，并在充满矛盾的二者之间建立起黑夜的意识。”

唐亚平的组诗《黑色沙漠》源于同样的“黑夜意识”。整个世界在她眼里浸透了阴怖的“黑色”，其词锋之泼辣，之峻急，之决绝，令诗坛为之惊愕，“点一支香烟穿夜而行/女人发情的步履浪荡黑夜/只有欲望猩红/因寻寻觅觅而忽闪忽亮/一无所有的烟圈浮动天空/星星失色于无情的漠视/绕着七层公寓巨大的黑影/所有的窗口传来漆黑的呻吟/于是只有一个愿望——想杀人放火　想破门而入”(《黑色沙漠·黑色子夜》)。这种因持久压抑而喷发情欲的狂放之作，虽失之直露、空荡，但置于数千年男权社会禁锢与摧残女性之背景，其强烈的反抗性和时代感正如猩红又微暗的野火。伊蕾的组诗《独身女人的卧室》，每首诗都回旋一个主声部“你不来与我同居”(“同居”在当时被视为“非法”)，一扫温婉、优雅、凄凄切切的传统格调，以率真、疾讽、焦灼、尖刻或漫不经心的语气，向世界发出挑战性独白——那是“独身女人”的私密生活和内心世界，其中灼烈的性爱冲动引发男权世界的惊呼与侧目，如“暴雨像男子汉给大地以鞭楚/躁动不安瞬间缓解为深刻的安宁/六种欲望掺和在一起/此刻我什么都要什么都不要/暴雨封锁了所有的道路/走投无路多么幸福/我放弃了一切苟且的计划/生命放任自流/暴雨使自物钟短暂停止……/我宁愿倒地而死/你不来与我同居”(《独身女人的卧室之九·暴雨之夜》)。诗中同样维系着“黑夜意识”，激发起一种偏执、报复、自毁和绝处逢生的快感。在同一时期，受翟永明影响的海男也写下组诗《女人》：“我打开卧室的门，拽住我的衣裙/往何处去？时间在不间断地来到这长长的/孤独中，欲望与陵墓，我把它交给你的手/我从来都习惯于移动沉寂”（《女人・之一》），“卧室”里的风景被海男咒语式的语言组合所内在化，从肉到灵的申诉被耸立成一群词语的尖叫。从某种意义说，女性“卧室”是“黑夜意识”的集结地或等价物——它简直就是抗拒中的女性最隐秘的“黑夜”。

从 1984 年到 1989 年，白夜诗派在“后院”的“放火”一直未断，并影响到二十世纪九十年代女性诗歌，诸如李轻松、唐丹鸿、沈杰的诗，都具有一种基于从身体反叛到个我独立的强烈诉求和精神品质。从性别角度来探究白夜派诗歌，并不意味着它们的价值仅限于此。事实上，站在整个新诗史看，这一时期翟永明的组诗《女人》、伊蕾的《独身女人的卧室》都堪称经典，足以傲视群雄。作为白夜诗派的领军人物，翟永明在“黑夜意识”引领下，在独有的视野和格局中找到了属于自己的诗性方式和言语方式。当她将内心冲突的阴沉之力与黑夜般的自毁性预感汇聚到复合性的智性语流之中，她那耀闪于深渊般的星空中的玄思所抵达的广袤与复杂，足以将智性、体验、情感和语言凝结成相互通透且相互碰击的多晶体。无疑，她的《女人》等系列是第三代诗歌的最高成就之一。

九、新边塞诗派：游荡于西部荒原的孤魂

新边塞诗派有些让人“望尘莫及”。二十世纪八十年代，“存活”于西部高原和戈壁的诗人寥寥无几——昌耀、杨枚、周涛、章德益、林染、马丽华、李瑜作为西部的“支边人”，在经历漫长的历史怪诞和生存悲凉后突然发现西部内蕴着宝藏，诗人望而不可及。其时《绿风》创刊遂成西部诗人集结地，周涛率先打出“新边塞诗”旗号，以古典边塞诗为苍远参照，在纸上打通一条贯穿古今的诗性“隧道”——“多少词　是天涯的孤旅是月亮的戍卒/是种子里的驻军……笔尖下涌动的千军万马/要把每一张空白的稿纸/穷追成　汉朝的实地/穷追成　大唐的

边疆/收复　岑参的风雪与高适的营帐”(章德益:《写边塞诗》)。于是乎,西部的漠野、胡杨、古道、沙狐、驼队、冰川、冷月、营盘废址等风物,与清真寺、千佛洞、青灯黄卷、神话传说以及隋唐边塞诗所抒写的古典意象,均被他们重新唤起、铺排和编码。以该诗派“三驾马车”而言,周涛倾向于侠义、铁血、力度和物语,章德益追求野性、宏阔、气势和道境,杨牧则看重入世、家园、忧患和情境。这些新边塞诗以绵亘不绝的悲剧精神为价值尺度,凸显磅礴、浑远、苍凉的绝域背景下个体生存者的孤独感、悲怆感和崇高感,试图超越形而下的地域风格之摹写而上升到家国的苦难史和救赎史之层面。但过分夸张的豪情壮志和虚浮空泛的浪漫主义,也给新边塞诗带来了某种损害。杨牧写得好的并非《我是青年》这些诗,而是看似不经意的歌谣体:“西口不是张家口/是百姓的口/真正的西口是在西//……朝西!朝西!口总是朝西/西风呛得口齿打颤/不是为喝西北风/西北风喝得南方浮肿/这才西去/闯出了一路流浪汉……//西口之口好活口!”(《边魂》)

赫姆林·加兰在《破碎的偶像》中指出,艺术的地方色彩是文学生命的源泉与其一向独具的特点。地方色彩可以比做一个人无穷地、不断地涌现出来的魅力。但是,一旦西部地域表层的“意象矿藏”被掏尽,加上本身缺乏古代边塞诗那种征战、戍边的铁血元素,新边塞诗派的先天不足便暴露出来,进而走向衰落。当然,高原诗人昌耀是个例外。昌耀高于其他新边塞诗人的地方,就在于他从未囿于新边塞诗,也不逐波于诗坛潮流,更未止步于广漠西部的外在表象和诗歌的外在气势。像《慈航》《雪。土伯特女人和她的男人及三个孩子之歌》这样的诗篇,脱形入骨地迹写命运、爱恨、尊卑和生死在一个会移动的高原生命体内激起的交响。

> 于是,他听到了。/听到土伯特人沉默的彼岸/大经轮在大慈大悲中转动叶片。/他听到破裂的木筏划出最后一声长泣。/当横扫一切的暴风/将灯塔沉入海底,/漩涡与贪婪达成默契,/彼方醒着的这一片良知/是他唯一的生之涯岸。/他在这里脱去垢辱的黑衣,/留在埠头让时光漂洗,/把遍体流血的伤口/裸陈于女性吹拂的轻风。/是那个以手背遮羞

的处女/解下抱襟的荷包,/为他/献出护身的香草。……/在善恶的角力中,/爱的繁衍与生殖/比死亡的戕残更古老/更勇武百倍!(昌耀:《慈航·彼岸》)

昌耀的诗多为密集、回旋的意象和零碎、跳跃的场景,其风格不拘一式,或雄劲,或柔丽,或奥秘,或苍远,或深致,或诡异,或狂放。诗人自比为一个"溺水者","一只逃亡的鸟",因此更能深入到苍古高原、冰川与人之命运、生存相契合的内部,以古拙、苍劲的高原语势,刻写山川奇气和凛然风骨,击响郁结的悲愤和旷远的孤独,使西部高地与生者精神得以淬炼与重塑。昌耀也因此成为中国新诗史上隆起的"高原"。

二十世纪九十年代至新千年,新边塞诗群又涌现了吉狄马加、白渔、叶舟、阳飏、曲近、古马、沈苇、王锋、郁笛等。其中古马的诗越写越大气,成为继昌耀之后最具代表性的新边塞诗人。显然,古马对所谓"西部诗"或"边塞诗"抱有足够的警醒,他拒绝让诗变成西部风景明信片,而是着力凸现人类普遍的困境和精神境遇,如"大地湾的风/我的身体里除了积雪/就是骨头//我的咯吧乱响的骨头/我的歪斜了但没有坍塌的茅草屋/大红的月亮是我外逃的心//虽然言辞犀利/大地湾的风/你却没有理由说服我不怀疑一切/我甚至已经构成了对自身的严重威胁"(《光和影的剪辑:大地湾遗址》之九)。与此同时,他汲取古典诗词为底子,化用民间谣曲作为面子,写出类似洛尔迦那样的汉风谣曲,具有一种铿锵回环之美,如《雪水歌》《白杨树》《青海的草》《巴丹吉林:酒杯或银子的烛台》等。当然,古马诗歌的意义并不限于"西部诗"或"新边塞诗"的范畴,他无疑是当代最优秀的现代诗人之一。

十、城市诗派:打开魔盒的海豹们

在中国诗史上,城市诗和城市诗派一直像个难产的婴儿。这是因为:儒家传统和农耕文化一直对城市抱有天然的敌意。在近代中国文人身上流淌着反城市的血液,并将它化作反城市话语涂抹到文本中。"城市生活我一直都是很反对的。我不喜欢城市生活。”(王寅:《专访诗人杨键》)杨键这个态度代表了很多人。以二十世纪论,三十年代出现过表现大都市世相物态的“新感觉派”小说,但“城市诗”迟至八十年代后期才出现。1987 年,上海诗人宋琳、张小波、孙晓刚、李彬勇出版诗歌合集《城市人》,并由朱大可作序《焦灼的一代和城市梦》,这可以视为城市诗派横空出世的标志性事件。此前还有 1985 年成立的“海上诗群”,以油印民刊《大陆》和《海上》为阵地,聚集着王寅、陆忆敏、陈东东、刘漫流、郁郁等诗人。他们关注城市人的困境、孤独、荒诞以及精神处境。《海上诗群宣言》宣称:“这个中国最大的工商业城市,同时只是数学和物理学概念中的一个点。我们深陷其中。作为诗人,我们是孤立无援的。……海上有冰山正在长成,冰山正在融化。我们握住它们。诗歌出现了,技巧从我们的手中渐渐消失。诗歌生命反抗着另一类‘生命’,或死物。”有意味的是,城市诗派大都来自异乡或农村,如同一群游向“孤岛”的天真的海豹,不知道城市是一个巨大“魔盒”,也不知道一旦打开就无法关上。

我之外的一切都是距离吗/ 有一张脸像鱼一样游来　又很快离开/ 没有用意也没有所求　似乎非常古老/ 车子停下时我在动/ 汽油味灌满了空瓶　沿街滚去/ 我坐在地铁出口处的长椅上读报/ 明天还是如此/ 人群都长了羽毛　一跳一跳/ 但卸不下笨重的面具/在更远的远处他们是乳房低垂的鸟类/ 向我俯下身来　我想:/ 我要打开的是哪一只魔盒/ 是我被无形之手打开了吗(宋琳:《人群》)

城市诗难产还有一个原因,就是混杂而喧嚣的城市物象和深潜而多变的心理现实,诗人难以通过传统形式和技巧加以把握与呈现。在 1986 年“现代诗群体大展”上,城市诗派公开了由宋琳主撰的宣言——《城市诗:实验与主张》,其诗学理念和标准可概括为:其一,对城市背景下人的日常心态的摹写;其二,对物质幻象的讴歌,呈现符号的新质感;其三,反抒情,对媒介持不信任态度。城市诗派无法在本土传统中找到借鉴资源,主要靠汲取西方城市诗的养料,诸如波德莱尔的《恶之花》、庞德的意象派作品、艾略特的《普鲁弗鲁克情歌》《荒原》等，进而移植到城市诗的写作中——对城市感性的沉溺、体验、幻想，夹杂着对旧权威和传统形式的抗拒与不满，纠结成诗学上的偏执与激进倾向。因此，这些城市诗文本具有反田园性和实验性是显而易见的。如宋琳的诗零碎拼贴，对荒诞有着强烈的敏感，“城市人/实验室里的一只白鼠为文明流泪”（《热岛》），“她昏睡的姿态无法描绘/遮住了一座城市”（《生命之晨》），“城市的停尸房里有我的熟人/绰约如处子”（《空白》）；张小波的诗以荒诞组合的城市意象流冲击读者的感官，“我惊讶于城市如此这些的土木建筑/我惊讶于土木建筑林的背景下如此这些的社交活动/我惊讶于荣耀和金币的潮涨潮落/使一座城市土木建筑与社交活动的百年史/时兴时衰”（《城市的个中三味：土木建筑与社交活动》），“这么多的雨披从地铁车站涌来/仿佛一次旅行进入最后的冒险/他牙齿白白地打量着两旁的玻璃转门/她眼睫上弹飞的水珠又降临在发怒的鼻间//雨披和雨披之间/是大片的积水，是积水匆忙的反光”（《这么多的雨披》）。在表现“城市与人”主题时，他们多少有些超前和茫然，受西方语境的影响是明显的——波德莱尔最早打开的那个“魔盒”，仍在释放着形形色色的小妖小魔。布雷德伯里教授在《现代主义的城市》中指出，城市的吸引力和排斥力为文学提供了深刻的主题和观点：在文学中，城市与其说是一个地点，不如说是一种隐喻。对许多作家来说城市似乎逐渐变成了形式的东西。城市诗派经历了由拥抱到疏离的心理过程，他们对城市抱有不信任感，这也在后来的全球化进程中得到证实。

二十世纪九十年代，城市成为中国诗人必须直面的领域，写作“泛城市诗”的诗人日益增多，比如以“咖啡馆”为题的诗就很多，如翟永明的《咖啡馆之歌》、欧阳江河的《咖啡馆》等。事实上，“知识分子写作”诗派几乎都在写“泛城市诗”，这确实是九十年代中国现代诗的一大转向。而专以城市诗为写作追求的，当属诗人叶匡政。其作品后来结集出版，名曰《城市书》。《城市书》中的“城市”不仅是典型的都市表象，而且是一种灵魂状态，“在这里，天空对人群俯就/灵魂只剩下一口热气/我多么弱小，卑微，沉闷/擦着多余的手//在那大厦黑暗的深处/电视咬啮人的头颅/情侣们相拥时的孤独密封在各自心中”（《城市构成》），“我沉在一种工作的底层/这工作只与利润相关/为了不认出自己，我没有/扬起拳头,甚至不愿说出真理 / 我的心中只有一滴泪水//只有一个错误的愿望”(《底层》)。陈超认为,诗人将个体生命置身其中的现场,并将生命对心灵的撞击作为诗的对象,较为集中地书写了都市文学传统中的两个问题:欲望和厌倦。对欲望的盘诘,我们总能超越表面化的对都市文明的批判而深入到更令人忧惧不安的人性中去。沈天鸿在《现代诗歌形式与技巧30讲》中说,叶匡政的城市诗表现出一种客观和沉思的特质,它来自于“类似和对立”及其转化:精神与物、拒绝异化与接受异化的冲突,是当事者的挣扎,这正是现代诗的领域。

十一、新乡土诗派:一群两栖人在张望

在“现代化”“现代性”“现代主义”成为滚滚洪流的背景下,乡土诗和新乡土诗派的出现有点背时和清冷了。事实上,人们并不明了所谓“现代”是怎么回事,但没有谁不惧怕被“现代”抛弃而成为“非现代人”。诗人的心态亦如此。更惊心的是,铺天盖地的“现代”旗号遮蔽的“乡土现实”如此广袤、丰沃又如此贫穷、低暗,曾生长于乡土而后又拼命逃离乡土的诗人,他们的遗忘和躲避是如此肯定而流畅——当“现代”和“乡土”被置于危险的二元对峙的陷阱,连带着诗歌发展的可能性也被逼向“窄道”了。从这个角度说,新乡土诗派的出现本身就内定了一种渊深的意蕴,一种宽阔的流向,而不在乎江堤、彭国梁、陈惠芳等创立者赋予它什么宣言和形式。

事实证明了这一点。新乡土诗派经历了从草创到发展的十年勃兴,其成果结集成《新乡土诗派作品选》(1998年);他们提出“两栖人”和“精神家园”作为新乡土诗内涵的新界定,江堤将它表述为“我们努力表达的是自然精神与生命精神的谐调过程”。但是真正代表其成就的,却更多地来自它的外围或非此诗派的写作个体,新乡土诗派停止写诗时,乡土诗仍在持续开花、结果与蔓延、枯荣。其实,二十世纪八十年代中期,海子、骆一禾的“麦地诗”已洞开了一种前景,尽管它们并非纯粹的乡土诗,其引发的怀乡病以及被大面积“移栽”,足以证明其触痛了人们内心深处的忧伤。这里必须提到诗人吕德安和祝凤鸣。他们在八十年代并未打出乡土诗旗号,但写出了诸如《纸蛇》

《外乡人》《方式》《父亲和我》(吕德安),《枫香驿》《县城》《亡灵》《瓦》《庭院》(祝凤鸣)等乡土诗,将实存和想象、记忆和虚无、消失和幻影加以并置与转换,萦绕于心的难题被提升到促使人们能真正生存于人性/诗性的生存方式和精神取向中。吕德安的诗在平和、冲淡中浸透了一种物性的思辨,“谁能阻止我的声音在影子里生存/谁能插手我的思想的灰烬,并且/看见我的双手仅仅占有着一片空虚/为我实际上并不存在而感到失望/而那片永恒的树荫仅仅意味着失败或消失/因为我是那个披绿的蟋蟀之王”(《蟋蟀之王》)。祝凤鸣深受意大利诗人夸西莫多的影响,穿透阴阳的意象群具有一种静谧、凄美的特质,“我在庭院的水里/遇见亲人 那闪着金光的眼睛/望见世间的鸟雀/那是哪一年的鸟雀/为何有一颗琥珀的心?//我们的葡萄架多么高大/清凉而旋转的藤蔓/传来地底的钟声/那葡萄的目的/那水晶的目的/我不知怎样才能抵达//翻墙而过的人　已成为/我的父亲/灌木丛中的花朵/寻找它在天上的倒影”(《庭院》)。二十世纪九十年代,柯平的蠡塘乡间之诗,耿翔的陕北民俗诗,李自国的盐场诗,高凯、叶舟的陇东诗,曾鸣的蜀地诗,都试图在鲜明的地域色彩和风俗画面中呈现乡土的人和人的乡土,尤其是人的双重生存景况。

> 道德沉睡的地方/一个叛徒一个隐者同时流泪/一生我站过两块地方/站在故乡我是逆子/站在城里我又面目全非(江堤:《逆子》)

江堤这首诗是对“两栖人”以及他所处的双重困境的准确描述。在相对匮乏理论建构的新乡土诗派这儿,“两栖人”确实抓住了新乡土诗的某个要穴。“流动城市血液/却传出村庄声音的/那枚双重间谍的心脏”,陈惠芳在《两栖人》一诗中,竟使用了“双重间谍”这个词,将现代人悖论式的困境戏剧化了。我们有理由要求他们进一层追索下去:诸如“两栖人”怎样变成“双面人”?又是如何由“双面人”变成“扁平人”?毫无疑问,这一分延出的命题源自急剧到来的工业化、全球化时代对人的压迫,对乡土内核和地域文化的冲击与解构。新乡土诗派还用“文化乡愁”“精神家园”来界定新乡土诗之“新”。问题在于,普适性的大概念“套”在小躯体上,并不那么合体、有效。诗歌的本质意义早已将“文化乡愁”和“精神家园”收摄在内，再用它们来阐释更小类别的新乡土诗，显得大而无当了。

在我看来，世纪之交的杨键堪称乡土诗的代表。虽然他并无明确的乡土诗表述或意识，但他的诗作里徘徊着一个乡土文化和佛文化的幽灵，在工业化和城市化的浪潮中尖叫与战栗。“这里是郊外，/这里是破碎山河唯一的完整，/这里只有两件事物：/塔，落日/我永远在透明中，/没有目标可以抵达，/没有一首歌儿应当唱完。//我几千里的心中，/没有一点波澜，/一点破碎，/几十只鸟震撼的空间啊，我哭了，/我的心里是世界永久的寂静，/透彻，一眼到底，/化为蜿蜒的群山，静水流深的长河。”(《这里》)在无“乡土”处，处处见出“乡土”，那便是血里的乡土，肺叶和气管里的乡土。

“每个人的故乡都在陷落！”新乡土诗派因这苍黄大陆上的乡野的清音，也因这时代中的异化的逼压而获得永续的动能。它洞开的与其说是一种诗学的维度，不如说是内蕴一种时时硌痛我们的哲学命题：“像一根带血的细绳子，/像一个抱着婴孩的穷母亲。/像窗玻璃上的泥点，/这是那片树林里灰斑鸠的啼声。/风大起来，/湖面昏暗、空阔。/仿佛我的生命/就要显露出来……”(杨键：《灰斑鸠》)

十二、“知识分子写作”：以亡灵的声音发言

“知识分子写作”作为一个派别，涉及的诗人可能并不多。但是持有这一倾向或立场的诗人，其范围之广难以尽数，多多、北岛、昌耀、王小妮、郑单衣、潘维、沈苇、沈天鸿、南野、黄梵、杨小滨、郁郁、伊蕾、翟永明、森子、庞培、孙磊、安琪、育邦、哑石等无法归类的诗人，大都持有这一立场。这个概念首先由西川提出；稍后陈东东在《倾向》创刊号“编者前记”中做出阐释：“写作是从语言出发朝向心灵的探寻，是对诗人的灵魂和人类良心的拯救……对于诗歌写作的这种认识，是基于诗人的理想主义信念和应当得到倡导的知识分子精神的。”真正集结成“知识分子写作”群体是在二十世纪九十年代初——欧阳江河发表《’89后国内诗歌写作：本土气质、中年特征与知识分子身份》一文，

可以视为这一诗派的理论纲领。按照西川的初衷,“知识分子写作”是针对业已泛滥成灾的平民诗歌进行矫正,同时表明“对于‘正统’诗歌和朦胧诗的态度”。欧阳江河进一步挖掘了“知识分子写作”的内在矿藏和主要特征。他判定从怀乡病冲动汲取主题的乡村知识分子写作,城市平民口语诗写作,以及花样翻新的波普写作,甚至日趋狭窄的纯诗写作大多失效了。而可能的有效的写作,之所以在西川、王家新、陈东东,孙文波、张曙光、臧棣等诗人那儿实现“转型”,源自于他们的知识分子立场、写作态度与修辞策略。他认为,诗歌中的知识分子精神,主要显现于自由派立场、怀疑眼光以及个人性写作。但典型的知识分子诗歌写作具有两重性:即他与现实的关系既相互分离、对峙又相互纠结、吸收;他既把写作看作偏离终极事物和笼统的真理、返回具体的和相对的知识的过程,同时又保留对任何形式的真理的终生热爱。在这个前提下,他提出“知识分子写作”的三个特征或标准:“中年写作”、本土气质和为自己的阅读期待而写作。

由于“知识分子”这个概念的含混性,在不同历史时期、不同文化背景甚至不同类别的“党派”那儿,“知识分子”的内涵与界定存在很大差异,它有点像一个巨大的魔袋:什么东西装进去,都可以变出不一样的东西来。可见“知识分子写作”,实在是一个危险而无奈的命名。但这个诗派的写作实绩是有目共睹的:其精微、奥秘、复调、绵韧,具有很强的穿透力、包容度和形式感,成为现代诗在中国当代的重要承继者和开拓者。然而,这个诗派骨子里的精英意识和贵族气息,使它挥发出强烈的自恋性和排它性。二十世纪末爆发“盘峰论战”也在必然之中。两大阵营之一的民间派,不过是由口语派诗人祭出“民间”大旗,并临时拼凑成的统一战线,与真正意义上的流派无关。双方争鸣的命题触及诗学问题,但一旦掺杂派系之争、“话语权”之争,往往就难以接上火,甚至“一个人朝东方开枪/另一个人在西方倒下”——攻击对方的“子弹”,突然转向并击中自己。普遍存在的文学史焦虑症使两派诗人面色潮红、神思恍惚。

这场二十世纪末的诗歌论争,也可视为持不同诗歌标准的阵营发生的混战。例如,欧阳江河提出“本土气质”:即在话语与现实之间,而主要不是在话语的封闭体系内确立具有本土气息的现实感。质言之,欧阳江河的阐释意在诗歌的所指。而“民间写作”指责这一派写作是“渴望与西方接轨”,使汉语诗歌成为西方“语言资源”“知识体系”的附庸。于坚等诗人认为,表达中国经验必须依靠汉语,体现日常生活必须借助口语写作。这种主张与“本土气质”的观点并无本质的不同,不同的只在于诗歌的能指——语言和形式。从实际情形看,在中国新诗史上,很少有不受西方语境影响的诗人,因为现代白话接受了西方语法系统的影响,谁能置身“语”外?又如关于写作的独立性和怀疑性,欧阳江河在《’89后国内诗歌写作》中将它表述为:“诗歌中的知识分子精神总是与具有怀疑特征的个人写作连在一起的,它所采取的是典型的‘自由派’立场,但它并不提供具体的生活观点和价值尺度,而是倾向于在修辞与现实之间表现一种品质,一种毫不妥协的珍贵品质。”而“民间写作”的理论代表韩东在《论民间》中认为,“民间立场就是坚持独立精神和自由创造的品质”。论争的双方在表述上并无本质的不同。如此说来,韩东们亦是“知识分子写作”之一员,而欧阳江河亦持有“民间写作”之立场。借用一诗句来表述就是:

而鲁迅也可能正是林语堂(柏桦:《现实》)

再如“中年写作”。欧阳江河在《’89后国内诗歌写作》中说这一重要的转变所涉及的并非年龄问题,而是人生、命运、工作性质这类问题;它还涉及写作时的心情:“写作者的心情在累累果实与迟暮秋风之间、在已逝之物与将逝之物之间、在深信和质疑之间、在关于责任的关系神话和关于自由的个人神话之间、在词与物的广泛联系和精微考究的幽独行文之间转换不已。”他将二十世纪八十年代写作归结为“青春写作”,并以海子为例,认为长诗《土地》最重要的部分是由诗人对不朽事物的渴望构成的。这首诗处理时间和空间的方法集中体现了青春期写作的基本特征,从所指游离出来的能指像滚雪球似的无限度扩大,内部缺少趋于无穷小的形式要素,因而使作品找不到足以形成结构力量的借喻基点,其结果是写作成了越来越多,还会更多的一个堆积过程。按此说法,八十年代的诗歌写作明显低于九十年代,尤其是低于“知识分子写作”。这显然是只及其一、以偏概全的结果。在我看来,海子非但不是“青春写作”,恰恰相反,他是“暮年写作”。他以人类创始文化的视角来省察天地人间和故乡草木,即使他的激情、幻象和意象堆积,也自有一种漫溯的节奏和沧桑的语调。八十年代作为中国诗歌的“黄金时代”,正日益被当今诗界所公认。但如果这个“黄金时代”不指向写作实绩,恐怕是无法自圆其说的。在我看来,用“青春”“中年”“晚年”等线性语汇来表述写作特征,既简陋又暧昧。限于篇幅,不便展开。

> 以梦的形式,以朝代的形式/时间穿过我的躯体。时间像一盒火柴/有时会突然全部燃烧/我分明看到一条大河无始无终/一盏盏灯,照亮那些幽影幢幢的河畔城//我来到世间定有些缘由/我的手脚是以谁的手脚为原型?/一只鸟落在我的头顶,以为我是岩石/如果我将它挥去,它又会落向/谁的头顶,并回头张望我的行踪?(西川:《虚构的家谱》)

只有“亡灵”才能看透一个家族绵延的生存底细和精神密码。“知识分子写作”的核心词之一正是“亡灵”——“我们是一群词语造成的亡灵”。没有比这个更准确更形象的概括。它关乎立场、精神气度、语言与现实的关联以及叙述的时间和方式,等等。“这表明我们可以像海德格尔所说的那样‘先行到死亡中去’,以亡灵的声音发言。‘亡灵赋予我们语言’。这是与中心话语和边缘话语、汉语和英语无关的一种叫做诗歌的语言。”(欧阳江河:《’89后国内诗歌写作》)

2013年7月20日作

2013年8月30日改

场景的置换与崛起的向度
——评七〇后诗人的诗歌

中国七〇后诗人近些年在双重遮蔽与自我迷津中陆续出场，以整体的姿态亮相于民刊，在弥散、聒噪的背景下响起一群尖利而微暗的声音。随之而来的是命名的焦灼和批评的缺席。无论称之为“第四代诗人”还是“七〇后诗人”，甚或“垮掉的一代”，都属于因袭而含混的指称。必须追问的是，以年代划分诗人群体除了在时空延续上具有意义，他们对于诗歌的建构与探索是否具有自己的特色，与第三代诗人以及更大序列的中国现代诗歌是否建立了足以并峙的关系？换言之，他们在诗歌内部究竟干了些什么？这是敏感、狐疑的一代，是迁徙、游离的一代，是不打算“站在餐桌旁的一代”（这意味着进入或远离它）。有论者认为，七〇后诗人同样处在“价值中空”状态，比如，在他们的背后和前面是一片空白，“无背景，无意义，正是二十世纪七十年代出生诗人当下的境遇”（安石榴：《七十年代：诗人身份的退隐和诗歌的出场》）。在我看来，与第三代诗人明显不同的是，他们在很大程度上并非处于“中空”，反而是被形形色色的话语“塞满”，东风西雨、南宗北派令他们“上吐下泻”。胡续冬《午睡》里有这样一句“孬孙，往里塞，再往里塞”，可以视为他们面对强势话语时的典型语态。另一方面，先行诗人打开的众多道路使他们面临到处都是脚印的困境。这是一种可以称之为“话语淤积”“道路堵塞”“价值肿胀”的状态。与第三代诗人相比，他们身处的场景发生了很大转换。

而我，身着厚重的毛衣，灰色/多么不合时宜，走在灵魂的夹道里/有意无意地在抵制着一种/什么样的胁迫？/……但道德与良知/又怎会挤

进我的血中/把我的心撞得生疼?(简单:《反省》)

“灵魂的夹道”触及他们身处的内在场景。陈均将这种状态描述得更具体:“你必须通过一个很黑的过道,/又高又陡,堆满了纸箱子、煤球和灰尘。”(《独自》)亢霖则表述为“某个瞬间他说自己摸到了真相/在过道深处坚持寒冷的表情”。吕约的感觉敏感而细腻:“当我在这个巨大机构的走廊与一扇扇门之间,摸索着,/试探着转动门把手(黑暗中它闪着微光)//门背后一声咳嗽”(《父亲》),这里我们应读出她无意识深层的潜在话语,它有点像七〇后诗人行走的整体镜像,这种“淤塞”“堵塞”和“肿胀”,包含了牛排、奶油、海鲜、不消化物、脓水以及尼古丁,带来了比“第三代诗人”更难应对的内在淋巴紊乱和芜杂的思想生态。孙磊对此表达了一种坚定态度,“置身其中/我感到已确立的仍需要再次确立”。宋烈毅在《影响》里象征性地表述了一种镇静和无动于衷,“我走过钟表店/钟表店里的钟一齐响了/我不激动。我想这是/早晨/一切尚在沉默的时候/肯定会有什么敲响”。

下倾和下滑:形上与形下的悖论

“下倾”这个词是相对于“前倾”而言。“下倾”意味着向下,在场,此在,意味着正视形而下的生存逼迫,感受来自大地的“重力穿透他”,与此相应的动词是剔除、剥离、悬置、还原等。第三代诗人对“前倾”以及“前倾姿态”十分看重,并为此做出了不懈的努力,造就了一个诗歌急速嬗变、流派纷呈的白银时代。一方面他们面对的是几十年向上之路的闭锁和诗歌潜在可能性的原始荒芜状态,他们急于且相对易于在形式和语言方面进行开拓和创新;另一方面,这种“前倾”步伐在阻力面前,容易变形为一种哗众取宠的“哗变”,一种“pass一切”的独断论嚎叫和失重状态下的浮躁姿态。诗史表明,先锋诗歌绝不是靠那么一点“前卫意识”或者“前倾姿态”所能揉捏出来的。惠特曼的《草叶集》和波德莱尔的《恶之花》,其前倾性均暗含了当时所普遍缺乏的“下倾性”。七〇后诗人面临向上之路因“话语淤积”“价值肿胀”“道路堵塞”而受阻的状况，向下之路几乎成为他们大多数的必然选择。这既关涉存在论的根性问题，也关乎当下写作的策略。他们要想从踩满脚印的窘境中突围，就必须逆着风低头向下走，向昏暗的生存现场和个人之根寻找与掘进。

> 有一个至高点，从那儿开始往下走（往下走）/有时候会回回头……沿着狮子金色的光芒往下走/突然就是下午了，不知道从什么时刻开始/就有了下沉的感觉，下沉得绝望，留也留不住/开始安静，下午的人群低着头往下走，漫长地走/想要忽视这种坏心情，就笑出声/温和地笑或大笑不止，大声喧哗，争吵/就更安静/安静到了夜晚的心脏。往下走/摇摇头，听见鸟叫，往下走/（往下走，往下走）（朵渔：《下午》）

七〇后诗人出场的总体趋向和行走姿态也是如此。这首诗表述的境遇和状态无疑很准确。他们从“一个至高点，从那儿开始往下走”。朵渔也在其间“往下走”，看起来他能成为一个挺不错的诗人。可走着，走着，他就“走”入“下半身”了，陷进去了，找也找不到了。这不能怪朵渔。“往下走”的路实在太滑，太泥泞。

对七〇后诗人而言，“挖掘”是一个颇具象征意味的词。如果说“往下走”还具有某种姿态性的话，那么停下来“挖掘”，向晦暗而无形的生存现场和语言大地深处挖掘，则是更具实质意义的“下倾”行动。

远人的“挖掘”呈露了另一番隐秘的景观，“把那些/草梗，从泥坑里拔出……//还有根须，在/不干净的水源里伸入，在那里搅/能从地里挖出的我们都在挖/越来越大的坑，风在里面长着/让我们想”。那么，一直挖下去将意味着什么呢？“一块/又一块闪光的凹状蹄铁/把火星溅在我们又一次挖下去的镐头上面/一个中心在那里深不见底”，“中心”出现了，但不是在“上面”，而是在“挖下去的镐头”的“下面”，它是生存者对存在和虚无的探究。重要的是，挖掘者不能放弃“再想一想”，不能放弃本源性思考。当挖掘者“碰到地下闪亮的支流”，他会领悟到“它也是从天空中流下”。原来“天空”也可能在“下面”，因此，“我直起腰看着漏斗装下的天空/在一条条蚯蚓背上蠕动”（远人：

《再想一想》)。这首诗象征性地呈示了形上的“天空”与形下的“泥坑”之间的某种悖反、转换关系。

同样是“挖掘”,韩博的“挖掘”却有着不同的向度。他的诗《到后面去》将上和下的关系转换成了前和后的关系:“你只能在后面挖掘/为了找到朋友。/同手同脚的行路人。/……他们守候在路上,恭迎你落伍的脚步/他们要用光辉将你覆盖。”他要反讽的是那“在后面挖掘”的人。换言之,七〇后诗人们需要向前的“挖掘”,拓进式的“挖掘”。作为诗外之义,我想向后挖掘也是需要的,甚至十分必要。

七〇后诗人的“下倾性”已先在地预设了反形而上性。这并不奇怪。第三代诗人也是如此,但他们反对的是形而上的闭锁和扼制。对七〇后诗人而言,形而上权力的“话语淤积”,以及连带而来的“价值肿胀”,必然导致后续诗人急欲打破这种“梗阻”和“压痛”的困境。“下半身”就是这样一个极端反形而上的群体。稍早一些的“新死亡诗派”,也具有同样坚决的消解形而上倾向。“下半身”团体强调“下半身写作”的意义,首先意味着对于诗歌写作中“上半身”因素的清除,所谓“下半身”写作,指的是一种坚决的形而下状态。也就是对“知识、文化、传统、诗意、抒情、哲理、思考、承担、使命、大师、经典、余味深长、回味无穷……这些属于上半身的词汇”的“清除”,一句话,“诗歌从肉体开始,到肉体为止。这是当下诗歌先锋性的唯一体现”(沈浩波:《下半身写作及反对上半身》)。看得出来,这是一个自相矛盾、陷入迷津的诗歌小团体。

从艺术史看,爱欲(生欲和肉欲)和死欲具有破坏形而上权力扼制的原动力,并能进一步激发出打破它的更高层次的需求和渴望。例如有关十字架殉道的艺术表现成为几个世纪的典型范式,但尼采在“十字架”上看到了“所有时代的最隐秘的诡谋,一种反生命本身的诡谋”(《反基督》)。圣洁的“十字架”成了一种形而上压制和取消生命的力量和标志,也成为爱欲和死欲奋起反抗它,以及西方哲人反思并重建现代文化的起点。包括艺术在内的形而上发展到僵化程度时,就可能处在人性和生命的对立面,这正是所有观念论艺术(如古典艺术)被乔治·毕希纳斥为“对人性丢脸的轻蔑”的原因。在中国大部分古典文学和一部分现当代文学中，表现出强大的“升华”功能，比如将绝望“升华”为希望或“隐逸”为一种田园风物，让苦难“升华”为大团圆，使痛苦“放射”出光辉，都可以视为一种形而上所施加的可怕扭曲与遮蔽。从这个背景看来，“下半身”诗群含有某种合理的动机。问题是，“下半身”诗群的写作实践，无法同应该反对的僵化的形而上“交上火”。

这是因为，他们并没有意识到一个更深的悖论：限制、压制形下的形上正来自形下，并成为形下再度反抗的起点；而以形下反对形上的思路，在现代社会将面临不可规避的复杂情势，马尔库塞指出“工业社会具有一些工具，可以把形而上的东西转变成形而下的东西，把内在的东西变成外在的东西，把心灵的探索转化为技术的探索”[①]。也就是说，形而下并非一个可靠的起点。例如在人的意识深层，文化观念总是遗传、渗透在生命原欲之中。“下半身”反抗“上半身”，反对一切文化的、传统的、知识的、经典的东西，但“下半身”作为前提本身并未受到审视和质疑。谁能保证“下半身”的行为，不是民族古文化图式的一个遗传变种？不是现代“色情文化”基因的冷酷复制？他们在反对什么“形而上”？

在我看来，“下半身”诗群的宗旨和写作至少存在三个自相矛盾的低级错误：其一，他们不知道所谓“下半身词汇”，作为语言/文化的一部分也是“上半身”的，依然受制于一种文化语义。“下半身”可能正是以隐匿的“上半身”来反对显形的“上半身”，从而陷入一个怪圈，成为一种病态的虚妄症和自我欺骗。其二，他们将形而下扭曲为“下半身”，尤其在写作中将肉欲完全取代形而下，这是对形而下的可笑遮蔽。这正是问题的要害。在“下半身”写作里，有的只是“下半身”而已，却难以见到具有人学和诗学意义的形而下在场。其三，既然“诗歌从肉体开始，到肉体为止”，那么这种写作归根结底只是一种肉体活动，它跟作为特殊语言形式的诗歌有什么干系？现在不是形而上在压迫形而下，而是“下半身”在取消形而下。我以为，在艺术或诗艺上反对某些形而上，必须限制在诗艺的最后底线内，而不是反对艺术本身进而取消艺术。诗艺本身作为一个最本质的前提，直接考验并甄别任何打着它旗号的作者和

---

① 马尔库塞：《审美之维》，李小兵译，生活·读书·新知三联书店，1989年，第97页。

团体。即便“下半身”有某种合理的动机，但过度纵欲的“诗作”，怎么能保证它不是另一种“对人性丢脸的轻蔑”？当然，这个群体中的诗人各具形貌，对他们不能一概而论，对每个诗人既成作品也不能一概而论。

基于上述理由，有必要将“下倾”与“下滑”区分开来。七〇后诗人真正具备“下倾性”的写作，是那种与形而上相纠结的形而下的出场与显形，其维度和层面都异常广泛。这是第三代诗人可望而不可及的，也正是七〇后诗人的写作优势。

吕约《运动员》也写到“肉体问题”。“一位运动员”与“我”在操场谈失恋。女运动员将恋爱失败原因归结于肉体因素，如“肌腱炎　韧带劳损　关节松脱　最主要的/月经不规则　我怀疑根子就在这儿”。肉体因素直接影响到至高无上的爱情，这倒是被文学长久遮蔽的问题。所以“我赞同她斩钉截铁的诊断 同时 悄悄感染了/她的忧虑 想起我的那些暗疾 偏头疼/关节炎 坐骨神经痛 共同的是/月经问题 最重要的/让我们陷入共同沉默的问题”。吕约对形上与形下之关系的把握值得称道。她在《午餐》里写“要把那些尖棱/从肉中拔出来/让它们飘起来，带着我们沉重的肉身/上升，不能的话就把它们呕出来”。这里含有对形上与形下的困惑、苦痛和决绝态度。

胡军军的《侵犯》是一首令我震颤的诗。“眼看着，我被庸俗的人群吞噬/我成了他们的暗面，更加/骚动的一部分，‘为什么/我们离不开那张床’/所以，我们庸俗到底”，这种反抗让人感到绝望和无奈。“所以，发自肺腑/选择了会思想的手/但挺不直的生活”，在这里，个人生存出现了分裂和对抗，这是形上与形下的错位和扭曲。“发自肺腑”一词道出日常的悲剧性。且不管“会思想的手”能否敌得过那张“床”，在这种拉锯和纠结中，形而下的生存现场却显现了。“离开这里，但还是/在这里。被折磨/好像享受一件/下流的东西。”存在不可逃避，并被强迫接受，如同“享受一件/下流的东西”。反讽性冷笑出现在诗人的嘴角。这是一首尖利、有力度的好诗。

渣巴的《纪念遥远的人或普拉斯》对形而下的进入，是对“香山南路的某一个地方”这一现场的奇特嗅觉：“一锅正在不断加热的鼎沸的碘酒/散出一股令人拒绝的气味，并且充斥/没有什么新鲜的 看似新鲜的东西在一个瞬间，/在一个方向上，拉扯你/改变你的嗅觉。”诗人以绘画般质感的语言写出形上与形下的挤兑：“太阳像个垂直的水管。/大量的土黄色的坚硬颗粒从我的耳廓淋下/挤压着我的脑袋/这会儿，我正想着昨天晚上梦到的/如何用一个粉绿色的点代替……/如何学习‘格尔尼卡’黑白灰的色彩素质/关涉权力的这个重点。”绝望和反讽证实了七〇后诗人具有一种直面、包容潜在真相的容量和能力。

身位和场位：内面与外面的扭力

在个人言说空间遭到“话语霸权”挤压和市场话语侵蚀的时代，七〇后诗人面临在群体中迷失个体“身位”的困境。所谓身位是个体之在的基点，是不可置换、不可重复的那个独自旋转的暗点。身位是肉在和灵在的独异形式，是私人性的偶在与恒在进而被置入差异之中的言说方式。它同时包含了形下和形上的因素。“身位”之“身”，足以让人想到：收缩到“一人之身”所占的空间该是多么低微。呈现个体之在的身位，意味着对“权力话语”“身教”的讽解和对市场话语“身段”的拒斥。身份只是存在者外部的标志，而身位才是突现昏暗区域的在者之在，因此它是尖利的、不可锉平的那一点。七〇后诗人的诗作，不少都表现出与“一人之身”相关的特征。广子在《钟表店》中写道：

> 在钟表店。我看见/我的身体被拆成无数个闪光的零件//一个猥亵的人，一个瘸子/正用一种什么工具轻轻敲打我的牙齿/往我的眼珠子上注射润滑油/（一种黄色的液体，/让我联想到夜晚的……）//这个暧昧的修理工，表情诡秘/他说：我要使你年轻，像新的一样//从钟表店里出来/我开始怀疑身体的某个部分已被窃换/但并未感受到有什么异常

这种“被拆”“被窃换”的荒诞情形，清晰呈述了进入市场化和工业化过程中丧失个人身位的状态。与此相似，冯永锋在《献辞：想象的力度》中反讽性地叙述了一种“被更换”状态，通过突出的切分节奏造成断裂感，“一个人得/

不停地更换他的工/作、他的年龄、他的/笑容，更换他办公桌上的/表格、他胸卡上的号码、/汽车的零件、书上的/词汇、治病的药物，他/……因此而/脸部发光、手臂有/力地挽着女友和私/生活……他的双脚步得/不停地行走在更换/着方向的路上”。康城的《模具》令人战栗地叙说了另一种个人“被压模”状态：“电话现在只振铃四声，声音也有所畏惧/抗议是否有效/我从你的身体里走出，你却不是我的母亲/你是一具肉体的模具”，“现在实行的是订单制的模具修改/制定一个人的面相”。康城是很有潜力的诗人，其诗作恰当地把握了词和物、此和彼的关系，语言具有穿透性和内在质地，诸如《之前》《风暴》《访谈录》等作品。王炜的诗《缺蚀》以超现实的怪诞手法写出了“尸位”剥夺“身位”的隐蔽暴力：“我所注意的是人体/他们很亮，不刺目，不含懦弱/当他们走动/在下面/土壤就会不停地透明，我、和别的人不能走远。”这种被拆换、被压模和被剔剥的晦暗场景，从不同维度指述个人身位的严重沦丧。不难看出，这与第三代诗人崛起时的场景已大不相同。

存在场景的转换隐含了一个潜在律令：七〇后诗人的个人言说首先必须确定自己的“场位”。“场位”是个人之在的身位所逗留、移动的时空关联域，同时也是进入它内部的存在的形式要素，或者说是被身位之在的气息所涂抹、辐射的境域。不同时代、不同国别的诗人的写作，都理应有不同的、不可替换的基本场位。七〇后诗人更多的是：车厢、过道、广场、暗室、裂缝、阳台、楼梯、走廊、夹道、壁橱等场所，明显区别于第三代诗歌（主要指九〇年以前）常见的场位：麦地、村庄、平原、桥下、树林、河上、旷野、广场、大街、工厂、画室、沉船、餐桌、花园、朋友家、窗前……后者明显带有农业时代的自然气息和空间感，前者则具有巴赫金所谓的“站在边沿上”，以便展开内在的争辩和对话的性质。试比较一下，同是“广场”，朦胧诗、第三代诗歌与七〇后诗人的“广场”大不相同。朦胧诗如江河的《纪念碑》，具有强烈的悲剧性色彩；第三代诗歌如欧阳江河的《傍晚穿过广场》，其反讽性和思辨力度都是朦胧诗所没有的；七〇后诗人如王艾的《狂欢节》，可视为广场上的露天戏剧演出，这儿的“广场”已成为时代巨大容器的瓶沿部分，是各种意识和时尚流行的展台，其“广场狂欢”被转化成了一次面具狂欢和语言狂欢，诗人的质疑和讽解隐蔽在诗行之间。这样说，并非指所有七〇后诗人都找准了个人场位。我只是说他们就整体而言已经意识到了个体场位的重要性。因为失去个人标志性场位的写作，定将使写作的个人言说成为空谈和虚妄。

> 我要滚动地离开不属于我的位置/我不会停留下来/我不会接受一次刹车的命令/像取消惯性一样，戛然而止。（余丛：《我将在奔跑中度过一天》）

“滚动地离开”或者处于“奔跑中”，是七〇后诗人寻索个人身位的独特写照。当然不同诗人的感受和表述是不同的：黄礼孩也在不停“奔跑”，他感到的是一种“渴”，“河流像我的血液/她知道我的渴/迁徙的路上/我为一滴水又呛又咳”。李晓君把它表述为“我走在一条/黑色道路上，朝着与火车站相反的方向”。安石榴需要“一间用灵魂打扫过的屋子”，因为在“宽阔的广场，走在上面总想要小跑/这众目睽睽的地方/空旷得只有我走在上面”。黄海察觉“我的呼吸是微弱的，正如一个人的声音/它是细小的水滴或沙粒/那么容易地被人忽视。它的存在/不过是大街上小心走动的蚂蚁/我的脚步很重，响声很小”。黄金明看见“枝条在黑暗中弯向低处”，他在奔跑中需要“独自在黑暗中停留片刻/喑哑的石头，在它里面有多少忍耐和悲痛？”周薇与之相反，她“继续行走在烈日下/扮演我的游魂的角色”。马非失去了方向，他感激“指给我方向的人/是一位盲人”。范想“需要另一件衣裳，在暗中/向稻草人靠拢”。语言幻觉和现实错觉使阳子感到“屋顶漏下深渊/一秒钟的真实呼吸到空气”。符马活体验到一种破碎感，“我在时间里穿越碎片 企图/恢复瓶的原形再一次让瓶破碎”。

人类的“内外”关系一直存在着剥离性和悖反性，这在弗洛伊德后的全球化时代，已被越来越多的人意识到。七〇后诗人为找回与定位个人之在的言说，除了呈述上和下的交锋，主要呈述为内和外、内面和外面的对峙、互渗与翻转。这对写作意味着诗性语境向历史语境开放，向生命语境渗透。七〇后诗人的“内外”大都不离开“躯体”（不等同“肉体”），或者说，内与外的对峙和渗透被置于外界词和躯体词的错位之间。这种言说注定是窃窃私语的、拗口的、费解的，因而带有磨牙呓语的晦涩性质。

其一，内外对峙。七〇后诗人在青春期就经历诸多挤兑和模压，他们逃避群体场合并躲在室内窃窃私语，进而虚构着自己的“虚妄的传记”。这种私语性质具有吐字不清、独自成俑的特点，因此与外面具有不可通约的特质。封闭这一行为本身，即是对“权力话语”和“市场话语”的拒斥与挑战。孙磊的诗《内心道路》将这种内外对峙表现得异常精微：“内心道路往往开始于/一次注射，生与死也许就在/一根注射器和两瓣棉球之间/摇晃。此时在体内/谁也无法一步迈过/药液的呼吸与默想，假如/病得过深，它还会成为一个/引渡者，让陷入淤泥里的生活/越来越趋于安宁。但/对时间和灵魂的镇压仍要/一直持续到天亮，就像手术会/一直持续到冬天，雪落下/而今天/注射器和人都是一次性的了/谁还能去反复聆听/那血液中的交响？”这里，我们发现了语言中隐蔽的场位：“注射室”或“手术室”。“一次注射”“一根注射器和两瓣棉球”，它们竟然最终导致对“灵魂的镇压”。这些日常的微型物象表明诗人体验与把握的深刻性和精确性，从而有效规避了那种无边空洞的类型化语境。

宋烈毅的诗作大都以窃窃私语出现，其场位一般在昏暗的“室内”，甚至“灰大衣”内。如《居住》《局外人》《平民生活》《盲点》等诗。“一个人的私生活必须有/一片暗绿，一小块/不见阳光的皮肤/一个人可能一生只对自己裸露//一个人可能对他的内衣/更有感情。/他已整整一天缩在/一件灰大衣、一条长围巾和/一双大手套里/他可能已经忘了他的身子。”（《居住》）这些诗将个人生存被诗性言说所忽略的内面裸露出来，其叙述者（或称角色）大都具有洁癖、偷窥癖和敏感多疑的特征，其言语散发出一种阴气和潮气。他最近的作品如《昆虫记》《游荡》等诗，试着将小生物与人的存在缠裹一起，通过混杂和错置传达卑微的生存质感。

吕叶将内面和外面的剥离关系置于小小的“面具”前后（这也是一种场位），“在真相的位置上/我遭遇了不断变更的布景/我已习惯了没有灯光的演出”，诗人痛切写道，“嫁接到我脸上的面具/渐渐成熟 与我的未来非常/相称的面具 丧失了原意/被蒙昧的枪口承认了我的诚实”（《面具》）。李郁葱阅读西·普拉斯诗歌的姿态藏有“内心积年的火”，它“雪一样地覆没了低语”，“那些走失的人，那些时时/被打扰的人，满脸沮丧、阴郁/像是一截被自己的燃烧/所吓坏的蜡烛：魔鬼又高又大/它总是威胁着——像一个匿名潜逃者”。在此，诗人对内与外的明暗关系进行了令人惊讶的解释：“黑暗是什么？码头已无力抵达/陌生而隐秘的疼痛，/我们是自己的间谍，在出卖中/被释放：所谓黑暗//不过是我们对阳光的凝视。”（《街上》）林忠成在《自己过》中表述为“他们在对面阳台做鬼脸/你想上吊　整日阴郁着脸/肚里有股绿汁吐不出来”，大虫《呼吸》中的场位是在“口袋”里，“我在黑暗的口袋内才能听到有关声音”。

其二，内外凸凹。现代人生存的空间越来越逼仄，也越来越具有外凹内凸或内凹外凸的特征。胡续冬的《午睡》一诗正是这种生态的呈现。它同样导源于一次看似琐屑、无关的事件：“他们”是一群被“挂在闹钟内部的衣帽钩上，晾着”的，正在午睡做着好梦的居民，但猝然之间被民工在“楼道里”安装电话的电钻机声惊醒了。在轰鸣的间隙能听见河南话：“‘孬孙，往里塞，再往里塞。’电缆线/紧张得缩成了一根儿童下垂的……”于是在居民楼的各个房间里，“他们的睡眠器官图腾般悬在/床板与床板之间、床板与下午的虚空/之间。一小截口水吃力地落到芦花枕头上。/‘往里……往里……’里面总算有一个人/被自己梦中的二手车撞死了”。内与外的喜剧式的扭力运动，在字符之间充满了强烈的反讽意味，使人看见“他们”的生存和虚在空间，如同日本大地震时立交桥的粗大圆墩被扭成麻花。

阎逸是一位没有受到重视的新锐诗人，具有“捕捉那些粗糙的寂静”的能力。他发现“将室外翻转成室内/并不总是时间也并不总是空间”；借助史蒂文斯之口，他道出内外牵拉的凹凸之状，即“表象来自内省的外移。黑暗的各个部分 /或凸，或凹，左右相反的事物闪烁着/然后熄灭。街景压过来，百叶窗的/板条缓缓倾斜成铁栅栏的原型/生活即是监狱”（《华莱士·史蒂文斯》）。胡子博对语言的敏感藏有深层的恐惧，因为他在其间看到了“裸露的花”瞬间进行了“鲜花暴动”，他对异己的“他们”抱有警惕和躲避的心态，“坐在书桌前反复推敲/不让他们看见 偷偷地/把手心翻来翻去/我往手心里塞入一支笔/

我被灯光打开 现出了影子/他们对我的凸凹无动于衷/他们在转圈/越转越大或 越转越小/就这么,一直到/鲜花暴动的消息/使眼睛出现了盲点”(《大雨之前的光线》)。魏克的内外感觉对比鲜明、细腻而简练,“我们四处走动得太久/我们已习惯于被大风吹成一种旗帜/坐下来 才听到自己的身上/传来一阵影子的呻吟/才知道一个人失去大风的吹拂/其实没有一点声音”(《我喜欢窗下的感觉》)。

其三,内外错置。王炜的《颂辞》在外面的物象上看到了“人体”以及它的内面:“山体像一个人的四肢被弄乱。/在几个果绿素充斥的、柔软肌体的白天/我取下一阵刚刮过的风的/切片,如同一张山羊皮,/镶嵌着多少身体/的迹象:卫生的肺的气味、关节的气味,/仍然在睡眠、谈话……”传统抒情诗通常在对象物上看到人的本质力量,而王炜看到的却是人的内面,那是现代荒诞的根源:“土地在慢慢变化,越来越/接近于尸体、越来越接近于宝石,/在这种教育中,我的身体在慢慢变化”,“一个园丁用清漆涂抹水果,水果内部烂/掉、表面的形态仍然矗立,/当他的尸体被找到,一只箱子灌满了清漆,他裸身泡在其中”。蒋浩的感受趋于尖锐而机智:“我们所见的存在/也会在次第亮起来的街灯下/凹陷成一个个便于隐匿的黑色面具”,“迈克·斯特兰德说/‘我移动,是为了保持完整。’他可能/丢掉了陷在外面的‘我’”。(《陷落》)那么谁才是“陷在外面的‘我’”?怎样找到内面的那个“我”?

孙磊的诗常在体内和体外之间建立微妙的关联和平衡,结构多棱而细密,语词间富于磁性和张力。如他的《航行》一诗,是写在“活页上”的内心回溯式的航行日记,巧妙地将个人经历和航海语汇互嵌其中,内外牵拉、错置以至于含混不清:“服务生写道:南海。1987。雨。海啸。/一生涣散。胆怯、游移但敢于面对”,“当他下到底舱,轮机多年没有修理,/机器参差,他随即从身体中掏出/雪、板子、打火机和月亮”。在《试一试风速》中,他写道:“我试图/挽住他身上的火光,搀住/忘却、孤单和垂暮。我知道/我还年轻,还有机会坐电梯/升到他身体的顶层。透过玻璃/能看到他体内的大海。”我们看到,围绕“他”的“一人之身”,在“电梯”与“身体的顶层”之间,“玻璃”与“体内的大海”之间,诗人造成内与外的双重错置和对比。

视角和叙述："及物"与"不及物"的舞步

在我看来，进入二十一世纪的诗歌写作和七〇后诗人的写作，仍将延续和扩展二十世纪九十年代转喻性的叙述向度。叙述以及叙事成分的大量介入使横组合的伪连续性增强，他者话语、伪历史场景和细节、戏剧断片、癔语症、梦呓、生存的悖谬和内心独白，在一个具备包容眼光和复合技巧的平台上营造成个性文本，进一步将自我封闭的"不及物"写作导向一种"及物"写作，一种更为开阔的对存在本身的敞开与偏离。换言之，"及物"与"不及物"的关系将在一个较为复杂的结构里缠结、摇晃。应该看到，叙述在七〇后诗人这儿已不再那么单一，而是呈多元化、多维化的复合性质。他们将不同时空、不同群体、不同文化的话语、象征杂汇在一起，充满了自语、对语和他语等各种话语方式，语境趋向复杂、混沌因而更具包容性。因为直面处理现代生存各种话语、各种纠葛的庞杂、混杂和复杂，必然在本体意义上需要多种美学成分、技巧的并置与复合，多种文体和表达方式的互渗互侵，进而形成独具个人特色的"合金"诗体。就叙述而言，它融合了象征、荒诞、戏剧化、戏仿、抒情、对话、反讽等多种技巧，如此才能提升对历史和生存的复杂体验的综合处置能力。而这构成了对诗人的气度、智力、创造力的真正考验。

叙述首先涉及视界和视角问题。视界无疑是叙述视角的深层基础。多重视角对诗歌的结构、语境乃至词象产生影响，尤其对诗歌的叙述方式产生影响。二十世纪的现代诗学和现代诗歌的深层变化，在于突破了古典视界的单一性而进入多重视界：神话、历史、现实、文本、在场、元文学等。与伽达默尔阐释学所谓"视界融合"不同的是，诗歌写作需要多重视界的并置与错位。在民刊《偏移》发刊词中，他们给出了如下表述："偏移产生于对多重视界的怀疑性进入，偏移的结果是以自身的成熟对多重视界进行肯定和维护。"那么，多重视界进入诗歌文本，离不开叙述视角和透视方式的衍变与复合。考察七〇后诗人的诗歌，同样不能离开他们观察、处理世界的视角和维面。

一、聚焦式叙述。聚焦式叙述是将视野压缩成焦点以造成视觉强度和内在深度。焦点透视所看到的世界具有多层的景深和意义，而且呈有序、锥形地展现。其语境比较透明，聚焦比较固定。聚焦式叙述可分为外聚焦和内聚焦。朦胧诗常用的象征手法以及第三代诗歌的冷叙述，皆为焦点透视中的内聚焦和外聚焦：从抒情主人公角度或者叙述者角度展开全诗。在七〇后诗人的诗作中，内聚焦占据了主导地位，并且大都带有喜剧性色彩。

戏剧化叙述是角色化的叙述，大都带有反讽性和喜剧性。艾略特特别擅长这种叙述方式，如《普鲁弗洛克的情书》便属于角色化的聚焦叙述。京沪宁地区高校一批优秀诗人，如姜涛、穆青、冷霜、席亚兵、韩博、陈家桥、余弦、陈均、王敖、胡续冬、高晓涛、徐晨亮、颜峻、曹疏影、灵石等，其写作大都借助戏剧化的复合修辞穿越真实时空，在即兴杜撰与多维粘连以及戏仿、调侃他者话语（如插科打诨、市井话语、政治话语、色情语等）之间游刃、狂欢；语言具有很大的弹性和包容度；词义在多重视境中受到个人性质的限定和歧义化，使悬空在上的先在意义遭到多次剥解，从重构的具体场景中生成喜剧性，文本呈开放性以及元叙述性。姜涛是七〇后实力派诗人之一。他的诗《慢跑者》就属于单角色戏剧叙述，写一个"到邮局领取退休金"的老者在马路上晨练慢跑，喜剧性地道出凡人在当下境遇中的卑琐、尴尬、困厄，"他跑过邮电局，又经过家具店/其间被一辆红夏利阻隔，他采取的是/忍让的美德，蜷起周身蔬菜一样的浪花/努力缩成一个点，露水中一个衰变的核/防备绊脚石，也防备雷霆/从嘴巴里滚出的，变成肤浅的脏话"。

王敖是很有特点的七〇后诗人。他的《瞭望塔》使用透视变焦，跳跃式地推拉镜头，在虚实、内外、大小之间极端位移，那个类似卡通魔王的怪物无处不在，竟与我们的生活乃至身体关系密切："我吻了它，以油匠的名义/就像在吻一位恐龙先生的脖子/被一起打晕的苍蝇在/小声哭泣，时不时仇恨地/用手指蘸一下我的唾液"，"太阳在空气中，/会燃烧得更剧烈，仿佛/有针在扎入它的身体并且/慢慢拔出，在苍蝇留下的泪水里/在我的嘴里，有微生物在求救"。事实上怪物成了全诗的焦点，它使隐匿在暗处的非存在显出原形来。

牧斯的诗《平静》，将特异的物象聚焦在"平静"上："平静：四下里无人。平静：你摸黑到厨房/——五十年内，无人出声。你平安地度过今世//从水厂到保险公司——这之间是平静的/你可能放心去睡眠。连蟋蟀,也长梦不醒。”他的另一首诗《潘克》也是戏剧化聚焦叙述。

内聚焦叙述在七〇后诗人那儿,其叙述主体不乏敏感多疑、尖利偏执的特征,而叙述成分常常夹杂在内心独白中。如巫昂的《一个午后的网吧》,西娃的《裂缝》《返回之前》,拉家渡的《说出》,刘泽球的《在零散的时光中间》,陈家桥的《一个安徽人的处置》,李红旗的《医生,请您过来》,穆青的《社会语法》,胡军军的《昏厥,骨头》,李师江的《悲观》,李樯的《敌人》,吕约的《午餐》,白鹤林的《四个短途旅行》。凌越的《虚妄的传记》(之二)以焦虑的、恐惧的内在之“我”为聚焦核心,“我”在暗室回忆和抚摸自己时,突然感到成长历程和生存遭际的荒诞性:“现在,我不得不找寻另一个目标,/以便过去的影像得以存活,/又不妨碍你在密封的塑料容器里歌唱。/而当我试图抽象地干点什么,/我总能看见影子构成的一小片黑暗,/另一些悲伤的人们则称之为‘黑夜’。”一个人内心浪迹并残留下那“一小片黑暗”的传记,相对于真实是“虚妄”的,相对于把它视作“黑夜”的“他们”也是“虚妄”的。

沈浩波的《一个人老了》,跟他的“下半身”作品不同,具有拳击手式的挑战性和雄狮力度:“别盯着我,老家伙,没什么用途,你已经是一个老人了/不要试图充满宽容地抚摸我泛青的颅骨/不要以为你还可以亲抚和招安一个年轻的强盗/我要的不仅仅是俸禄和金钱,我更要你的江山和美人”,颇有莽汉主义遗风。颜峻与春天相关的组诗,如《春天·窥视》《春天·哀悼》等,是他写得最具个性的反讽力作,尤其对口语的吸收和处理与众不同,显示了他驾驭语言的才能。

在聚焦式叙述中,思悟力对叙述的变构与互渗,有力地改变了叙述的内在强度和力度,使平缓的叙事出现思辨的、有穿透力的声音。牧斯的《墓地众生》、蒋骥的《阴影》,于贞志的《不可能的爱》,王敏的《天空》都是如此,而任晓雯的《口红——一种或几种》,与众不同地使用了分析性、说明性语言,较有新意,只是反讽的强度不够。思悟力也可以使诗歌变得清澈而柔韧,如游太平的《事物》《二月》,彭凯雷的《三月的日食》,人与的《无数个夜晚》,圻子的《岁月的风声》,曾蒙的《午后的诗学》,李云枫的《雾落的时候》,陈晓旺的《湖水》

《三月》，黄金明的《雨中广州》《大地的损失》，刘春的《干草》，俞昌雄的《善良的假期》，黄礼孩的《出生地》，徐南鹏的《桑葚》，金鹏科的《一本旧书》，阿翔的《消逝》，朱庆和的《回忆》《有谁感到这个夜晚的重量》等。这些短诗自省、空灵、结实，汲入世界和事物的本源部分。

这里无法回避口语诗的焦点叙述。当下口语诗的总体水平比八十年代口语诗要低，没有出现有影响的大气之作。尹丽川的口语诗很有特点，她的口语有韵味和弹性，靠内敛之力而不是杂语畸联，如《京城夜》《现实两种》，从原始场景中提炼出戏剧性，较有分寸感。只是她被“下半身”的写作理念扭曲了，妨碍了她语言才能的发挥。巫昂的《正面角色》是她把握得比较好的一首，有反讽意味，不像她的其他诗作过于直白。盛兴对口语的控制和提炼，使他获得一个良好的起点，如《眺望使我看得更远》《今年春天》等。

二、散点式叙述。这是一种不断变焦的叙述技巧。视角在相对的双方或多方之间移位、转动，呈现被日常生活和惯于聚焦透视所忽略和遮蔽的东西，但处理不当会导致无所不见。卞之琳名作《断章》便是散点透视的简洁运用。

王艾的长诗《狂欢节》喜剧性地将时代的征候和怪象浓缩于广场的狂欢，视角在“马戏团”“芭蕾舞者”“丑角”“女主角”“嫦娥”的角色之间移位。“今夜我手持地狱的/密码和钥匙，在神经末梢的/亢奋中，我的额头被/挂出屏幕边角的蝙蝠/撞了一下。今夜！//我在24小时服务的私人超市/买到假肢，面具，油彩/去粉刷心灵密室后，我梦见肿瘤悬挂的病态邻居/商量着开一间……//我疲倦的身体便是做着亏本生意的经理，像远处/树冠的乌鸦，嘀咕着如何/继续剥削我的青春。今夜！/我的眼里再也没有二氧化氯的泪花……”(《丑角咏叹调》)他还将“药剂”等意象穿插其间进行人格化叙述，“现在我们步入剧中冗长的空巷/苔藓和藤蔓，挂满唯物的词典/一间地下室里，药剂师/指导我们的梦幻，他的药方/有助于我们混迹人群并产生好感”，如此使结构更为致密，体现了现代诗不同于戏剧的长处。

杨拓的《后半夜》将镜头不断推拉、摇动，是一种比较平实的新闻纪实手法。冷霜的《影子的素描》，视角在“他”和“她”之间切换，每个部分的视点又在叙述者和“他(她)”之间跳动。牧斯的《一个夏天过完》，以季节轮转为大结构，万物的消亡与人的衰微、死亡并置，相互观照并突出人的卑微的一面："一个夏天过完，/小麦、稻子、几千个不知名的事物走完它的一生；/其间夹杂几个人……一个春天过完，死了几头猪，/一个生机勃勃的年轻人；一切都——事不应该……/但如果，你将时间再次压短：一小时/再次会有东西死去。"散点视线在物与人之间不断游移。白鹤林的《电影和一条狗的生平》也是这样。鲍栋的《雨落》，在"雨""他""我"以及"孩子"之间变换视角："在空气与空气之间　雨急着把自己撞碎/像赶往某个地点的人　使自己成为一双鞋子……/当他开始怀旧　当一场雨落尽/他想起的另一场雨……一滴雨不能包含更多的东西　比如/一只淋透的鸟　一只避雨的鸟……"

三、复眼式叙述。将多维视角和多维粘连加以混合的叙述，我称之为复眼式叙述。与上述两种透视截然不同，复眼透视具有分裂的现象叠加、超常的深层变焦和多维的网状粘连等特征；不同于复调叙述具有两个明显声部的特征，它是一种有效地吸附、携带杂语、断片，同时形成拒斥、讽解力场的更趋复杂的叙述方式。它是多维的，超立体的，触角一直伸延到人们日常感觉之外。其变焦间距和频率是超常的，跳跃式的推拉镜头，大推大拉，虚实、内外、大小之间的极端位移，从而产生意想不到的效果。比如碎片的拼贴，正是通过复眼透视来处理的。复眼式叙述的长处在于处理现代人生存的复杂经验。它根源与对主体的完整性与连续性的本质怀疑，写作主体不再被设想为一个产生意义的完整的统一体。复眼透视所看见的是世界或事物的相互畸变、撕裂的重叠影像。它们被置入诗文本时便呈现碎片状，堆叠状。复眼透视避开了散点透视的有序性和鸟瞰性，它是裂片和块面的聚合与离析，视点和盲点的混合与交错，这是一种无中心，无整体的透视。因此作者与读者的关系也发生变化。或者说，读者也是作者的一部分。

陈均的《顺道海淀剧院看一场哑剧》，将世界相互畸变、撕裂的重叠片断、话语、影像，混述成一种嘈杂的、喜剧的、荒诞的文本。我们在其中找不到主导或次要的声音，只看到哑剧的滑稽表演，听到一片杂语喧哗，以及叙述者不断弄混的反串打诨，通体混沌而细部清晰，形成一种既晕眩而又凹凸的语境。它可以视为市场经济时代话语图景的一个仿体断片。

阎逸的诗《一个人》，是复眼透视下个体共时分裂幻化出的微缩切片。“每天都是一幅自画像/每个人都有一颗卡通脑袋，惊愕，喘息/伸出（伸入?）梦城，在两个自我之间/表情含混，无人注意，更无阐释/‘死亡是上帝投寄的一封挂号信’”，复眼叙述的结构看上去比较散漫，甚至给人一团乱麻之感，看不到焦点叙述那种空间纵深，因为它的空间被异质物象和句象充满了，词象和句象如昆虫复眼里的视觉小棱片，排列得极为细密而繁复，粘连强度大，不透明，如同旋转的多维晶体。这种诗对传统阅读方式提出了挑战。

> 一天中的不同时刻对于不同的灵魂/不同的词与物：数字，自我，他人……/脸色混同于夜色，在镜子的两面/同时出现，含混的表情或许有新的意味/掺杂了进去，并带来启示：每一种/幻觉，都在用感官复制着风景/只是言辞里的重影从不属于/任何一个季节。/……（阎逸：《对十一月的阐释》，有节略）

分裂的“重影”正是复眼透视的结果。我们不妨再从语词细部来分析《对十一月的阐释》的后半部分。“脐带与腰带/被强行扭到一起。我在房间里打领带/脑袋缠着绷带，自画像走上墙壁/自己贴胶带”，从修辞上说是词素粘连，但“带”作为根词共时分裂、幻化出几个枝干词，如同蒙太奇的闪回镜头：脐带、腰带、领带、绷带和胶带。它们被特定语链铰合在一起，暗藏着各自的反讽指向。类似的还有“情节，细节/肘关节一起响个不停”，“有人从外套里抽身/有人在健身房里强身，而一旦转身/他们都要被‘现在’伤身”，“我这么想的时候，灯突然熄灭了/短暂的黑暗纠缠着思路/电路经常短路，父亲和母亲工作在铁路/窗外有一条小路”，等等。另一种是从整体到部分的切割运动，如“温度计里的水银柱/一会儿上升，一会儿下降，一会儿静止/像卡在两层楼间的电梯，把一个人/分成了三部分：头，身子，脚。/（整个冬天在世界的空门里站成人形）”，从“温度计”到一个人的“三部分”，再到冬天的“人形”，不同质的物象在大小、分合、实虚之间错动、反粘，可以见出复眼透视下叙述的另一种景观。

蒋浩的诗《陷落》也可视为复眼式叙述。整个结构是戏剧化的精心设计，即多重自恋自渎的小人物角色的重叠，“那双重幻像的出现”：售货员、画者、小提琴手以及叙述者等。在内心独白中幻化出不同的场景，排列着人物心理的病态切片：“你推开/门：一个人在自己的身上画着自画像/她歇斯底里：不能把眼睛画在眼睛上，/嘴唇画在嘴唇上。她把画笔插在性上”，语象并不分裂，只是重叠且呈悖反性，却把握住了一种自恋自虐倾向，效果比较奇特。

短诗里也能找到复眼叙述的例子。宋烈毅的《绳子的故事》很奇特，有点像绕口令，物象欲断不断，看似荒诞，实则是复眼透视下“绳子”的变幻之影。“一根绳子 两个自杀的人/两次企图 遇上了一根/不能重复使用两次的绳子/两根绳子 曾经是一个/绝望的人 曾经是一根绳子/一根绳子 分成了两根绳子/两根绳子 不能给一个/想要自杀的人 给两个人/两根绳子 也不能同时给两个人”，语象的跳荡带来视觉冲击力，于有意间“不及物”，又于无意间“及物”，双向舞步踢踏成凸现言语的文本空间。

中国新一时期以来的诗歌经历了从“及物写作”到“不及物写作”的单极跳，后者深受巴特“不及物写作”理念的影响。然而，绝缘式“不及物”成了形式主义通病，因为它取消了文学对历史语境的进入。在我看来，二十世纪九十年代后期以来的诗歌文本，趋向于“及物”与“不及物”的双向互动。词象和词象的怪异嫁接，非诗语汇和新词的粘连，句象和句象的缠绕，迭象的大量使用，必有硬涩的历史生词强行楔入。但“及物”与“不及物”在文本中呈不稳定状态：在构架上“及物”，在肌质上却“不及物”；或者，这两种状态交替出现。上面所举的阎逸的诗，从整体看偏重“不及物”，它的“及物性”潜藏在细部，在句象与句象的组接之间，有着对生存荒诞的洞察和对人性内面的把握。换言之，传统意义上直截了当的“介入性”，在现代诗中很难找到了；代之而起的是在“及物”与“不及物”之间闪回与跳荡。

变调和复调：深度向韧度的偏移

七〇后诗人的诗歌还具有“变调”的特征。尽管现代诗的调性原理至今仍处于晦暗之中，但探究“变调”这个词，可以发现它具有深层的精神背景，同时也具有文本操作上的技巧意义。综观新时期以来现代诗的演变历程，可以说是从主流诗歌那儿不断变调或转调而来，并与之保持异质、反转距离的过程。诗歌的调值与词性、句式、语气以及背后的诗学观直接相关，其基本调值有高调、低调、长调和短调；由此组合成的基本调式有高平调、高长调、低平调、低短调、长平调、短平调等。朦胧诗更多的趋向于悲剧性的高调值，第三代诗歌反叛性地变调为低调值，二十世纪九十年代诗歌渐趋沉稳、内隐、复合，因而主要呈现为一种长平调、短平调以及复调。当然每个诗人的写作面貌各异，调式也千差万别。

七〇后诗人基本延续了二十世纪九十年代诗歌的写作路数，或者将某个点加以扩大、延伸，或者使潜在的暗点在诗学上更加显豁，进而形成自己的一些特色。从总的调式来看，七〇后诗人趋向低短调和低长调，这与他们的“下倾性”和“内倾性”是相称的。

变调在文本上具有不同的意义。它是指一种调式在文本内部的变化。潘漠子的诗《长城》运用了变调手法：开始三小节的高短调，尖锐、响亮而亢奋，“我需要一块墓碑/你却借给了一座长城//因为我崇高，所以长城崇高/因为我孤独，所以长城孤独”。接下来高短调陡变为低长调，取消诗句的切分节奏，语流和语意均随之逆转：“这些年，我再也没有为你画过肖像。诗性的手，兽性的爪子，已经变得非常有力和粗糙，但并不是当初……至今仍有褒奖你的那双手。永远不是，甚至与你的纹理都不相似。因为这双愈现粗俗的双手会例行腐蚀，腐化和腐朽，留下几根骨质的钩子……”接下来低长调变为低短调，忧郁、痛切、锋利，“在陈规之内。我蠕动过/微弱、再微弱，嗅到了我的牡丹……/外面，站满了教师/梦中站着浇灌的女佣/因为要进去，又要出来/我被扭曲得很抽象/像随风晃动的火苗”，“我飘香、告密、流泪、洗手/用一生来辨别四个方向/一生都在注意前后左右/……前面的路已经窄得像刀尖了”。低短调冷峻而逼人，富于弹性，比较切合内在的片断独语。接下来的两节转入抒情的慢板长调，不断质问又加强了思辨色彩，“你的草图在哪里？你的建筑师去了哪里？你的母亲是谁？你母亲的敌人又是谁？多少年了，你多了一块补丁我就多了一块疤痕。我少了一页日记你便少了一块苔藓”。慢板长调充分利用语言材料的纵深空间传达思情动荡的韵味，酣畅淋漓，腾转的空间较大，恰好与低短调形成对比。潘漠子是七〇后诗人群体中实力强劲的一位。他的另一首长诗《需要》，在词象、句象、音韵、节奏的处理上均有独到之处。最近读到孙磊的佳作《朗诵》，可以说，不断的变奏给这首诗带来充沛的活力。若能有意识地变调一下，效果会更好。

必须指出，诗歌的调性原理以及调值和调式，不能与语言学中的语调混为一谈，尽管二者存在密切关系。语调属于语音学范畴，诗歌的调性属于诗歌韵律学范畴，是现代诗学不可忽视的重要方面。美国学者理查德·泰勒认为“句子的长度、措辞上的流畅与否以及音调模式的相似性都会对所反映的情感形象和意义产生决定性的震动力量。例如，一个长句子就能在时空范围内产生增加长度的印象。……另一方面，一个短句子，要是它被打散成短语，并且进而用尖锐而快速爆破音重读，那就会给人以富有生气、有煽动性或狂暴的强烈印象”[①]。泰勒只说出其中之一点，却给我们以有益的启发。

如果说变调在纵向延伸上展现出旋律线的变化，那么复调则在横向组合上呈现双线的对位性和对话性。它是一种或多种他者话语的侵入、混置，与作品的“第一声音”构成干扰、摩擦或者抵制、嘲讽，使结构形成两种或两种以上异质声音的对峙与互否，也即形成立体的“双声性结构”。七〇后诗人中的一部分，在诗歌的复调性方面有所探索。以“谈话”“笔记”“旅行”作为诗题比较多，原因在于谈话和笔记不仅内蕴形而下琐碎的生存信息，而且含纳双重自我的驳诘以及漫不经心的、平易的言说姿态，易于纳入现代诗歌的调侃与反讽，也易于在其间对自我、知识和存在进行冥思、质疑与修正。蒋浩是七〇后诗人中起步较早、实力较强的一位。他的《说吧，成都》一诗，分别描述了三种场景中的人物对话，其复调性并非指两人的对话，而是紧贴对话的括号中的阐述部分，与对话或叙述部分构成不同的另一种声音，类似一个人的潜台词，或旁白，或反讽，或解构，或调侃，或归谬。

---

① 泰勒：《理解文学要素——它的形式、技巧、文化习规》，黎风等译，四川大学出版社，1987年，第130页。

“先把报纸给他们看看，如果/有兴趣，再电话联系。”/（“电话直接把嘴唇与耳朵/关进同一个语言舱里”）“你应该有信心，它是全成都/最好的读书版……”/（书籍是灵魂的砖块，但读书/只对眼睛有用，并伤害着它）/我记得半个月前认识你，还/忠于你的工作：采访、约稿、编辑/（像忠于你的身体：短发、圆脸、平静的/嘴角）这纸上的爱情像词语中学习漏下来的/沙之书（我爱着你，我的对手/是我的左手，而我的五官/也反对着我的脸）（蒋浩：《展览馆前面的书店》）

看得出来，生存的隐面性的显现，来自于两种话语的对位、讽解和距离，从而使诗歌呈现出内在的复杂性和粘连性。复调结构明显改变了全诗对话或叙述可能带来的单调和枯燥，在每个言说的细部增加摩擦力和弹力。他的《没有终点的旅行》《旅行纪》等诗作均具有上述特点。

谢湘南的《2000 年的一次眺望》，其叙述部分和括号部分构成两个声部，反复对集合名词和代词进行质疑、挑剔，同时改变了诗句的切分节奏，很有个性。梦亦非的长诗《苍凉归途》呈现出多声部交响的繁复特征。从结构上说，主调与副歌、自由诗与民谣之间构成很大张力；从主体部分的话语构成来看，原始水族神话与现代多种话语的对位、交错，叙述他者与叙述文本（即“梦亦非”作为写作者出场）的相互缠结、间离，形成了双向缠绕和多重话语指向的复调结构。其核心是天、地、神、人四位一体文化共时体，宏大、渊深、旷远。南方地域性词汇的运用，以及远古历史人名的次第出场，使全诗散发着楚国的原始图腾气息和瑰奇的想象力。诗人没有陷入原始神话而不拔，他不仅将原始神话与现代流行语交错杂置，从而造成一种远距离的奇特张势，如“‘历史也是一件旧衣裳，谁的生活穿上它/随即与死亡贴身相处。’这是梦亦非的苦笑/像办公室中摇晃的一页电话号码簿/晒着夕阳，但无法被睡眠合上。//直到巫女下班，路过他的研究/在农贸市场中，贸然地念起咒语/使一条鲤鱼停止弹跳：他终于到达/巫女的气息中沉入日子的水底”，而且在意象的、叙事的诗性话语和反观、质疑神话话语与文本自身之间游移、辩否，“现在，时间澄净下来，大地更远/苍蓝的天空宛若诸神的心境——他们在这个清凉之晨驾着车盖退场/雷声，也被辙痕带走，留下了秋天”,“是的,这一切叙事都是神话,是残缺的伪史/‘神话是祖先对时间的伪史,一种策略/他们无形的翅翼,穿越着时空。’梦亦非仿佛耳闻/鬼师离开时的自语,他又重迈他的博物馆”。这种叙述或抒情的调子与后文的尖利颠覆构成不同声部。看起来,梦亦非的长诗比短诗好。他的短诗与长诗虽有相通之处,但怎么就给人一种陈腐、拟古的感觉?

陈均对复调情有独钟,运用得比较自觉,如《J的小夜曲》《梦呓》等诗。在《梦呓》里面明显可以听到两种互否、驳诘的声音,并且构成两个声部的语言织体,这种颠三倒四的语流颇切合梦呓的特征。“你知道世界是属于他们的,也是属于你的/但最终是属于他们的,但我不该这么说/而应当唱:人群呵人群,无可抑制的黑//像飞旋的纸片;犹如游魂野鬼/你忘记了‘人生小天地,天地大舞台’/你忘记了你是在祈祷,还能如此无聊!(絮絮叨叨?)//当然你可以争辩:这就是生活/人民就是力量。而我在另一首诗中写道:/地狱!这就是我对它的全部证词”。诗中戏仿或插入了他者话语,作为个人话语的反面形成相互抵制的反讽力场。

这里不能不提到敏感的“深度”概念。现代诗与后现代诗的区别主要在“深度”的分野上。“深度”一直是大部分中国当代诗的文本取向。自二十世纪九十年代以来,中国现代诗经历了由“深度”向“韧度”的偏移。至今这个过程在理论上仍处于晦暗不明状态。在我看来,以“深度”为指归的诗大都具有尖锐性和坚脆性,如抒情诗、思辨诗和部分叙事诗;而“韧度”是指诗作的包容度,句象的多维粘连和富于弹性的反讽的内部空间。散点叙述、复眼叙述以及复调手法,都是以增强文本“韧度”为指归的。“韧度”并非是对“深度”的拒斥,相反是将“深度”还原到它的最大支点上,或者将多种“深度”扭结成类似缆绳那样的状态。现代诗从“深度”向“韧度”的偏移,是现代诗打造内在质地并应对时代挑战的必由之途。但另一方面,我对七〇后诗人也不无担忧,过度喜剧化、恶作剧式的消解策略和滥用反讽的现象,可能使他们走向表层的打闹和戏谑,从而丢失骨子里的批判精神和悲悯情怀。

2001年8月作

徜徉在语言之途

诗歌是语言中的语言艺术，是语言艺术的最高表现形式。尽管这个大前提几乎受到公认，但并不意味着诗歌的“语言”真正受到重视，以及由语言带来的问题得到限定和解答。实际情形所呈现的裂沟也许比我们想象得要大得多。事实上，诗人的语言观在一定程度上就是诗歌观，例如“文以载道”便内含了“言以载道”，二者相互统一又相互支撑。本文将几种比较典型的诗歌语言观加以比较与辨析，在我看来是有益的。

口语与雅语

口语诗引发的争论一再出现在中国现代诗史中，只不过不同时期有不同的指称。“五四”新诗运动中叫“白话诗”，胡适认为白话“便是干干净净没有堆砌涂饰的话”。发生在二十世纪三十年代的“大众化”讨论，核心是围绕文学的“大众立场”和“大众语”而展开，这其实是文学巨钟的一次回摆，文学的过分欧化和艰涩化使新一轮亲近化成为冲破压抑的必然要求。胡风说：“文学运动每推进一段，大众化问题就必定被提出一次。这表现了什么呢？这表现了文学运动始终不能不在这问题上面努力，这更表现了文学运动始终是在这问题里面苦闷。”（《大众化问题在今天》）

针对以雅语为主的朦胧诗潮，口语诗潮再度涌现诗坛是不奇怪的，其背后是对意识和抒情方式的放逐，以无间隔的生活感和生命感诉诸当下口语，从而走出带有学院派倾向的朦胧诗的影子。说到底，雅语诗歌的危机恰在于媚雅性，也即诗歌更多的在修辞层面优雅地打转而陷入“空心化”——对当下生存状态和抗拒“话语强权”严重失语。这种现象在中国古典诗史上也钟摆式地出现过多次。口语诗潮提出“还原”:由英雄还原到平民,由形上还原到世俗,由变形还原到常态,由隐喻性雅语还原到市井性口语。口语诗与其说是出于审美的反叛,毋宁说是乌托邦破灭后的一次自我正视,一种渴望从“历史绑架”中解放出来的激情意淫,一种重新楔入现实的破罐破摔行为。它至少说明汉语新诗面临着危机,单一模式和单一语调所带来的困境不可扼制地暴露出来。

所谓雅语是指最能体现汉语优势和神韵的典范语言,古代文献和古典文学便是雅语的巨大宝库。纵观中国现代诗史,雅语诗歌无疑还是占据了优势,出现的经典作品也比较多。尽管口语诗潮声势浩大,但留下的经典之作寥寥可数。为什么会这样呢?

我以为,倡导口语诗的诗人和理论家存在以下误区:其一,口语化这个提法本身有问题,口语只是语言的一种材料,以单一语言材料构造文本注定是贫瘠的。各色口语诗派均标榜“以我手写我口”,却大都蜕变成“口水诗派”,便是证明。其二,口语与日常世界同步发生,词与物呈一对一关系,能指与所指相吻合,句子呈现语义透明状态。以多义性为特征的诗歌将单一性视为大忌。还有,很多口语诗的毛病在于缺乏控制技术,语言在世俗语的表层轻快地滑行,难以将语体的透明提升到语境的透明,更遑论挖掘语言内部的诗性特质了。大部分口语诗缺乏对形而下在场性的独特发现,也缺乏那种弥漫的形而上意味,因而极易制造一堆语言垃圾。其三,口语的即时性、顺向性与媚俗性具有天然的亲缘关系。生活中任何新颖的感受迅即被克隆,进而兑换成市井口语充塞在文本中。这造成大部分口语诗在“反英雄”和“平民化”的口号下流于庸常化和随意化,语言运思失去了必要的节制,沉渣泛起,泡沫横流。盛极一时的“生活流诗派”就宣称:“我们为什么写诗?因为我们是人。我们固然对太阳、星星、大海、青山、永恒和神圣感兴趣,但我们孜孜以求的,毕竟是吃饭前有一杯啤酒喝,皮鞋是最新式的,晚上亲亲一个异性的嘴,苍蝇最好全部死光,父亲是好朋友而不是暴君……诗人不是先知,不是布道者,不是头上有一圈灵光的圣人,诗人是凡夫俗子,他想凡夫俗子所想,行凡夫俗子所行。”（伊甸：《生活流的若干招式》）这种不无道理的“沉陷”，矫枉过正地抵消了与日常世界保持疏离的种种努力。于是便出现了这样的悖论：写作者的意图具有颠覆性，却在语言操作中被它的口语所颠覆，以至于它的起点是反叛，落点却并非如此。

“我爱这城市/这是我的兄弟们……的城市/也是我的女人们……的城市/我爱这公平合理的城市/这一天/当我在地下通道里为你弹唱/我的头上/是一万架轰炸机/飞过的隆隆巨响”（伊沙：《天花乱坠·之一》），他似乎在学美国的“嚎叫派”，其实只得了点皮毛而已。我看不出来，这种“诗”跟宣传诗、口号诗有什么不同。比起第三代诗人中的韩东们于坚们，新生代的口语诗实验大大地倒退了。

在我看来，口语对诗而言是一把双刃剑，即它的媚俗性和异质性是并存的。如果说语言是危险的，那么口语又是语言中最危险的。现代诗史上数次与口语相关的诗歌运动都成效不大，原因正在于媚俗性是一颗藏在口语内的“定时炸弹”，它可以扭曲、瓦解或颠覆诗人的所指。至于有人宣称“口语诗是一场诗歌革命”就更可疑了：仅仅从语体来“革命”，这样的“革命”很难避免不成为又一次“泡沫革命”或“口水革命”。

这并不意味着笔者反对口语入诗，相反，笔者认为，口语入诗的关键在于抵制口语中的媚俗性，调动其中的异质因素并加以凸现。其实，媚俗与媚雅是一个东西，它们都以弃置主体性和独立性，向强大的话语力量屈服为特征。而这与诗之本性是背道而驰的。梁宗岱在《文坛往那里去——“用什么话”问题》中表述过他对语言两难性的认识和忧虑：一方面，“我们底白话太贫乏了，太简陋了，和文学意境底繁复与缜密适成反比”；另一方面，“我们底文字经过几千年文人骚士底运用和陶冶，已经由简陋生硬而达精细纯熟的完善境界，并且由更极端底完美流为腐滥，空洞和黯晦，几乎失掉表情和达意底作用了”。在两难面前，在雅语里面兜圈子或者简单的口语化，都不能真正解决问题。好的口语诗必定是正反同体，反返同步，气力同构：它要将生命和生存的质感赋予语言，把在野和在者的智慧还给语言，以本土和本根的气韵运化语言。其实那已不是纯粹的口语，而是经过提炼并加以节制的、适当楔入雅语的口语诗。在这方面,莽汉主义诗歌提供了比较成功的范例,李亚伟的硬汉系列诗和酒鬼系列诗,我以为主要是从异质性方面来融铸口语,诸如绕口令、戏仿口吃、民谣化、呓语、自言自嘲、杂语式、瞎忽悠、伪稚语、答非所问等等,都可以发掘出独特的异质性,从而与常规的、光滑的日常口语区别开来。“我们仅仅是生活的雇佣兵/是爱情的贫农/常常成为自己的情敌/我们不可靠不深沉/我们危险/我们黑质而白章,触草木而死/我们是不明飞行物/是一封来历不明的情书/一首自己写的打油诗”(《硬汉》),“大陆的气候反复无常/漫山遍野的丑女孩/从群众的长相中一涌而出//一个抒情诗人怕风,讨厌现实/在生与死的本质上和病终生周旋”(《妖花》)。这“雇佣兵”“贫农”“情敌”“群众”等词,都是当时活跃在人们口头的流行词汇,在诗歌语言的肌质结构中置入这些词,可以达到奇特的效果。由此可见,口语诗站得住的基点,在于以独立运思与无边质疑来照亮口语,在于嵌入不同语词和话语片断以造成戏讽效果,在于找到回应这个时代的独特的诗意方式。

载道与合道

“文以载道”是一种写作观,也是一种语言观。它在漫长的文学史上占据了主导地位。其实,语言的功能之一就是“载物”或“载道”。形象地说,语言作为“海洋”显露的“冰山”部分,便是它的工具性、规范性和自明性。正是这一点使它成为人类社会不可或缺的基本纽带。但同时,工具性语言对人和世界的自在之物、隐秘之物也有极大的遮蔽性。诗歌的意义在于利用它的承载性,同时破除它的遮蔽性。而这无疑是诗歌在语言上的两难。

载道语言观包含并存的两翼:其一,强调承载性。语言被视作类似车或船那样的东西,诗歌写作主要是在语言的载体性层面进行,写作主体处于压倒语言的支配地位,因此它注重表达的所指性或内容性。无论是“诗言志”,还是“诗可以兴,可以观,可以群,可以怨”,以及“诗歌是世界的立法者和代言人”;无论是“诗言情”,还是“诗歌是时代的传声筒”,都是这种语言观在不同时代的具体表现。对这种语言观不能一概而论,简单的肯定或否定都是粗暴的。一则看所载之“道”为何,二则看载道之“言”是否葆有诗性。

其二,强调“及物性”。“及物性”是对实在、事物或现场的触及与呈现。文学史上的摹仿说、写实说、现实主义均持这一语言观。在这种语言观主宰下形成的文本,结构上往往以横组合为主,历时的,一维的,诗意比较单一、透明,语势比较流畅、铿锵,更讲究形象、场面和细节的处理,讲究语言外部形式要素的组合,诸如韵脚、跨跳和节奏处理等等,经过诸如炼字炼句的修辞处理,所述之“道”更易被接受。

这种语言观自有其存在的合理性,否则它不可能在诗史上统治那么长时间。西方诗史也是如此。加里·斯耐德认为西方的诗歌一直都跟政治有很直接的关系,有进取性的,有批判性的。这几百年来,欧洲不少诗人认为诗人的主要工作是批判。在我看来,凡合乎人道和诗道的底线,载道观应有存在的权利,尤其在特定的历史氛围中,载道诗呼应了民族和时代的要求而凸现诗歌的社会功能。例如杜甫、白居易的部分诗作,田间和艾青的诗,食指和北岛的早期诗作。

> 我来自北方的荒山野林/和严冬一起在人世降临/可能因为我粗野又寒冷/人们对我是一腔怨恨//为博得人们的好感和亲近/我慷慨地散落了所有的白银/并一路狂奔着跑向村舍/给人们送去丰收的喜讯//而我却因此成了乞丐/四处流落,无处栖身/有一次我试着闯入人家/却被一把推出屋门//紧闭的窗门外,人们听任我/在饥饿的晕旋中哀嚎呻吟/我终于明白了,在这地球上/比我冷得多的,是人们的心。(食指:《寒风》)

“文革”后期的“地下诗”(后称作“朦胧诗”),便是这种语言观支配下的产物。《寒风》横组合的水平延伸线十分清晰,一组描述性的意象层层推进。由于拟人、隐喻和象征的运用,意蕴呈扩散和不稳定状态,“不及物性”多少控制了“及物性”的发展,但点睛之笔早等在那儿了:将“寒风”与“人们的心”加以比拟,写一种社会的无情和冷漠,流露无处收留的被抛感和孤寂感。这类诗有个特点,十分注重末节以及结句,前面的意象群皆推向最后的落点:卒章显旨。比较一下,《寒风》与口号体、颂歌体的区别,就在于“道”不同,“言”亦不同。

但纯粹的诗人指责这种载道说并非全然无理。从文本层面来看,它往往在修辞层面变构语言的述它性,以迅速滑向所指为目的,众多的所指又服从于一个超级所指;而能指只起介质和修饰的作用,众多的能指重叠成一个大能指,形成那个叫作“形式”的东西。说它天然缺钙和免疫力低下并不为过,比如,它难以抵制公共符号的重新编码,不能有效破坏或扰乱语法和语义的运算程序,因而极易造成潜在的遮蔽性,语言一览无余地被“道”穿透了,一无所藏地将内在之物显露在外,语言自身的美感质素和诗性意味所剩无几。更要命的是,它易于受到道德等“权力”话语的粗暴干涉,甚至沦落到奴婢或“打狗棍”的地步。

在我看来,存在一种与载道说相似又相异的语言观——合道观。所谓合道,即指道和言不存在载与被载关系,二者泯然合一,言即道,道即言。古代诗哲提出“天人合一”,堪称合道说的最好表述,尽管儒家侧重于“以天合人”,道家倾向于“以人合天”。王阳明《传习录》中说:“理之发见可见者谓之文,文之隐微不可见者谓之理,只是一物。”诸如“采菊东篱下,悠然见南山;山气日夕佳,飞鸟相与还”(陶渊明:《饮酒》),“客心洗流水,余响入霜钟。不觉碧山暮,秋云暗几重”(李白:《听蜀僧濬弹琴》),读之如沐清风,意会于心。古代贤哲还提出“目击道存”的合道方式:“道”存于心,“目击”万物皆显道;发而为诗,则言为心物,道成“言身”。不过此一境界,非经长期修炼不可以逼近。多多认为,向道的境界,是语言无法呈现的。诗人的作用是什么?他就是要通过语言,通过建立语言的存在,接近这个境界,难处就在这里。

西方诗歌固然也有载道之传统,但到了现代,诸如马拉美、兰波、魏尔伦等人皆反其道而行之。艾略特指出:“我不否认,艺术可以肯定地说是为它本身以外的目的服务的;但是艺术并不需要意识到这些目的,而且它愈是不关心这些目的,就愈能更好地发挥它的功能,根据各种不同的价值理论,艺术的功能可能是这样或那样的。”[①]这种表述虽与合道说有距离,但明显拒斥载道

① T. S. 艾略特:《艾略特文学论文集》,李赋宁译,百花洲文艺出版社,1994年,第66页。

说的功利化。

事实上，那些实验文本并不能消泯“道”，只是将“道”巧妙加以转移而已。第三代诗歌带来的可喜变化，在于人性之“道”和存在之“道”更加深入人心！它们作为大地的、个人的、形下的未定之“道”，已构成对僵化的形上之“道”的质疑与审视；同时，“道”与“言”不再被视为分离的、载与被载的关系，而是言即道、道即存在，二者互道互载、互生互长。这既与中国古典哲学相融通，又开启了面向未来文学的新视界。

狂欢与游戏

中国第三代诗歌另有一支先锋，其语言观很前卫，以追求语言狂欢为鹄的。1985 年后出现的非非主义可为代表，周伦佑写下了《自由方块》《头像》等诗，将图形和词语相契为互文性文本，是新时期最早的语言狂欢文本。周伦佑认为，非非主义诗歌是逃避知识、逃避思想、逃避意义的，一句话总结是反价值或非价值化，包括取消“两值对立”结构、取消评价、清除价值词及非修辞、语感还原等。语言还原的方法主要有三：其一打破语言符号与现实世界的确定关系；其二打破语言符号之间的确定关系；其三通过最大限度地降低词语的语义含量，使语感功能凸现出来。

前两点并无多少新意，但语感的提出确乎新颖、前卫，至少在现代诗史上尚无人触及。非非主义认为，语感先于并高于语义，因而包含超语义成分。现代诗长期陷入现实逻辑和严密的语义之网，而语感是一种生命节奏外化为以音质为主导特征的语流，是直觉、半意识刹那间的外化流荡，因而具有抵达本真并与生命同构的可能，成为诗人生命意识挣脱语义网的喷口。语感包括诗人对词语、节奏、语法乃至色彩、硬度的择取与处置。杨黎《A 之三》：“现在/我们一起念/我们念：安/多动听/我们念：麻/一片片长在地上/风一吹/就动/我们念：力/看不见/只是感到/它的大小/方向和/害怕/我们念：八/一张纸从楼上/飘了下来/我们念：米/有时候/我们也念/咪/我们念：哞/鸟飞下来/不留下痕迹/我们念/我们念/安麻力/八咪哞/……”语义、意义和价值固然过滤了，偏离了，可是仅剩下语感，谁愿意再读一遍？这种诗有点像佛经，读者像小和尚。理论上强调语感是一回事，如何践行是另一回事。在我看来，语感也有不同类型须加区分，你能说八股文没语感吗？古典诗没语感吗？当然“非非”们说的是生命语感。此其一。其二是语感并非无意义，它既然源自生命之体验，那么生命意识便在其中矣，这不是意义又是什么呢？非非理论要彻底清除意义，必陷入自设的悖论中。杨黎的《A 之三》可以为证。

在更大的背景下看语言狂欢，其意义表现在它们大都具有抗拒乌托邦和“权力”的倾向性。未来派诗歌、超现实主义、美国语言诗派皆如此。巴赫金认为狂欢化否定文学艺术创作中一切权威性，寻求各种复杂的文学因素的融合，注重文学内容和形式的开放性。同时，狂欢化思维方式可以颠覆板块的思维结构，拒绝把人和世界看成已完成的。从这个角度看，才能理解非非主义何以孕育于二十世纪八十年代的中国，何以存活于偏远之地——崇山峻岭环抱的巴蜀。

1983 年西安诗人胡宽写下长诗《土拨鼠》，堪称精心营构的符号狂欢——“土拨鼠钻木取火/土拨鼠筑鼎铭文/土拨鼠沐猴而冠/土拨鼠建造原子破冰船建造风车/土拨鼠篡改法典高瞻远瞩/土拨鼠咬啮腐烂的尸体/土拨鼠的哲学是宇宙瞬间呕吐和选择宿命毁灭论和自我欺骗体系/土拨鼠偷偷地注射青霉素……和母亲……/土拨鼠在地铁车站贩卖蟑螂的牙齿/土拨鼠演奏巴赫古典乐曲时竟然响屁连天/土拨鼠写信时开始结尾总爱文绉绉地写您好吗您老保重显得情意缠绵/土拨鼠躺在森林里鼾声如雷”。诗人以“土拨鼠”为核心符号，任性狂欢，语词畸联，物象杂交，如同劲爆的摇滚乐，让人窥见自身的伪善、丑陋与兽性，以及世界的荒诞与溃败。

在西方现代文学中，偏嗜语言狂欢者大有人在，例如罗兰·巴特的理论和文本均有这一特征。巴特认为，要将语言从权势中解放出来，就得使写作与规则、惯性、结构斗争，与权力的压抑斗争。他还认为，古典主义的奇思是关系的而不是字词的奇思。在现代诗学中，情况正好相反，字词产生一种形式上的连续，关系意向已消失，取而代之的是字词的爆炸。因为一旦废除固定的关系，字词只有垂直的投射，一个无背景的行动，呈现所有与它密不可分的本源所反射的浓密阴影。[①] 巴特正是用颠覆的方式来对待语言和写作，在他那儿不是文本产生狂欢，而是狂欢产生文本和文本理论。

与非非主义语言观相呼应，韩东提出的“诗到语言止”这一命题简洁、清晰、拒他，散发着维特根斯坦哲学的气味。韩东声称，对这一命题的各种阐释违反了他的初衷或本意。问题是，提出命题的人并不具有阐释这一命题的垄断权。从韩东的写作看，他的诗歌并不属于“诗到语言止”。这一命题将语言突出到前台，强调语言作为诗歌最初也是最高的存在事实，舍此无他。其特征是，“不及物”，自我指涉，从语言到言语，语象与语言以外的任何事物无关，其意旨由言语间的关系所决定而非外部逻辑所决定。“诗到语言止”关涉语言自身的高度形式化，关涉破坏或扰乱语言的载体性，通过重构与变形对历时性进行切分与突接，使语言的纵聚合的垂直语义共时性升起。应该说，对语言的形式和形式的语言的强调，是新时期现代汉诗所取得的进展之一。“诗到语言止”反倒可以概括非非主义诗人的写作实践，如周伦佑的《自由方块》《第二道假门》，杨黎的《冷风景》《高处》《撒哈拉沙漠上的三张纸牌》等。

“诗到语言止”的极致是从能指语晕到语境澄明。能指语晕是语境澄明的前提，在能指的多重裂变、聚合的运动中，大我式的所指遭到解构和破坏。一旦那个合乎文化语义的公共所指被消解了，语境的澄明才有可能。否则，我们看到的不过是语意的透明而已。这种诗有的类似抽象派绘画，有的生成奇诡的超现实世界，如海子的《坛子》：“这就是我张开手指所要叙述的故事/那洞窟不会在今夜关闭。明天夜晚也不会关闭/额头披满钟声的/土地/一只坛子//我头一次也是最后一次进入这坛子/因为我知道只有一次。/脖颈围着野兽的线条/水流拥抱的/坛子/长出朴实的肉体/这就是我所要叙述的事/我对你这黑色盛水的身体并非没有话说。/敬意由此开始。接触由次开始/这一只坛子 我的土地之上/从野兽演变而出的/秘密的脚。在我自己尝试的锁链之中。/正好我把嘴唇埋在坛子里。河流/糊住四壁。一棵又一棵/栗树像伤疤在周围隐隐出现/而女人似的故乡 双双从水底浮上……”对于“坛子”的

① 转引自伍蠡甫等编：《西方文艺理论名著选编》，下卷，北京大学出版社，1987年，第458—460页。

解读众说纷纭，莫衷一是。在诗中，海子避开了惯常的象征写法——将“坛子”置于静立的上方加以歌咏，也未透露“坛子”的确切喻义；而是写“我”对“坛子”的超现实叙事，将远古以来的生命意象嵌入其中，奇幻地出外入内，反主为客，复眼透视，仿佛一幅毕加索的立体主义绘画。但“坛子”并非无解。通过种种分裂、细碎的意象元素，读者仍可以得到暗示：这蛮荒时代馈赠的原始“坛子”，乃生殖力的象征，同时也是生存力的见证。显然，这首诗的语言是冒险的，如同走在锋利的刀刃上，唯此存在才得以敞现。这种写作必须拒斥外在逻辑，出其不意地调动并重构语象，使语言自身的律动带来澄明的结晶：“只要想起一生中后悔的事/梅花便落了下来/比如看她游泳到河的另一岸/比如登上一株松木梯子/危险的事固然美丽/不如看她骑马归来/面颊温暖/羞惭。低下头，回答着皇帝/一面镜子永远等候她/让她坐到镜中常坐的地方/望着窗外，只要想起一生中后悔的事/梅花便落满了南山。”张枣在《镜中》将内心与世界、现实与想象、此与彼梦幻般地置于“镜中”，在首尾旋律句和中间的变奏中使之旋转，给读者带来了微颤的语晕和审美的震撼。“镜子”具有多重隐喻，其中一重是隐喻“语言”的，因为唯在语言之“镜中”，诗中意象和细节的组合才是可能的。这首诗堪称“诗到语言止”的典范之作。

“诗到语言止”是一种“不及物写作”，文本大都具有游戏性。这里必须分清迷宫诗和游戏诗的区别，前者是一种混乱和无解，后者如波里布尼在《抽象绘画引论》中所言，是一种走向精神世界极限的运动，是精神的自由和心智的解放，一种通过线条律动和语言飞翔带来自由的高度智慧。马列维奇说：“现实世界的事物已经像烟雾一样消失不见了。我什么也没有创造，我仅仅体验精神。……通过它们，我看到了一个格调清新生动活泼的新世界。”[①]苏雪林在论述朱湘的诗《猫诰》时认为，该诗“借父子二猫谈话，写出一篇滑稽文字。此诗别无何等深刻的寓意，也不含何等教训，只是纯粹的‘游戏文章’。中国文学只知道拉长脸子说正经话，对游戏精神排斥不遗余力。韩愈做了一篇《毛颖传》，柳宗元便不以为然，无怪乎中国文学之不如西洋之富有谐趣了。《猫诰》是作者童心复来时的作品，除文笔活泼之外，更富于机智、风趣，而且

① 转引自隋丞编著：《走近经典西方现代艺术欣赏》，辽宁美术出版社，1998年，第21页。

二句一换韵，音节异常轻快，于内容之滑稽相称”[①]。其实，这首诗还是含有别样的影射或反讽之意，即对人世间贪婪、狡诈、卑污、怯懦进行了入木三分的调侃与讽刺。

“诗到语言止”在诗歌版图上有一席之地，尽管它属于“小众”中的“小众”。

诗意：永远在言说的途中

现代诗人怀着对语言的深刻怀疑开始写作实验，是带着语言的迷津走在路上。默温认为，语言是社会化的最强大的中间工具，语言将我们的父母、世界、定义都内在化，却反而忽略了我们真正的内心体验——身体和无意识的体验，而这些体验却无法用词汇表达出来。如果说默温早期诗歌的语言沉浸在史蒂文斯式的夸张词汇中，那么转型后的默温诗歌则转向沉默、深度意象和语言的节制与简拙。

在我看来，写作即是与思想同谋，与“权力”反调，其本质是扰乱、解蔽、归本，因而对诗歌语言应持一种开放性和未完成性的态度。其一，对一首诗而言，诗人完成了他的言说，但事实上他依然在言说。因为诗文本的歧义性、暗示性和隐涵性，在言语结构中预设了意义的空白点使它内含体悟不尽的意味。在这一点上，古典诗人和现代诗人有很大不同：古典诗的言说偏重“吟诗”，即诗歌对声音的倚赖、对韵律及韵味的强调；现代诗看重书面的诗行排列、跨跳和翻新，所谓言说即是化无形为有形的符号化过程。

其二，对读者而言，由于想象力和个体差异的加入，一首诗会重新进入言说的动态过程，意义始终处于未完成的途中。因而，“诗在言说途中”关涉接受学和阐释学。

其三，言说与语言、言语的概念不同，它包含了超语言的成分，诗人的言说是对常规语义的卸载和新的意味的赋值过程。正如帕斯在《太阳石》中所

---

① 转引自孙玉石编：《中国现代作家选集·朱湘》，人民文学出版社，1985年，第262页。

言:“诗人除了使用语言——每个词语的含义对所有的人来说都相似——没有别的办法,只能用词语创造一种新的语言。诗人的词语既是语言——交流——也是别的东西:诗,从来也听不见、从来也不说的东西,是语言又否定语言,比语言走得更远的东西。”[①]

> 我把一只圆形的坛子/放到田纳西的山顶。/凌乱的荒野/围向山峰。//荒野向坛子涌起,/匍匐在四周,不再荒凉。/圆圆的坛子置在地上,/高高地立于空中。//它君临四界。/这只灰色无釉的坛子。/它不曾产生鸟雀或树丛/与田纳西别的事物都不一样。(史蒂文斯:《坛子的轶事》,西蒙、水琴译)

史蒂文斯的“坛子”并非在现实秩序中存在的事物,或者说它介于可说与不可说、可见与不可见之间。它是语词的、艺术的、想象中存在的事物,是一种语言中的超语言存在。H.奥特认为,对象征的体验使我们获得对不可说的真实的体验。因为正是在象征之中并且通过象征,在我们之间实际产生了对语言界限彼岸的理解。即不可说的、语言界限的彼岸是真实而非虚幻。我们从内心碰到这个界限并开始突破它。那始终不可理解的某种东西在象征中变得敞亮了。[②] 因为无论从语言和存在的关系,还是语言和超语言的关系,将诗歌语言结构从整体上分为三个层次——表层述它→自述→深层述它,我以为是必要的。西方的述它和自述的结构理论存在缺陷,因此必须加以修正。

述它性是一般语言基本的传达功能和叙事功能。这个功能在诗歌结构的表层同样存在,但诗之为诗恰恰在于,它还有深层的自述性,即语言指向自身并凸现自身的功能。表层述它以意象或语象为基本单位负载着主客世界的信息,在横组合上形成或断或连的叙述链。表层述它的成形,是诗人主体意志和诗歌本体意志交互作用的结果。因为写作主体在重构语言形式的同

---

① 帕斯:《太阳石》,刘硕良主编,朱景冬等译,漓江出版社,1992年,第262页。

② H.奥特:《不可言说的言说:我们时代的上帝问题》,林克等译,生活·读书·新知三联书店,1994年,第36—37页。

时，也被语言形式纳入重构之中。这种互动互构是诗歌获得完形自足而生成自述性的基本条件。舍此，诗歌只能停留于表层述它世界。尊重并激活语言的形式意志，就是以最佳组合结构最大限度地释放语言潜能，使充满张力的词象在相互碰撞中瓦解表层述它的单一指向，在自主阅读的过程中生成千人千面的深层述它世界。自述与其说是作为一种结构层次，不如说是语言在特定结构中产生的转换与弥漫的功能。它是表层述它和深层述它之间的特殊中介。这个中介在开启深层述它世界的同时，暗中置换叙述主体，将表层以诗人主体意志为主，转换成深层以形式意志为主。一般而言，散文对深层自述的要求比诗歌要小得多。散文的意味空间依靠叙事结构渗入思辨因素所造成，当然局部语言的诗性扩张也是有的。

深层述它是自述的直接果实，也是自述的确证。舍此，自述便无所谓自述。语言自述最终指向的，不是语言自身，而是形而上的超语言存在。自述抵制述它又依赖述它(包括表层述它和深层述它)。只要超语言的深层述它存在，诗歌便宿命地含有“诗到语言不止”的空间。一方面诗歌必须抵制和瓦解语言中合乎社会规约之所指，另一方面它必须生成超出常规语义之外的新的所指，在变构语言和形式张力中启开意味之空间。如果仅仅掏空所指或抵制所指而不产生新的所指，也即自述不能生成深层述它，这样的诗作不是沦为新闻体，就是堕入迷宫体。

一言以蔽之，诗本体是什么？有人认为是形式，有人认为是语言，其实二者并无本质的不同。其实我们并不能看见那个叫诗本体的抽象之物，我们只能目击它的两个飞旋的轮子：形式和语言。换言之，语言的形式和形式的语言对诗本体都不可或缺。对诗本体而言，既不存在无形式的语言，也不存在无语言的形式，二者相互依存。这并非是什么二元论，它是一元的，但必须有两只轮子承载这个本体。诗本体就是介于语言与形式之间的那个东西。在访谈录《诗歌的艺术》中 W. S. 默温说过，十七八岁我们所认为的情感，它们是我们的情感，但离词语还远得很。这里的“词语”即是指形式化了的语言。

无论是现代诗还是古典诗，特定形式中的语言存在构成了诗歌的唯一现实，独具个性的形式化语言构成诗之本体的显现。语词和语词在形式结构中，类似卡莱尔所说的，每一片最小的树叶都与最底下的根须、与树的整体中每一个最大的和最小的部分相互交流。[①] 形式和语言皆为诗本体的构成要素，如一掌之两面。在我看来，打通各个命题之间的隔绝和单向性，将写作视野和期待视野纳入其中，将使我们得到一个动态的、立体的，更加横阔、生动的诗歌视界。

2001 年 9 月作

2010 年 10 月改

① 托马斯·卡莱尔：《英雄与英雄崇拜》，何欣译，辽宁教育出版社，1998 年，第 110 页。

从朱湘到海子

朱湘和海子都是从安庆乡村走出，并在三十岁前自杀的杰出诗人，前者十六岁上清华，被鲁迅称为“中国的济慈”，后者十五岁上北大，被公认为一个诗歌时代的终结者。从空间看去，自怀宁的查家湾到太湖的百草林，不过数十公里，其间一条脐带般的大河浩浩汤汤地流过——它是发源于大别山南麓的两条孪生般的支流，在官坝头合流继而在程家渡汇入皖水后，便带着这片沧桑大地的渊源和奥秘在皖城西郊汇入亚细亚巨河——扬子江。从时间看去，朱湘和海子作为二十世纪中国诗歌前后两个坐标遥相耸立。这是一种巧合抑或命运安排？在两个早殇的独异诗人身上，我看到了二十世纪中国诗人艰难前行的悲郁身影。在投身扬子江与卧轨山海关之间，五十六年激烈动荡的时光被涵括了进去，而本质性诗人的命运不曾改变。而在两个坐标所构筑的区间内，中国现代诗歌虽经阻断与异化仍完成了一个诗流序列的闭合。

从朱湘到海子，标志着中国农耕年代最后一波古典主义结束了。朱湘受古典哲学和禅学的影响，坚卓地倡导并实践着新诗的格律化，是新诗史绕不开的人物。沈从文认为：“在音乐方面的成就，在保留到中国诗与词值得保留的纯粹，而加以新的排比，使新诗与旧诗在某一意义上，成为一种渐变的联续，而这形式却不失其为新世纪诗歌的典型，朱湘的诗可以说是一本不会使时代遗忘的诗。”（《论朱湘的诗》）海子则属于“两间”诗人：他的一只脚跨入现代主义门槛，另一只脚仍原地未动——土地之子的血统和对东方古典文化的迷恋，使他在诗中投注的眼神充满感伤和凄迷。他说：“我希望能找到对土地和河流——这些巨大物质实体的触摸方式。……《诗经》和《楚辞》像两条大河哺育了我。”（《寻找对实体的接触》）海子辞世二十余年，纯粹的本质性诗人已寥若晨星。因此每年三月民间自发为他举行各种纪念活动,这在新诗史上是绝无仅有的。质言之,朱湘和海子均不是作为诗歌高峰出现于地平线,而是在文本和生命之两端同时达至纯粹的诗人。在当今诗坛,也有不少诗人自称纯粹,但他们的纯粹与朱湘、海子的纯粹相比,正像是“黄酒之与白干,稀饭之与馍馍,鲈鱼之与大蟹,黄犬之与骆驼”(郁达夫:《故都的秋》)。

亚洲铜,亚洲铜/祖父死在这里,父亲死在这里,我也将死在这里/你是唯一的一块埋人的地方//……//亚洲铜,亚洲铜/看见了吗?那两只白鸽子,它们是屈原遗落在沙滩上的白鞋子/让我们——我们和河流一起,穿上它们吧。(海子:《亚洲铜》)

海是我的母亲,/我向伊的怀里流去。/一日,/伊将抱着我倦了的身子,/摇着,/哼着催睡的歌儿;/我的灵魂将化为轻云,/飘飘的腾入空际,/——而又变形的落到地上,/被伊的爱力吸落到地上了。/阴阴春雨中/远处的泉声活活了。(朱湘:《小河》)

朱湘和海子分属两个不同的时代,却写着同一种诗歌——本质性诗歌,从而使他俩成为孪生的大地之子,以至于不同年代的生者和亡灵也因这种诗歌而成为同行者。那么,何谓本质性诗人?简言之,这种诗人始终秉持诗之信念和本己价值,并将这种观念完全融贯于生命态度和生存方式之中。诗歌是他们的宗教和法器,他们是诗歌的虔诚信徒。正是从信仰、灵魂、梦境、血液中的浩气和铁质开始,他们才成为特立独行、猛烈燃烧并发光的行星。“他们全心从事超尘脱俗的精神活动,建立起对这种生存方式的最高价值的信仰”(班达:《知识分子的背叛》)。朱湘将诗歌视作跟自己一样的生命体:“我的诗,你们去罢!站得住自然的风雨,你们就生存;站不住,死了也罢!”(《夏天·自序》)他认为,“诗的本质是一成不变万古长新的;它便是人性。诗的形体则是一代有一代的:一种形体的长处发展完了,便应当另外创造一种形体来代替……诗的本质是向内发展的;诗的形体是向外发展的”。他认为《诗经》《楚辞》《伊利亚特》《奥德赛》之所以打动几千年后的读者,“是因为它们能把永恒的人性捉到一相或多相,于是它们就跟着人性一同不朽了”(《北海纪游》)。本质性诗人热爱大地胜过自己，但他们更爱大地中的天空、灵魂、呼吸和隐秘。在这一点上，他们更接近浪漫主义。与此同时，他们具备了将大地分解成基本元素，进而揉进诗歌肌质的能力。在他们看来“走出心灵要比走进心灵更难”，“必须从景色进入元素，在景色中热爱元素的呼吸和言语，要尊重元素和他的秘密。你不仅要热爱河流两岸，还要热爱正在流逝的河流自身，热爱河水的生和死”(海子:《我热爱的诗人——荷尔德林》)。在这一点上，他们更类似古典主义。

本质性诗人大致有两种出路：其一是像陶渊明那样从急流中退出，在山水田园间寄托自己的灵魂。尽管在现代难以找到“不知有汉，无论魏晋”的“桃花源”，但退隐内心一隅还是可能的。在现当代，一些本质性诗人写着写着，就消隐不见了。他们对独立写作和自由言谈抱有独特见解，对诗神始终怀有敬畏之心，淡泊名利，宁愿不写或少写，也决不以劣作和庸作亵渎诗歌。其二是游走在昏暗的边缘地带，像屈原那样与污浊、剧变的世界对抗。这注定了他与世界的冲突是持续的、难以调和的，并内化为精神痛切的撕扯与炙烤。从朱湘到海子，其间横亘着闻一多的尸体、阿垅的牢墙、陈梦家的绳子和穆旦的冻河。在奔湍而来的泥沙俱下的急流中，次递呈现着这些追索自由的悲怆亡灵。他们或者横遭打击而哑默，或者被投机性诗人的鼓噪所遮蔽。

要开做一枝白色花——
因为我要这样宣告，我们无罪，然后我们凋谢。(阿垅:《无题》)

1926年，朱湘三次去医院看望病重的刘梦苇。他与刘梦苇在南京相识不过一年，共同的诗艺追求使他们遂成至交。不久他俩同到北京，在《晨报·副刊》创办《诗镌》，致力于中国新格律诗的创作与研究。此时刘梦苇贫病交加，咳血不止，仍抱病写作《万牲园底春》《我所需要的不是爱情》《生辰哀歌》等百余首诗作，在“音韵、诗行、诗序”等新诗形式上进行探索，引起闻一多、徐志摩等人的极大关注，闻一多遂写成著名论文《诗的格律》，提出新格律诗的“三美”标准，后被新月派奉为共同纲领。然而，走进病房的朱湘几乎认不出刘梦苇了:“头发乱蓬蓬的,唇边已经长了很深的胡须,两腮都瘦下去了,只剩着一个很尖的下巴;黧黑的脸上,一双眼睛特别显得大。怎么半月不见,就变到了这种田地?梦苇是一个翩翩年少的诗人,他的相貌与他的诗歌一样,纯是一片秀气;怎么这病榻上的就是他吗?”最后一次去医院是在萧瑟的秋天,也是病者临终的前一天,“当时你那细得如线的声音,只剩皮包着的真正像柴的骨架。……听到你下了一次血块,是无救的了”。一个月前的夏天,朱湘刚刚诀别一位年轻诗人子惠,此时带着祭子惠的诗给梦苇看,想让他“把久郁的情感,借此发泄一下,并且在精神上能得到一种慰安”。谁知梦苇一见诗稿,便从“半意识状态转到全意识状态”那样兴奋,流泪,稿纸在手中颤抖,朱湘怕他太伤感,想从他手中取回诗稿,但梦苇“孩子霸食般地说:‘不不,我要!’”,此时朱湘抬头看见墙上挂着一幅耶稣钉在十字架的画,不禁“热泪夺眶而出”,他慨叹“要问现在有几个人知道刘梦苇,再等个五十年,或者一百年……我不知道你在临终的时候,可反悔做诗不?你幽灵般自长沙飘来北京,又去上海,又去宁波,又去南京,又来北京;来无声息,去无声息,孤鸿般的在寥廓的天空内,任了北风摆布”。(朱湘:《梦苇的死》)

这是中国新诗史上最黯然、凄凉的时刻,也是被文学史家遗忘因而不值一提的瞬间。然而,正是从这遮蔽与遗忘的双重深渊中,升起了本质性诗人那惨淡而伟大的光辉!朱湘称刘梦苇为“幽灵”,为“孤鸿”,是对本质性诗人在世间的命运遭际的深透体悟,更是夫子自道。直到死时,刘梦苇也没见到诗集《孤鸿》出版,徐志摩在《晨报》刊登启事写道:“梦苇的身世,最是可怜,他既无父母,又无同胞,流寓在北京,在呕血与苦工间挨度光阴;他病时少人护持,他呼号,有谁听得,但天佑他热烈的诗魂,这‘孤鸿’如今实现了最后的自由,更不在人间啼叫了!”

与本质性诗人相反的是随机性诗人。随机性诗人是牌局中的诗人,他们的写作仅仅意味着一次“出牌”。他们不可能是行星,而是借行星来反光的卫星,甚至连卫星也不是,只类似漂荡在太空中的浮尘。他们根据需要来决定是做诗人还是做官、经商,根据行情来决定写作观,诗歌对他们不过是生活的一种点缀。朱湘在《北海纪游》中记述了他与刘梦苇谈诗的情形,直截了当地批评诗坛怪象：一班作新诗的人轰轰烈烈了一阵，出了一两个诗集后便销声匿迹，“梦苇对这种现象的解释很激烈，他说这完全是因为一班人拿诗作进身之阶，等到名气成了，地位有了，诗也就跟着扔开了”。朱湘表示部分同意，他补充另两个原因，其中一个是“抒情的偏向”。这是胡适提出的观点，理由是“庶几可以适应忙碌的现代人的需要”。朱湘抨击道，这是“一种浅薄可笑的主张”，“诗的种类很多，抒情不过是一种，此外如叙事诗、史诗、诗剧、讽刺诗、写景诗”都“值得致力于诗的人去努力”。“我们如想迎合现代人的心理，就不必作诗；想作诗，就不必顾及现代人的嗜好。”朱湘和刘梦苇所批判的正是随机性诗人的种种表现。朱湘写过一则短评《尝试集》，指出除去一部分是旧体诗或半旧体诗以及译作，剩下二十三首新诗，可归结为八个字——“内容粗浅，艺术幼稚”。不论他的率直批评是否恰当，这种剥皮见血的批评在当今诗坛都还很少见。至于朱湘评郭沫若的诗，固然也有赞扬，但寥寥几句批评竟也透入骨髓：“对于艺术是很忽略的，诚然免不了‘粗’字之讥……一诗集只四行可读。”其时，郭的“随机性”刚刚显露，难免不在后来的“政治潮汐”中进一步催化成熟。

在当代诗坛，充斥着大量随机性诗人。几乎每隔两年，被网友讥讽的“××体”就会蹿“红”一阵，甚至获利获奖。这是一个诗歌附加值急剧膨胀的时代，或者说，一个诗歌附加值淹没自身价值的时代降临了。诗歌写作除了生成诗歌价值外，在社会流通中还会生成附加值。在当下时代，造就随机性诗人的社会与市场机制空前成熟了——由网站、作协、高校研究中心、文化产业、传媒集团、形象工程等平台构成催生“附加值”的庞大机器，快速制造多如牛毛的诗赛、有偿研讨会、某某国际会议、某某大展、“灌水”批评、虚拟争鸣、刻入碑林、某名士访谈等等。当一轮轮的诗歌评奖潮汐般卷来时，人们是在关注诗文本、诗生态呢，还是关注评委、知名度、“潜规则”、不断攀高的奖金呢？可怕的是，附加值正在成为诗人们梦寐以求的目标。随机性诗人群体擅长投机钻营者自然“脱颖而出”，成为诗坛“佼佼者”。在社会与市场机制面前，诗歌（可以替换为“文学”）的本己价值与附加值必然出现错位或倒置。诗神因遭绑架而黯然退场，自由因被滥用而悬浮中空，随机性诗人大出风头，进而催生大量平庸之作充斥前台。

试想在古典时代，除了以诗取仕外，诗歌的附加值几近于无。屈原被逐后才写出绝响的诗篇《离骚》《九歌》，其时他的身份已剥落净尽，所有的诗句均从血液和绝望中汩汩淌出；陶渊明写作田园诗不能换回一斗米，也不指望博得世人一句赞赏；杜甫在颠沛流离中写下沉郁之作，只关涉乱离的现实和忧患的心灵。在我看来，古典性诗人与世界的关系是人与天地的关系，现代性诗人与世界的关系是人与存在的关系。而随机性诗人与世界的关系，是人与欲望的关系，以及与“关系”的关系。将生命和心灵置于前两种关系并加以精微把握与变构的写作者，都有可能成为本质性诗人。而后一种关系，是在抽空了命定、灵魂和仰望等要素之后剩下的，也必然在神性缺席、价值倒置的消费时代成为滋生随机性诗歌的回旋加速器。

本质性诗人将诗歌与生命、大地和神融贯在一起，四者的循环构成了他们的命脉。一旦这个命脉被切断或受阻，其结局的悲剧性是不可避免的。1989年春节，海子回到久别的故乡，他凄凉地陈述了自己的感受：有些熟悉的东西再也找不到了，你在家乡完全变成了个陌生人！这与他谈及长诗《土地》的观点一致：“由于丧失了土地，这些现代漂泊无依的灵魂必须寻找一种代替品——那就是欲望，肤浅的欲望。大地本身恢宏的生命力只能用欲望来代替和指称，可见我们已经丧失了多少东西。”（《诗学：一份提纲》）海子的命脉断了。海子不可能靠欲望活下去。所有对其死因的种种解释和猜想，均忽略了这一点。朱湘十岁那年随父回到老家太湖县百草林，直到几年后父亲去世才不得不离开。令我吃惊的是，朱湘十八岁写下的诗作《废园》，竟已包含了挽歌性质的悲情元素：“有风时白杨萧萧着，/无风时白杨萧萧着，/萧萧外更听不到什么：//野花悄悄的发了，/野花悄悄的谢了，/悄悄外园里更没有什么。”他在人世的最后时光里曾表示：“我的诗神，我弃了世界，世界也弃了我……给我诗，鼓我的气。替我消忧。我的诗神！这样你也是应该一看我的牺牲罢。为了你，我牺牲一切，牺牲我！全是自取的：我决不发怨声。”（《十四行英体》之七）朱湘的命脉断得更隐秘、更彻底，以至于人们只是从生存表象上寻找他自杀的原因。

为什么本质性诗人注定命运多舛？他们生活在形而上的诗意世界，形下的世故圆通与之绝缘。很难想象一个八面玲珑、练达圆滑的人，能够具备一颗本真透明的诗心。“一个人为什么要把自己的幸福，一下子捣得粉碎？为什么要脱离安适的环境，走上饥饿寒冷而又耻辱的道路?”女作家苏雪林是距朱湘最近的人，她对朱湘之死发出这样峻切的质问。王维晚年在《与魏居士书》中也这样质问陶渊明：“近有陶潜，不肯把板屈腰见督邮，解印绶弃官去。后贫，《乞食》诗云‘叩门拙言辞’，是屡乞而多惭也。……一惭之不忍，而终身惭乎?”苏雪林和王维发出这样的质问，根因在于他们并不真正懂得本质性诗人为何物。试想，凭朱湘那样的学识和翻译能力，在世间找个“饭碗”应该没什么问题。但朱湘的性格孤傲、刚正、偏执、敏感，完全按内心的法则行事，为人处世决不苟且。想当年在清华专攻文学时，他抵制斋务处早餐点名制度，曾记大过三次，并被开除；在美国求学时，一次上法文课，都德一篇小说称中国人像猴子，引得美国学生大笑，朱湘愤而退堂，并最终放弃学位回国。不难看出，本质性诗人与世俗的冲突，是从精神世界的每一个元素开始的，这使他们非常容易受伤和暴怒。海子有一次走进昌平一家饭馆，对老板说：“我给大家朗诵我的诗，你们能不能给我酒喝?”饭馆老板说：“我可以给你酒喝，但你别在这儿朗诵。”在世俗看来是一个笑话，但海子是认真的，他将诗歌当作生活方式和世界的全部。朱湘失业后被周遭诬为“神经病”，连老同学梁实秋也认为朱湘之死应由他自己的“神经错乱”负起大部分责任，社会之“冷酷”负小部分责任。

葬我在荷花池内，/耳边有水蚓拖声，/在绿荷叶的灯上，/萤火虫时暗时明——//葬我在马缨花下，/永作着芬芳的梦——/葬我在泰山之巅，/风声呜咽过孤松——//不然，就烧我成灰，/投入泛滥的春江，/与落花一同漂去，/无人知道的地方。（**朱湘：《葬我》**）

当我没有希望坐在一束/麦子上回家/请整理好我那零乱的骨头/放入一个小木柜。带回它/像带回你们富裕的嫁妆//但是，不要告诉我/扶着木头，正在干草上晾衣的/母亲（**海子：《莫扎特在〈安魂曲〉中说》**）

本质性诗歌的本质正在于挽歌和悲歌，诗史上所有堪称伟大的诗作莫不如此。要知道，这种挽歌是"带上"诗人自己的。他们从来不把自己放在挽歌之外，因为他们是人与天地、人与存在之关联域中的一分子，生命只是他们的挽歌中的最后一个音符。这也是他们的诗中频频出现黄昏意象和死亡幻象的内在原因。然而这样的诗人在世间还能找出几个？朱湘在最后时刻一边饮酒，一边吟诗。他随身带着两本书，一本海涅诗集，一本自己的诗集。海子临行前也饮了酒，随身带着四本书：《新旧约全书》《瓦尔登湖》《孤筏重洋》《康拉德小说选》。震撼我们的其实并非死亡本身，而是本质性诗人耗尽理想的热力后朝向死亡的纵身一跃，借助文本和生命完成本质性诗歌的最后一行。那是行星诗人在最后时刻爆炸并迸发的最后能量，离得越远便越能感受那惨淡而耀眼的光斑。塞尔努达在《追忆费德里科·加西亚·洛尔迦》中说过："西班牙人深入骨髓的悲伤在他的作品中始终隐秘地存在着……不只是悲伤，更是一种悲剧性的意识……这种悲剧意识以两种激情作为基础：爱和死亡。"洛尔迦也正是这样一位天才的本质性诗人。

一个时代的人性被扭曲的程度，与这个时代的诗性被异化的程度是成正比还是成反比，取决于这个时代是否存在本质性诗人，以及有多少这样的诗人。对此，年轻的海子说出了一句真言："这世界需要的不是反复倒伏的芦苇，旗帜和鹅毛，而是一种最深的根基中长出来的东西。真东西。应该向上生长出来。"(《民间主题》)

2011 年 2 月作

从陶轮的方向看
——“中国台湾诗专辑”读后

年少的时候在乡下见过烧窑，见过一双粗大的手使陶轮旋转，而陶轮上的黏土渐成瓦筒状的场景。现在，这场景被我联想到诗歌写作以及现代诗歌的生态。诗人正是那种使陶土揉抟成形的人。他必须有一双使陶轮旋转的有力的手。中国台湾诗人林盛彬在一首诗中写道：“为了一个形象的诞生/捏塑着辘轳上湿软的陶土/在泥土中/把自己转成/水里的梦”。

二十世纪七十年代中国台湾文坛发生了一场现代派与乡土派的争论。这场争论似乎在五十年代末“台湾现代派”发轫之初就埋下了根，其性质在第三世界文化语境里具有普遍性。它实质上是“本土”文学派抵制西方文化和文化“殖民”主义，对六十年代大行其道的现代派主流发起挑战。伴随这一争论展开的是台湾诗歌古典主义渐次回归与崛起。当然，在理论上争鸣是一回事，在诗文本中如何写是另一回事。要知道，诗本体永远是圆的，关于它的理论及争鸣则是方的或扁的。问题还在于，人们总是将二者加以混淆和替换，总用方的或扁的代替那圆的。

诗本体正类似那旋转的陶轮。它有它自己的轨迹和角度，它有它自己的无方向所隐含的可能的方向。不同仅在于，我们永远看不见那诗本体的“陶轮”，只看见每一首诗，每一只成形的“陶器”。在这里，诗生成的“陶土”是语言。诗不仅是语言的艺术，而且是最高的语言的艺术。汉语诗歌受西方现代主义影响，跟经济或时尚方面直接照搬西方话语不大一样，它须经过汉语这一古老语种的过滤、熔炼和再造。这一过程呈现为语言结构和创造主体的双向互动之融合。一个极端的例子是，所有翻译过来的西方诗歌都是另一种汉语诗歌，正如唐诗译成英文后便是英语唐诗了。叶维廉先生对唐诗和英译唐诗之间存在语种、文化之差异做过深层次研究。我的观点是，就诗而言，不是你想怎么“化”就“化”得了的，无论是“西化”还是“汉化”。语言构成了一个无法逾越的天然屏障，起到了过滤器的作用。二十世纪二十年代李金发大搞象征主义够“西化”了吧，意象和句式够怪诞吧，但他的语言骨子里仍有很深的“本土”或者古典主义的胎记。在《弃妇》这首诗中，大量出现了古典词和“之”字型句式。可以说是李金发的文化无意识的自然流露。“台湾现代派”前驱诗人纪弦、罗门、洛夫、痖弦的诗作也同样如此。纪弦标榜“新诗乃横的移植，而非纵的继承”，他的诗《一片槐树叶》《你的名字》具有浓厚的古典主义气味；在更为激进的诗人罗门的《麦坚利堡》《流浪人》那里，汉语微妙的“自造”功能同样细及毫发，像这样的句子“把酒喝成故乡的月色/空酒瓶望成一座荒岛”（《流浪人》），就很难说是现代主义的。语言是与生俱来的无边大海，言语只是露出大海的“岛屿”，更深的渊源来自“语言无意识”。语言也是圆的，坚硬的，加一点“水”（想象或形式）就会变软。只要有人进入并揉抟它，一个语种所包含的全部质素、现代和古典的矿物质都可能随之进入。我的意思不是否定中西诗歌之间存在相互影响、相互渗透的可能，而是对那种将理论争鸣中使现代主义与“本土主义”对峙起来的“灰色”模式，带进“常绿”的诗歌写作中，进而在诗文本中单向“移植”或单向“过滤”的观点及做法持怀疑态度。在现代文学的历史进程中，欧化与本土化是无以回避的持续纠缠，也是相反相成的奇异恋爱，鲁迅曾精辟地指出，存在着内外两重桎梏的危险，它是由我们的“迟暮”所引起的。“本土主义者”对诗歌“他化”的盲目恐惧和抵制，其意义仅停留在捍卫文化主体性的层面上，一旦进入“旋转”的“圆”的诗文本便觉得十分多余和可笑。他们拥有“土是台湾的土/水是台湾的水/在此土此水中长成的双手”这样的优势，又何必担忧那加入的新的质料和新的“捏塑”方法？而在相互影响、相互渗透的更深层面上（主要是指精神和技巧），同样也存在一个“化他”与“他化”的区别。“化他”是坚持主体的，以“我”为主；“他化”是被动模仿的，以“他”为主。当然，语言本身存在着“化他”的功能，但让母语独自承担这种责任是十分危险的。

一般而言，古典主义是专指历时存在的传统以及符合这一传统原则的思潮和流派。这是“本土”文学论者一个基本落脚点。诗人杨佳娴坦言：“总是希望能在现代诗的写作糅合古典的意兴，不仅仅是典故词汇的使用，还包括古典如何被转用化开在现代的语言当中，还能保有那份婉蓄的风致。”这里实际上已含有这样的意识：我们必须从共时性角度来重新理解古典主义或古典性。语言中的传统如同人身上流淌的血液；即便从语言在特定历史时代的诗歌所积淀的形式来看，一个语种的独特优势和魅力也往往被发挥到极致。古典诗的优秀部分将汉语内在的长处和美感质素呈现得淋漓尽致。这种积淀的美感质素和优势在特定语种这儿具有恒定性，它不会随着一种诗歌形式的衰退而消失。它依然活跃在当下“旋转”着的现代汉语之中。它是古典性的，也是现代性的，可以称之为古典的“现代性”或现代的“古典性”。在诗歌写作中过分地区别或留意现代性和古典性，或者将它们对峙起来，在我看来是没有意义的。中国台湾现代主义诗歌的优秀部分，其内在精髓依然隐含着古典主义，实在是一个有趣的悖论。任何时代的诗人和诗歌，无论具有怎样的先锋性，无论具有怎样的现代性，都不可能绕开其语言的优势和弱点。博尔赫斯曾坦言他作为一个阿根廷作家，必须用西班牙语创作，因此很了解它的弱点。歌德也说过，他必须驾驭世界上最糟的语言：德语。在这个意义上，一种语言的诗人的命运带有宿命色彩，母语是他的根和血液，是他的遗传优势以及不易觉察的弱点。在我看来，有关诗歌的“本土性”的核心，在于如何兼容或包容外来的有益成分，从而呈现自身的生存状态和用语优势，也在于深刻地了解自己语言的特点、弱点乃至缺陷。台湾诗歌所进行的实验，曾经给大陆新一时期诗歌以有益的影响和借鉴。但我们也看到，那些刻意进行古典主义实验的，往往效果并不好。在诗坛不也出现过所谓“八卦诗”和“星象诗”么？

从陶轮的方向看，就是回归到自足自圆的诗歌本位，回到守护这一本位的诗人的主体性那儿，使汉语之“陶土”所深藏的各种元素和美感质素被激活起来，进而创造性地重新包蕴、揉塑它们。那么最近的台湾诗歌究竟怎样了？二十世纪七十年代那场争论所隐含的命题及其潜在的二元张力，在中国台湾文坛并没有消失，反而在新一代作家和诗人的作品中呈现出来。我们可以从中国台湾新生代诗人杨平、林盛彬、赖贤宗、张芳慈、张信吉、黄屏渝、杨佳娴的作品寻找踪迹，看看他们是否“凝神聚气/挤压堆捏/湿冷的土块/在手中豁然成形”，是否“将你的灵魂/从颈身处逐步提起”。要做到这一点，全系于陶轮背后那双使之揉抟、旋转的手。

2002年2月25日作

卷　四

在即将崩溃的悬崖上保持危险的平衡
——沈天鸿与现代汉诗艺术

一

二十世纪中国现代诗(广义)的几度转折都与语言因素以及背后的文化蕴藏密切相关,并内嵌着一个两难命题作为波动的中轴:如何在现代诗的背景和参照中确立并突现汉语现代诗的本位?如果说白话新诗运动是在语体上偏离古典,那么"沉钟""新月"等诗派则在语质上回归汉诗传统;如果说李金发、穆旦更多的是在营构上探寻欧式,那么戴望舒、痖弦则倾向于从语韵上挖掘母语的潜质;如果说朦胧诗意味着现代意识对一个民族的启蒙,那么第三代诗歌则延续着现代诗人熔炼汉语精髓的渴求。冥冥之中,仿佛有一个神圣的约定,几代中国诗人奔赴在领受汉诗母语光芒的探求之途。我想,在这个大背景下研究一些诗人的个案,对于现代汉诗不无启示的意义。

在我看来,沈天鸿正是这样一位孜孜以求的现代诗人。他是十五年来少数能卓然独立于任何群体和宣言之外的默默前行的诗人,是少数构建诗学理论体系同时在写作中践行诗学理念的诗人。我想强调的是,做到这一点并不容易。在当下诗坛,有那么多缺乏个人诗歌理念而只知追赶潮汐的风头诗人,也有那么多标榜个人写作同时又大搞小圈子小帮派的两面诗人。考察沈天鸿的整个写作,不难发现他的诗学理论与诗歌写作之间存在互动互证之关系。

应该说,1991年沈天鸿《现代诗歌技巧十二讲》以及稍后一系列诗学论文的问世，标志着沈天鸿诗学主体思想的基本形成。中国现代诗在二十世纪八十年代中期诗坛大裂变后面临着生机与困境并存的形势：一方面如何坚守与深化现代诗精神以对付其萎缩、零散的危机成为无法规避的课题；另一方面这种危机恰恰掩盖了另一种危机，即对诗歌形式及技巧缺乏本体性的自觉意识，忽略了它们对于生成思想和诗意的构成作用。尴尬的是，理论批评界面对新的诗学现象和诗坛乱象不断失语与缺席，其根源仍可以追究到现代诗学理论之建构不足。这如同“双目失明的俄底浦斯的一场自我窒息的悲壮事业——俄底浦斯并不知道斯芬克司正是他的缪斯”①。沈天鸿在深入研究八十年代以来现代诗创作经验和文本形式的基础上，对现代诗学的有机组成部分——现代诗的形式和技巧——进行了系统而精辟的阐述。他不仅注重区分与鉴别古典诗技巧和现代诗技巧的质的分野，而且对受到盲目崇拜的西方诗学理论（如结构、反讽等）进行了独到的反思与修正，从而解开因纠缠不清而悬置已久的理论死结，朝向“唯有完成现代诗学对于古典诗学的战胜，中国新诗才能完全独立地站在几千年诗史中而不会被历史淘汰”（谢冕：《从诗体革命到诗学革命》）这一目标迈出坚实的一步，成为现代诗学建构进程中的重要成果之一。

沈天鸿诗学理论的核心是依据现代诗形式和意义不可分离、形式意味着意义这一特质，从形式开始，将意义作为作品形式结构的功能之一来研究。这样才可能从诗学上打通困扰诗界的意义与形式的“脱节”这一本体性难题。② 概言之，沈氏现代诗学与现代诗写作之间相互融通的烛照式的临界点，便是“技巧即思想，思想即技巧”③这一纲领性的简洁表述。它的重要前提之一，是他于 1988 年提出的“反抒情或思考”这一“现代诗截然区别于前此一切诗歌亦即广义的古典诗歌的特质”④。而抓住了“技巧即思想，思想即技巧”这个“纲”，便可以把握诗人一系列现代诗文本的内在灵魂。我们不妨来看看《雾或虚无》这首诗，作者显然规避了用滥的象征方式，运用了笔者称之为归

① 布鲁姆：《影响的焦虑》，徐文博译，生活·读书·新知三联书店，1989 年，第 9 页。
② 沈天鸿：《科学的现代诗学》，《诗歌报月刊》，1994 年第 6 期。
③ 沈天鸿：《技巧·形式·思想》，《诗歌报月刊》，1992 年第 8 期。
④ 沈天鸿：《反抒情或思考》，《诗歌报》，1988 年第 6 期。

谬式隐喻的技巧：

> 遥远的水流，抽象的声响/雾，在寂静中想象着言而不尽的形式/没有谁能在这形式中飞驰/大地，石头/事物必须一点一点地显现/没有什么灯，包括太阳/能够照见/不肯定的被遮蔽的深处//绿叶出现，村庄出现/一切已为我们习惯的/都重新诞生，但它消失得这样快/宛如从未存在，形同虚构/这是虚无与实存的一致/这是取消界限的运动的混合/置身其中，站下或走动/我们都渐渐变得抽象，成为/虚无设计的一种客体/需要被质询、需要被征服/需要探讨/被实现的可能或不可能性/直到触及在雾之外飞驰的此刻的云层/那形式之上的形式，直到风起

隐含在场与不在场双向转换的具象和抽象，在相互对峙、错置中穿行、展开、凝聚，一种有节奏的振动，一种令人眩晕却又固定的结晶。这首诗中处于悖反状态的"雾""云层"与"灯""太阳"等隐喻得以建立，是直接依赖于或生成于两个相互铰合的逻辑归谬：在"雾"之中却"绿叶出现，村庄出现"，在归于荒谬中显现本真；而在"太阳"之下"它消失得这样快"，我们一无所见，则在归于荒谬中呈现更大的荒谬。这种以隐喻作为"浮标"的互含互否的逻辑归谬决定了内在结构的回旋式，并在其中显现和消解自身。正是这种技巧的运作使"不肯定的被遮蔽的深处"的存在真理（思想）得以"一点一点地显现"，并使这"形式之上的形式"现身与闭合。这说明："技巧宛若道路，它把你带上它的道路，在让你看到思想的风景之时，让你猛然省悟，它就是思想之路。"①

倘若有人认为沈天鸿的形式本体论和西方形式主义是一回事，那显然"失之毫厘，差之千里"。西方形式主义（包括俄国形式主义）虽然具有将艺术回归到本体自律和突出技巧作为文学最强大的推动力的巨大意义，但他们的"形式"和"内容"是相对立的，对于"思想"和"形式"的关系视而不见，从而走向以游戏化和狂欢化为特征的极端形式实验。我想，沈天鸿针对这一缺陷，从传统范畴的"内容"中分离出"思想"并将它提升到与"形式"对等的地位。

① 沈天鸿：《技巧·形式·思想》，《诗歌报月刊》，1992年第8期。

“技巧即思想，思想即技巧”这一回环式表述，是在共时结构上规定了二者的对等性和共生性：二者缺一或者小于一都与之相悖。他认为，作为诗本体的形式，正是由于作为精神本体的人的思想之设定才由潜存变为实存。诗的形式和思想之间的高度契合，是“技巧即思想，思想即技巧”得以双向转换进而二者合一的先决条件；而以诗歌形式内蕴现代意识便构成现代诗精神的核心，对有限技巧的创造性运用和同等技巧水平的创作活动产生决定性影响。这正是沈天鸿与西方形式主义者的歧异所在。沈天鸿在稍后的《诗：形而上学・符号・零度》一文中，从符号学的角度对现代诗和后现代诗作了独到分析与比较，并在指谬巴特“零度”概念的基础上提出了“零度 1”与“零度 2”的概念，对形而上学（思想）的运作转换过程及两种“零度”进行了理论上的阐述与界定，可以视为对“技巧即思想，思想即技巧”在符号意义上的进一步证明。在我看来，以该文发表为标志，沈天鸿已初步完成了他的现代诗学体系的总体构想和基本框架，有力地回应了谢冕“从诗体革命到诗学革命”这一苍凉的历史呼唤。

二

卡夫卡曾经写道：“在巴尔扎克的手杖柄上写着：我在粉碎一切障碍。在我的手杖柄上写着：一切障碍都在粉碎我。共同的是‘一切’。”[①]如果我们对这种“障碍”的理解并不局限于生命和生存所对立的否定性力量，还意味着写作本身所面临的看不见的陷阱和巨大阴影，那么，卡夫卡的“障碍”同样存在于现代汉诗写作中。包括朦胧诗在内的数千年文化和诗学传统既是深厚的背景也是巨大的屏障，而西方话语中心和欧式诗学观念使汉语诗歌的本土优势无以显现，现代汉诗困厄于“经典的月夜”已无路可走。这导致大多数更年轻的诗人从朦胧诗潮中抽身而出另谋出路，“第三代诗人”由此崛起。与此同时，以平面化、零散化为特征的口水诗、伪后现代诗一度泛滥诗坛，僵化的主流诗歌对个人写作的压制依旧在持续。“一切障碍都在粉碎我”成为现代汉

① 转引自叶廷芳：《通向卡夫卡世界的旅程》，《文学评论》，1994 年第 3 期。

诗遭遇的历史困境。

在我看来,沈天鸿诗学理念的结构内核,是深厚的本土文化的古典精髓与敏锐的反思、追问的现代精神的相互糅合、浸润并达到“合金”状态。它构成沈氏个人性写作的深层背景和内在支点。只要比较一下沈天鸿早期诗作与1985年变构后的系列组诗《天空下的河流》,就可以发现在诗人早期的诗歌理念中,上述二元关系尚未形成,或更多地倾向于现代精神,因而在诗歌文本中时有二者失和的情形:有的因负载过重而显直露,有的因缺乏张力而显松弛,等等。诗人变构后的作品判若两人,皆因上述二元结构之一极蓄足强势,本土精髓与现代精神形成了强劲张力并相浸为一。这是诗人变构期出现裂变的根本动力。这一时期的作品大都具有透悟、通脱、清峻、浑厚的特征。如《石钟山》《石斧》《江之图腾》《黄昏时凝视白鹭》等等。

1985年沈天鸿在《深厚“古典”背景上的“现代”》一文中有过如下表述:通过无动于衷达到激动,不加解释得到解释,以疏远冷漠显示关怀,平静呈现求得深沉。这可以视为他的诗学内核形成的标志。由此,我们就不难解释诗人作品中历史性和现代性、本土性和世界性何以同等强烈的深层奥秘。事实上,人类各民族自古至今所面临的生存困境与哲学课题并没有根本改变,“现代性”并非“现时性”,而是以现代人特有的思考和艺术方式去再度触及、打开人类自古延今的基本困境和历史难题。基于此,历史性与现代性处于互含互构、相激相浸的内在契合中。

“水里的血越来越浓/几个世纪的干渴/就等待在这些血上/……几十个世纪,大地都为水所伤!”(《老井与那一年七月》)“我看见青铜之韵/在死去的流水和杏花之上/涌出落日楼头、黑夜和天空//反复穿透我,不灭的灰烬/来自废墟的奔马/从编钟的等待中被取出/发出几乎是我的叫声/但那击动编钟的是谁的手?”(《编钟》)在沈天鸿的这类诗作中,现代追问精神与本土哲学精髓凝聚成一种辽远、澄澈的光,使环绕“老井”“编钟”的历史性境域得以瞬间敞亮、现身。而“西风吹动长安,天气/就像一杯茶那样轻易地凉了/但我喜欢喝凉茶”(《西风》)则举重若轻,在随意冲淡中透出大气来。这里有必要提到写于1989年的《黑鸦》一诗。它可以视为对现代人生存和现代诗自身的存在本相、精神特质与本体追求的诗性把握与呈现，因而在诗人的众多诗作中占有重要位置：

> 到处可见的乌鸦，比这个夜晚/要稍白一些/这就是我们不可多得的/幸福，从它们的翅膀/倾泻而下/阴郁的声音。月光在水面/和天空之间跳跃/乌鸦也是如此，但它是最终的/极限的颜色，活着并非抒情/水，不能将一切洗去/我无意探看它简陋的巢穴/那儿风一直吹过去/到达我儿时的恐惧/现在它被时间夺走，我回头看见/恐惧与幸福同义//人接近乌鸦一直有个限度/才逾越/乌鸦已经飞走

"黑鸦"在夜晚"黑"成"最终的极限的颜色"时，才使它比"这个夜晚/要稍白一些"，这便是现代诗人在"世界日趋黑暗，众神逃逸，大地毁灭"（海德格尔：《什么是玄学》）的"夜晚"发出的追问、拷问之光。这种"黑色将事物的轮廓照亮"（沈天鸿：《月光三章》）的光，让人在遮蔽状态中蓦然直击自身的生存本相而难免"恐惧"，但它恰恰"与幸福同义"，也即阿多诺所言"在'现代性'中不存在诗意的人性：这种猛烈的言谈是一种恐怖的言谈"[①]。而"活着并非抒情"的现代人生存，与"反抒情或思考"这一现代诗区别于古典性抒情诗的特质之间，存在着相互进入与相互呼应的内在关系。自觉的诗人追索现代诗之"乌鸦"，无论就诗本体还是就呈现生存而言永远是过程性的，每一次诗歌历险都要求诗人必须如地球上第一个人同时也是最后一个人那样，思考并"制造出作为历史人质的人在历史图表中生存立足所必需的泥土或止渴之水"[②]，这就决定了诗人"才逾越/乌鸦已经飞走"这种西绪福斯式的命运。换言之，唯达到"恐惧与幸福同义"的思想高度，才能生成、磨砺出形式技巧之刃。记得海德格尔说过："世间的精神衰退已发展到这样的程度，各民族都有失去最后一点精神力量的危险，而只有这最后的一点精神力量才使人可能看到那些

---

① 转引自马尔库塞：《审美之维》，李小兵译，生活·读书·新知三联书店，1989年，第77页。
② 沈天鸿：《现代诗学：形式与技巧30讲》，昆仑出版社，2005年，296页。

衰退的现象……”[①]那么,这“最后一点精神力量”在沈天鸿的现代诗中被持存、燃烧,向物化世界展现着包容“思想和反思想”的深阔图景:既有“秋天一碧如洗/使一切不能留住/泥土高得下雪”(《虚构》)的深湛澄明,也有“从自己回到自己/你把一生的心事一层层剥掉/最后只剩下那把匕首”(《荆轲》)的悲凉惨淡;既有“离开自己的躯体/怒放成一朵花,一生仅有一次/那蝴蝶,它的梦比我更深”(《蝴蝶》)的轻灵飘逸,也有“人是唯一不为秋天所动的花朵/他们已习惯于/开放在匕首的刃尖”(《秋天》)的凛冽逼人。沈天鸿认为,现代诗写作须“顶风行走在/比灵魂还要猛烈的大风中”(《大风》)。

值得一提的是,沈天鸿是中国文艺批评界最早研究和批判后现代文学现象的批评家之一。作为沈天鸿发轫之作的《中国后现代主义诗歌及其批判》一文,写成于风云变幻的 1986 年,数年之后理论界才形成颇具声势的“后现代”热。这与沈天鸿秉持个人的独立的批评立场密切相关,他具有学者型的理论素养、敏锐观察力和思辨把握力:“一支蜡烛,是它自己的事物/燃烧制造它自己的风//它所拥有的,就是/在燃烧中彻底孤立自己。”(《蜡烛》)

三

与上述诗学理念的二元结构相对应的是,沈天鸿诗歌的形式结构也同样隐含着作为内核的二元关系:即顿悟式和思辨式的有机结合,二者呈现互否互生、互补互渗的转换关系。但这儿的顿悟式与思辨式,准确地说都不是思维方式的概念。原因很简单,顿悟式和思辨式既是形式得以生长的原始“结构素”,又是形式得以展开、运化的结构本身。作为两个极点,二者在互否互生的张力中倾斜、旋动与渗透,在不断变构中保持一个“静点”,而其强大的“力场”又使被吸入的技巧得以重新长出,这是造成文本千姿百态而又本色一致的深层原因。大略说来,顿悟式一极,在 1985 年以后的诗作中占据优势;而思辨式一极,在二十世纪九十年代的诗作中出现了强劲势头。

---

① 转引自布雷德伯里:《现代主义》,胡家峦等译,上海外语教育出版社,1992 年,第 300 页。

具体地说，顿悟式在他的诗文本中形成数个形若无痕的“气穴”（与传统的“诗眼”截然不同），既使形式结构获得东方式的深层依托，又使整首诗流溢着难以言传的灵动气韵，而在词和词的重构与延搁之中，“气穴”之真迹闪现于穿透力极强的语象片断。同样，使之现身的不限于分析与解构，而更多的是参悟与触摸。例如《泥土》这首诗，在它的结构中便可体味到数个“气穴”，以及由它们相互贯通而连成的深层“气脉”：

泥土又高又远。我站在它的斜坡上/听泥土从我的皮肤渗出/它是怎样　进入我的内部？//十一月的天空/在一棵白桦树上显得过于沉重/一只低飞的鸟　在无边无际的平原上/隐去//泥土追赶着它。在地面　在空中/无数种飞翔的灰尘/所有的村庄　都保持无法揣测的深度//石头距离风化　也不过千余年时间/我从来不曾像今天这样/认识到一切都是泥土//但婴儿的哭声　仍在耕种过的麦田里产生/河水从陶罐中晃出来/使龟裂的脸上露出微笑/多么甜蜜！泥土……又高又远//一只土拨鼠　碰碰我的脚/那么突然/宛如一道光　照亮了泥土上/所有意味深长的裂痕。

“泥土”既非通常象征意义上的精神或情感的对应物，也非由潜意识幻化而成的深度意象，尽管它与后者有某种类似之处。依我悟解，“泥土”是作为万化归一的本源性存在物而呈现的。人和万物介于终始两端的泥土之间，在完成生命的过程中同样离不开泥土而生存或飞翔。概言之，“泥土”即是诗人所领悟的个体之“道”，而深层结构上的“气穴”也由此生成。

第一诗节本真而又令人称奇：“泥土”何以“又高又远”？一股清灵之气蒸腾而来，这个“气穴”具有极强的吸附力和囊括力。若按传统诗学理论来解析，“泥土”首先会被确定为“中心意象”，但这种分析容易导致“只见树木不见森林”的状况。笔者将“泥土又高又远”视为“气穴”，强调这个语象片断的贯透力和悟解力。另一个“气穴”是“听泥土从我的皮肤渗出”，也是一个语象片断。前者统摄宏观万象，后者深及个体微观。那么，“泥土又高又远”显然具有“大曰逝，逝曰远”的意味。以此为始，我们能倾听“进入我的内部”的“泥土”，同样也目击了它在空中“追赶”无边无际的平原上“一只低飞的鸟”（另一种泥土），并使村庄“保持无法揣测的深度”。中间诗节呈现出另一个“气穴”：“泥土追赶着它”。如果该诗在此继续上升或横逸，那么它完全有理由成为一首象征性作品。然而诗人在第四节笔锋一转，呈示出思辨式一极凸起的力度：“石头距离风化　也不过千余年时间”，具有实证式的果断、重量和雄辩性，内蕴着关于死亡、泯灭的哲学思考——“一切都是泥土”。紧接着，“婴儿的哭声　仍在耕种过的麦田里产生”和“一只土拨鼠　碰碰我的脚……照亮了泥土上/ 所有意味深长的裂痕”，作为最后两诗节的“气穴”，具有呼应、回环、晕染的态势，使全诗流溢于生与死、高与卑、盛与衰、远与近之间，处在不断超越又不断返回之中。

“泥土又高又远”再次出现，与当下“一只土拨鼠　碰碰我的脚”，形成对称式的“气穴”并联，与首节明呼暗应，灵韵流贯于通篇“气脉”之中。必须指出，尾节“气穴”看似由细节构成，但它与叙述文体中的细节截然不同，因为它是以生气聚之，而以灵气现之。当然，若仅从语言修辞层面来说，仍可以认定全诗是以隐喻或象征为主的语境，但关键在于，这首诗的隐喻或象征技巧，是由深层“气穴”和“气脉”浮而出之，我们已无法分清哪是喻体哪是本体，一切均氤氲难辨，其中的“意味”被不断延搁又不断逸出。在我看来，这正是东方诗歌传统的浸润并得以光大所致，也是我所理解的东方现代诗与西方现代诗之最大差异。至于造成顿悟式在古典诗与现代诗的文本中之不同的因素，既与思辨式的侵入和辐射相关，也与被它们吸入的技巧之异相关。我以为，应该将“气穴”和“气脉”提升到形式结构的层面来加以认识，这样才能将其与古典诗学区别开来。总之，在沈天鸿的主要作品中，顿悟式一极始终保持着经久而充沛的势能。

思辨式一极在诗中营造类似“论证”或“推理”的强力语势，有的甚至能找到它的伪“论点”与伪“论据”，而更多的是以议论性句式、抽象词汇以及诸如“因为”“但是”等虚词的介入，造成一种直抵存在本质的雄辩力量和气势。但它又根本不同于“论说文”，也不等同于抽象意义的形象表达，原因就在于它是一种本质直观，是具象与抽象的组合张力，是思辨句型中具象与具象的悖谬关系使“逻辑性”被扭曲、断裂和瓦解，剩下或保留的只是其锋锐之气势而已。我在上文分析过《雾或虚无》一诗。《晚稻》也可归入此类：

酷暑与寒露的两极，这就是/迟到者的定义/在萧瑟的空间，它创造了/黄金的乌托邦，梦一般短暂的/嘲弄的形式/成群的麻雀，夹杂着黑鸦飞起/而流行诗人挥笔写道：/“金子的水稻的王，感恩泥土”/——多么美丽华贵的诗句！/但苍天在上，大地在下/ 没有什么本来的事物/能呼吸他人的呼吸/以最接近秋天的方式/本质出现了/它灌浆、成熟/时光飞逝，没有本质的时代/一切没有本质的/都将在风口中被吹去/那时一年将近结束//但本质是什么？不可承受之重/与不可承受之轻/那就是生命的两极，就是不能走开的真实。

这首诗与《泥土》所呈现的澄澈、高远、自在的境界大为不同，它裹卷着一股逼人的漩涡，但它又不是浑浊的“急流”，而是在偶然的幻觉的具象与坚定的必然的抽象之间错置、游离，精确而敏锐的直观，内敛而强劲的语势，拨开（而非消解）日常的视觉遮蔽，直抵现象之中的绝对真实：本真之物出场、逼近，并思辨性地推进到存在真理的某种极限。如果抽掉诗中虚词和抽象词而代之以常规的意象组合方式，也许它能成为另一种意义上的诗，但思辨式独有的魅力便荡然无存。

对于思辨式，我们不能说它全是舶来货。其实中国宋代诗歌就以议论入诗，尽管这种议论是载“道”并游离于形象之外。相比而言，思辨式在西方诗歌中较为发达。沈天鸿诗歌的思辨式吸收了其中的精华，例如他受史蒂文斯诗歌的影响较大。其思辨式的特征在于，顿悟式在形式趋于无限小的细部渗入与变构，使思辨式结构在强劲的语势中弥漫着空灵俊逸的韵味。在他的现代诗写作中，更多的是顿悟式与思辨式的融合，两极趋于互渗互补、互斥互粘的“中间状态”，至于哪一极更占优势取决于具体的运思结果。而在这二者之间保持“危险的平衡”，正是沈天鸿的优势和所有技巧中最大的“技巧”，这意味着——

冲向悬崖

在那里获得

猛坠虚空的平衡(《编钟》)

如果我们从另一维度,即现代汉诗的语言探索与创新方面来看,沈天鸿也有独到之处。检验一个诗人写作的重要标准之一,是看他在写作中对待母语的态度和运用母语时变构与创新的程度。我们看到,一方面,“五四”语体革命为汉诗由古典格律诗转向现代自由诗开辟了道路;另一方面,这种断裂式的语体和文化的“革命”往往带有自身的缺陷,抛弃古典元素并不能使汉诗走向成熟和大气。因此,现代汉语诗人面临着两难处境:文化和精神背景的断裂与破碎,使写作中的形式乃至基本词汇缺乏内在支撑;汉语自足的表意体系在受到欧式语法的全面入侵后,如何在坚持吸纳、变构的同时捍卫母语的纯正和优势,使它潜在的美质和活力得到挖掘与提炼,等等。我们在反思这段新诗史时,不能忘记现代汉语诗人为此做出的坚卓努力及经验、成果。

沈天鸿在反思和告别朦胧诗后较早开始语言探索。其探索大致可分成三个阶段:第一阶段,注重古汉语凝练而有生命的句式、词汇、节奏与现代精神、技巧、口语的焊接与融合,这主要体现于二十世纪八十年代中期写成的系列组诗《天空下的河流》。他汲取古汉语的句式、词汇、节奏,更注重得其神韵。虽偶有如《江之狂想曲》(“江乃如弓/江竟如弓/一千里激流如一亿钧神力/鼓漱其中/奈何无弦可扣无箭可发/射出的却是它自己/——悲哉!江之为弓!/壮哉!江之为弓!”)这样的作品,但更多的是以古汉语之神写意般地晕染,如1985年的《流水》:“那只船缆绳不系/那只船帆樯斜卧/没有水声/水鸟鸣叫的声音也没有/什么东西的影子悄悄掠过水面/看到它的只有沉在水底的/不属于任何人的目光/水草下星居的是鱼的村落//那只船已经远去/那只船没有形体水也没有形体/三星西斜/两岸依旧在月下匆匆东逝/一片苍茫/生自流动的空阔”,意境浑然,韵味悠远,汉语的简练、古拙、空间感得以复现与激发。第二阶段(1986 年开始),诗人明显倾向于汉语书面语与提炼后的口语的契合与融合,显然有针对性的一面:伪劣的口水诗使汉语诗歌的语言变得琐碎和平滑。系列组诗《生存及生存者》留下了这种探索的脚印,如“这把冷酷的匕首　旋转着/插进了多少世纪的根穴/一寸一寸　向前推进直抵大地的心脏/破坏或收获了/大地上的一切//这就是秋天　我们惯常所说的/金色秋天/四季之手把握着它/一年一度　不可抗拒/直到不留一点儿刀柄”(《秋天》),其语调和语势呈现出强劲、锐利、从容的语言姿态。应该说,类似的探索在其他青年诗人作品中也有表现,沈天鸿在凸显汉语潜在的重量、力度和气势方面别具一格。第三阶段,主要是 1990 年至 1995 年,诗人的语言趋向炉火纯青的境界,对母语的领悟和抟塑得其精髓,诗语朴质、浑厚、清澈、简练,焕发出韵味、时空感以及自由灵动的句式优势。这一时期的《虚构》《月光三章》《马》《蝴蝶》《纸筝》《无题》《我慢慢走入我的躯体》《荆轲》《西风》《编钟》等都是这方面的代表。

我感到疼痛。抬头我会看到秋天
秋天一碧如洗
使一切不能留住
泥土高得下雪

《虚构》中的诗句若以此来形容诗人在语言上的“疼痛”和立足母语之“泥土”,同时又使之“高得下雪”,达到一种简淡、悠远、清刚的境界,我以为是准确的。这证实了美国语言学家萨丕尔的观点:“艺术家必须利用自己本土语言的美的资源……英语能容忍,甚至要求散漫的结构,在汉语里这会是淡而无味的”,“但是我们也不要过分妒忌汉语的简练。……有多少种语言就差不多有多少种文学风格的自然理想”。[1] 这种“理想”同样是所有汉语现代诗人所孜孜以求或企望沉浸其中的境界。

---

① 爱德华·萨丕尔:《语言论——言语研究导论》,陆卓元译,商务印书馆,1985 年,第 202—204 页。

四

一个执着的现代诗人必定在不断返回与超越中重新面对零度，面对一种临界点或分岔点，这时他会感到身处虚无而孤寂的黑夜。

我们可以说，现代诗人在写作历程中的每一次自我否定和自我变构，都是一次艰难的“出生”。“因为每种通过回避而进行的创造——每一个迟来者的创造——都必须做出牺牲”[①]，都必须在平衡中打破平衡，同时建立新的更加危险的平衡。沈天鸿的诗歌写作，可谓游刃于“技巧”和“思想”之间，并“在即将崩溃的悬崖上保持危险的平衡”（理查德·谢帕德：《语言的危机》）。作为独具眼光的诗人和诗论家，他从未停止过对诗的思考和探索。无论就现代汉诗文本还是就写作生涯而言，用诗人在《形而上学·符号·零度》一文中的一段理论表述来概括他的写作无疑是恰当的：

> 对于试图重新确立形而上学的现代诗歌来说，零度是一种有意义的不存在，零度写作是为了创造有意义的不存在即“无”，并进而从“无”中创造意义。[②]

1995 年 9 月作

① 布鲁姆：《影响的焦虑》，徐文博译，生活·读书·新知三联书店，1989 年，第 127 页。
② 沈天鸿：《形而上学·符号·零度》，《延边大学学报》，1993 年第 1 期。

乌鸦的聒噪建筑在我的寂静上
——余怒二十世纪九十年代诗歌评述

余怒的诗歌写作经历了几次艰难蜕变，二十世纪九十年代中期出炉的诗作颇具挑战性。这种挑战性，对当下批评亦如此，既定的诗学范畴和批评术语难以涵盖这种“出格”，因而在一定范围内引起争议并受到抨击不值得奇怪。笔者并不赞同余怒诗观和诗作的所有方面。他的一部分诗作具有过分即兴、任意的性质，甚至造成一堆言语的碎片和垃圾，反过来可能会淹没诗人真正前卫性的作品，从而妨碍人们认识一个更为本质的余怒。从这个意义说，余怒的真正危险来自他自己。事实上，笔者近些年对余怒的诗一直保持追问的距离。当然，如果给余怒的诗贴上“后现代”标签，那是一件非常省事的活儿。我忌讳这种先入为主的贴标签批评。一个有活力的诗人的作品常常呈现出复杂性和多样性，甚至在他的此作品和彼作品，诗观和文本之间常常出现矛盾和抵牾之处。

私人写作：自我放逐的异端立场

余怒提出过“个性写作”的想法及原则。但如果用“个性写作”来框定他的诗文本，在我看来是大而无当的。事实上，余怒的写作走在他所表述的诗学见解的前头。我想指出的是，大众写作、个性写作、个人写作和私人写作，构成了当代中国诗歌写作的演进序列以及平行存在的四种写作姿态。大众写作，是以主流的话语或流行的审美趣味为依据的写作方式。个性写作仍属于传统的风格式写作，具有集约性、统一性和人格性，强调写作在诗艺上具有独特风格，而一般不触及写作主体的个人精神基质。个人写作强调与主流话语保持距离，以及独立的思想能力，在诗艺上具有边缘性和异端性。私人写作可以视为个人写作的激进发展，它放弃了个人化写作中的温和部分，采取更为尖利、对峙、狂欢式的写作姿态："它用一声尖叫/使一堆废墟/再昏眩一次"（《雅歌：乌鸦》），"在只有一人的空房子里/只有一人，比没有人的空房子更加荒凉"。在余怒的诗作中几乎找不到人格的投影，其私人写作有如下特征。

一、戏谑性。余怒的诗作大都是在意象和语象的戏谑中完成对存在的侵入与把捉，其中不乏恶作剧和表演成分。长诗《猛兽》的戏谑性达到极点，《脱轨》《现出》《松弛》《匿迹》《网》《守夜人》《戏剧》等诗作，从语言的变态游戏中进入灰喜剧。《履历》戴上狂欢节的假面具（魔鬼或小丑），通过怪诞拼贴、戏玩重新进入"履历"："生下来，眼睛里全是土，脸像鸟/哭声像圆规，影子像耳朵/……/六月里，红色的冰块消失了，我回到/没有长出的感官中，转眼一岁/寸光只能看见蚂蚁，穿着透明的/衣服，吃树叶、牙膏、棉絮、铅、菊花/两岁半，吃蝴蝶和灰烬/四岁吃下第一只猫，晚上出门倒骨头时/听见猫叫……/十八岁，用数学演算女友，用化学方法/吸收她，消化她的衣服/二十岁一片漆黑，坐在床上数心跳/一分钟十三下，一分钟/三百一，有时五分钟跳一下，七分钟不跳/想到钟也有同样的语病"，光怪陆离，令人忍俊不禁。戏谑之中诗人还是显现一条阴晦的暗线，即个人的精神、心理曲折延展（而非"成长"）的过程，某种压抑天性的非存在的阴气蛰伏着：从"红色的冰块"到"将一串钥匙/熔铸成一把"，从"长不大的女园丁"到猫们"追着各自的尾巴打转"，这些零碎的暗示无疑是重要的，它使得能指的戏谑在深部被所指随意一点，从而获得某种必要的控制力。有时我又怀疑余怒并未从理性高度认识喜剧的重要性，这影响了他对作品的把控力，如《猛兽》有些部分处理得过于冷紧。

二、阴冷性。背离强光的私人写作，注定以阴冷的基调为主。荒诞感、厌恶感是余怒诗歌的基本感觉。它让我们看见被强光遮蔽掉的那部分生存真实，丑陋、病态、可笑的昏暗："动物园里跑了一只豹子/许多人在找它//他们跑到我的屋里/翻箱倒柜/他们说我藏了它//我说：我只是一名医生//我怕动物/他们说：正是因为你是医生/你怕动物"（《嫌疑》），这种奇怪逻辑充斥在精神界面。"两个人就这样/被胡乱包扎在一起/两只玻璃球,被一根头发/一对腰子,被虚弱/……而一个空想主义者正在偷东西/空想的手乌黑。每次遇上/这样的虱子。我都设法回避/我在厚厚的肥胖里打盹/一个人到了三十岁,就是一只蛹了"(《网》),叙述生存个体从形下到形上的荒诞感、滑腻感。"你偷了我的手/又用我的手,去偷别人的东西,结果/我被抓了"(《脱轨》),这种奇怪的因果链被呈现在词象奇接中,有一种东方式的灰色幽默。而"你不会看见,一座城市/集中了全世界的哑巴。你不会看见一个人/集中了全人类的残疾"(《松弛》),则是对群体生存的令人震惊的言说。"你看见/一个亮点,在他的肺里移动,从肺部/上升到喉部,又被咽下,那是/不能言说的肿块,视若不见的/言语之光,三十年后/他的一口浓痰"(《被看见》),从"肿块"到"言语之光"再到"浓痰",这种"不能言说"不会让人感到惊愕,它成为诗人反复变奏的重要主题。这些冷叙述带有浓厚的存在主义色彩,诗人有点像隐在暗角的"冷面杀手"。

这种阴冷性并不妨碍它有时是喜剧式的、热辣的,如长诗《猛兽》第一章"一个终生倦于说话的人/带着他的玩具熊和木雕始祖鸟(他的台词)来了/他把这座骨骼的动物园搬上了舞台/他的世界里的黄疸/他的书房里动物的磷光/……他脸上一脸激动的花粉/明喻者的伪世界、上流社会的阳物/夏天在室内,一钵猪血的广告词里/沿着某种症状升高"。在《客观恐惧》中,那个"抱着闹钟,用一块紫布遮着脸"的家伙,与屋外那个"吱吱叫着"的女占卜者,"一个劲地响着"的闹钟,构成近乎打闹和魔术表演的奇特场景,阴冷性与热辣性相互渗透。

三、拒解性。在私人言说空间遭到侵蚀的时代,会造成"还剩下我,一个人,在盒子里自言自语"(《匿迹》),或者"用化名去死,/找不到尸体"(《环境》)那样的似是而非状态。因而个体诗人的私语注定是晦涩的、拗口的、费解的,带有长夜磨牙呓语的性质。我们看到,在陀斯妥耶夫斯基和卡夫卡那儿,私人空间是"地下室",在余怒这儿只能是"盒子"了,因为"对于他,房间太大,写作是一件/露骨的事/……被子单薄,冷得需要/不停地说话"(《写作者的现实》)。私人写作在诗艺上因独异性而具有前锋性,同时不妨仍具有后卫性,如"失去记忆的人捏造了孩子/得以回到从前//失去钥匙的人捏造了秘密/得以回到密室//两个半夜合在一起/比一夜重了三夜"(《怀旧者》)。

如果将后现代过度膨胀的能指游戏造成的不可解排除在外，那么，私人写作的拒解性更应视为一种抵抗姿态：它的前逻辑性和隐晦性是对"话语权力"和市场规则的拒斥与挑战，同时也是对无边空洞的类型化语境的规避。相对于趋同思维，个体性思维必然是难解的；相对于诗意化了的语言空筐，窃窃私语是难以通约的。拒解性并不等于文本不可理喻，相反它可能是隐形开放的，向着人性的、诗性的和时间性的内部开放。余怒诗作的拒解性可作如是观，包括下列几种情况。

其一，所谓拒解性是对线性语言/思维而言，是对惰性、僵化的审美眼光而言，如果换一种方式恰恰又是可解的。《被看见》按传统方法解读不知所云，若将诗人溶化在怪诞言语中的生存颗粒加以还原，便不难发现它写的是"他"从被存在到非存在的荒诞感受："他在低音里，/冷得直哆嗦。一阵颤抖被置换，只剩下/'颤抖'一词。一道栅栏/将他和他的脸隔开"，这种悬空状态类似"死去的鹦鹉，又回来了，它在壁橱里/继续它的声学练习"。其二，细节上的不可解与整体氛围的可悟性混合在一起。如《现出》让人感到无法让事物在言说中"现出"的囿蔽和昏聩，它可以说"是一个嗓子，叠着。/神经质的，扩散的脸形。一个没有轮廓的/向前波动的喇叭形"所代表的无形力量。对个人言说而言，它正如"同一只漏斗，不同名称的水，/慢慢倒入，却不见流出"。《脱轨》《匿迹》等诗均有上述特点。其三，整体的荒诞不经被某个词象链"泄密"，由此找到解读的"幽径"。黄梁先生的解读便是如此。

余怒另一部分诗，其拒解性不能排除与桑塔格的观点有相近之处：对解释的厌恶导致抽象或刻意装饰的形式乃至"非艺术"的产生。这里显然包含了后现代性的成分，如诗人深层次的焦虑："集体的智慧随着一声口哨/而消散"（《空穴》），与其"坐在概念中/张口一个死结"（《有水的瓶子》），不如"瞪着一把锁"（《界线》），并"与一面凸镜互相抵消"（《活动场所》）。这样的诗只能是一种姿态而已，它可能属于永不开放的私人秘密。

复眼透视：重新进入词和现场

余怒诗歌的特异性，首先在于他观察、处理世界的角度和方式与众不同。

试图从理论上寻找既定范畴来加以解释是徒劳的。我以为这种透视法与焦点透视、散点透视迥然不同，姑且称之为“复眼透视”。这种透视法可能并非始自余怒，但在他这儿得到比较集中地呈现。他在诗中这样写道，“它告诉世界有一只复眼/藏在那里，在盯着它”(《猛兽》)，可见那只“复眼”的出现不是偶然的。复眼透视对诗歌的结构、叙述、语境乃至词语所产生的影响，使得我们无法绕开它来阐释余怒的文本。大致说来，复眼透视有下列特征。

一、分裂的物象叠加。一般而言，焦点透视和散点透视所看到的世界是完整的，有序的，一维的，具有一定的景深层次。而复眼透视所看见的则是畸变、撕裂的重叠影像，类似一个人“脑袋/伸进门里，身子却从/窗户里进来，举着一只灯笼”。它们被置入诗文本呈碎片状，堆叠状，通体混沌与细部清晰，形成一种既晕眩而又凸凹不平的语境。就词象而言，它在这种语境中受到个人性质的限定并歧义化，使悬空在上的先在意义遭到多次剥解，进而从重构的场景中长出自己的血肉来。

在长诗《空穴》中，“空穴”这一核心词象是怎样生成并拒绝现成语义的通约？首先诗人回避了洞穴、黑洞、虚无、暗穴、墓穴等积淀过多的词，而以词素“空”与“穴”的组合产生出一种张力，却在纵聚合上含纳上述词的模糊叠影。在复眼透视中现出了八个现场，每个现场都是由分裂的视象叠加构成，每个视象(也即词象)和细节不断裂变下去，直到从它们各自裂开的缝隙里闪现隐秘的“空穴”为止。比如在第一现场，诗人看见了“他”的分裂幻象：从“他”同时是“无聊的导演，植物和动物之间的媒人/原型和一个演员”，到被进一步分裂成“他的/玻璃里的说话声，耳朵饮水的声音，避孕者漫游的声音，甲虫破裂的声音”等各种变形的声音，诗人认定它们“不可能密不透风”而使人“看不到空穴之风/是来自同一家医院的病人”。“病人”是谁？病人便是个体性又泛指性的“他”，因而也可能是“你”“你们”“我”“我们”。问题在于，“这两只手/握到一起，组成了/新的躯干，随便用一个名字/掩饰过去”，正是“他”对历史中生存的遗忘。而遗忘正是一种“空穴”或者它的衍生物，它长久地隐蔽在日常场景中不被人们触及。

在第二现场，看来有点不可救药的“他”，被分裂成尸体、和众人说话的人、指认凶手的人、老人、年轻人、蜜月里的人、画中人、盲人、土地所有者、占卜者、非法入境者，但依然“不能代表他”的全部。“他”既虚又实，且实且虚，“在众人中躲着，用一块花布/遮着脸”，众人“抬来一面镜子”才能使“他”显形。那么“空穴”在哪儿？它是“孩子肺里的钉子/一个老人的呵欠”，而“他和她说话时，没有人看见/一个圆，正围着他转动，它幽暗/且重”。接下来几个现场，“空穴”这个词变得越发混沌、晕眩起来，但它又是具体的，细及毛发。读者只能在语言现场和裂缝边缘，才能揣摩这个词延伸的语义。“空穴”成了余怒式的在个人阅读中得以重现的多重语境。散点透视也有多个视点，但它们流转有序，不像复眼透视那样成为裂片的聚合与离析，成为视点和盲点的交错。焦点透视下的语境较透明，角度较固定，正像在抒情诗中所看到的那样；散点透视类似于几个焦点透视的组合，处理不好可能会导致无所不见。然而，自以为盲点不存在是危险的。连“太阳”这个光明体都存在大量“黑子”活动。人类正是从盲点中走来并生存于盲点（包括语言的盲点）中。反过来说，没有语词造成的语境中的盲点，也就没了混沌，没了复眼透视。

二、超常的深层变焦。复眼透视变焦的间距和频率是超常的，跳跃式的推拉镜头，大推大拉，虚实、内外、大小之间的极端位移，产生意想不到的悖反效果。在《匿迹》中，隐匿在暗处的非存在或创口被显影。在“我惊醒的那一天”，周围“剩下的东西少得可怜，一只箱子，一串/密码，一句话，半个梨子”，接下来诗人的焦距突转，向前猛推，“还剩下一个朋友，肉眼看不见，用镜子/才能看见，5 mm长，尖细，蠕动”，奇异诙谐，令人捧腹。这便是那个“他者”：是另一个“我”，也是另一个“你”。又如“夏天她穿着三件裙子，再往里/是更小的，简直是细小、窄小/积极的抵抗有时也奏效”，不断推进，逼向常规的限界之外。而“半夜，动物爬上了你的床/别惊慌，那是一只/小小的虱子，她的温柔里的/吸血虫”（《空穴》），大与小之间的极端推拉，产生一种幽默中的尖利效果。

在《被看见》里，复眼透视将表层时间与深层时间里不同“自我”并置、重组：“被看见”的那个“他”，不是别人，正是“你”在时间中消逝掉的那部分，那“被人偷偷剪掉”并隐在“杜撰的名字下面”的那部分。余怒擅长以突然的变焦将对象微缩，并置入同一场景的某个装饰或细节中，成为一个转喻："他回到他的房间，打开窗户/把那个人放进来，把晚上的钟/拨慢些。你看见他/在钟面上走，不是走，更像飘逝。你看见了/他的血，和他年轻时天天穿着的一件血衣/他的影子。"这与通常所见的抒情或回忆的虚化手法、象征手法绝然不同。诗人同时看见两个或多个"他"，并让他们在一起走动、说话和做游戏。

复眼透视还表现在"内外"变焦上。人类的"内外"存在着剥离性和悖反性。一般而言，现代诗人或直接坦露内在冲突，或者通过意象造成内外世界的紧张对峙。余怒的不同在于，他的"内外"大都不离开"躯体"："随心所欲的/一扇窗户，如今锈死了，只能/向内推开。直到他的身体/烧着了，他还在熟睡"，一直到他"朝里面看/他空了，胃里坐着一颗/巨大的泪珠，像受伤的青蛙"(《空穴》)；"正在重复的外形将我攫住/使我听到我的叫喊/将我的叫喊攫住，使我不再聆听/叫喊中的黑色色块，勒死在心中/我就是它的核。它的消除了仇恨的/蜡制面具，可以随意更换/可以不出现就消失/不说话就漆黑一片/这正在重复的，与那永不出现的/一切的核给我以沉重"(《内外》)。可以说，内与外的对峙被置于同一"躯体"之间，外形和核之间，它所发出的两种"叫喊"之间，我和"我"之间。

三、多维的网状粘连。复眼透视很大程度上是多维的，超立体的。它的触角一直伸延到日常感觉之外。诗人像一个握长竿捕蜻蜓的顽童，将异质异向的飞物捕获在蛛网上。许多碎片的拼贴，正是通过复眼透视来处理的，短诗《历程》如同一幅抽象画，几种不同的道具或碎片拼接在一个平面上：最上方是一个"苹果烂了"，旁边是"手在遮羞""一只鼻子""一盏1000瓦的灯"，中间是一块"墓地"，"冰块融化"了，流出"多余的水"，下面是"一树叶子"，直立着像在"吱吱叫"。此诗传达的是"成长的恐怖"。

从细部技巧上说，有多种粘连方式。第一种，词素粘连。"A代表手/B代表凶手"(《戏剧》)，手和凶手的联系只基于词素"手"相同，引出"凶手"一词既顺当又突然；"泛指的一只手/爬满我的全身"(《禁区》)，"泛指"的"指"和"手"在词素上建立联系，将"手"虚化，那是一只使"我遭到围困/处女遭到比喻"的"手"。而"一个字母，该大写时/就大写。该小便就小便"(《脱轨》)，两个语象的联结是基于“大”与“小”这对词素的反粘。第二种，感觉粘连。“午夜的嘈杂收拢在巨大瓷瓶的某一点上/在瓶口处，带着可见的味觉的性质/逗留在舌尖，在帷幔中建起一座/饶舌的房子。逗留在唱片上，跟着旋转”（《嘈杂》），听觉（嘈杂）和视觉（瓷瓶）粘住味觉（舌尖），再粘听觉（饶舌）又贴到视觉（唱片）上，时空在这里是四维的，它并非通感，只是感觉粘连和超常变焦。第三种，逻辑反粘。“给他安眠药，让他醒来/送他一对恶毒的闹钟，离开那一天/找到当时的证人，使可变的童年/减少一小时”，“墓地已经掘好，等待他出生/再准备一只喇叭，一旦/月亮升高，就开始说话”。（《空穴》）“安眠药”和“醒来”，“闹钟”和“减少”，“墓地”和“出生”，都是从反逻辑的角度悖反粘连，同时连带出一串物象，令人称奇。这样的粘连方法尚可归纳出一些，限于篇幅，不一一罗列。

复眼透视不是凸起的人化目光，而是凹下去的物化目光，人与物处于同一平面上，各种物体（包括大小动物）与人这一动物相互变异、缠裹、粘连，演出一幕幕奇形怪状的假面舞会，将丑陋的、畸变的、恐怖的那一面喜剧式地展演出来。长诗《猛兽》可以说是由这样的“假面舞会”构成。那是一张更巨大的“网”被诗人张开了，他粘连了多少种物象谁也不知道，相当于把“动物园搬上了舞台”，上千种动物与人在诗中狂舞，交换面具：在“明喻者的伪世界”里，从“疯子和跳蚤，围着银针抢吃光线”到“一个老人在动物园脱发、换骨、发芽/他得了看不见的甲壳病/从他的身体里游出五条红蛇”，从“抬着一只老虎游行/……她在游行者中间摇着她的鸢尾”到“表演系的面首们/排着长队，形同蜈蚣”，以“喻体”建立的文化语义世界遭到了剥解与戏弄。这有点类似荒诞派戏剧，如尤奈斯库的《椅子》和《犀牛》。当然，多维的网状粘连依赖于复眼透视并在其中生成，无此技巧，复眼透视便难以成形。

苔式叙述：凹凸镜的四维物语

余怒诗歌的叙述方式有自己的特点，用“冷叙述”加以认定并不贴切，姑且称之为“苔式叙述”。苔式叙述如苔藓在低湿处蔓延、侵蚀与扩张，它是一种原生态的、混沌的、多维性的、带着喜剧色彩的叙述方式。一个私人写作者目睹了“三十一年/空间换了五座，覆满苔藓”(《空穴》)，还有“一张流淌着的脸，一块青春期的霉斑”(《蜗牛的痕迹或恋爱史》)，听见了“蝙蝠的耳语长出苔藓”(《盲影》)，这些存在的表象不可能不对叙述造成某种影响。事实上，一个诗人的叙述方式牵涉不同层面，上述复眼透视与苔式叙述存在着密切关系。要准确描述“苔式叙述”，必须立体地从相关层面加以考察和追究。

一、混沌思维。诗性思维的类型对于叙述方式的影响是深层次的。余怒在诗论《从有序到混沌》中认为“诗歌即是对存在之混沌的呈现”，而现今的“诗歌在逻辑的手腕里，从而结束了它与存在浑然一体的原生态，开始变得谨慎、光滑、琐碎、井井有序”。因此，重返和呈现“混沌”才能带来诗歌的别样转变。但必须弄清“混沌是与逻辑、秩序相对立的一个概念。它内含于世界和存在本身，或者说它就是世界和存在本身”。尽管他没有提升到思维方式的高度来认知，其中不乏自相矛盾处，但集中表述了余怒九十年代诗歌转折期的重要观点。

混沌思维可以说是原始思维和潜意识思维的混合。它不仅颠覆线性思维，而且对一般形象思维也构成挑战。不妨说，混沌思维扰乱了人和物、物和物、词和物、形上和形下、阴性和阳性之间的区别，使“苔式叙述”的不合法词象拼接与联姻受更少制约而达至任意的地步。这也许是余怒诗歌中任意性和偶然性成分占有相当比例的原因。在《猛兽》中，有形有序的世界表象被拆解，再像立体主义绘画那样奇异地组装起来。

在《目睹》中，诗人要叙述的是对年代纵深的记忆幻觉，它类似“植物的苦闷”。其混沌表现在：过去和现在的奇特表象，此刻的感觉和无意识幻觉都被诗人聚于一个平面，并旋转起来。其中包含一些细节和人物，如他(也即当年的“我”)和她，在全诗的不同部位都出现过：“在惊呆的月光下/他站着，二十年了，她呼吸的灰尘/还围绕着他，她的脸/被一把锁锁着，看不清”，“现在我回来了/那个少年却没有回来，花园里/找不到他的骨骸。两个人/埋伏在一个人的身上，多少年不发一语”。若仅看某个片断或细部，它可能是清晰的，一旦置入整体便晕眩起来。混沌思维和复眼透视之间的契合关系无须赘述，如同形象思维和焦点透视相匹配一样。问题是,混沌和混乱以及故弄玄虚的区别。我不敢保证余怒的诗作中没有这种成分,但他有明确的想法和控制力:“诗人的任务就在于努力使这种混沌呈现出来,而不是妄用模糊混乱的笔法去书写诗歌。诗歌的混沌与笔法的混乱根本上是两回事。”那么,保证混沌不至于滑向混乱的方法是什么呢?余怒只是困惑地感到呈现混沌“或许无法绝对达到”,而“只能无限地逼近”。原因在于,混沌思维并非是将任何理性都“斩草除根”,而是基于将人性和存在的活的思想成分溶解在潜意识“黑箱”中。这“残存的理性之肉”,在大的结构上控制着诗歌能指的流向,同时又在细部错置上见出技巧的功力,使诗文本焕发出内在的光泽、活力和意味。如此混沌方可达到对有序的反叛与提升的境界,而不是胡涂乱抹,一团乱麻。

二、凹凸镜面。私人写作是一种逃避甚至对逃避进行逃避的艺术。无边重复的、互相践踏的写作(包括拙劣地追摹外国诗歌)给现代汉诗带来的损害已很深了。这是一个包含着悖论的选择:一方面必须拒绝单一的隐喻、象征和抒情这些正在惰化的写作模式,另一方面又如履薄冰地面临平面化的深渊。苔式叙述的结构类似于凹凸镜面,它不以表层之下开掘深层的形而上为特征,也非停留在庸常的浅表平面上滑行。余怒的凹面是以阻断形上深度为存在凹度,同时它的凸面拒斥日常平面可能带来的威胁。凹凸镜面本身是变形的,夸张的,但它与一般变形不同:它不是意象或象征的变形并通过这种变形来渗透形上的意味,而是以整体“镜面”的变形,来折射或放大被遮蔽掉的阴森森的存在事实。如《衰老》一诗:

> 一所房子以它的凹陷,时光/在进入中,失去了一片涡轮/窗口处,透明遮住了一个女人//于是它承受。在吊兰中布下/它的凹陷,被……填满//大理石向内收紧,像饥饿/光滑的肚皮//她来时已经是正午,她形体不整/她与一面镜子//以各自的凹陷,互相打量

这首诗写了几种“凹陷”:房子的,时光的,女人的,镜子的。它们只是在物象或词象的意义上存在着,其中女人的“凹陷”,可以视作对当下场景的切

入并决定着全诗的“凹凸”度。但诗人却以另几种物象的“凹陷”将其裹挟，使之错杂、混沌，复原此一“凹陷”与彼一“凹陷”的潜在联系，同时规避它的社会学意义或形上性，使被“透明遮住了”的存在的“凹陷”显现出来。

又如另一首诗《被看见》，可以视为由一组凹凸镜面所形成的“时空走廊”，“你看见他/无声穿过走廊，在远离你的/那一头，坐下抽烟，两眼发直，望着窗外”。可以说，每当“你看见他”这个句子出现时，都意味着凹凸镜面的闪现。第二人称成了隐蔽的叙述者——第一人称——的对话者，而第三人称则始终作为被叙述者而“被看见”。但“你”是谁？只要在凹凸镜面中看看就知道了，“你”其实就是“他”，而“他”也就是“我”。通过一组凹凸镜面组成的镜廊，“他”是“你”和“我”的他者化，从而获得一种虚化的“凹凸度”，构成对畸变的历史境域中生存相的疏离和概括力。在第四个“你看见他”那儿，亮点（这是X线显现出来的）、肿块、言语之光、浓痰、一个词，在“三十年”前后的时间境域中相互重合、位移、畸变。当它们被叙述者集中在一个凹凸镜面时，“不能言说”的隐痛才从混沌错置中显现出来。必须指出，上述几个物象首先是转喻的，一种切片式的转喻，尽管也带有轻微的隐喻色彩。余怒拒绝通过隐喻性意象的升华来达到虚在的境界，而是将坚硬的、粘稠的转喻裹挟着滚过凹凸不平的个人生存之场。

三、四维模式。上述混沌思维、凹凸镜面对叙述造成的影响，呈现于叙述模式的变化。四维模式，与既定的情感模式、象征模式等叙述模式不同，也与汉赋的铺排手法迥异。它表现为无方向，无路径，无高度。极端的例子是《猛兽》第二章“表象”，其排列方式跟疯长的苔藓一样密密麻麻，形成无序的网状结构。作者意在与世界表象构成模拟和对应，呈现原初的存在图像。无方向，即可以从任何方向进入文本，因为它没有前后左右的序列性；无路径，即没有传统的意义线索来指引，即由许多意义菌丝无序叠合而成，抽出某个菌丝倒可能是有意味的。无高度，是指既定的形上意义和价值观念遭到悬置，只剩下格里耶式的物化凹度，一个私人写作者眼中的存在“凹度”。

这种极端的四维模式的使用，对传统阅读理念的打击是毁灭性的。余怒必须为此付出代价。笔者并不喜欢《猛兽》，但我必须面对它的冲击力。也许,《猛兽》的意义在于它以自身的"毁灭"来"毁灭":它以怪诞的无数动物面具的狂欢和畸变的对白,将铁定的、唯一的、绝对的、自以为是的价值、理念和边界"毁灭"给人看,但又绝非建筑在传统悲剧的概念上。诗人无可选择地选择将澡盆中的脏水和婴儿一起倒掉。过去人们太顾忌"婴儿"了,那一盆脏水总是倒不干净。但我们真切地听见那"弃婴"的啼哭:那里面包含的困惑和眷恋让人焦灼不安。

众所周知,立体主义的绘画结构也是四维模式的,毕加索的《格尔尼卡》运用四维模式表现了严肃主题,因此不能断定四维模式必然属于后现代。然而,由于语言媒介本身的一维性,在共时的视觉效果上难以与绘画相抗衡,苔式叙述的四维模式会造成断裂、怪异、晦涩,乃至形同迷宫,无法解读,如美国语言诗派。这是四维模式必须慎用的原因。当然,苔式叙述并非仅此一种模式,它衍生出不少变式,于坚"事件"系列的诗作也使用了苔式叙述,以缠裹和铺排相混合复现某一"事件"的原始场景。限于篇幅,这里无法详加讨论。

笔者更看重余怒的《空穴》《被看见》《匿迹》《网》《目睹》《现出》《原稿:回忆者》等诗,将苔式叙述与其他叙述模式混合,如在《原稿:回忆者》,便是苔式叙述与象征叙述的混合叙述:在"我"和"他"进入"十字路口"的不同时域中,细部的缠裹不清、不断衍进(如"在十字路口的那一天/一口痰尚未吐出,/钟声不清脆",何以变成"为什么钟声里有一口痰?")与"不强烈,但鲜明"的"红灯"之象征的"照耀"是紧密联系的。上面所举短诗《历程》,也是四维模式和象征模式的混合叙述。《网》将苔式叙述和口述粘结在一起,是线条比较流畅的一种。在《松弛》中,苔式叙述和反讽叙述胶着一起,反讽叙述使该诗获得了一种韧性,正好是反"松弛"的。而缺乏韧性可能正是苔式叙述的弱点。

猫性语言:伏击的话语姿态

私人写作的生命最终将维系在语言上。一个私人写作者在回忆他的《履历》时说:"四岁时吃下第一只猫,晚上出门倒骨头时/听见猫叫",因为"今年我被迫到了三十岁,我看见/第一只猫和最后一只猫的叠影,它们追着/各自的尾巴打转,后者是对前者的/有意的重复(或基本的/报复?)”。要知道,余怒一向“敬畏这种因果关系,我不认为/它是魔术”。笔者姑且用“猫性语言”来称谓余怒的私人写作的言语姿态,因为长期被滥用的语言风格模式已不适合私人写作。

余怒的语言腾挪闪避,弓伏纵击,一扑,一挠,一擒,一纵,无不与猫的姿势相似。“先是轻音乐。一个人唱。蹑手蹑脚/流水声,‘唉’的声音/半张的嘴唇。一只穿着睡衣的猫/走来走去。/接着喇叭里//流出丝绸,播音员的口水,黑色和紫色/冷色和脸色。磁石里/埋着耳朵,衣服下埋着骨头/我已瘦成这样/我不敢睁眼:滑石粉和过去的日子//一根棍子的漂浮感。父亲将我/反锁在家中/父亲,请分给我一分钟/广播里说:你是棵桃树,但不结桃子”(《童年旧事》)。其语感、质地与一般处理颇不同,第一节从声音落笔,很轻很远,如猫舔爪,那一声“唉”韵味十足;第二节发生转折,“喇叭里”的声音在强烈干扰,作者却从色调着手,陡地增大语言的视觉强度。流动停止了,一切冻结了。紧接着,语言开始纵越,闪击,穿透力突显,如猫窥伏,突然扑击。第三节先以“一根棍子的漂浮感”加以凝定和过渡,其后以口语嵌入一个记忆细节(注意“父亲”这个词具有多重意义指向),与“广播”的强音构成对比和反讽,使“压抑”的主题,植根并通过孩子的潜意识向外扩张。在这里,口语与细节的嵌入,复现了当下的生存场景,使“不结桃子”的树保有它的“核”,“这正在重复的,与那永不出现的/一切的核给我以沉重”(《内外》)。

另一首《抑郁》,反复和诗行跨跳的结合,并非为了造成音韵和谐或渲染气氛,而是基于语言的质感,从触觉的角度将物和词弯成弓状,不断蓄势、加压:“在静物里慢慢弯曲/在静物里/慢慢弯曲//在/静物里//慢慢,弯曲”,速度和节奏切分放慢到极限,令人屏住呼吸,“汤汁里的火苗/隆冬的猫爪”只是尽可能延长语境的压力,以至最终听见“一张弓在身体里/咯嚓一声折断”。他运用了矛盾、切割、混杂、短路和形合连接等技巧,目的之一在于增加语言的柔韧性和爆发力,这方面还可以举出不少例子。

余怒的语言在味觉、视觉、嗅觉、听觉、触觉上都具有猫性的特征:嗜腥、夜视、嗅敏、闻风、触微。综观该集诗作:其一,无论猫吃肉还是吃猫肉都偏嗜腥冷之物，诗人每每“从真相里伸出鼻孔，嗅一嗅”，那审丑的鼻子和味苔对此异常敏感，频繁出现的词根有血、蝇、蛇、鱼、痰、肿块、脓、息肉、病、蜗牛、蛹、尸、鸟、乌鸦、鹦鹉、秃鹫、壁虎、鼠、磷、烂、腐烂、溃烂、呕吐、凹、乳等。它们不断被拼盘端上“猫宴”，成为猫的“大餐”，《猛兽》可以视为这些词汇的大汇集，展现了一种阴沉的语言暴力。词及词根的取向，在基本意义层面将不同的诗人划分开来，如波德莱尔的《恶之花》之于浪漫派诗歌，在词根意义上就拉开了距离。余怒诗作中的这些词根不仅与传统意象已截然分开，还与二十世纪九十年代唯美性诗语截然分开。它们均属于非美非诗的那部分语汇，在前文中“阴冷性”一节，笔者已从另一角度有所论及。

其二，对昏暗中的游物，包括有形、微观、超形三种“昏暗”层面，语言的“双眼在生活中发绿”，表现出独到的敏锐度和穿透力。《匿迹》是对潜隐的阴面之物的显影，不管如何怪诞不经，其语言上的视觉异常活跃：一个人“三十岁了，却尚未出生/一枚鸟蛋。/……那个人，年轻而漫长，被父亲/割掉了器官，伤口被悄悄缝合/没有留下疤痕”，超形地透视了一个人精神生长中的创伤和磨难。他的语言对不易觉察的隐面存在物具有很强的捕捉力，《被看见》《现出》《空穴》《目睹》等诗可以为证。

其三，摹声词、声音物象以及对话的突出使用，对变构抒情意象体系起到了重要作用。在新诗传统中少有将“声音”提高到结构意义上，余怒对此却情有独钟，对声音以及声音物象很过敏，诸如钟楼、闹钟、低音、乐器、哑巴、哑剧、唱片等物象成为使用频率很高的词或词根。《守夜人》这首短诗的结构，便建立于三种声音的对峙与对比：钟敲的声音，“我”的咒骂和苍蝇的嗡嗡。从“钟敲十二下，当，当”到“钟敲十三下，当”，显示了时间不可逆转的推进脚步：为什么“钟敲十三下”而不是“一下”？它构成“苍蝇的嗡鸣”与“一声咒骂”之间相互对峙的整体处境；而“用理解和一声咒骂”来“捕捉一只苍蝇”，乃是生存的愤怒、无奈和反讽的混合情绪的浓缩。三种声音暗示了三种力量的对峙与对比，它们谁也取消不了对方，只能无可逃避地共存、胶着在一起。类似的诗作尚有《抑郁》《童年旧事》《客观恐惧》《独身乐队》《有水的瓶子》《环境》《生活一页》《原稿：回忆者》等。

其四，对事物（包括对某种理念的感觉）毛茸茸的触及、抚摸，调动各种感觉要素的交相混用，是“猫拳”重要的一招。诗人质疑道：“有没有一种非显示意义的词语关系存在呢？也就是词语间本质的、互动的、被忽略了的感觉上的关系？”他要在写作中寻找和重建的，是词语间的“感觉的立方体”：“一条/忧郁的绳子埋在肉里，与此相反/我的存在有着罐头的形式/在那坏了肠胃的/动物的楼梯上/始终站着一个人/一张复合的脸，两句话拼成的/一个字/与此相反，指甲长了，藏了污垢/手指间生了蹼”(《网》)，借助重构语言“猫爪”上的肉蹼，使它触击具体和抽象的事物而获得“肉感”，一向高贵的“忧郁”，也陷入黏糊糊的生理性物感。又如“雾中处处藏着空穴：眼眶里的影像/和层层目光。手探进去，它成了/指缝间鬼祟的泥鳅，比一个人藏在/一群人中还难以捉摸/没有别的感觉，只有肌肤和脂肪的夹层间/洋溢着手的快感，刚死的人/被它惊醒，胎儿/提前掉落到世界上/……/给它一扇窗户，一个/透气孔，让它看一眼它的/受害者。回忆涌向伤口，空穴在/尸体里发酵，这是腐烂的原因”(《空穴》)，“空穴”是极难把握的虚在力量，为捕捉它，余怒调动各种感觉的触角加以固定与显现，因而在诗中它变得可视可闻、可触可嗅了。

罗兰·巴特在《文本的快乐》中说过：“每一诗歌字词都是一个逆料不到的客观物，一个飞出所有语言潜伏性的潘多拉匣子。”余怒的诗文本也类似巴特所谓的极乐文本，将“乌鸦的聒噪建筑在我的寂静上”：它使读者感到不舒服(可能达到某种厌烦的程度)，扰乱读者历史的、文化的、心理的各种假定，破坏他的趣味、价值观、记忆等一贯性，给读者和语言的惯常关系造成深度危机。

1999 年 8 月 10 日作

1999 年 10 月 6 日改

被劈开的疼痛在大地弥漫
——海子诗歌解读

海子逝去三十年了。他如今成了文化符号，成了生者的偶像，成了神话。这也许是海子始料不及的。他还是那么孤绝地走在北风中，手上拎着袋子——里面有几本书和几个桔子。他走之前把卧室兼书房打扫得像墓室一样干净。他的书籍静静地伫立在简陋的架子上，而他的诗稿齐整地摆放于暗处。书是他的父亲，而诗稿是他的孩子。那一年春天，无人窥见他最后一次带上门的转身永诀场景，除了上帝。海子走向冰冷的终点，但那儿也成了复活的始点——人们在阅读和想象中重塑了海子，并置于心灵之龛。“用我们横陈于地上的骸骨/在沙滩上写下：青春。然后背起衰老的父亲/时日漫长 方向中断/动物般的恐惧充塞我们的诗歌//谁的声音能抵达秋之子夜 长久喧响/掩盖我们横陈于地上的骸骨——秋已来临/没有丝毫的宽恕和温情：秋已来临。”（《秋》）

海子总是说出大地上的悲凉事物，以至于他自己最先被悲凉击倒。每年三月那么多人纪念海子而从未间断，我想完全出于自发自愿。当然，有人对造神保持警惕，甚至表示反对。在我看来，现代读者的目光如此挑剔，文化自身的筛选功能也异常严苛，靠权力造神的时代已一去不返；最近三十年乃至最近一百年，有那么多的名诗人逝去，何以他们慢慢湮没无闻而独独海子成了神话？这确实值得深思。有朋友约我写一组细读海子诗作的文章，我立马答应了。纪念海子的最好方式是阅读他的作品——那里有他的河流、麦地、王子、孤独、爱和死亡。

《给萨福》解读

理解这首诗,也许知道一点萨福的背景材料是必要的。萨福是著名的古希腊女诗人。她创立的"萨福体"给古希腊抒情诗带来了重要转向:即把咏唱的对象由诸神转向人,开始用第一人称抒写个人的爱情和失恋;同时改变了悲剧中歌队集体合唱的形式,而以独唱取而代之,诗体短小明快,音节单纯明澈。千百年来萨福被人们视为描写爱情的圣人,十九世纪后更是被奉为"女性主义者偶像""化身为文学家的罗累莱"(罗累莱是德国民间传说中的女妖)。据传说,萨福最终还是殉情而死——为一位名叫法翁的英俊水手。法翁常年在大海间漂荡,身背弓箭,长发飘逸,但冷漠无情,置萨福疯狂之爱于不顾,致使她心碎而坠崖沉海。

海子这首诗具有地中海般的蔚蓝而澄澈的音域,其句式和语调也适合个人伴唱。要知道在古希腊时代,诗歌是由七弦琴伴唱的。用这种方式颂赞萨福更传神,也更通灵。诗人将自己置身于遥远而蔚蓝的、充满"令人神往的光辉和美"的莱斯沃斯岛,仿佛自己就是萨福的同时代人。正如海子所说:"诗则提供一个瞬间,让一切人成为一切人的同时代人,无论是生者还是死者。"(《民间主题》)整首诗回旋着海子对萨福的热切私语与呼唤,这其实蕴含着他对置身其中的贫乏时代与神性缺席的强烈不满,以及对东方的文化传统中致命匮乏的警觉。因此,数千年的时空深渊不可能隔断他(她)们成为精神上的知己和同道者。"你装饰额角的诗歌何其甘美/你凋零的棺木像一盘美丽的/棋局",结句显示的正是艺术精神的强大而绵韧的不朽力量。

附:《给萨福》

美丽如同花园的女诗人们/相互热爱,坐在谷仓中/用一只嘴唇摘取另一只嘴唇//我听见青年中时时传言道:萨福//一只失群的/钥匙下的绿鹅/一样的名字。盖住/我的杯子//托斯卡尔的美丽的女儿/草药和黎明的女儿/执杯者的女儿//你野花/的名字/就像蓝色冰块上/淡蓝色的清水溢出//萨福萨福/红色的云缠在头上/嘴唇染红了每一片飞过的鸟儿/你散着身体香味的/鞋带被风吹断/在泥土里//谷色中的嘤嘤之声/萨福萨福/亲我一下//你装饰额角的诗歌何其甘美/你凋零的棺木像一盘美丽的/棋局

《肉体》(之一)解读

1987年以前海子诗歌的主题之一，是对自然、水和母性的体验与颂赞。这首诗可谓禅意弥漫，生机勃然，将一片灿烂的感性呈现在读者面前。在这首诗中，“我”的肉体与自然的肉体达到了一种亲密的交流、融合与对话。但诗人不是通过诉诸理性达到的，而是借助超现实的幻觉体验与瞬间顿悟，对“一枚松鼠肉体般甜蜜的雨水”加以缘接与放大，它的肉质、灵幻、色彩、亮度具有一种柔静而温暖的穿透性：它“穿越了天空　蓝色/的羽翼//光芒四射//并且在我的肉体中/停顿了片刻”。更奇幻的是，这滴“甜蜜的雨水”在缓慢地穿过“我的肉体”后“落到我的床脚”，并使“床脚变成果园温暖的树桩”。诗人的处置技巧在于达到一种循环与通灵，使东方的禅悟在结构上得到保证。因此接下来，这些“温暖的树桩”抬起“我”，并达到“一只飞越山梁的大鸟”的高度，它使“我看见了自己/一枚松鼠肉体/般甜蜜的雨水//在我的肉体中停顿/了片刻”。这难道不正是一种生命的大感激、大喜悦？

海子在《寂静》一文中说：“大地和生命并不仅仅是体积，而且是对自身无限的由一到多的包含。包含就是生命，洞的生命……东方佛的真理不是新鲜而痛苦的征服，而是一种对话，一种人与万物的永恒的包容与交流。人是自然的肢体。或许，或许菩提树下我偶有所得。……自然是巨大的。它母性的身体不会无声无息。”这段话有助于我们理解这首诗和这一时期海子的写作理念。

附:《肉体》(之一)

在甜蜜果仓中/一枚松鼠肉体般甜蜜的雨水/穿越了天空　蓝色/的羽翼//光芒四射//并且在我的肉体中/停顿了片刻//落到我的床脚/在我手能摸到的地方/床脚变成果园温暖的树桩//它们抬起我/在一只飞越山梁的大鸟/我看见了自己/一枚松鼠肉体/般甜蜜的雨水//在我的肉体中停顿/了片刻

《肉体》(之二)解读

与《肉体》(之一)相比,这首诗采用一种回环咏叹的营构方式,在复沓涡进中不断回荡着"肉体美丽"的旋律,低诉着对自然、大地和母性之化身的肉体的咏赞。但肉体受到的遮蔽是最多的,诗人在咏赞中随手剔除附着于"肉体"的积淀,诸如,"太阳和肉体"这样的组合曾经是不可想象的;肉体和灵魂、肉体和墓地等组合,都包含了还原到事物或词语之源头的尝试。

显然,诗人汲取了东方古典艺术的养料,诸如"云冈石窟中就通过重复、复调、对位、变调、反向流动和相互装饰形成了一种生命力的包含"(《寂静》)。在这首诗中,我们看到,在全诗或短促或迂缓的回旋柱上,并非全是诸如"新娘""鸟""鱼""河川""野花"等柔丽而明亮的意象,而是嵌入鱼鳞般细小而坚硬的碎片,尤其后半部分,我们看到隐秘的思的灵光一闪:"灵魂""骨骼""死""墓地"等意象,不仅与"肉体"构成必要的张力,而且形成一种低郁、黯淡的变调,从而压制了全诗向上过度飘浮的可能。从句式上说,诗人在短句的快速切分中嵌入长句,使全诗具备一种参差错落的美感。总之,它体现了"一种生命力的包含",同时也是艺术维度上的"包含"。但能否达成这种效果,完全取决于诗人的精神底气和艺术功力。

海子说:"诗应是一种主体和实体间面对面的解体和重新诞生。诗应是实体强烈的呼唤和一种微微的颤抖。我写了北方,土地的冷酷和繁殖力,种籽穿透一切在民族宽厚的手掌上生长……诗不是诗人的陈述。更多的时候诗是实体在倾诉。你也许会在自己的诗里听到另外一种声音,这就是'他'的声音。……诗的超现实平面上的暗示力和穿透力能够传递表达这种状态。这时,生命力的原初面孔显现了。"(《寻找对实体的接触》)在这首诗里,我们听见了"另外一种声音",也即"他"的声音。这种声音对一首诗是重要的。过度的"我"的声音会对诗歌构成一种伤害。

附:《肉体》(之二)

肉体美丽/肉体是树林中/唯一活着的肉体/肉体美丽//肉体,远离其他的财宝/远离其他的神秘兄弟//肉体独自站立/看见了鸟和鱼//肉体睡在河水两岸/雨和森林的新娘/睡在河水两岸//垂着谷子的大地上/太阳和肉体/一升一落,照耀四方/像寂静的/节日的/财宝和村庄/照耀//只有肉体美丽//野花,太阳明亮的女儿/河川和忧愁的妻子/感激肉体来临/感激灵魂有所附丽/(肉体是野花的琴/盖住骨骼的酒杯)//感激我自己沉重的骨骼/也能做梦//肉体是河流的梦/肉体是看见了采茴香的人迎着泉水//肉体美丽/肉体是树林中/唯一活着的肉体/死在树林里//迎着墓地/肉体美丽

《天鹅》解读

海子在这首诗中设置了令人凄伤的情境:"我"死了,埋在被雪覆盖的寂静墓地。当"我"在夜里听见一群心爱的天鹅"飞越桥梁的声音",便激动得用"我身体里的河水/呼应着她们";在生日那天,"我"奇异地感应到"一只天鹅受伤"了,这使"我身体里的河水"如同"房屋上挂着的门扇一样沉重"。当天鹅们"像大雪飞过墓地",她们却无法看见墓地中埋着一个热爱她们的人。或许,她们只能看见那"竖在墓地,如同十根冻伤的蜡烛"一样的手指。诗人在身处悲凉时没有怨恨,在聆听远行者的艰难和苦难时充满悲悯,他在无边孤寂的夜晚中竟发觉一只受伤的天鹅,并为此系念不已!

当然,“天鹅”作为象征可以作多种解释。这首诗特别打动人的地方,就在于从幽灵的角度刻写那枯寂中的超验倾听,绝望中的不灭系念,那不求回眸的纯粹关切与锥心不安。但“房门”和“生日”透露出“天鹅”是与“我”相关的,它极可能指向海子所爱的数个女孩子。在无情处用情,在失爱中存爱,在自私贪婪的世界上遮住自己的伤口,这正是海子诗歌得以博大的内在秘密。海子说:“这世界需要的不是反复倒伏的芦苇,旗帜和鹅毛,而是一种从最深的根基中长出来的东西。真东西。”(《民间主题》)毫无疑问,它构成了海子诗歌的根性和源泉,并从昏暗中透出本真之光,澄明之光!

附:《天鹅》

夜里,我听见远处天鹅飞越桥梁的声音/我身体里的河水/呼应着她们//当她们飞越生日的泥土、黄昏的泥土/有一只天鹅受伤/其实只有美丽吹动的风才知道/她已受伤。她仍在飞行//而我身体里的河水却很沉重/就像房屋上挂着的门扇一样沉重/当她们飞过一座远方的桥梁/我不能用优美的飞行来呼应她们//当她们像大雪飞过墓地/大雪中却没有路通向我的房门/——身体没有门——只有手指/竖在墓地,如同十根冻伤的蜡烛//在我的泥土上/在生日的泥土上/有一只天鹅受伤/正如民歌手所唱

《死亡之诗》(之一)解读

在海子全部的诗作中,直接以“死亡”为题的诗只有两首,这是第一首。这首诗虽没注明写作时间,但写于1986年下半年是没有疑问的。从海子这一年的日记中,我们可以找到他写作“死亡之诗”的精神根源和特殊心境:“我一直就预感到今天是一个很大的难关。一生中最艰难、最凶险的关头。我差一点被毁了。两年来的情感和烦闷的枷锁,在这两个星期(尤其是前一个星期)以充分显露的死神的面貌出现。我差一点自杀了:我的尸体或许已经沉下海

水，或许已经焚化……但那是另一个我——另一具尸体。那不是我。我坦然写下这句话：他死了。我曾以多种方式结束了他的生命。但我活下来了，我——一个更坚强的他活下来了，我第一次体会到强者的尊严、幸福和神圣。”（《日记·1986年11月18日》）

在这首诗中，诗人对死后的情景作了不无戏谑的奇诡想象，“我”死后被埋在“一片埋葬老虎的土地”。那么，为什么是“老虎”而不是其他猛兽呢？原来海子的生辰属龙，他认为“今年是我生命中水火烈撞、龙虎相斗的一年。在我的诗歌艺术上也同样呈现出来。这种绝境。这种边缘。在我的身上在我的诗中我被多次撕裂”（《日记·1986年11月18日》）。很显然，“老虎”这一核心意象是作为他的生命、精神和诗艺的强大对手而存在的。“龙虎相斗”被他化用并展开在对死亡之境阴森而吊诡的叙述之中：“我”这个属龙之人与“老虎”这个野悍而嗜血的对手一直在搏杀，即便死后也无法逃脱“龙虎相斗”的宿命，“我”被埋在“老虎”的墓地。在这里，我们不能不惊叹海子的卓绝诗才。在他的死亡意识中，死亡那一刻是不重要的，重要的是死亡之域也成了世间生存的倒影，或者说生存的全部冲突、宿命和隐秘都被延续到阴间的森怖之境。

在第一节，我们听到的应该是“老虎”的“笑声”：龙呀龙，你死后怎么落到你的死对头的“死窝”里呢？在第二节，被老虎的浪笑“笑断”墓板的“我”，并没有因此畏缩和屈服，“我”发出的笑声使正在渡河的“火红老虎”“断了两根骨头”！与第一节相对称的是，最后一节“一块埋葬老虎的木板”，被“我”毫不留情地“笑断两截”。但“龙虎相斗”不会就此停止，它仍将不断地纠缠下去。我们看到，这正是海子对人生和死亡的个人理解，也是他对在活着的反面如何活着的理解。

附：《死亡之诗》（之一）

漆黑的夜里有一种笑声笑断我坟墓的木板/你可知道，这是一片埋葬老虎的土地//正当水面上渡过一只火红的老虎/你的笑声使河流漂浮/的老虎/断了两根骨头/正在这条河流开始在存有笑声的黑夜里结冰/断

腿的老虎顺河而下,来到我的/窗前//一块埋葬老虎的木板/被一种笑声笑断两截

《自杀者之歌》解读

海子对死亡意象沉浸太深,其自杀情结主要源自王子式的自恋倾向和强烈的自卑感之间的持续冲突,他的敏感、偏执、脆弱和过度洁癖都是他朝向死亡的催化剂,而他所崇拜的艺术家梵·高和荷尔德林都是以自杀终结的"短命天才"。他说:"我要首先成为群龙之首,然后我要杀死这群龙之首,让它进入更高的生命形式。生命和荒野不可阻挡地溢出,舞蹈。我和黑夜,同母。"(《日记·1986年11月14日》)因此,在这首诗中我们看到他欣赏自杀的态度毫不奇怪:"伏在一具斧子上/像伏在一具琴上",同时我们还隐约看到几种自杀方式,如进入水中、伏于斧上、用绳索、开枪等。据说海子生前与友人毫不避讳地谈论过自杀方式的选择。

必须指出,海子所表现出来的自杀倾向丝毫没有作秀的成分,因为它源自内在精神的某种晦暗状态和受阻后急于突围的心态。在他看来,自杀是对另类生命价值的肯定和超现实提升,而不是相反。这也是这首诗意象和场境何以如此明净的缘故:"肉体,水面的宝石/是对半分裂的瓶子/瓶里的水不能分裂","林间的太阳砍断你/像砍断南风"。我们甚至发现,海子"独自走回故乡"的方式竟然与自杀相关,当他"像一只鸽子/倒在猩红的篮子上",他便回到了时间深处的故乡,而不是浮在空间表面的故乡。海子每次回到怀宁查湾都感到巨大的荒凉感:那些熟悉的东西再也找不到了,于是自己成了陌生人。除了通过诗歌方式,他觉得更便捷的方式是通过自杀重返精神深处的故乡。事实上,这成了他埋得很深的、无法解开的心结。然而,在更深层面上,我们不难读到一个渺小而敏感的个体在面对现代化潮流时那种无法掩饰的失败主义气息。

附:《自杀者之歌》

伏在下午的水中/窗帘一掀一掀/一两根树枝伸过来/肉体,水面的宝石/是对半分裂的瓶子/瓶里的水不能分裂//伏在一具斧子上/像伏在一具琴上//还有绳索/盘在床底下/林间的太阳砍断你/像砍断南风//你把枪打开,独自走回故乡/像一只鸽子/倒在猩红的篮子上

《不幸》解读

在海子短暂而热烈的一生中,女性带给他的温暖和伤痛是难以计量的。在他内心生活的诸多重要关头,都与女性相关。我们甚至可以在他的个人精神史中找到复杂多元的女性谱系。从最现实的女性(如"母亲"和"四姐妹")出发,大地、河流、黑夜、缪斯均呈现为女性的阴柔幻像。

当然,重要的还在于海子处理"不幸"的诗性方式。我们发现,他在本体和喻体之间建立联系的方式与众不同:首先,两种"最好的日子"被比作"两匹马　拉着一辆车",并且还要"把我拉向医院的病床/和不幸的病痛",就显得相当新奇。我们很难相信这种病痛仅关乎身体而不关乎内心的创伤。为什么是"最好的日子"将诗人"拉向医院的病床和不幸的病痛"呢?显然,它们在"我"记忆中留下了无法磨灭的美好痕迹,但回忆只能加重这种创伤,因而它成了内心"不幸"的根源。其次,将本体和喻体有意倒置和混淆,成了海子诗歌陌生化的重要手段之一:本来,"两匹马"是喻体,但在最后一节却似乎成了本体,它的喻体指向最后的结句"犹如姐妹/犹如两种病痛/的鲜花",显然暗示了伤痛的性质——它仍与心中的女性有关。海子这种在本体和喻体之间跳跃与转换的营构方式,将内心"病痛"推至一个最大峰值,甚至瞬间绽放成夺目的"鲜花"!

附:《不幸》

四月的日子　最好的日子/和十月的日子　最好的日子/比四月更

好的日子/像两匹马　拉着一辆车/把我拉向医院的病床/和不幸的病痛//有一座绿色悬崖倒在牧羊人怀中/两匹马/在山上飞//两匹马/白马和红马/积雪和枫叶/犹如姐妹/犹如两种病痛/的鲜花

《给安徒生》解读

这首诗是写给十九世纪丹麦著名童话作家安徒生。看得出来，海子对安徒生童话很感兴趣，在海子诗歌中也能发现童话的某种影响，事实上安徒生的人生经历极易引起海子共鸣，诸如他出生于欧登塞城一个贫苦鞋匠家庭；十四岁离开故乡闯荡哥本哈根；在女性面前有一种深深的自卑，且终生未娶，一直过着单身生活，等等。这首诗第一行显得有点突兀——“让我们砍下树枝做好木床”。但仔细一想，这句诗是有来历的，因为安徒生出生时连床都没有，只能睡在一张由棺材板拼成的“床”上。接下来，我们发现“木床”是个隐喻，它是为“一对幸福天鹅”准备的。为什么是“天鹅”而不是其他什么鸟儿？一则它是安徒生童话里出现的角色，二则“天鹅”纯粹高贵，与诗人的秉性相契合。可是，诗人笔锋一转，短暂的“幸福”迅即遭到命运冰雪的覆盖，“一只匆匆下蛋，一只匆匆死亡”！失偶，孤独，苦痛，命运的戏弄，这些都是海子诗歌的重要主题。

在第二部分，海子近乎奇幻地写出了对天鹅的赞美，“天鹅的眼睛落在杯子里/就像日月落在大地上”。天鹅之为天鹅，就在于任何污浊和伤害都改变不了它纯真高贵的秉性。这首诗写得简单、稚拙，可以说与安徒生童话的精髓是相通的。

附:《给安徒生》

1. 让我们砍下树枝做好木床//一对天鹅的眼睛照亮/一块可供下蛋的岩石//让我们砍下树枝做好木床/我的木床上有一对幸福天鹅/一只匆匆下蛋，一只匆匆死亡

2. 天鹅的眼睛落在杯子里/就像日月落在大地上

《黑夜的献诗——献给黑夜的女儿》解读

这首诗的核心意象是“黑夜”。显然，这里的“黑夜”不是纯自然的概念。年轻的海子受德语诗人荷尔德林的影响甚深，而第一个重视并解读荷尔德林的是德国哲学家海德格尔：“‘在一贫乏的时代里，诗人何为？’荷尔德林的哀歌《面包和酒》如是提问。我们今天几乎不再懂得这一问题。……上帝的缺席意味着，没有神再将人和物聚集于他自身，可见的和明确的，而且由于这种聚集，安排了世界的历史和人在其中的逗留。然而，上帝的缺席甚至预示着更为险恶的事情。不仅诸神和神消失，而且，神性的光芒在世界的历史中也变得黯然失色。世界之夜的时代是贫乏的时代……以至它不再将上帝的缺席看作是缺席。”海子的“黑夜”意象正指向这一现代人类的精神背景。诗人锐利地看见了“丰收”中的“荒凉”，更看见了白天里的“黑夜”。并且，“黑夜”无论从“大地”还是从“内部”升起，无不在证实它是无所不在的。尽管如此，海子仍坚信“黑夜的女儿”是存在的，它是贫乏时代的诗人心中的女神。由此不难理解为什么“天空一无所有/为何给我安慰”了。

写作这首诗时，距海子走向山海关仅一个多月。我们通过这首诗看到面对终极的海子的内心世界——“走在路上/放声歌唱”！这是一种难得的勇气，面对人类的黑夜却表现出从容与镇静。如果没有诗哲在前路持炬，没有“黑夜的女儿”在内心引导，海子不可能作如此高亢的吟诵。“大风刮过山冈/上面是无边的天空”，我想这景象必定为死后的海子所看见，海子就埋在那片山冈上听着“大风刮过”，并仰视着上面那“无边的天空”！

附：《黑夜的献诗——献给黑夜的女儿》

黑夜从大地上升起/遮住了光明的天空/丰收后荒凉的大地/黑夜从你内部上升//你从远方来，我到远方去/遥远的路程经过这里/天空一无所有/为何给我安慰

//丰收之后荒凉的大地/人们取走了一年的收成/取走了粮食骑走了

马/留在地里的人，埋得很深

//草杈闪闪发亮，稻草堆在火上/稻谷堆在黑暗的谷仓/谷仓中太黑暗，太寂静，太丰收/也太荒凉，我在丰收中看到了阎王的眼睛

黑雨滴一样的鸟群/从黄昏飞入黑夜/黑夜一无所有/为何给我安慰

//走在路上/放声歌唱/大风刮过山冈/上面是无边的天空

《两座村庄》解读

海子可以说是农耕时代的最后一位诗人。“麦地”“村庄”“河流”都是他诗作中频频出现的意象。事实上，海子心中的“村庄”已具有独属于个人精神的、宗教般的意味。比如在这首诗中，“村庄”因被重新命名而获得了“新生”——它是普希金的村庄和海子的村庄。因而，在这里，“村庄”既展现为一种深厚的农耕的、自然的文化背景，同时也成为海子个人意义上的精神栖居地。第一节诗人歌咏了“村庄母亲”——“和平与情欲”正是她的原始的魅力所在，“昙花一现”和“美丽绝伦”写出她的神秘和内质。第二节，“村庄”因特定限制语的出现——“天鹅的”“沉默孤独的”——而获得了新的意蕴，这些都与诗人的高贵秉性相通；诗人将自己与普希金并列，显示了诗人的狂放、自信和热诚。第三节，诗人近乎自恋地借助“风”回环式地歌咏了“海子的村庄”，由此凸现了一个可爱、稚拙、酷爱村庄的诗人形象。事实上，在二十世纪八十年代，中国社会正经历奔向工业化或现代化的路途中，农耕文明带着村庄的影子开始迅速从文化层面被遗弃。诗人在这时唱出了自己心中的挽歌，“村庄”成了诗人生命中不可或缺的精神栖居地。在第四节，诗人将这种根源追寻到天上：“北方星光照映南国星座/村庄母亲怀中的普希金和我”，从而打通了诗人与不同民族的诗人在本源意义上的关联，即共同孕育于“村庄母亲怀中”。同时，这样的诗人注定短命，脆不堪击：“安睡在雨滴中/是雨滴就会死亡！”普希金死时年仅三十八岁！最后一节，诗人以悲悯和伤痛写出了黑夜中的“村庄”，可以视为热爱村庄的诗人寂寞而黯淡的命运的呈示。

附:《两座村庄》

和平与情欲的村庄/诗的村庄/村庄母亲昙花一现/村庄母亲美丽绝伦//五月的麦地上　天鹅的村庄/沉默孤独的村庄/一个在前一个在后/这就是普希金和我　诞生的地方//风吹在村庄/风吹在海子的村庄/风吹在村庄的风上/有一阵新鲜有一阵久远//北方星光照映南国星座/村庄母亲怀中的普希金和我/闺女和鱼群的诗人　安睡在雨滴中/是雨滴就会死亡！//夜里风大　听风吹在村庄/村庄静坐　像黑漆漆的财宝/两座村庄隔河而睡/海子的村庄睡得更沉

《莫扎特在〈安魂曲〉中说》解读

这是又一首关于死亡的诗，也是海子最打动人的一首诗，可以视为海子的代表作之一。就笔者所见，这首诗还存在另一版本，即海子自杀后不久发表于《安庆日报》的版本，标题虽为《死亡之诗》(之二)，但文本大致相同。笔者认为，西川编《海子诗全编》是依据初稿，其后海子在自编诗集或投稿中又有所修改，但在初稿中看不出来，因此造成了两个版本。《安庆日报》版本依据的是民间交流资料，是修改版，显然比初稿更好。首先，个别词语不同，如将“妇女”改为“少女”，应该说更合乎诗人心之所系；将“琴箱”改为“箱子”更准确，用“琴箱”装“骨灰”让人很难想象；至于“暗红色的”改为“一个”，则各有长短。其次，最重要的是，这个版本结尾多出“但是，不要告诉我/扶着木头，正在干草上晾衣的/母亲”一节。可以看出，这缺失的最后一节，不仅与全诗浑然一体，而且具有不忍卒读、直刺心窝的震撼力量。为此笔者建议，在出版海子诗选时应采用修改版，题目仍可用初稿标题，以避免出现两首以《死亡之诗》(之二)为题的诗。

诗的标题表明，诗人一面在倾听莫扎特《安魂曲》天堂般的旋律，一面写下了这首忧伤之诗。从死灭之境来发出幽灵的声音，其不灭的情殇才变得异常澄明。这是海子的独特技法，更是海子的灵异之魂。它直抵人心的力量在于，我们听见了一个对人世和故乡充满眷恋的幽灵的低诉，但这种祈求又不全系于“故乡”，而是暗含着诗人对祈求对象，他在世间所爱的少女的绵绵苦恋——“请在麦地之中/清理好我的骨头/如一束芦花的骨头/把它装在琴箱里带回”。在这里，读不到一丝弃世者对“四姐妹”的冷漠和怨恨，诗人那压抑在心的炽热情感化成一声“回家”的泣诉，化成低得不能再低的一个吁请，但弦外之音仍缭绕着幽灵心中的刻骨之爱。在修改版的末节，那最后的告诫将全诗推向高潮：“母亲”突然浮现于大地之上，令人落泪不忍凝视……而那颗破碎滴血的心再也无法在“麦地”中掩藏。

附：《莫扎特在〈安魂曲〉中说》

我所能看见的妇女/水中的妇女/请在麦地之中/清理好我的骨头/如一束芦花的骨头/把它装在琴箱里带回//我所能看见的/洁净的妇女，河流/上的妇女/请把手伸到麦地之中//当我没有希望/坐在一束麦子上回家/请整理好我那零乱的骨头/放入那暗红色的小木柜，带回它/像带回你们富裕的嫁妆

《死亡的诗——给梵·高的小叙事：自杀过程》解读

这首诗最好与《阿尔的太阳》放在一起读。海子是“白羊星座”，而他所热爱的“瘦哥哥”梵·高也是“白羊星座”。这种神秘的巧合是敏感的海子所看重的。更重要的是，梵·高为艺术而疯狂、而贫困潦倒、而不计后果的方式，令海子产生深深的共鸣。诸如“你的血液里没有情人和春天/没有月亮/面包甚至都不够/朋友更少/只有一群苦痛的孩子，吞噬一切”（《阿尔的太阳》），都隐约地投射出海子自己的生存境况。海子对梵·高已迷恋到这种程度：连他的自杀过程也想虚拟一番。

诗中的“我”是对梵·高的虚拟，其实就是诗人的替身。“雨夜偷牛的人”喻指死神，这个喻象具有农耕文明的鲜明特征，新颖而诙谐。“采摘葵花”喻指死

神对梵·高之生命的侵夺，因为“葵花”是梵·高油画中的核心意象，它是炽热奔放的生命力的象征。从深层说，作为生命体的梵·高并非被动或恐惧死神的到来（想一想常人对死亡的看法吧），而是坦然地或下意识地渴望死神的到来。我们发觉“采摘葵花”的过程丝毫没有悲哀的成分，而是呈现为果熟自落的从容和恬静；诗人甚至将死神之手喻为“葵花田中/美丽笨拙的鸽子”。这些地方都表明海子对梵·高自杀的理解和他对自杀的态度。第三节更凸显了诗人的死亡意识：“我”不仅成了幽灵，而且还要成为“世界上/第一头母牛（死的皇后）/我觉得自己很美”。我想，海子内心深处的“王子”情结很深，投射到阴间便要成为“死的皇后”。这种奇异的对称有助于我们理解海子唯我独尊、孤高气傲的气质。在最后一节，上述一切竟戏剧化地感染了死神——那个“雨夜偷牛的人”，他也想“变成了另外的彩色母牛/在我的身体中/兴高采烈地奔跑”。

纵观全诗，海子梦幻地写出了另一种死亡的过程，呈现出超现实主义绘画那种奇异幻变的图像和迷醉性质，与世俗所理解的阴暗恐怖之死亡毫无共同之点。必须指出，海子对梵·高自杀过程的虚拟是建立在独特价值观的基础之上的，梵·高对艺术的疯狂追求和从先锋绘画中实现的自我价值（它集中地体现在“开放了彩色的葵花”上），是构成死亡意义的内在基础和真正提升。这首诗的游戏性和愉悦性，均应作如是观。因此，这种自杀行为不是俗人可以效仿的，因为它的内核是基于一种精神高度和灵魂烈度。

附：《死亡的诗——给梵·高的小叙事：自杀过程》

雨夜偷牛的人/爬进了我的窗户/在我做梦的身子上/采摘葵花//我仍在沉睡/在我睡梦的身子上/开放了彩色的葵花/那双采摘的手/仍像葵花田中/美丽笨拙的鸽子//雨夜偷牛的人/把我从人类/身体中偷走/我仍在沉睡/我被带到身体之外/葵花之外，我是世界上/第一头母牛（死的皇后）/我觉得自己很美/我仍在沉睡//雨夜偷牛的人/于是非常高兴/自己变成了另外的彩色母牛/在我的身体中/兴高采烈地奔跑

《我请求：雨》解读

这是一首绝望之诗，凄伤之诗。二十刚出头的海子“请求”的不是燃烧、月光、朝花，而是“熄灭/生铁的光、爱人的光和阳光”，是“请求/在夜里死去”。第二节更进一步，那个“埋我的人”在早上被“碰见”，以至于第三节诗人“请求：下一场雨/洗清我的骨头”。诗人对生活表现出如此决绝的态度，对死以及死后的情形想得如此细致，除了一种浸透在骨子里的凄伤甚至颓废的气质外，在我看来，其间的意象恰恰透露出诗人生存和内心挣扎的迹象，诸如“爱人的光”，“雨是一生过错/雨是悲欢离合”，都暗示了海子在世间所遭受的心灵创痛。至于第二节那个“你”是谁，可以理解为虚化的“雨”，也可以理解为心中的“她”，因为在海子的其他诗作中，“她”才是自己死亡的目击者和遗骨的收拾者。由此我们发现了海子内心绝望的秘密之一：青春期的海子对爱情的渴望是如此强烈，但自卑的心结使他只能将“雨”也视为“一生过错”。读者不必苛求年轻的海子应该如何坚强，对于一颗脆弱而敏感的心而言，更重要的是说出它们，更本真更独到地说出它们。

附：《我请求：雨》

我请求熄灭/生铁的光、爱人的光和阳光/我请求下雨/我请求/在夜里死去//我请求在早上/你碰见/埋我的人//岁月的尘埃无边/秋天/我请求：/下一场雨/洗清我的骨头/我的眼睛合上/我请求：/雨/雨是一生过错/雨是悲欢离合

《五月的麦地》解读

海子生前是寂寞的、孤独的。这不仅是指世俗生活而言，更是指他的文学生活而言。海子在国内除了少数文友，缺少能与之坦诚对话的写作者。在这首诗中，我们听到了一个耽于幻想的诗人向全世界的诗人“兄弟”发出的吁

请,海子“梦想”在“五月的麦地”拥抱他们。他甚至坚信“五月的麦地”正是“东方,南方,北方和西方”的诗人兄弟必然的归趋之所。四方的诗人在“麦地里拥抱”,在我看来正是一种对本源的回归。我们发现海子对诗人之间乃至人与人之间关系的理解是异常简单、朴拙的:拥抱/回顾/背诵/拥抱,正是诗人所向往的理想的人际关系。那种追名逐臭、口蜜腹剑的势利小人,在“五月的麦地”没有容身之地!如果说第一节是内心独白,那么第二节便是对个体的孤独境遇的冷凝呈示,因为内心的幻像终将消失,代之而现的是“家乡的卵石滚满了河滩/黄昏常存弧形的天空/让大地上布满哀伤的村庄”,海子“孤独一人坐在麦地为众兄弟背诵中国诗歌”。事实上,活在海子内心深处的诗人兄弟很少在世者,更多的是各个时代的杰出“逝者”。我们在这首诗中除了感受海子的孤独外,更感受到了海子的博大与纯粹。最后一句“没有了眼睛也没有了嘴唇”给人以不尽的回味,它至少暗示了:其一,必然的昏暗降临后,你们再也看不见背诵者的面孔了。其二,这种背诵在内心深处进行,无须“眼睛”和“嘴唇”。其三,中国古典美学讲究的“形神”关系在这里得到更好的印证,即达到境界者是不拘于“形”的,所谓得其形不若得其神是也。

附:《五月的麦地》

全世界的兄弟们/要在麦地里拥抱/东方,南方,北方和西方/麦地里的四兄弟,好兄弟/回顾往昔/背诵各自的诗歌/要在麦地里拥抱//有时我孤独一人坐下/在五月的麦地 梦想众兄弟/看到家乡的卵石滚满了河滩/黄昏常存弧形的天空/让大地上布满哀伤的村庄/有时我孤独一人坐在麦地为众兄弟背诵中国诗歌/没有了眼睛也没有了嘴唇

《喜马拉雅》解读

海子曾两度前往西藏,“喜马拉雅”在诗中正是一种精神象征。这首诗并非诗人朝圣过程的写实,而是秉承诗人极具想象力和幻化色彩的营构策略,

有点类似李白《梦游天姥吟留别》。诗人从“故乡的海底”(皖江平原接近海平线)与世界至高点之间的巨大落差中汲取丰沛的诗思,“我丢失了一切/面前只有大海”,暗示了包围自己的时代缺乏精神的海拔高度,这成了诗人必须“来到落日的中央”的内在动因。第三节,“你是谁”是诗人与“喜马拉雅”猝然相遇后发出的质询,“饥饿”和“怀孕”呈示的是一座神山对沉溺者的渴望:它具有拯救和再生的神力,但它只能“把无尽的/滚过天空的头颅/放回天空”,脚下那个“贫乏的世界”拒绝接纳渴求神性的“头颅”,因为人们“不再将诸神的缺席看作是缺席”了。这无疑构成了一种反讽。

接下来,诗人沉痛地写“今日有粮食却没有饥饿/今天的粮食飞遍了天空/找不到一只饥饿的腹部/饥饿用粮食喂养/更加饥饿,奄奄一息”。在诗人看来,这个时代所匮乏的正是精神食粮,正是神性的缺失,它绝不是物质和肉欲所能填补和挽救的。最后一节,诗人悖谬地写出了生存者处于形上与形下相互撕裂的痛楚境况:“头颅”飞上天空,而“割下头颅的身子仍在世上”。这是人类的一个永恒的悖论和难题。可以感觉到海子正经受着这样的虚无和痛苦,当他“走过世界最高的地方”,他的躯体仍留在“海底”。然而这并不影响“最高的一座山/仍在向上生长”,因为不断有“滚过天空的头颅”在增加它的高度!

附:《喜马拉雅》

高原悬在天空/天空向我滚来/我丢失了一切/面前只有大海//我是在我自己的远方/我在故乡的海底——/走过世界最高的地方/喜马拉雅 喜马拉雅//你是谁/饥饿/怀孕/把无尽的/滚过天空的头颅/放回天空//我从大海来到落日的中央/飞遍了天空找不到一块落脚之地/今日有粮食却没有饥饿/今天的粮食飞遍了天空//找不到一只饥饿的腹部/饥饿用粮食喂养/更加饥饿,奄奄一息/草原上的天空不可阻挡//嘴唇和我抱住河水/头颅和他的姐妹/在大河底部通向海洋/割下头颅的身子仍在世上/最高的一座山/仍在向上生长

2008 年 4 月至 12 月作

测量星光的最后尺度
——多多《我始终欣喜有一道光在黑夜里》细读

解读多多这首诗，虽然可以套用意象说和象征说的理论，并且在某种程度上依然有效，但传统诗学的内在局限已暴露出来：它难以回答枝叶纷繁的语词(包括意象)之间交叉交叠的内在关系，并透析出生成多维意蕴的内在机理和纹理。现代诗的叙述方式及其构成往往具有复合性质，也就是说它包含了叙事、意象、情感、异质话语、思辨、元文学等成分，这使得以单一的“意象”“象征”“意境”范畴来分析现代诗文本变得捉襟见肘。在我看来，解析诗文本的生成过程，就是解析根词和由它生成的主干词、枝干词，以及它们之间错综纠结的内在关系的过程。

多多这首诗写得纯粹、迷幻、苍郁，处理得十分精微、多义而独到。综观全诗，若按传统诗学来解，“光”或“一道光”应是全诗的中心意象或核心象征。笔者另辟蹊径，尝试以词象理论来读解，“等待那道光”作为词象及其根词，构成全诗生长的基点和结构的笼结点。少了这个动词“等待”，解读这首诗将出现“偏枯”现象，叙述也将失去生长点。“等待”的根性地位不可忽视。在文本展开过程中，根词“等待那道光”，先后长出两组主干词和枝干词：其一是“倾听→风声/钟声/黑夜”；其二是“认出→果树/教堂/星辰”。其他意象均为纷繁的“叶子”。它们构成这棵语言之树的主干“树形”。不妨先解析一下根词内部的结构关系。

一、从表层结构看，二者是动宾关系：“等待”是施动，“那道光”是“等待”的结果。“光”的现出，“一道光”变成“那道光”，取决于“等待”的过程，取决于主体的意志、耐力和行为。也可以说，“等待那道光”是诗中发生的一个事件，一个语言事件。

二、从深层结构看，“那道光”也并非完全受动，甚至它也是施动、先在的，因它的存在才有“等待”，才有“等待”长出主干词“倾听”和“认出”。这是隐蔽在语言内部并被语言逐步显现的关系。

三、从更大的话语结构看，“等待”与“那道光”最终达到了相互浸染，构成了并列或对等的关系。不妨说，“等待”的过程正是一种“光”，一种生存意志和灵秘领悟，显现在语言中便是诗性之“光”；“那道光”也并非客体，它与主体的行动密切相关。照我理解，这个更大的话语结构是诗歌写作最终实现的诗意效果。也就是说，表层的动宾结构最终被松动了，融解了——根词长出了诗性语言之树，再也找不到根词的原始关系，展现在面前的是结构枝桠之蓬松、葳蕤，是语词树叶之繁茂、纷披，但在最微小的细部仍可探究到根词的痕迹。托马斯·卡莱尔在《英雄与英雄崇拜》一文中说诗歌完全是一棵树：树液和流体在循环往复，每一片最小的树叶都与最底下的根须、与树的整体中每一个最大的和最小的部分相互交流。

我始终欣喜有一道光在黑夜里/在风声与钟声中我等待那道光/在直到中午才醒来的那个早晨/最后的树叶作梦般地悬着/大量的树叶进入了冬天/落叶从四面把树围拢/树，从倾斜的城市边缘集中了四季的风——

这是第一诗节。前两行，接连在介词结构中出现了三个具有场景性的词：“黑夜”“风声”“钟声”。一方面它们敞开“等待那道光”的存在性境域，呈现着时间、空间、生存和超验的独特标记；另一方面三者关系也不相同，“黑夜”使听觉成为必然，其结果自然是听见“风声”和“钟声”：在呼啸的“风声”中播散着教堂的“钟声”。从全诗看，“风声”和“钟声”对全诗意蕴形成具有重要的建构意义，与之对应的动词“倾听”呼之欲出。

接下来，“风声”裂变成枝干词“风”和“树”。诗人在“黑夜”对“风”的感受是从“风声”开始的，而“风声”是由那“树”阻挡所致。“我”和“树”并置、对应，互为喻镜。一棵生命之树必定要经历“黑夜”“风声”“钟声”(让人联想到诗人经历的成长岁月和海外漂泊生涯)。人至晚境必携着“大量的树叶进入了冬天”,沉陷于追忆与冥思——“落叶从四面把树围拢”,耳边响起恍然一生的“四季的风”;但生命持守的理想与激情并未泯灭——“最后的树叶作梦般地悬着”。由此“风声”敞开了生存与追忆的维度,“风声”之“声”是凛流之声,亦是“树”之声,“落叶”漫卷之声,“作梦”之回声。

根词及其干词的生长,一方面源于多多的悖谬语言,另一方面源于它下面紧攥的“泥土”。诗的语言奥秘是从能指分裂开始的。“风声”分裂成枝干词“风”和“树”,前者是语词自身的裂变,后者是经验因素对语词的有力变构。这样一来,“在风声……中”已偏离通常意义上的“风声”。注意“在直到中午才醒来的那个早晨”,很别致,将“黑夜”虚化了,在“白天”也存在着看不见的“黑夜”,其中与“作梦”延续多长有关。这一节已显出几个主干词“倾听→风声/钟声/黑夜”,与根词的结构颇为相似。

谁让风一直被误解为迷失的中心/谁让我坚持倾听树重新挡住风的声音/为迫使风再度成为收获时节被迫张开的五指/风的阴影从死人手上长出了新叶/指甲被拔出来了,被手。被手中的工具/攥紧,一种酷似人而又被人所唾弃的/像人的阴影,被人走过/是它,驱散了死人脸上最后那道光/却把砍进树林的光,磨得越来越亮!

第二诗节,是“等待”的叙述性延伸和思辨性展开。前两行,主干词“倾听”直接出现,“我”之于“树”,“坚持倾听”之于“重新挡住风”,形成了对等和投影的关系。第二行是对第一行的曲折应答。“树”何以“重新挡风”?它源自“倾听”之主体的缅怀和冥想,等于把“挡住风”的体验再体验一遍。“坚持倾听”是在“醒来”之后,其执着令人感动。如果说,第一节是“风”施威于“树”,纷飞的“落叶”暗喻了时间、挫折、衰老、死亡,那么第二节开头便基于追忆与反思:将生命必然遭逢的“风”视为“迷失的中心”,是一种推诿与迷误,因而不是对“树”的肯定——“树”唯在“挡风”中获得存在价值,在“重新挡住风”

中获得思想价值。

基于此,“我”坚持“迫使风再度成为收获时节被迫张开的五指”,让死去的复活,让逝去的回旋。“风的阴影”可视为奇异的听觉,亦可视为“风”与“树”在“黑夜”角力的残留物,况且“黑夜”预含了“星光”的存在。不妨说,“风的阴影”乃是实有而又虚无的存在本身。从语词运动角度说,它是主干词“风声”与“树”在“黑夜”拉锯式的互证互否的结果。“指甲被拔出来了,被手。被手中的工具/攥紧……”语流发生了断裂和逆转,突现了事物内部的悖论:即便是复活,何尝不是又一轮痛苦的开始?“被手中的工具/攥紧”,表明你仍无法逃脱工具理性的支配,逃脱不了异化。多多的诗不让语义固化在某个状态,而是通过主干词和枝干词的交叉互动使之不断变异,呈现“多义性”和“含混性”。

接下来,“一种酷似人而又被人所唾弃的/像人的阴影,被人走过”,句子呈自否式缠绕的语意扭动,造成语意的悖谬、回环或阻滞,让阅读的目光停顿下来,盘桓其上。细究之,它绕口令似的反复嵌入“人”这个词,使“风的阴影”在“人影”与“树影”之间游离不定。这似人非人的“阴影”暗示非存在的力量——肇始于人同时异化人,“被人所唾弃的/像人的阴影,被人走过”,写出现代人的无力、无奈与无望,而且它“驱散了死人脸上最后那道光”。

这里出现了两种“光”:一是“死人脸上最后那道光”,一是“砍进树林的光”。前者为最后一抹上帝之光;后者为工业化时代的“异光”,一个“砍”字,足见它势不可挡。于是众神逃逸,物欲横流,人类进入白昼中的“黑夜”。世界变得如此贫瘠,仅剩下无力的“钟声”昭示那更高的神秘。这一节,“树”与“我”再度合一:“新叶”使“死人”具有了“树”性。树和我,生和死,死和复活,此光与彼光,在悖谬语言中被激活而呈相对性。主干词“风声”和“黑夜”的内在意蕴,显然被深化了。

至此,四个主干词所形成的三角互动式之“场”已基本显现。主干词“倾听→黑夜/风声/钟声”分蘖出众多的枝干词,交叉横逸或投影出新的意味来,落叶归根般地回到根词之中。根词“等待那道光”被展开了,内化了,悖谬化了,互动互否的语意空间得以敞现。

逆着春天的光我走进天亮之前的光里/我认出了那恨我并记住我的唯一的一棵树/在树下,在那棵苹果树下/我记忆中的桌子绿了/骨头被翅膀惊醒的五月的光华,向我展开了/我回头,背上长满青草/我醒着,而天空已经移动/写在脸上的死亡进入了字/被习惯于死亡的星辰所照耀/死亡,射进了光/使孤独的教堂成为测量星光的最后一根柱子/使漏掉的,被剩下。

最后一节,暗夜渐入拂晓,听觉转为视觉,语境也随之转换——“我”与“树”分离:“我认出了那恨我并记住我的唯一的一棵树”——生命历程中爱与恨的奇特见证,而且是“苹果树”。悲欣交加,太多的情感细节倏然浮现——“我记忆中的桌子绿了/骨头被翅膀惊醒的五月的光华,向我展开了”。诗人重返从前,找到尘世之缘:“恨”乃“爱”的最深烙印。可以说,“记忆”正是“天亮之前的光”,是“等待那道光”的结果之一。它从遗忘之“黑夜”射出,照亮了“我认出”的瞬间,照亮了生命更内在的脆弱部分——隐于年轮里的“风”怎么“挡”得住呵。它固然听不见,却潜藏在一个人脆薄的躯体里。不管爱还是恨,反抗还是背离,“我”与脚下的大地都脱不了宿命般的关联。细究之,“走进”“认出”“惊醒”都是记忆所连带的。“认出”这个关键词,是“等待”生发的另一主干词。

“我回头,背上长满青草/我醒着,而天空已经移动/写在脸上的死亡进入了字/被习惯于死亡的星辰所照耀/死亡,射进了光”,这里的“字”含有多重意味:讣告上的字,墓碑上的字,抑或写作中的字。“写在脸上的死亡”与“死人脸上最后那道光”遥相呼应。这里,诗人写出了沧桑感和幻灭感,以及奇异的临界感:冬与春,过去与当下,活与死,此与彼,实存与语言。二者互峙互含,甚至构成悖反关系。诸如“死亡,射进了光”——死亡在“光”之中,也在生命之中,它们皆为生存之一部分。而现代人便奔走于悖反的夹缝,信仰沦陷,上帝死去,以至于“使孤独的教堂成为测量星光的最后一根柱子”。

在最后一节,主干词由第一节的“倾听→风声/钟声/黑夜”,转换为“认出→果树/教堂/星辰”。它们其实指向同一本体,在结构上呈对位性,呼应性,即“风声/果树”“钟声/教堂”“黑夜/星辰”。但后者显然是递进，进到记忆底部和精神深处，直抵现代人类面临的共同困境。“孤独的”“最后一根”这些限制语，无不表明这种危机越来越深了。这才是真正的“黑夜”。这才是“等待那道光”的深层根由。由此我想到英国诗人马修·阿诺德的断言：我们被诗歌拯救。而陀斯妥耶夫斯基说：美将拯救世界。尽管海德格尔也将诗歌作为人类最后一道精神防线，但阿多诺发出绝望的厉问：“奥斯维辛后，谁还写诗?”这不啻一声断喝！遭受过迫害和流放的布罗茨基认为，拯救世界或许为时已晚，拯救个人却始终存在着机会。布氏所言似更贴近真知。诗史上那些遁入黑夜的英勇诗人何以沦为时代的“孤儿”？原因在于除了“最后一根柱子”，他把写诗作为“测量星光”的最后尺度，因而不见容于时代、世俗。但只要存在这样的“孤儿”和“孤品”，世界还是有希望的。何者？高尔基在论及托尔斯泰时说，一日能与此人生活在相同的地球上，我就不是孤儿。

“使漏掉的，被剩下”，暗示了神圣之物，本真之物，才值得人类珍视、保藏、承传。而诗人正是最后的葆有者和传炬者。“语言是存在的家园”，指的是语言的独异性、启明性和外省性，使晦暗的存在得以照亮。全诗至此，根词“等待那道光”长成了峻茂的语言之树，境界趋向博大、悲悯，启示录式的澄明。在我看来，根词理论的要义，在于强调写作者必须确立每一首诗的词象和根词，并使之深扎、勃发、变构。它能否长成峻拔繁茂、活力四射的言说之树，在于“根部”是否扎入人文精神的丰厚土壤，在于是否敢于直面和处理人性无法回避的疼痛，是否具有冒犯和探入深渊的凛然血气。一句话，在于他能否成为“语言借以生存的一个人”。

附：《我始终欣喜有一道光在黑夜里》

我始终欣喜有一道光在黑夜里/在风声与钟声中我等待那道光/在直到中午才醒来的那个早晨/最后的树叶作梦般地悬着/大量的树叶进入了冬天/落叶从四面把树围拢/树，从倾斜的城市边缘集中了四季的风——

谁让风一直被误解为迷失的中心/谁让我坚持倾听树重新挡住风的

声音/为迫使风再度成为收获时节被迫张开的五指/风的阴影从死人手上长出了新叶/指甲被拔出来了，被手。被手中的工具/攥紧，一种酷似人而又被人所唾弃的/像人的阴影，被人走过/是它，驱散了死人脸上最后那道光/却把砍进树林的光，磨得越来越亮！

逆着春天的光我走进天亮之前的光里/我认出了那恨我并记住我的唯一的一棵树/在树下，在那棵苹果树下/我记忆中的桌子绿了/骨头被翅膀惊醒的五月的光华，向我展开了/我回头，背上长满青草/我醒着，而天空已经移动/写在脸上的死亡进入了字/被习惯于死亡的星辰所照耀/死亡，射进了光/使孤独的教堂成为测量星光的最后一根柱子/使漏掉的，被剩下。

2003年1月下旬作

根词的生长与展开
——马永波《亡灵的散步》细读

马永波的《亡灵的散步》作于1990年，看上去像一首“悼亡诗”。深入进去后，便发现诗人努力规避“悼亡诗”的逼仄和窠臼，以便向裹挟着生和死的更广大的存在敞开。在二十世纪九十年代初那个诗歌沉寂期，这首诗标示出某种纵向的承转性和多元的涵容性。对现代诗而言，它面临并置身其中的矛盾关系、多重语境促使叙述及其技巧发生转变。词和物，叙和议，情和事，虚构和真实，隐和显，整体和片断，写作和阐释等关系，在诗的叙述里必须交织与擦击从而改变它单一的构成和流向。

这些诗的织体最终都消融于语流中。我以为，一首诗的语言图式是围绕着词核生长、分蘖与成形的树形结构。词核可称作根词。一首诗就像一棵树。一首好诗如同风中摇曳的繁茂之树。按照词象理论，一首诗的生长是从根词开始——它分蘖出一连串关联紧密的干词。《亡灵的散步》以“亡灵”为根词，全诗的构架由“亡灵”生发出几个主干词：“死亡”“跟随”“回返”。稍加分辨，三者皆由“亡灵”的词素分裂而成，在本质上处于对峙或相对的位置。“亡”即“死亡”，是肉体的寂灭；“灵”指向不受时空限制的超验存在，暗含“回返”之意。“亡灵”这个词本身就是两个词素的悖谬组合。“跟随”则介于生灵与亡灵之间。进一步分析，就可以发现主干词又分杈似的长出枝干词。“死亡”分蘖出“掏空”“脱离”“逃离”“改变”等枝干词。这与“亡”在文言中含“逃走”“走失”之义相合。“回返”派生出“回到”“回来”“回忆”“回家”等枝干词。它暗指“生”“重现”，含有“生命复回”之义。

若这首诗仅建立于“死亡”和“回返”的对峙和对比上，那它的结构仍是二元对立式,很难摆脱通过类型化反向词来确定自身的写作模式,也即依赖公共语境的简单对立自行获得意义的写作模式。当下写作存在这样的误区:从文本结构到肌质细部,写作似乎只在于找到反向的词或意象,以此自行生成意义。

树形文本的风姿和繁叶隐果的意蕴,依赖于从根词到主干词再到枝干词的生长、分杈与交错,其中充满彼此的辩否、质疑和对话。换言之,主干词必须生长出至少三个或三个以上的交叉与缠绕的枝干词。两个主干词之间的反向关系,只能平面而不能三维地确定一个点,因而它难以逃脱公共化语境的扭曲。第三主干词的介入意味着复合、相融、杂交、纠结、互动,意味着更加开阔的中间区域或边缘地带。

《亡灵的散步》最重要的主干词是"跟随"。它由亡灵和亡灵之间的关系所产生,该诗内含两个亡灵:父亲的亡灵和写作者的亡灵。"跟随"正好介于冥界和人间之间,远离和回返之间,亡灵和生灵之间。"跟随"这个词被置入特定的三角互动式语境后,其词典意义已被分解和再生。它指向一种半明半晦的语境,成了连接"死亡"和"回返"这两个主干词的藤状物,也即切换多重世界和多种语境的转捩点。那么这三个主干词及交叉互生的枝干词,是怎样在多层多维的运动中相互撞击和重构的?下面将详加探讨。

> 我悼念你也就是悼念自己的死亡/为了我将像你一样地生活,畏惧着命运/我悼念你因为在你死时我也死了/为了我永远能做你的儿子/否则增长的年龄会让你过于年轻/(但愿我能享到如此天年!)/你的死改变了一切,或者没有/或者仅仅改变了你自己/死亡掏空了存在,使名字脱离肉体成为发黑的栗壳/温暖的声音曾在其中回响/(存在与死亡多么微不足道!)

第一诗节共二十一行。开头前五行可以说是破空而来,没有任何过渡地从核心部分开始。"死亡"是悼亡诗必指涉的一个词,通常指某个人的肉体消亡这一事实。但往往仅止于这个事实,进而指向"怀念"这一抒情主题。因而这种“死亡”,依然是名词性的,静态的,抽象的。在这里,诗人将两种形式的“死亡”突接一起,使主干词“死亡”获得动感,意义也获得延伸。“自己的死亡”显然是隐喻性的,第二行提供了思考性解释:对生活和命运的痛切反思使“我”“死”了一次。接下来,诗人又提供另一种解释——“为了我永远能做你的儿子/否则增长的年龄会让你过于年轻”。人间与冥界存在着不同的时间规则,但父子相随的伦常应该永远不变。这种表达情感的逻辑相当别致,它的痛感震撼了我们。“我悼念你也就是悼念自己的死亡”这种关联句式,两个分句前后紧逼,两种意义的“悼念”和“死亡”被奇异地绾结,其中已内含“跟随”这个主干词。“我悼念你因为在你死时我也死了”,同样在确证它。可以说,“跟随”在现出之前已呼之欲出了。

诗人接下来写道,“你的死改变了一切,或者没有/或者仅仅改变了你自己”,坚硬的理性断语楔入其间,闪着锋芒,并因“或者”而具有很强的弹性和涵盖力,后面几节诗皆由它生发开来。“改变”这个词是从“死亡”上生长出来的重要的枝干词。“死亡掏空了存在,使名字脱离肉体成为发黑的栗壳/温暖的声音曾在其中回响/(存在与死亡多么微不足道!)”诗人直面“你的死”与存在的关系。在本源意义上,个人的死亡只改变了个人,它不可能“改变一切”。其中的“曾”似应改为“仍”才准确:“死亡多么微不足道”正系于此。“掏空”“脱离”作为“死亡”派生的枝干词,概括了死亡的动作并暗含“亡灵”之逸出。在基本的语义上,亡灵是与肉体相对的那种东西。在这里,“死亡”成了“存在”阴黑的反面,并确证存在者“声音”之“温暖”,而它的“回响”让人揪心。

> 我悼念你就是悼念所有的死者/他们在我内心的山上漫步、低语/试图找到我身体的裂缝以回到人世/可你是否还能够回来,越过你亲手设置的栅栏/把你不孝的儿子审判,把我带入另一重光明/让我跟随你,穿过阴暗的祖宅,檐下燃烧的雪光/让一队队纸马嗒嗒跑回童年,车子向漆黑急驶/经过灯光,虚伪的睡眠,我此时营造的文字/(它多么无力,触不到你隐秘的深处/太阳升起,这些纸片都会苍白!)

结构相似的咏叹乐句再度出现，但它已由个类死者推及所有死者，获得了一种超越个别性的气势。"身体的裂缝"奇崛而合理，扣紧了"亡灵"脱壳而去的特征；"回到"似应改为"回返"才好。它是主干词"回返"的第一次显现。它意味着：亡灵听到了那"温暖的声音"的"回响"，并对"死亡"进行反抗。这为诗人下面的质疑作了铺垫。"可你是否还能够回来，越过你亲手设置的栅栏/把你不孝的儿子审判，把我带入另一重光明"，具有精微的反讽意味，并回应本节的起句。"栅栏"指向一种理念之物，它是父亲生前"亲手设置"用来规范子女的，但现在却成了他回返人世的障碍。"不孝的儿子"含越过栅栏之意，"审判"这个词用得比较重，暗示了父子之间在精神或生活方式上的某种对立。但"审判"在这里并非单向，审判者不知自己正是被审判者。这是一种反讽。诗人在处置现代人情感以及情与理对立的复杂性方面显示出功力和分寸感。

作为这首诗的旋律句，"让我跟随你"打下这首诗关键的基石：主干词"跟随"建立了与主干词"死亡""回返"的分杈又交错之关系，形成"我"和亡灵一起散步、对话的半明半晦的空阔境域，在不断延伸中修改、增生或削减三者的内涵。人间和冥界、当下和往昔、生和死、离和回、此和彼、明和暗等二元关系，被置于一个能动、交叉与互生的多重语境，在多重世界的切换点上长出它的血肉。"跟随"在本节萌发它的枝干词"穿过""经过"，由此牵出"祖宅""雪光""灯光""纸马"等一连串意象（像树枝上长出的叶子），将此和彼、隐和显、写作和元写作并置起来。"跑回童年"是主干词"回返"的基本指向之一。"逃离自己"的"逃离"，是由"死亡"和"跟随"两个主干词嫁接长出的枝干词，因"跟随"而必须"逃离"（逃离躯壳），"逃离"沾染了"脱离"的气味，意味着自己必须与"亡灵"一样（必须"死"一次），才能与父亲的亡灵散步。

让我跟随你，我的妻儿都睡熟/正是我逃离自己的时光/我跟随着你。这条常走的碎石小路/此刻显得不同。我随你走向郊外/像小时一样。可我不敢拉住你的手/自你走后，这些街道、钟楼都已改变/县城的铁皮屋顶常常在夜里卷曲、爆裂/自你走后，一切都变了，包括我们/像一部旧电影,突然进入了回忆/而这回忆又是多么暗淡,没有声音/我曾相信过什么,时间、生活、忠实/你改变了它们,使一切显得可疑/如今我们共同经历过的死亡/只有白色的果园/高处疲倦的果实像一件旧朝的衣裳/坠弯了月光,那些驼背的鸟被折得更弯/飘向叶子集中的地方/我希望被鸟儿携带/穿过熟悉的街景,它们像一个人离去时/来不及带走的东西,生硬,寒冷/你在其中活过,爱过/如今没有了你,它们破旧不堪/长久失水的嘴唇,变得乌黑

第二诗节共二十三行,交织着至少四种时间的对比:回忆时间、亡灵时间、当下时间和语言时间,使现场、回忆和幻象混成一体,从而获得复合叙述的质地和节奏。现代诗对时间的处理从来不是单向的,它表现为复合的纠结与错置。例如"我跟随着你。这条常走的碎石小路/此刻显得不同。我随你走向郊外/像小时一样。可我不敢拉住你的手"。"碎石小路"的"改变"来自于亡灵时间的加入,而"我随你走向郊外/像小时一样"与"可我不敢拉住你的手",形成了两种时间的对立与张力。"自你走后,这些街道、钟楼都已改变/县城的铁皮屋顶常常在夜里卷曲、爆裂/自你走后,一切都变了,包括我们/像一部旧电影,突然进入了回忆",使亡父"回返"的最近之路是"回忆","回忆"是确证个人生存力量的重要容器。"改变"这个枝干词在这里结出了果实,它的汁液源于主干词"死亡":既指向历时的变迁更指向共时的疼痛,生者和亡者因缺席而痛苦;它引发了诗人的思考,"使一切显得可疑",包括对"时间、生活、忠实"的观念。

第二诗节的核心句是"如今我们共同经历过的死亡/只有白色的果园"。它回应"悼念你就是悼念自己的死亡"。"死亡"不可能"共同经历过",但"跟随"这个主干词在"干扰"它,使之成为可能,成为语言时间中的当下:半明半晦、若即若离的"跟随"状态,略微扭曲了"死亡"这个词,幻化为在尘游与飘灭之间胶着的倒影似的虚在之境。只有紧密而弹性的语言时间,才能将它们统一起来并使叙述呈现多维性和变奏性,也即对不同片断、语体、句式和视角的有力控制。"白色的果园"这一幻象,无疑成为"共同经历过的死亡"的主要伪

证之一。“那些驼背的鸟”是指亡灵们，亡父只是其中的一只。“旧朝的”“坠弯了”“驼背的鸟被折得更弯”，呼应前面的“我们像一部旧电影，突然进入回忆/而这回忆又是多么暗淡，没有声音”，它们反照着过去时的尘世生存的重压和扭曲，即使在亡灵那儿也依然烙下不可磨灭的印记。“我希望被鸟儿携带”，是“我跟随着你”的伸延与变异，但转换成“鸟”的视角。“穿过熟悉的街景”，内含了死者之于生前、今者之于往昔的双重关联。“生硬”“寒冷”“破旧不堪”，都与“一个人离去时”所带走的“温暖的声音”有关，突现了亡父之痛。

我跟随着你。市场上的灯亮了/人群提前开花/我们突然进入明亮的风中/向后向上，举起双手，这多么像飞翔/挣脱陈腐的引力，水在暗中流着

第三诗节仅五行。场境发生历时性转换，“市场上的灯亮了”，显然是一个时代表征。“人群提前开花”，也是一种“改变”，语义向主干词“死亡”趋近。“向后向上，举起双手，这多么像飞翔”，它与潜在的“向前向下”逆向而行。注意“向后向上”，是“跟随”中“回返”所结出的果实：呈示了与“市场”加速度所不同的另一方向，另一“挣脱陈腐的引力”的精神向度。而“明亮的风”与“水在暗中流着”，是历史语境中的明晦对比。父亲的亡灵被诗人反复转换于人形和鸟形之间：上节由人形转向鸟形，此节又由鸟形转向人形，“举起双手”“像飞翔”，都是对鸟形的否定同时又靠近鸟姿。这种转换同样具有半明半晦的边缘性质，直接启源于主干词“跟随”所关联的尘游与飘灭的双重之境。这首诗游刃于传统悼亡诗所忽略的阔大而阴晦的双重之境，找准了现代诗叙述所必须找到的契入口和交结点。这一诗节跟其他诗节相比，稍嫌单薄了点。

我低着头，不敢看你的脸/这一切是否真实，抑或是我在做梦/这个秋天我常常丢失自己/坐在水边，看风吹走天鹅的村庄/我希望能看见自己/因为我想把你忘记/我不知道你是否看重这一切/它们微微改变，镜子到夜里都带着妖氛/你曾经凝视过我的眼睛/如今只看见虚空/而一个

秋天，我在豆荚里贮存眼泪/藏起你的照片，再费力地回想你的模样/我还穿着你的毛衣，袖口已经磨损/我们的体温交织在一起/还有日子细小杂色的灰尘/在一个晴天我拍打它们/它们飞了一会儿，又回到了原处

第四诗节比较长，共四十三行。前十七行，诗人从反面着墨，故意宕开一笔，迂回而进，层层蓄势、加压：从“不敢看你的脸”，到“丢失自己”（与第一节的“逃离自己”构成了互否关系，注意二者的差别以及连贯关系），到“想把你忘记”，再到“在豆荚里贮存眼泪”，“藏起你的照片，再费力地回想你的模样”，呈现与前几节不同的悖理性脉线。“它们微微改变，镜子到夜里都藏着妖氛/你曾经凝视过我的眼睛/如今只看见虚空”，“镜子”“相片”的“微微改变”，“死亡”的弥漫不放过任何一个细部，但“微微”一词举重若轻，仔细品味有一种反讽意味。从表层看“跟随”的旋律减弱了，“我”停在一个距亡灵较远较冷静的位置，但人间生活的细节不断涌现。这种层层蓄势、加压的叙述策略是为了达到雪崩式的效果，它们转眼被一个小小细节所颠覆和瓦解：“我还穿着你的毛衣，袖口已经磨损/我们的体温交织在一起”，而父亲的痕迹像“日子细小杂色的灰尘”那样无处不在。连“灰尘”都“回到了原处”，逝者以及所失之物是否也“回到了原处”？“忘记”的字典意义跟“死亡”毫无关系，但在语境中却明显带有“死亡”的意味。这是主干词“死亡”与主干词“回返”（“忘记”与“回忆”呈反对关系）交叉嫁接后的结果。“忘记”派生的两个子词是“藏起”和“贮存”，为了“忘记”而“藏起”和“贮存”。

我想忘记这一切，忘记你的死亡/这样你就可以回来，重新安排我们的生活/在这些桌椅、门廊、种籽之间/你的存在被磨成空壳，而你的影像/从我们中间轻悄地滑过，试图抓住什么/在你走后的这些日子，我常常在夜里惊醒/伸出手，却只拥抱到冰寒如铁的被子/你是一个人走的，无人陪伴/我感到羞愧。我爱上了另外的人/小时候我常常幻想有另外一个父亲/他在一部打仗的片子里出现，带着一支老枪/我站在花园里仰望着他，背后/钟楼戴着银盔矗立在黑暗中/我感到羞愧。现在我跟随

> 你/经过我们暗淡的生活/七岁时我第一次去看电影/路旁的雪堆仿佛在燃烧/一部平庸的片子让我张大了嘴/中间停电了，剧场一片漆黑/我进入了情节，嘴里塞满冰凉的黑暗/后来我们跑着回家，笑着，嚷着/你在后面迈着大步/那时我不知道生命是什么/我哭着不许你劈那些潮湿的木柴/你顺从地停下手，走到雪地里抽烟/而一场雪让我喉头哽咽

后二十来行，枝干词与主干词在不断蓄势后突然撞击，产生了极为悖谬的效果。可以将“忘记你的死亡”，替换成“死亡你的死亡”或“让你的死亡死掉”这样的句子。诗人对伪逻辑的发现与建立竟是在平静中出其不意达到的，它从语词内部带来的震撼是持久的。

接下来的部分，诗人突然岔入另一种异质话语，使叙述顿起波澜，它符合历史语境中少年的心理真实，深藏的反讽意味使它变得更重要了。“我感到羞愧。我爱上了另外的人/小时候我常常幻想有另外一个父亲”：一个特定年代的话语，给少年的心灵深处埋下“英雄父亲”的畸形情结，这个父亲与现实中的父亲相距甚远，以致成为“另外一个父亲”。这潜意识黑箱中存在的事实，的确有点儿残酷。然而有多少人自省并感到了“羞愧”？诗人触及并直面它，既出自于人性的需要，也出自于反讽语境和结构的需要。在这种心理背景下，“跟随”趋向“回忆”向度，叙事因素更多地介入到叙述当中，同时又被恰当地虚化了。

诗人重历了“我们暗淡的生活”，“七岁时我第一次去看电影/路旁的雪堆仿佛在燃烧/一部平庸的片子让我张大了嘴/中间停电了，剧场一片漆黑/我进入了情节，嘴里塞满冰凉的黑暗”。“经过”“进入”这些枝干词再次长出它的枝叶。马永波巧妙地在“暗淡的生活”和“平庸的片子”“剧场”之间建立互文关系。“停电了”“一片漆黑”，都是“暗淡的生活”的日常“情节”。显然，“中间停电了”，还让我们想到生活中的意外变故以及死亡。“嘴里塞满冰凉的黑暗”突现了对这种遭际的感受，在纵聚合的垂直面投射了亡父之痛的叠影。“后来我们跑着回家，笑着，嚷着/你在后面迈着大步/那时我不知道生命是什么”，“回家”在叙事中的指向具体而清晰，但它因长在“回返”这个主干词上，

便获得隐喻式的多重投影，可以视为家的有人间、大地、忘记、日常生活等。这里应该注意第一人称复数和单数。在人称复数中，是父亲和儿子“笑着，嚷着”，显现了生存的力量和冷黑中的一点暖色；在人称单数中，“我不知道生命是什么”，因而也不知道生命生存下去的困厄，不知道那个作为生命反面的“死亡”。这反过来使我们更清晰地看见了父亲的形象：在父子“笑着，嚷着”的情状中，父亲的天真里透出一种阴郁和苍凉，因为父亲“知道生命是什么”，由此显现了父爱的博大与惨淡。“我哭着不许你劈那些潮湿的木柴/你顺从地停下手，走到雪地里抽烟”，这里包含了坚硬的生存经验：“劈那些潮湿的木柴”，不仅难劈而且难烧，但它又是生存之必需。父亲知道生存意味着什么，它尽在这一“劈”之中。“停下手”“走到雪地”“抽烟”，这一组动词细腻地传达出父亲的沉默所包容的复杂心理状态。父亲是卑微而坚韧的广大劳动者中的一员，在他的身上凝结着淳朴的人性的光辉。“而一场雪让我喉头哽咽”，暗示更大的艰难并隐喻父亲的死。叙事因素的进入使叙述变得结实有力，仿佛打入了一个楔子，至少我们看见他在逆光中的苍黑侧影。“回忆”是“回返”的主要路径之一。记忆是人之为人的本质属性，它为反思、追怀和反讽提供了可能。

> 那时我们有一座不错的院子/你用一整天劈开木头，腌菜，把土豆下到窖里/那时天总是很晴，我的手总是被门把手粘住/后来我开始低烧，晕眩/古怪的动物挤满我们的屋子却不做声/等烧退了童年也结束了/现在我跟随你。可你是谁/一只鸟尖叫，如石子叩问着远处/过去唯有你是真实的，如今你也变了/我的面前事物纷纭，我也会突然流动起来/你能否再度出现/一枚温润的果子托在手中

最后一诗节共四十三行。“你用一整天劈开木头，腌菜，把土豆下到窖里”，生存是琐碎而卑微的，“我的手总是被门把手粘住”，包含了东北极寒地带的生活经验。“后来我开始低烧，晕眩/古怪的动物挤满我们的屋子却不做声/等烧退了童年也结束了”，既是实指也是虚指，“那个年代”被诗人高度凝

缩了。接下来旋律句再度出现，其后的质疑却拉开了“跟随”的距离。我感觉诗人停了下来，亡灵回转身来。“可你是谁/一只鸟尖叫，如石子叩问着远处”，父亲的亡灵再次转换于人形与鸟形之间。而“过去唯有你是真实的，如今你也变了”，再次指向死亡，因为死亡“改变了你自己”。注意“如今你也变了”这一句，枝干词“改变”成了“变了”，语气非常轻，低微的，沉重的“死亡”被淡化，含有嗔怪、不满的亲切意味。主干词“死亡”再次被稍稍修正：死亡不过改变了个体的存在形式而已。而“我也会突然流动起来”，也是一种“变”。这句暗含了“我悼念你也就是悼念自己的死亡”，但液体性的“流动”与主干词“回返”缠裹在一起，因而产生多重歧义使之偏离，其中必然关涉回忆、回想、回溯等意味。“你能否再度出现/一枚温润的果子托在手中”，这一幻象是人形和鸟形的混合，那“果子”无疑来自众鸟栖息的“白色的果园”。必须指出的是，亡灵形体在犹疑、幻灭中反复转换造成了语境的迷离和晕眩，从而避免了传统叙事的线性和单色性，强化了这首诗半明半晦的性质。

> 让我跟随你，一瞬间看透自己虚伪的生活/我们经过的屋子人迹寒冷，店铺空空荡荡/像被雨淘空内脏的标本，显示出/怎样的躯体辗转过，因为爱与恨/如今他们倚着虚空的墙入睡，像静候归人的椅子/现在我低下头，以接近自己的心/我不知道如何对你说明/自你走后，那所旧宅我们没能留住/姊姊很少来信。我也有了儿子/一条路在他身上延续，我常常会把他当成你/我想提醒你，你走的那天正是我的生日/这是不是一种刻意的安排/你走得更快。

接下来，诗人与亡灵继续漫步，“一瞬间看透自己虚伪的生活”，正是在“一整天劈开木头”的生存中显影的。在苛刻的意义上，它因不被常人视为“虚伪”而内含反讽的意味。“我们经过的屋子人迹寒冷，店铺空空荡荡/像被雨淘空内脏的标本，显示出/怎样的躯体辗转过，因为爱与恨/如今他们倚着虚空的墙入睡，像静候归人的椅子”，这是“旧电影”般闪回的历史场景，还是被死别意念折射后的痛苦图像？“淘空”与前面的“掏空”很相似，都由“死亡”

生发而来。但“淘空”是缓慢而细微的，渗透性的。这与“死亡存在于日常生活缝隙”是吻合的。而“经过”又一次出现，牵引出更内在的子词“辗转”。“怎样的躯体辗转过”，暗示了逝者曾在其间艰难生存过，如今已“人去屋空”。诗人取亡灵超时空的视角俯视人间，生者竟“像静候归人的椅子”。通过切换到超然世外的亡灵视角这一变焦手法，马永波将人间的思情处理得哀婉动人。里尔克说得对：“不再从人类的视点来看世界，而是将它置于天使那里——这也许正是我真正的功课。”在这里，我们不妨把“天使”换成“亡灵”。诗人应该成为具有双重视力的人。

变焦手法对这首诗是重要的。在人间、死界、回忆之间切换，推拉摇移都离不开变焦手法。值得注意的是，变焦与变调常常建立了结构上的对位关系。例如接下来，诗人“回到”个体视角，“现在我低下头，以接近自己的心”，语体和语调基本以口语为主，改变了前面亡灵视角下雅语的艰涩和奇诞，这在整体结构上造成了一种张弛有度，一种织体变奏。但这种口语调性的楔入，在马永波这儿不会持续很久（太久就松弛了），何况口语调性也需要内在性支撑，如“自你走后，那所旧宅我们没能留住/姊姊很少来信。我也有了儿子/一条路在他身上延续，我常常会把他当成你/我想提醒你，你走的那天正是我的生日”。这种生命轮回的哲思使句子出奇。“一条路在他身上延续”，含有“告诉我，我是否还要重复你的命运”这一意念。“旧宅没能留住”，是“离去”“脱离”等主干词生长的枝叶，因而指向另一种“死亡”，另一种存在物的消亡。“没能留住”的被动性暗示了一种无法抗拒的力量。将儿子“当成你”这种误认是“回返”结出的诗意果实，这本身就是一种“灵”，“亡灵”和“生灵”的混合，是“写作的亡灵”造成的语言事实。同样，叙述体和独白体相互交织也呈现出对位性，叙述者和主角“我”时而分开，时而交汇，在诗节或片断中回荡着两个声部。而独白体本身的对话性也是明显的。

> 月光更剧烈地弯过去/那里密集的蕨类叫着，“不要”/盲目的池塘漂着梨子和乌鸦/不要这样离开，父亲，你还什么也没有教给我/没有指给我回去的路途/我还没有获得足够的智慧/学会隐藏自己，只在内心生

> 活/我还来不及在冬天到来之前/去到动物们中间，蓝狐和红狼中间/触摸蚂蚁沉默的舌头/在豹子的趾垫中找到发亮的活水/让它们缓缓穿过我的生命，沉稳，镇定/告诉我，/在哪一个躯体中，我们能重新在一起/亲密得像两滴雨，两朵玫瑰/你过去了。我突然醒悟/如果我跨出皮层，我就会飞起/向着星光，你消失的方向/飞翔飞翔，把一切留在身后

且不说，“月光更剧烈地弯过去/那里密集的蕨类叫着，‘不要’/盲目的池塘漂着梨子和乌鸦”，作为叙述体与后面的独白体构成不同的声部，即便是“不要这样离开，父亲，你还什么也没有教给我/没有指给我回去的路途”，这样的独白也呈现出双声性。因为它叠加着父亲的声音——我曾经教给你许多，也给你指过路——构成与儿子的声音相互辩驳的关系。在主干词及枝干词生枝长叶的语境中，“回去的路途”产生多重象征的意味。它关涉原初、家园、本真、活水、记忆和传统等维面。“回去的路途”比向前的路或“远离”的路更难走。诗写到此落实到主要基石之上：与亡灵的散步过程，是从半明半晦的阴阳界悟解死亡的过程，更是从沉重而暗淡的记忆中内省生命的过程。“回去的路途”通向“蓝狐和红狼”与“蚂蚁沉默的舌头”，以及“豹子的趾垫中”那“发亮的活水”。“让它们缓缓穿过我的生命，沉稳，镇定”，生命意识在这里得以凸现，强化，因为生命中包蕴了某种比理性更大的东西，那些为理性所不解之物并非不可能出现。与不同凡响的开头相比，结尾显得弱了。除了“告诉我，我是否还要重复你的命运”外，调子基本转为抒情，还有一种传统意义上的浪漫。当然，从情感角度似乎有推向高潮的必要，并且诗句处理得也别致，但就这首诗的整体构成和内在质地而言，这样的收束显然并非理想的选择。

在上述对诗文本的分析中，比较侧重考察了根词和主干词，主干词和主干词，以及主干词和枝干词之间的关系，辨析这些词在相互限制、嫁接与增生的能动过程中重获意味的缘由。一个根词，当它走出词典进入文本后，它应该是立体的、长出血肉的、不可替换的。这首诗的“亡灵”在叙述中生长并展开它的枝干，形成了交叉互生的多角多维关系，最终使“亡灵”不仅特指“父亲

的亡灵”，而且在被消亡、被忘却、被忽略、被遮蔽的存在物上，我们也能发现它的回声或影子。而在叙述、语词上，在半明半晦的临界点上，我们同样找到正在书写着的“亡灵”之手。可以说，亡灵在语词中，语词也在亡灵中。我说这首诗超出了传统“悼亡诗”，主要原因在此。同样，“跟随”的介入，打破了主干词和主干词的反向关系以及能指的空洞扩张，限定、激活和增殖了“死亡”和“回返”之间空阔的中间带。如果说，最初的主干词“死亡”和“回返”还处于通常意义上的孤绝状态和对峙状态，那么当“跟随”介入并形成多重互动关系后，它们已融合并长在一块了。它所渗透的死亡意识即是生命意识，反之亦然。“死亡”是对名词性“死亡”的否弃和再植，它是多维的，动态的，当下的，因具有细沙般的渗透性而在语词中不断弥散开来，在语言无界定的时空境域触及人所存在的根性。这同样是对“回返”(即“生命”)语义的再度构建。

2002 年 1 月作

在木偶剧中寻索个人史
——沙马诗歌简评

鱼和筌和鱼子酱

诗人作为特殊群体类似鱼族，游栖于历经改道、暗礁密布的古老河流。河水流到现代变得宽阔而恣肆，摆脱格律的自由诗如同“地上悬河”，随时可能泛滥而去。从白话诗到口语诗，河面固然横阔了许多，但河床已高过两岸的屋顶，这对鱼群而言是个莫大考验。沙马并非皖河沙滩上的马，而是在河里洄游了二十年的鱼。因此他“看到沙丁鱼/在梦中流产了”（《格局》）并不令人奇怪；而“一条鱼/死在你的内心”（《西尔维亚・普拉斯》之六），则显示了精神的孤绝与惨淡，有物伤其类、鱼死虾悲之感。进入新千年后，沙马开始思考一个问题：在写作中，是鱼重要还是筌重要？是鱼和筌重要还是鱼子酱更重要？意识到这一点，有助于使摸索中的写作获得诗性的自觉，而这种写作才是有效的。

> 桌子上的鱼子酱
> 是鱼的一种生活经历（《晚餐》）

“鱼子酱”是对“鱼”的否定之否定，如此才是诗的，有意味的。沙马在二十世纪九十年代并未找准写诗中的个人定位，一味在语言的魔布里寻找诗意，对现场视而不见或者无力呈现，这使他的早期诗少了点“鱼腥味”，读起来有“木鱼”之感。问题是明摆着的：是“得鱼忘筌”还是“得筌忘鱼”？

凡从事写作的人无法不面对“鱼”和“筌”的矛盾，并被它所困扰。诗人对语言尤为敏感。“鱼”和“筌”的关系，也即物与言的关系，“及物”与“不及物”的关系。我以为，它类似“半个鱼身子/加上半个鱼身子/不一定是/一个鱼身子”(《西尔维亚·普拉斯》)，但也并非“鱼与熊掌”那样不可兼得。在我的阅读中，沙马的写作是从一首叫《秘事》的诗开始蜕变：

我们都有了一些硬度/我们心里清楚/步调不能一致/使触动有些困难//冬天还在延续/有些东西还没有出现/弄了那么多的花招/我们还是这样的冷静//我们在心里说：快/可是手却很慢/有些事达不到它的效果/就变成了另外的事

初读这首诗，我被一种冷静而从容的叙述语调和节奏所吸引。沙马给我一本打印诗选，我唯独看中这首。我记得那天下午，我和他在车流滚滚的集贤南路边走边聊。我说，你照这个语调写下去。他很惊讶，告诉我写了这一本，搞不清哪一首好。我说这首在集子里有点另类。他兴奋起来，觉得有道理。我说，这首没有过多的“花招”，语调冷静、节制而有味。现在看来，他在“鱼”和“筌”之间找到了保持张力的方法。

后来不断读到沙马的新作：《惯性》《老人》《案例》《门外的场地很空》《感受》《感染》《他房间里有许多管道》《我和儿子沿着铁路走》《等一等》《人身保险》等等，明显走出了别人的影子，与二十世纪九十年代诗歌划清了界限。在这些新作中，他倾向于一种戏剧化叙述，黑箱意识、细节描写和非理性逻辑交错在一起，语言和生存得以双向打开，一种生活现场的悖谬和荒诞得以凸现，散发着一股鱼腥味和滑石粉味：

你在镜子里储存了影子/第二天一条鱼浮出水面//离开了水　在夜里　鱼/和父亲死在同一天/生活中多出了滑石粉的/气味（《你照你的镜子》）

沙马擅长在两个人称之间进行对比叙述,“她”和“我”,“你”和“她”,“你”和“我”,“她”和“他”,等等,其间的心理差、感觉差和言语差造成了语境的魅力。比如“她吃完鱼和我谈论/北岛的诗,说实话/我有些不适应”“她说北岛的诗/像牛肉干”“是的,我说,走吧/我要在这间房子里/喷射杀虫剂”(《感受》),一种隔膜感在“我”和“她”之间弥漫,如同牛肉干和杀虫剂混合的气味。在《惯性》中,沙马敏锐地捕捉到一个“惯性”的日常断片:“她”与“他”其实生活在虚假之中,却被出门时“回头说的几句话”掩盖着;问题是,“她”的情感和主观认定也并不足以作为读者判断的根据,比如“她认为他的身子/在半夜里来回走动/像壁虎一样”,因此一切最终又陷入难解难辨之中。这正是戏剧化叙述及其视角所带来的独特效果。还有,“整整一天了,你都/在我面前用/一根牙签剔牙齿……/并且似是而非地看着我”(《我的现实》),“他身上有干鱼的气味/我忍住了,我不能/开口,因为我不想/打开他家里的自来水。//他一直缩在我的对面/像藏着什么东西/我看着他,他就/转过脸看着墙”(《他房间里有许多管道》),这些作品大都呈述一种冷漠、猜疑和似是而非的存在状态。

在这些诗作中,不仅有鱼腥味,还有鱼子酱的气味。诗中的主人公大都具有灰暗、抑郁、卑微的特征,他们处在私人生活与公共生活的夹缝,生存方式带有自恋、自虐、窥视和低语的倾向,不难看到在时代挤压下造成的大片阴影。在《案例》《感染》和《找儿子》等诗中,“我”与“警察”之间的荒唐关联,被作者导向耐人寻味的喜剧式结局:《案例》完全是“我”的颠三倒四的自供状,精妙之处在于“我并没有看见什么/天亮与我没有关系/那天我甚至没有看到//两个警察踩着树叶/向我走来”,“再准确些　是为了寻找/衣服口袋里的一只打火机”,漫不经心而又佯装不知,让漂着死鱼的河里发出反讽的鱼腥味。《感染》中“我”与“警察”互换“呕吐”,颇有意味和戏谑性,显然是诗人精心营构之作。

必须指出,“我”或“他”经常在诗中出现对异性的臆想、受压感以及由此带来的异态,这种黑箱意识构成了沙马诗歌的重要部分。“为了看到内部,你/在我女人的生活中/涂上了一层鱼子酱”(《对应》),“我的房子对面住着一个/女人,中间是一棵树/……到了冬天/树叶落了……/有时把眼光弄得/像刀片一样，这不好/这有些伤人/有时/她把帘子拉上了/我觉得天黑得就快些”(《限制》)，“我一路上东张西望//那天的太阳/缓慢地移动//那天我看见科技广场上/有许多女人在说话/没有面孔，只有声音/把各人的内衣堆在/一块儿”(《那天，我吃了一块巧克力》)，“她倒立的时候/像条鱼/我不敢声张/大街上有人吃葡萄”(《隐退的形式》)。

> 一只解剖学中的鸟/不知道它飞完之后/还要回到许多问题里//这是别人的问题/却构成了它的现实/打开体内又能看出/多少飞的痕迹呢//比标本晦涩/比尸体漂亮//没有人想到它/最后一次穿过广场时/投下了那么多的阴影(《解剖学中的鸟》)

将思考带入诗写中，再带入“广场”，使这首诗获得坚阔与韧度。“一只解剖学中的鸟”与生命之鸟，“别人的问题”与“它的现实”，“最后一次穿过广场”与解剖过程中“飞完之后”暗含着强劲的张力，内敛而深藏的悲哀、疼痛和质疑，源自垂直的纵聚合恰切地投影到水平的横组合，从而成就了这首诗的文本。《流派》《快乐》《情人节》等诗也是如此。

但我并不认为沙马的蜕变是彻底的。在他的不少近作中，依然可以看到转型前的道具和魔布，例如“在半夜里吃活鱼/手松开了/衣服里无人/你还在微笑”(《意识》)，还有《病句》《牌局》等诗，与二十世纪九十年代的诗有点纠缠不清。好在沙马已独自上路，并准备好了远征的行囊，“到了三十岁我才看见/身体里藏着一只空胃/它远离了对食物的反应”(《一只胃》)。现代诗如何在非诗的地方发掘诗，在非美的丑陋处呈现真，具备一只强韧的“空胃”是必要的。对沙马而言，这意味着：于河边垂钓倘有食人鱼咬“筌”，也从容钓起，并把它做成诱人的“鱼子酱”。

2004 年 8 月 2 日作

木偶剧与外省指数

诗人与时代的关系从本质上说是紧张的，甚至是对峙的，隐逸诗人也概莫能外。因为紧张、对峙才需要隐逸，身心才能重获自由感。诗人是不合时宜的自由骑士，类似唐·吉诃德迎战巨大的风车。当诗人意识到自己置身于连轴演的庞大的木偶剧，如何把自己对木偶的荒诞感告知木偶，对他来说是个难题。当然，这与身处中心的伪诗人无关。他们会不断写有关亲情、初恋、乡愁的煽情诗迷惑受众。说到底，活在世上的人皆处于特定境遇中，诗人对境遇尤其敏感，其写作立场与个人境遇有很大关系。数一数中外诗史上有多少名作出自受困、流放期间，又有多少写作发生在生存境遇陡转之间，这个问题便不证自明了。

诗人沙马很长时间以来奔走在贫困的边缘。他是我所交往的文友中生活境况最差的，有一阵子被查出“绝症”，经常去医院，承受肉体痛苦和昂贵的医疗费。“月光下，我拎着一包药物/穿过闲散的面孔回家/与疾病周旋了/这么多年，仿佛战争与和平”(《药物与疾病》)，描述的正是这种状况。后来夫妻俩失去工作，还要抚养儿子，尽可能让他上好一点的学校。问题是，诗人养活自己尚且困难，养家糊口谈何容易！在这种困境中，且不说写诗，即便是谈诗，都成了一种奢侈。然而，沙马正是在这种贫困的“奢侈”中开始了对于诗的独立思考，找准自己的写作坐标进而走出别人的阴影。距他完成“蜕变”又过去了十余年，笔者看到，沙马在诗写中有了自己的骨骼和心跳，自己的呼吸和节奏，足以自立于圈子盛行的诗坛之外，困境反而成了他写作的矿藏、潜动力、词象以及反讽的镜像。

然而境遇对于诗人到底意味着什么？一句“愤怒出诗人”，似乎可以概括一切。一句“在贫瘠的年代，诗人何为”，便成了打发一切问题的命题。在我看来，“境遇”至少存在三个层面：其一是指生存状况。贫穷固然可以摧垮意志薄弱的诗人，但比贫穷更可怕的是周围人的嘲讽和唾沫。在二十世纪九十年代全民经商潮中，羞于谈诗或耻于与诗人为伍，我见得太多了。那时诗人的生存指数降至零度，不少诗人放弃写作转而经商、从政，这无可厚非。但安庆的诗人群体是个例外。他们三五一伙地在密室谈诗，交换诗作，有时争得面红耳赤。沙马位于西门老城地带的单身居所，一度成了诗人麇集的隐秘去处。那片比棚户区好不了多少的贫民窟混杂且拥挤，灰蒙蒙的一片，屋檐矮得伸手可及。那儿经常高朋满座，谈锋甚健，其间不乏女诗人。那时候大家碰面不谈几句诗，便觉得枯燥无味。诗确乎会叫人慢慢"中毒"，而且变得不可救药。谈起这段快乐而迷茫的经历，沙马会露出狡黠的笑。对沙马而言，诗歌才是他唯一的宗教，是他的信仰。

"夜晚的月光从西边一角/照射进简陋的房间/妻子蛇一样的/扭曲地睡在垫着草席的床上/虽然 8 月 7 日已经/立秋，空气还是那么灼热//妻子在郊区的一个工业园里/干着火热的玻璃工/在不停的劳作中日渐干枯/她沉睡的姿势，似乎/没有了血液。而我/房间里走来走去，像头野兽//今天忽然来了劲儿，这是一件可怕的事。……我摇摇头/回转身走几步，打开冰箱/一口气喝下一瓶冷冻啤酒/熄灭了心火，再慢慢睡在妻子旁边"(《日记》)。这首诗让我想起卡佛的小说。它近距离地呈现"贫贱夫妻百事哀"的惨淡境况，非过来人不可深味。沙马的妻子下岗后在玻璃厂上班，在高温四十度的车间工作十小时以上，劳动强度大，这肯定会影响夫妻生活。然而诗歌处理这类素材，确有相当难度。该诗处理得逼真而微妙，将性意识与怜惜、无奈、自惭混合在一起，把控得相当好。类似的诗作还有《给父亲》《讣告》《致谢辞》《挽歌之八》。与之对照，现今有不少诗人玩弄词语成瘾，搞点小技巧小灵感，搞点匪夷所思的奇怪拼接便自以为是，有的还受到追捧。诗人不敢或不能直面生存，那是诗人的悲哀。

"境遇"的第二个层面指向文化场域。文化场域指向独特的人文景观、地域文化和市井根性。文化场域对于诗人写作的影响是巨大的。很难设想：昌耀若非因祸得福地从江南来到西部高原，他怎么可能写出那些气势恢宏、苍茫卓绝的诗作？查海生若不是从怀宁乡下来到北大融入那个人文圈，汲取异质、横阔的文化背景从而拉开与乡土的距离，当代诗史也就不存在"海子"了。这样的例子可以举出很多。文化场域是诗人生长成型的内在土壤，对于培植诗之“树形”不可或缺，而且不能简单地通过阅读得到。沙马一直生活在皖江古城，呼吸在既深厚又瘠薄的文化氛围里。深厚是指它作为禅宗、戏曲、美学和桐城派的发祥地，文化大家辈出，凡别处不可生长之物，在此处都蔚然成云。瘠薄是指老省会人际关系复杂，市侩学积淀厚，精于算计、勾心斗角等等。这些年发现沙马有一大长处，他对于市井、世态和人性的观察相当敏锐独到，其触角伸入到那些正统、假象、自以为是的公共领域，提取某个切片加以放大、细察、玩味，在绕口令式的口述中颠覆既定的秩序。他认为，“诗歌，不是一个行动/而是一个等待/不急，没有人在乎这个。//等遗忘了很多东西/等到一个新的/虚无，诗歌，就出现了。//别太用劲，绷紧了/词，会爆炸的/要学会理解事物的脆弱性。//还要学会在真理中寻找到/谬误，在是与非/真与假之间咬紧牙关。/等绝望来临了，在/人性的黑里，再/亮出一把寒光闪闪的匕首”(《诗歌》)，可以视为他的诗学观的诗性表达。

> 哥哥临死前对他的妻子说他走后/不要带着孩子去他的墓地/世界太大，路上的风太乱/留不住悲伤的。他的妻子说:/女人的世界，是一个/形式上的空间。女人的风可以/吹开花朵。我会在一个/好天气，带着孩子以旅游的方式/来你的墓地看看。如果/孩子在路上捡到/一朵花，就顺便插到你的坟墓上(《挽歌之五》)

沙马的哥哥在厂里的一次惨烈事故中身亡。读这首诗有哭不出来的感觉。它道出的是人间真相和人性悲哀。沙马擅长这样的叙述结构和反讽语调，冷静、节制、虚拟场景而且物象独特，往往在结尾顺手一刺，让你有一种说不出的悲凉、无奈或者惶惑、惊悚。又如“你我，都没能看到以后的/希望。活了半个世纪/在人与物里/也没留下让人惊奇的痕迹//到了春天，我，常常/不知不觉的/以蛇的形式溜进/你的梦里。//如果你受到了惊吓/可不是我的过错/因为偶然/仅仅是一个偶然”(《因为偶然》)，灰暗、滑稽、怪诞、似是而非、不动声色，这是沙马诗歌的主色调和叙述圈套，“以蛇的形式溜进/你的梦里”，令人惊悚同时又让人感伤。这样的短诗可以举出很多，如《两地》《人性的影子》《我在我的废墟上》《回不到我的躯体》《提炼》等等，它们如同蒺藜，生机盎然又机锋锐利。当然，有长处也有软肋，有的诗过于琐屑、单薄，某些意象重复过多。

“境遇”的第三个层面指向外省指数。“外省”相对于“京城”而言，指向远离主流的昏昧地带。“外省指数”等同于边缘、非主流、非中心的程度，它关涉诗人的主体是否傲然独立，个人诗思是否具有独异品质，以及对主流思潮和“权力话语”的疏离程度；也关涉诗人在这个“权力”甚嚣尘上的诗界的命运，关涉他的诗歌被拒绝因而被埋没的危险系数。很显然，当今诗坛很火的一些诗人，其外省指数基本为零。他们占据资源或者向主流邀宠，于是乎得到梦寐以求的虚誉和时名。而另一些早年很先锋的诗人，为了某个大奖也会放弃外省立场去迎合评委口味，写出抹平棱角的媚雅之作。沙马在晦暗而葆有锋刃的底层活着，因“下倾”而屡次写出“前倾”之作。在他的诗中，你不难找到那个敏感、孤独同时狐疑、冷嘲的主角，他与先哲、幽灵或某个思想权威辩诘，与小动物对话，充斥着对这个时代的不信任和抗拒姿态，比如《致信函》《请原谅，大胡子父亲》《里尔克的豹子》《房子与我》《熟悉的一支大军》《小松鼠》。

> 我想，我应该给某某人和另外的某某人写信/说我的身体好了，国庆节后不再有/糖尿病了，能看清挂在墙上父亲的遗像了。/写我不再在新东方动漫城玩/……对持不同/……开无声手枪是下三烂干的事/我反感一个穿红色短裤的女权主义者参与到我/的游戏里来。写我在一个叫北极豚酒吧/和一个酒鬼谈论……辩证法/我没钱，不想付账，从后门溜走了/他说，嗯，不错，一个有尾巴的人(何况他/戴着一副宽边的意大利墨镜)。/写某位死去的人说：别在乎自己的……现实/而且我同意了他的看法，而且我/家里的闹钟停了，而且我脑子里晃动着/果冻。(当然，这样与艺术/无关的现实不宜过多地描述)/……

这首《致信函》写得相当粗粝、混杂、讥诮，将个人境遇与互文反讽融为一体。在沙马后期诗作中，回旋着反抗、冷峭、反讽的话语，可以视为一种本能的抗拒和发泄，也可以视为底层熔炼焠火后凝定的凛凛寒锋。在他的诗作中几乎找不到传统意象和抒情痕迹，代替它的是体感、语感、互文和词象。生存的碎片一旦与意念的碎片相混合，便构成打破遮蔽之物的反讽镜像。面对灰白的、无所不能的庞大怪兽，你除了朝它露出利齿，在纸上去拆解它，还有什么别的办法？在《人性的影子》中，“我没有花朵，没有/领带，也/没有一扇窗子。//……我没有//礼物送给她，我不想/让她看到我/有一双脏兮兮的手。//现在，她是一个/母亲了，但/没有看见她的孩子。//我曾写过一封信给/她，告诉她，/老了，也别戴假发”。诗人制造了一种适宜的温度，用戏剧化和灰色幽默解构那幽灵之物：它曾经并且仍在纠缠着当下“戴假发”的人们。这类诗呈现的往往是私人生活与历史记忆相互纠结的复杂语境。

特别要提到沙马的长诗《虚妄之年》和《个人史》。在轻浮、圆滑、邀宠的当下语境，沙马的长诗显示了担当的勇气、机智与执着，其外省指数之高足以“爆表”。假如你想在荒诞的现场找到真相和自己，在扭曲的记忆中识别乌托邦与“梦遗”之不同；假如你打算在自以为是的白昼发现日全食般的昏愦，在“革命”和木偶剧中寻索个人史的蛛丝马迹；假如若干年后你想知道这几代人如何走过来，想知道癫狂时代的人们如何“用病句述说病情”，那么读一读《虚妄之年》和《个人史》吧，“他们用猫的语言叙说耗子的成长史/他们把‘……的行动’转化为舞台上一幕滑稽剧/他们用自己的黑暗反对别人的黑暗/他们在建筑里摆满了姿态各异的遗像/这使我感到绝望，打算放弃做一个有理想的人。这个理想/我只跟莉儿说过，就是用谎言写一首真实的诗/在木偶的内心打开一条通向胜利的道路/让失忆的人，在无数的谎言里寻找他们的父亲/最后把世界上所有的敲钟人集合起来，共同敲响这个世界/的丧钟。莉儿认为这是我癫狂的前兆/认为我有可能走进人类的死胡同”（《个人史》）。两首长诗戏剧化地叙述了一个人或一群人的日常史和精神史，呈示了在日益逼仄的多重境遇中的病体征象与灵魂剖视。在盛大的木偶剧的历史场域，任何寻找本相和个人史的努力都被证明是艰难的：要么找到木偶的戏装，要么找到一堆面具本身，唯独找不到本相和自己。沙马的诗在拆解与讽解那庞大木偶剧的过程中，寻索到了私人生活的晦暗碎片与内心抵抗的细小蒺藜，因而构成折射乌托邦剧场的底灯般的个人史。

以上解析了境遇与诗的多种纠结和关联，其中外省指数，是识别和判断当代诗歌的重要标尺。它其实构成了一个诗人生长的土质结构与存灭的内在秘密。显然沙马看到了诗坛繁荣背后的荒芜与腐朽，逆光狂奔在砂砾横飞的时代之旷野。此乃沙马被忽略的独异之姿。

2017年10月10日至12日作

附录:苍耳主要诗学文章

《诗歌语言的陌生化与亲近化》,载《诗歌报月刊》1992 年第 9 期。

《陌生化诗歌与亲近化诗歌》,1993 年获首届临工奖论文二等奖、《现代诗报》2000 年第 3 期。

《诗论三题》,载《诗歌报月刊》1994 年第 5 期。

《诗歌意志》,载《诗林》双月刊 2009 年第 4 期,入选《安庆六十年文学精品集·文论卷》(合肥工业大学出版社 2009 年版)。

《变异·边缘·消解》,载《诗神》月刊 1996 年第 9 期"诗理论特辑"。

《混声、叙事与复调——九十年代诗歌考察》,载《中外诗歌研究》2000 年第 3/4 期合刊。

《论现代汉诗的元文学倾向》,载《安庆师范学院学报》2000 年第 4 期、《诗探索》2002 年 3/4 期合刊、《扬子江诗刊》2003 年第 2 期。

《中国二十年先锋诗片论》,载《科学诗刊》2000 年第 1 期,转载于《新诗界》创刊号(文化艺术出版社 2001 年版),收入《中国新诗年鉴 2001 卷》(海风出版社 2002 年版)。

《乌鸦的聒噪建筑在我的寂静上——余怒九十年代诗歌评述》,载安琪、黄礼孩主编《诗歌与人——中国大陆中间代诗人诗选》(2001 年)。

《反向之途》,载《中西诗歌》2002 年创刊号、《扬子江诗刊》2005 年第 1 期。

《先锋性与后卫性》,载《新诗界》总第 4 期(新世界出版社 2003 年版)、《诗潮》2005 年第 7/8 期合刊。

《从陶轮的方向看——评台湾诗专辑》,载《文景》月刊 2002 年第 3 期。

《诗为何与诗何为》,载《扬子江诗刊》2003 年第 3 期。

《场景的置换与崛起的向度——七〇后诗人的诗歌评述》,载2003年《第三说》(第3辑),入选《安庆新文化百年·评论卷(1915—2005)》(安徽文艺出版社2016年版)。

《根词的生长与展开——细读马永波的诗〈亡灵的散步〉》,载《诗家园》2003年第3期、《东北亚》诗刊(总第13期)。

《测量星光的最后尺度——细读多多的诗〈我始终欣喜有一道光在黑夜里〉》,载《成言艺术》2005年第8期。

《冲着世纪叫喊——读曼德尔施坦姆〈时代的喧嚣〉》,载《阅读》第1辑(中国社会科学出版社2004年版)。

《历史旁边的美丽花园》,载《创作评谭》2004年第7期。

《是果子狸还是猫,抑或海狸——评华东诗歌专辑》,载《明天》第2辑(湖南文艺出版社2004年版)。

《在铁轨附近——评〈阿蒂拉·尤若夫诗选〉》,载《博览群书》2004年第6期,入选《读书滋味长》(广西师范大学出版社2007年版)。

《鱼和筌和鱼子酱——沙马诗歌简评》,载《诗歌月刊》2004年第10期。

《冬天的事物——关于"反抒情"的再思考》,载《扬子江诗刊》2004年第1期。

《主义之长发与隔断一切——兼谈李金发》,载《扬子江诗刊》2004年第5期。

《逼近中的盘旋——凸凹诗歌简评》,载《凸凹体白皮书:〈手艺坊〉诗歌美学六十家评》(大众文艺出版社2008年版)。

《民间性与草莽化》,载《2006—2007中国诗歌双年选》(中国戏剧出版社2008年版)。

《在即将崩溃的悬崖上保持危险的平衡:沈天鸿与现代汉诗艺术》,载《当代汉诗观止2005—2008诗选》(金陵出版公司2008年版)、《安徽文学》2013年第6期。

《词象论》,载《诗林》双月刊2009年第2期。

《双刃的反讽》,载《中国诗歌研究》(大众文艺出版社2009年版)。

《何谓重力》,载《诗选刊》下半月刊2009年第11期。

《迷津之渡》,载《诗林》双月刊2011年第5期。

《从朱湘到海子》,载《随笔》2011年第3期。

《徜徉在语言途中:对几种诗歌语言观的辨析》,载《南京理工大学学报》(社会科学版)2013年第1期。

《三十年诗歌流派的争锋与兴替》,载《飞地》杂志2013年第4辑,转载于《大昆仑》(文化季刊)2015年春卷。

《诗歌是一种有限的艺术》,载《星星·诗歌理论》2013年第5期"新锐·我说"栏目。

《不断重临的自蔽与解蔽——中国现当代诗歌摭谈》,载《净峰诗歌》2015年卷。

《孤单的远征:从肉体到灵魂——穆旦一生的几个关键词》,载《随笔》2015年第6期。

《木偶剧与外省指数——以沙马的诗为例》,载《诗歌月刊》2018年第2期。

《论旋力》,载《南京理工大学学报》(社会科学版)2019年第1期。

部分文章收入本书篇名有改动。

后 记

二十五年前开始写理论批评文字，于今想来有隔山望溪之感。溪水既小且清，不舍昼夜地曲折于沟壑洞壁，隐没于万木森然之中，不知有河，无论江海；只是漫无目的地兀自流着，窈而深，缭而曲，如往而复，渐渐滴沥成一潭。现在我面对它们，好像面对自己漫长而迷乱的诗歌岁月。那些喑哑而寂寞的暗夜，一盏青灯如同预支的秋果。如今再读这些篇什，颇有与难兄难弟重逢的感觉。

由写诗而生疑问，由疑问而思之，思之不得而读书，再思之便有所得，发而为文便有了几十篇批评文字。最早的一篇《诗歌语言的陌生化与亲近化》，九十年代初发表在《诗歌报月刊》受到同道称赞，促使我又写了一篇《陌生化诗歌与亲近化诗歌》，竟得了临工奖，随即参加在重庆北碚举行的华文诗歌国际学术研讨会。顾城也赫然在获奖名单中，其诗论为《从自我到自然》，但他没有从新西兰飞来重庆。一个月后传来“顾城魂断奥克兰”，令我错愕不已！那应该是1993年秋天了。

我因去重庆而幸运地游览原形原味的三峡。那是一册奇瑰的天地之书。人生和写作也如同三峡。激流和暗礁随时会将你倾覆，或让你搁浅。妻子和幼女与我一同搭乘“江津号”，往返均穿越三峡。记得返回时与首都师大教授王光明、荒林夫妇同舱，一路聊天甚欢。后来的人生之途经历九十年代经济大潮以及家庭事故，有冲过滟滪堆之感。聊以慰藉的是，艰困之时尚未放弃读书和写作，十余年后写成四十万字的文论专著《陌生化理论新探》。

本集收入近三十篇诗学文章，不敢妄言它们有多少学术价值，唯一点可以心安，它们皆源自笔者独立的思考与悟解。这情形仿若攀于天梯，前人登临处风景再好,也是前人的。唯有自己徒步攀爬,另凿石级,总能见到别样景致。好在有同道伴行,有青鸟绕飞,隔山亦闻溪响,渐渐忘却那巅顶,也不在乎走到哪儿。

然岁寒阵阵袭来,不觉中已踏入西山飞黄叶的光景了。于是乎叹生之有涯,而学术无止境矣。此集可为平生所登石级之见证,亦可为后来者留下诸如“可继续前行”或“此路不通”之标记。

因容量有限,尚有部分理论文字未收入,只能留待后集了。在重实不重虚的年代,本书得以面世全赖朋友们的关心与支持,责编为此付出辛勤劳动,在此深深致谢。

苍耳